O
CLUBE
DAS
CHOCÓLATRAS

Carole Matthews

O CLUBE DAS CHOCÓLATRAS

Tradução
Flávia Carneiro Anderson

BERTRAND BRASIL

Título original: *The Chocolate Lovers' Club*

Capa: Silvana Mattievich
Foto de capa: Symphonie/GETTY Images
Foto da Autora: Angus Muir

Editoração: DFL

2008
Impresso no Brasil
Printed in Brazil

CIP-Brasil. Catalogação na fonte
Sindicato Nacional dos Editores de Livros – RJ

M388c Matthews, Carole
O clube das chocólatras/Carole Matthews; tradução Flávia Carneiro Anderson. – Rio de Janeiro: Bertrand Brasil, 2008.
420p.

Tradução de: The chocolate lovers' club
ISBN 978-85-286-1338-4

1. Ficção inglesa. I. Anderson, Flávia Carneiro. II. Título.

CDD – 823
08-2661 CDU – 821.111-3

EDITORA BERTRAND BRASIL LTDA.
Rua Argentina, 171 – 1º andar – São Cristóvão
20921-380 – Rio de Janeiro – RJ
Tel.: (0xx21) 2585-2070 – Fax: (0xx21) 2585-2087

A pesquisa para realizar este livro não foi nada fácil — tanto chocolate, em tão pouco tempo! Gostaria de agradecer a todos que contribuíram para meu trabalho, transformando o fascínio por chocolate em uma grande obsessão. A Lucy e Barry Colenso e aos funcionários da Thorntons — sobretudo a Paul Hales — pelas informações e pelo entusiasmo. A Sue Castlesmith, do Centro de Conferências Hayley, pelo fim de semana dedicado ao consumo de chocolate, que quase serviu como uma terapia aversiva. À minha mãe, que se dispôs a comer vários bombons. A Davina McCall, pelos excelentes DVDs de ginástica que me ajudaram a equilibrar um pouco o consumo de calorias. E a meu querido Kev, por ter compartilhado comigo a árdua tarefa de consumir tanto chocolate, com a disposição de sempre.

Capítulo Um

— Quero mais — disse eu.

— Tem certeza? — indagou meu fornecedor, arqueando as sobrancelhas.

— Sei qual é o meu limite.

— Mas está exagerando na dose — avisou ele. — Até mesmo você, viciada convicta.

— Jamais!

Nos momentos de crise, eu sempre recorria à minha droga favorita, o Madagascar, oriundo de uma única plantação. Não existia nada, absolutamente nada, que ele não curasse. Era um santo remédio para qualquer coisa, de coração partido a dor de cabeça, e garanto que já tivera de enfrentar uma boa dose de ambos os problemas.

— Pode ir passando. — Acenei com a cabeça, solenemente, e meu fornecedor me deu a droga, levando-me a suspirar de alívio. Chocolate. Hum. Hum. *Humm!* Delicioso, cremoso, adocicado, tudo de bom! Eu sempre queria mais!

Bastou dar a primeira mordida e seu sabor reconfortante e agradável já começou a apaziguar minha dor. Às vezes, era tudo de que precisávamos.

— Está melhor?

— Um pouco — respondi, com um leve sorriso.

— As demais vão chegar daqui a pouco e, então, você vai se sentir melhor.

— Eu sei. Obrigada, Clive. Você é um amor.

— Faz parte do serviço, queridinha. — Acenou-me com seu jeito afeminado; nada que surpreendesse, por sinal, já que ele era gay.

Depois de pegar minha mercadoria, escolhi um sofá no canto e deixei-me afundar nele. Meus músculos tesos relaxaram aos poucos e, assim que senti o forte aroma de baunilha, minha mente desanuviou também.

Não era a única a ter esses desejos. De jeito nenhum! Fazia parte de uma mini-associação, de sócias perfeitas, batizada de Clube das Chocólatras. Nosso grupo, assumidamente culpado, era formado por apenas quatro participantes, que se encontravam ali, no Paraíso do Chocolate, sempre que podiam. Aquele lugar era o éden dos viciados — o equivalente a um antro de ópio para todo chocólatra. Ficava escondido numa ruela de pedras, num bairro elegante de Londres, cujo nome não iria revelar, evitando assim que meu segredo fosse exposto e que um bando de mulheres deslumbradas e ansiosas estragasse nosso recanto especial. Era o mesmo que acontecia quando se descobria um local maravilhoso para passar as férias — incontáveis quilômetros de praias desertas, de areia branca, com restaurantes e casas noturnas pequenos e aconchegantes. Então, a pessoa fazia propaganda dessa atração turística, ressaltando seus pontos positivos, e, já no ano seguinte, ela ficava entupida de gente, que chegava em um dos vôos superbaratos da Easyjet. Daí, ninguém conseguia se mover na praia cheia de corpos gorduchos, com suas cangas artesanais de alguma loja varejista e sons portáteis. Os restaurantes aconchegantes passavam a servir batata frita com lingüiça, e as casas noturnas a oferecer bebidas pela metade do preço e máquinas de espuma. Assim sendo, por enquanto, o Paraíso do Chocolate seria o reduto de uma minoria seleta. E eu torcia para que continuasse assim!

Apoiei a cabeça no sofá e subi aos céus de novo, ao meter outro pedaço de chocolate maravilhoso na boca. Suspirei mais uma vez.

Sou Lucy Lombard e acho que posso ser considerada a fundadora do clube, pois tive a sorte de ser a primeira a achar o Paraíso do Chocolate. Naquele dia, um encontro improvisado do grupo havia sido marcado às pressas. Quando uma de nós enviava a mensagem de texto EMERGÊNCIA CHOCOLATE, todas tentavam deixar suas obrigações de lado e iam de imediato ao nosso santuário. Era o mesmo que dizer a um médico de plantão que seu paciente tivera uma parada cardíaca. Daquela vez, fui eu quem solicitou a reunião. Mal podia esperar para contar a elas o que acontecera; não iriam acreditar. Bom, pensando melhor, iriam, sim.

Autumn chegou primeiro. Entrou assim que coloquei na boca o último pedaço de chocolate.

— O que houve? — perguntou, sem fôlego. Autumn Fielding era o tipo de pessoa superatenciosa.

— Marcus. De novo — comentei. Teoricamente, esse deveria ser meu querido namorado, mas depois eu falo mais sobre ele.

Autumn deixou escapar uma exclamação de desprezo.

Muito tempo atrás, eu costumava ir até ali sozinha e me isolar num canto qualquer. Não gostava de comer na frente de ninguém, ainda mais quando estava saboreando chocolate. Imagino que os viciados tampouco gostem de ser observados enquanto fumam seus cachimbos de craque ou injetam heroína. É meio degradante ser flagrado em plena depravação. (A não ser que a pessoa curta ser observada.) Eu não chegava a babar, mas, às vezes, tinha a sensação de fazê-lo.

Há que se convir que qualquer atividade que envolva baba deve ser realizada em privacidade.

Foi numa das minhas inúmeras idas àquela chocolataria que conheci Autumn. Quando ela chegou, não havia um lugar sequer disponível, exceto ao meu lado, então ela se sentou ali e a gente se deu bem de imediato. Também pudera, impossível alguém *não* gostar dela — a menos que essa pessoa deteste gente solícita. Mas eis aqui um pequeno conselho. Atenção, pais: se chamarem sua filha de Autumn, ela certamente terá cabelos ondulados, será ruiva e votará no Partido Verde — exatamente como minha amiga.

Autumn parecia feita de chocolate, com alto teor de cacau. No mundo da psicologia desse alimento — eu tinha certeza de que havia um —, isso indicava que ela ocultava seu lado obscuro. Minha amiga costumava mordiscar o chocolate, economizando cada pedaço ao dar as pequenas dentadas. A meu ver, esse hábito fazia com que se sentisse menos culpada com relação aos pobres. Eu sabia que era o que lhe passava pela cabeça quando sucumbia à tentação de comer chocolate. Enquanto nós nos preocupávamos com a quantidade de calorias consumidas e com o tempo que elas permaneceriam nos nossos quadris, Autumn pensava nas crianças famintas que sobreviviam com uma tigela de arroz por dia e nunca podiam comer chocolate. Eu não pensava nessas crianças; procurava bloqueá-las por completo da mente, já que, para ser franca, já tinha muito com que me preocupar em casa.

— A gente precisa tomar chocolate quente para se animar — sugeriu ela, tirando o cachecol, provavelmente feito por alguma adolescente mexicana pobre, que ganhava uma libra por ano para tricotar numa favela cheia de lixo. Eu precisava comer mais chocolate para me sentir melhor.

— Clive — chamei nosso amigo e fornecedor do balcão. — As outras vão chegar daqui a pouco. Pode preparar chocolate quente pra gente?

— Claro — disse ele, já pondo mãos à obra.

Nadia chegou. Abraçou-me e lançou-me um olhar penetrante.

— Ele não é bom para você.

— Eu sei. — Todas sabíamos. Ela nem precisou perguntar por que eu estava chateada. Sempre era por causa do Marcus. — Já pedi chocolate quente.

— Ótimo.

Nadia Stone foi quem acabou transformando nossa dupla num grupo. Chegou um belo dia ao Paraíso do Chocolate, na hora do almoço, e, com semblante estressado e choroso, pediu uma grande variedade de doces para o companheiro e sócio de Clive, Tristan, com mais afobação do que bom gosto. Tanto eu quanto Autumn nos solidarizamos com ela, por termos passado por isso milhares de vezes. Então, foi mais do que justo ampará-la naquele momento.

Autumn e eu já havíamos começado a nos encontrar ali uma vez por semana, em algumas ocasiões até duas, quando nossos níveis de estresse assim o exigiam. Àquela altura, todas tínhamos uma espécie de acordo informal.

Nadia era a única de nós que já era mãe. Seu filho, Lewis, tinha três anos e tomava muito seu tempo — não é o que acontece com todos? Ela estava chorando no dia em que a conhecemos justamente por ter passado várias noites sem dormir, mas, agora, a situação já estava melhor. Lewis vinha dormindo melhor e Nadia conseguia realizar suas atividades no mundo real.

Ela não era mesmo muito criteriosa na hora de escolher o chocolate. Embora afirmasse se tratar de seu único alívio, parecia devorá-lo sem nem ao menos saboreá-lo. Um verdadeiro crime para mim. Se a pessoa tem um vício, deve ao menos curti-lo. Nadia comia chocolate para se sentir melhor, suponho que tal como ocorre com 99 por cento da população feminina. Como eu, mantinha as convenientes curvas do manequim quarenta. Mas jogava a culpa na gravidez, afirmando que nunca conseguira voltar ao normal depois de ter tido um filho. Já eu culpava o fato de ela roubar todos os chocolates do menino antes de ele chegar perto. Nadia já admitira comer o recheio dos biscoitos de Lewis quando ele estava distraído.

— *Odeio* este clima britânico. — A última participante de nosso grupo a chegar foi Chantal. Deixando-se cair na poltrona, meneou a cabeça para tirar os pingos de chuva dos cabelos brilhantes.

Procedente da ensolarada Califórnia, Chantal Hamilton também era casada, como Nadia. Seu marido, Ted, uma espécie de gênio do setor financeiro da cidade, tinha muita grana. Embora ela fosse a mais velha de todas nós — quase quarentona —, era, de longe, a mais linda e charmosa. Alta, magra, sempre impecável, incrivelmente bela e talentosa. Se fosse uma égua, seria puro-sangue. Chantal cortava os cabelos curtos e escuros com um dos melhores cabeleireiros de Londres — um dos que apareciam na televisão o tempo todo. Nunca se via um fio fora do lugar. No salão, ia para a sala VIP e tomava champanhe enquanto a penteavam. Era mesmo outro mundo! Nossa amiga usava sapatos que faziam meus pés doerem só de olhar. Além disso, freqüentava lojas que requeriam hora marcada com consultores que deixariam clientes com contas bancárias normais de cabelo em pé. Chantal Hamilton tinha mesmo tudo na vida.

Tudo, menos um marido que quisesse transar com ela.

Sério! Nos dias atuais, quando supúnhamos que todos eram loucos por sexo, Chantal e Ted faziam amor uma vez por ano. Duas, se ela conseguisse embebedá-lo no Natal com a mistura letal de vodca e um troço que ela chamava de "gemada". Eca! Mas, no Dia dos Namorados ou no aniversário dela, era tiro e queda; depois disso, tudo saía dos eixos! E bem que ela gostaria de ver Ted colocando tudo nos eixos!

Apesar de toda a sua educação e de seu visual sofisticado, Chantal também era uma consumidora de chocolate inveterada, que se recusava a admitir o vício. Nossa amiga americana insistia em dizer que apenas gostava de doces. Um mecanismo de defesa, sem dúvida alguma.

— Por que tivemos que vir? — perguntou ela. — Precisavam ter visto a bunda do fotógrafo que acabei de dispensar. — Comer chocolate não era sua única forma de lidar com a total indisposição do marido de exercer seus direitos conjugais. A bem da verdade, Chantal preferia *comer* seus fotógrafos a dispensá-los. — Espero que seja por um bom motivo.

— Não é — respondi, melancólica.

Clive trouxe uma bandeja com quatro xícaras de chocolate quente com chantili e raspas de chocolate, e colocou-as na mesa de centro. O líquido formava anéis de vapor no ar. Era disso que precisávamos para aquecer nossos pés gelados; era do que eu precisava para aquecer meu coração partido.

— Fiz mil-folhas — disse-nos ele, erguendo os olhos para o céu de forma dramática, em sinal de êxtase. — Camadas finas de massa, aromatizadas com gengibre, cravo, noz-moscada e canela. — Todas soltamos exclamações de aprovação. — Vocês *têm* que provar!

E quem éramos nós para discutir?

— Aqui está, queridinhas. — Ouviram-se suspiros coletivos de expectativa à medida que eu passava os pratinhos.

Eu e as demais participantes do clube nos acomodamos melhor nos sofás macios e fundos. Sorvemos o chocolate quente juntas e soltamos outro suspiro — de aprovação.

— E então? — perguntou Chantal.

Um bigode já se formara no alto da boca de Autumn, que estava com os olhos arregalados de expectativa.

Fitei aquele grupo de amigas íntimas.

— Estão bem acomodadas? — Elas assentiram. Em seguida, todas, ao mesmo tempo, pegamos as generosas porções de mil-folhas de chocolate. — Então, vou começar...

Capítulo Dois

Quem come chocolate tem que fazer ginástica: essa é uma das regras básicas que regem o universo. Por esse motivo, nas tardes de terça-feira, eu fazia ioga. Saboreei o último pedacinho do tablete de chocolate e joguei a embalagem no lixo. Às seis da tarde, peguei a bolsa de ginástica debaixo da mesa, esperando dar o fora do escritório o mais rápido possível.

Naquela época, trabalhava na Targa, uma empresa de informática especializada em recuperação de dados — seja lá o que fosse isso. Eu só sabia que trabalhava ali havia mais tempo que em qualquer outro lugar, como secretária temporária, desperdiçando por completo as ótimas notas que obtive com muito sufoco na faculdade de comunicação — apesar de muita gente achar que se tratava de uma graduação do tipo "moleza". Na Targa, vigoravam níveis endêmicos de estresse e de doenças, e se usavam com freqüência folgas abonadas. Acho que as aulas de ioga surtiriam mais efeito em algumas de minhas colegas do que em mim. Sempre que uma delas engravidava, o pessoal da empresa dava um jeito de demitir a pobre coitada, só que isso levava algum tempo e requeria bastante jogo de cintura. Então, nos últimos anos, substituí por longos períodos várias funcionárias em supostas licenças-maternidade. A legislação trabalhista não era seguida aqui.

Uma das razões que me levavam a gostar de trabalhar na Targa era sua localização perigosamente próxima ao Paraíso do Chocolate. Se eu fosse rápida, podia dar um pulo lá na hora do almoço. Minha atual missão no escritório era atender aos diversos e amplos caprichos de seis vendedores, sob o olhar perscrutador do gerente de vendas, Aiden Holby.

— E aí, gata? — perguntou ele, ao passar por minha mesa. — Vai colocar as pernas atrás do pescoço esta noite?

A Targa também era uma empresa politicamente incorreta. Assédio sexual e insultos a funcionários chegavam até a ser encorajados — sobretudo porque era a única forma de aliviar o estresse constante. Já na contratação se exigiam capacidade de flertar de modo aberto e uso de vasto linguajar ofensivo.

— Vou. A ioga me chama.

— Eu daria tudo para vê-la se inclinar naquelas roupinhas de ginástica apertadas.

— É mesmo?

Ele ergueu a mão.

— Não interrompa este meu momento tipicamente masculino!

— Pode ir sonhando — disse-lhe, já me dirigindo à porta.

— Vou tomar uns drinques com os rapazes no Space Bar, mais tarde — comentou ele, abrindo um sorriso cativante. — Por que não dá um pulo lá?

— Obrigada, mas não posso ir.

— Queria convidá-la para tomar aquela vodca com chocolate de que você tanto gosta.

16

Era tentador. Só havia uma coisa melhor que chocolate puro: misturá-lo com bebida alcoólica.

— Não vai dar, mesmo — disse eu, esforçando-me para me mostrar virtuosa.

— Pretendia embebedá-la na esperança de que me seduziria.

— Você não ia conseguir pagar por tanta vodca.

Aiden deu uma risada.

— Boa-noite, gata. Até amanhã.

Ele sempre me chamava de "gata". Eu não sabia se era porque realmente me achava bonita ou porque, como já haviam passado tantas temporárias por ali, era uma denominação genérica, aplicável a todas, para evitar a incômoda tarefa de ter que lembrar todos os nomes. Eu nunca o chamava de gato, embora ele fosse.

Aiden Holby tinha um charme fora do normal. A mulherada do escritório, sobretudo as que já tinham certa idade e se impressionavam com tudo, achava que ele era o máximo. Alto, moreno e lindo de morrer. O irrepreensível sorriso descarado e o olhar brilhante e malicioso não passavam despercebidos por mim. De vez em quando, eu me pegava falando muito bem dele nos encontros das chocólatras, que começaram a chamá-lo de "paquera". Não que eu tivesse, de fato, uma queda por ele — de jeito nenhum! Além disso, Aiden "Paquera" Holby era um solteirão convicto e eu, uma mulher comprometida, envolvida numa relação antiga. Sempre fui totalmente fiel ao Marcus, embora minhas amigas do clube muitas vezes considerassem essa minha lealdade insensata.

Capítulo Três

Juntei-me à multidão que se dirigia ao metrô e, após algumas paradas, cheguei à academia em que tinha aula de ioga. Não era lá mil maravilhas, mas estava dentro do meu parco orçamento. Na verdade, ultrapassava meu parco orçamento, mas eu não iria arrancar os cabelos por causa disso. Ali não se viam acabamentos de cromo ou vidro fosco. Apesar do odor constante de desinfetante barato nos vestiários, não era tão limpa quanto poderia ser e eu só ficava o mínimo necessário debaixo daquelas duchas. Além disso, nas salas de ginástica era possível sentir sempre um leve futum de suor e os aparelhos de ar-condicionado nunca funcionavam direito. O pior era que fazia calor pra caramba naquele dia — do tipo que fazia Toffee Crisps, tabletes de chocolate com caramelo e flocos de arroz, derreterem na bolsa. Foi o que constatei, pois esse era meu jantar. Se ia até ali fazer aulas para punir o meu corpo com freqüência, então elas tinham que acompanhar meu consumo de calorias.

Eu travava uma batalha eterna para não ultrapassar os limites do que se considerava uma pessoa rechonchuda. Era baixinha, loura natural e não *muito* cheia, considerando meu vício — embora provavelmente me descrevessem como "curvilínea" ou "exuberante", se algum dia me tornasse tema de um escândalo em tablóide. "A Luxuriosa Lucy" ou "A Sensual Lucy" seriam meus cognomes nas manchetes. Não vou nem considerar algo do tipo "Lucinha Carnudinha".

Antes, eu tinha um monte de aspirações, mas, agora, já não tenho tantas. Só sei que não quero passar o resto da vida preenchendo formulários e levando café para pessoas que nem se dão ao trabalho de me conhecer, porque sabem que não vou ficar ali por muito tempo. Depois de todos aqueles anos, eu continuava pagando as dívidas da universidade. Sabia que, um dia, iria parar de torrar todo o meu dinheiro com excesso de calorias e começar a economizar para ingressar no mundo da razão. Embora estivesse contemplando a mudança, apesar de já estar na segunda metade dos trinta, eu me sentia bem comigo mesma.

Não era uma solteirona frustrada, tampouco uma casada complacente. Tinha um namoro firme — às vezes. Marcus Canning me adorava e pretendia se casar comigo, algum dia. Fazia cinco anos que estávamos juntos e, naquele momento, ele já estava assumindo, lentamente, certo "compromisso", o que era ótimo.

Quando me aproximei da academia, eu me senti meio desanimada. Fazia ioga para diminuir o estresse, mas não sabia se estava dando muito certo. Bastava me deitar durante a aula, com os punhos cerrados de forma tensa, para pensar: *Anda logo com isso!*; já os demais alunos aparentavam estar supersatisfeitos, ouvindo um daqueles cantos estridentes de pássaro e a voz monótona da nossa professora, Persephone. Também era difícil para mim manter os joelhos na posição destruidora de pernas do Lótus. Além disso, fazia de forma bem apática a meia-postura do arado. Essa minha dedicação ao lado espiritual me impedia de encontrar com o Marcus às terças. Eu o amava tanto que era difícil deixar de vê-lo todos os dias; na verdade, tinha que me obrigar a fazer outras coisas, já que ele não gostava nem um pouco de mulheres pegajosas demais.

De vez em quando, ele me ligava e me convencia a não levar adiante meus esforços de ficar em forma. Meu namorado me atraía para seu apartamento oferecendo generosas quantidades de chocolate e vinho tinto. Podem dizer que não tenho força de vontade, mas o fato é que eu sempre acabava cedendo, embora ocasionalmente fizesse uma cena por ter que faltar. Marcus nunca levava minha relutância a sério, ciente de que bastava estalar os dedos para eu fazer o que ele quisesse. Além do mais, uma taça de vinho fazia bem para o coração — sabe-se lá o que dizer das outras quatro que eu acabava tomando. Dois quadrados de chocolate amargo por dia também eram benéficos para a saúde. Aumentavam o nível de endorfina e antioxidantes, o que era ótimo. Com que freqüência os cientistas erravam? Hein? Então, no fim das contas, ir ao apartamento dele para tomar vinho e comer chocolate talvez fosse muito mais vantajoso para mim que arriscar lesões na aula de ioga. E, sejamos realistas, independentemente de ser um fato científico, a maioria das pessoas sempre preferiria birita e chocolate a saúde e hata-ioga, e eu não era uma exceção.

Marcus sabia muito bem que não resistia ao seu apelo, muito menos ao do Mingles, chocolate com menta. Naquele dia, no entanto, apesar de eu ter fitado o telefone por longos momentos durante o dia, ansiando que ele me salvasse da postura do triângulo, não me ligou. Cheguei a telefonar para ele algumas vezes — umas dez —, mas, daí, percebi que estava exagerando. De qualquer forma, todas as ligações caíram direto na caixa de mensagens.

Tirei um Toffee Crisp do meu kit de emergência, guardado na bolsa, e devorei-o. Fazer exercício, mesmo ioga, de estômago vazio me fazia sentir fraca. Para ser sincera, só recentemente eu me havia tornado fã dos prazeres do chocolate com especificação de origem. Eu o adorava de qualquer jeito, mas minha paixão, naquele momento, eram os do tipo *gourmet*, feitos com grãos selecionados de uma única plantação, procedente de diversas regiões do mundo: Trinidad e Tobago, Equador, Venezuela, Nova Guiné. Lugares exóticos, todos eles. Na minha humilde opinião, esse era o melhor chocolate. Equivalia à grife Jimmy Choo no mundo das chocolatarias, embora a trufa fosse uma competidora ferrenha. (A rigor, se comparada ao chocolate, ela seria mais um doce, mas não quero ser pedante demais.) Para não dizerem que era exigente demais, também me empanturrava de Mars Bars, Snickers e Double Deckers, como se eles fossem sair de moda. Como boa especialista, cresci consumindo chocolates das marcas Cadbury e Nestlé, sendo os meus favoritos Curly Wurly e Galak, que, na minha opinião, foram ficando cada vez menores no decorrer dos anos. Andava meio desiludida com os Walnut Whips também; para mim, já não eram mais os mesmos. Não que eu tenha deixado de consumi-los — podem considerar isso pesquisa de qualidade.

Devorei a última porção de Toffee Crisp ao passar pela porta da academia e saudei com entusiasmo Becky, a recepcionista magérrima cuja aparência deixava claro que a tentação do chocolate nunca batera à sua porta. Passei rápido por ela, para trocar de roupa.

— Ah, Lucy — chamou-me a recepcionista. — A aula de ioga foi cancelada hoje. Persephone teve um problema nas costas.

Não era lá uma boa propaganda para a ioga, era?

— Droga! — exclamei. — Eu estava louca para relaxar. — Podem me chamar de mentirosa, não me importo.

— Por que você não faz a aula de ginástica com bola suíça? — sugeriu Becky. — Tem a de musculação também.

Eu achava ambas cansativas demais. Gostava de ioga justamente porque a gente pode fingir que está se esforçando muito, quando, na realidade, não está fazendo quase nada. Se alguém parasse de se movimentar numa aula de aeróbica, todo mundo notaria. Já se alguém cochilasse na de ioga, todo mundo acharia que a pessoa conseguia meditar.

— Prefiro esperar a próxima aula — disse eu, como se estivesse desapontada. *Que posição do ângulo que nada!*, pensei, sentindo-me subitamente alegre. Tentei deixar transparecer certa empatia: — Tomara que a Persephone melhore logo.

— Ela deve voltar daqui a alguns dias.

E agora? Talvez devesse ir tomar um drinque no Space Bar, com meus colegas de trabalho. A oferta da vodca com chocolate era tentadora. A idéia de socializar um pouco com o Paquera me atraía, mas eu ia ter que agüentar as incontáveis piadinhas sobre ioga não só dele, como dos outros rapazes. É possível que o Paquera tentasse me embebedar e talvez — talvez — eu *tentasse* seduzi-lo. Melhor não enveredar por aí. A Targa incentivava encontros que fortalecessem o bom relacionamento da equipe, mas, às vezes, eles envolviam bebidas alcoólicas e acabavam em constrangimentos, demissões e processos de assédio sexual. Eu teria que enfrentar Paquera no escritório, no dia seguinte. Além do mais, já tinha um namorado maravilhoso.

O apartamento dele ficava ali perto. Poderia pegar o metrô e fazer uma surpresa agradável para ele. Avaliando as possibilidades, optei pelo calor dos braços do Marcus. Muito mais sensato. A idéia de vê-lo me encheu de ânimo e decidi ir mesmo até lá.

Capítulo Quatro

A linda cobertura do Marcus ficava num edifício em estilo georgiano, num bairro badalado de Londres. Ele a comprara no ano anterior. Na época, fiquei meio desapontada, pois esperava que, após sua saída do apartamento que compartilhava com três rapazes, iria me chamar para morar junto, mas ele disse que não se sentia pronto para isso. No entanto, deu-me as chaves, uma demonstração importante de confiança em qualquer relacionamento. Além disso, assegurou-me que aquele apartamento era um bom investimento para o nosso futuro. Quando nós finalmente morarmos juntos — é o que vai acontecer, mais cedo ou mais tarde —, o Marcus já terá feito um bom pé-de-meia, que poderemos usar como entrada para a compra de nossa casa. Como o marido da Chantal, ele ganhava muito bem no setor financeiro, sendo totalmente viciado em trabalho. Meu namorado se dedicava por completo ao emprego e a mim, claro.

O Marcus é louro, bonitão e charmoso; eu tinha muita sorte de ter um namorado como ele. Às vezes, quando me sentia meio insegura, chegava a pensar que não estava à altura dele. Para quem cresceu sendo chamada de "bochechuda", parecia estranho ter um namorado assim. Quando ele entrava num lugar, atraía os olhares de toda a mulherada, às vezes até dos homens também. Já minha aparência era mais comum — nada mal, só que nunca seria descoberta na rua por algum caçador de talentos da Agência Storm em busca de uma modelo mais madura e cheinha.

Conheci Marcus numa livraria, o que sempre me pareceu muito romântico. Eu estava comprando um novo exemplar de *Orgulho e Preconceito*, pois o meu caía aos pedaços, e ele adquiria *Cidades Horríveis: os 50 Piores Lugares para se Viver no Reino Unido*. Foi amor à primeira vista, pelo menos no meu caso. Marcus pediu meu número de telefone e, embora eu sonhasse todos os dias com a sua ligação, só me telefonou um mês depois. Mais tarde, ele me confessou que encontrou meu número enquanto examinava os contatos da agenda do celular e que já nem sabia de quem era. Acabou ligando por pura curiosidade; foi meu dia de sorte.

Após colocar a chave na fechadura, eu avisei, como de costume:

— Oi, querido, cheguei! — Era uma brincadeira nossa. Senti de imediato o aroma delicioso de algum condimento. — Humm! — Não tinha percebido como estava faminta. Só havia comido uma coisa naquele dia: chocolate, chocolate e mais chocolate, o que não era nenhuma novidade. Quando entrei na sala, Marcus veio em minha direção, saindo da cozinha. Estava de avental e segurava uma colher de pau.

— O que está fazendo aqui?

— Cadê o "Oi, querida, eu te amo"? — perguntei, jogando a bolsa de ginástica no chão e indo beijá-lo. — Que cheiro delicioso! — Circundei sua cintura e abracei-o com mais força. — Estou muito impressionada. Deveria fazer isso mais vezes. O que está preparando?

— Nada demais — respondeu, distraidamente.

— Humm! — Passei o dedo na colher de pau, pegando um pouco do molho delicioso e lambendo o dedo para prová-lo. — Tem suficiente para duas pessoas?

— Tem, mas só para duas mesmo.

— Ah, que bom!

Com a mão livre, ele tirou meus braços de sua cintura.

— Na verdade, estou esperando alguém. — *E não você*, dizia o tom de voz.

— Ah, é? — Tentando esconder a decepção, segui-o, enquanto ele voltava para a cozinha. A decoração ali era fantástica, com vidro fosco e cromo, os mesmos materiais que deveriam ter sido usados na minha academia. Era sofisticada demais para Marcus, já que ele sempre comprava alimentos congelados e pedia comida para viagem. Havia um monte de guarda-louças vazios, além de vários eletrodomésticos intocados. Bom saber que ele estava descobrindo os prazeres da culinária. Enquanto meu namorado mexia a panela, abri a geladeira. — Quem está vindo?

— Um velho amigo de infância — respondeu.

— Humm! Meu doce favorito! — Ali estavam duas taças de musse de chocolate, muito tentadoras. — Foi você que fez?

— Bom...

— Um homem de talentos ocultos — brinquei. — Tem alguma sobrando?

— Infelizmente, não.

Também vi champanhe na geladeira, de muito boa qualidade.

— Alguém especial?

— Não — respondeu, meneando a cabeça com veemência. — Só um colega. Você não conhece. Pensei que tinha aula de ioga hoje.

— Foi cancelada — expliquei, notando que a garrafa de vinho tinto sobre o balcão já estava pela metade. — A professora machucou as costas.

— Não é uma boa propaganda para a ioga.

— Foi exatamente o que pensei. — Às vezes nós dois nos conectávamos de tal forma que podíamos até ler os pensamentos um do outro.

— Não quis fazer outra aula?

— Estava muito cansada. Além disso, queria ver você. — Apoiei a cabeça em seu ombro, enquanto ele mexia o molho. Bati o olho no livro de receitas, aberto sobre o balcão. — Uau! Frango marroquino com azeitonas! E musse de chocolate de sobremesa? Está caprichando, hein?

— Achei que valia a pena o esforço. Gosto de cozinhar. — O livro de receitas era um que eu lhe dera de Natal dois anos atrás. *Como se Tornar Cupido na Cozinha*. Engraçado ele não ter preparado nenhuma daquelas receitas para mim.

— O que é isso? — Ergui a tampa de outra panela.

— Purê de batata com açafrão — respondeu, com alguma relutância.

— Humm! Um verdadeiro banquete. Espero que seu amigo não seja do tipo que só come hambúrguer com batata frita.

Afastou-se de mim, mais uma vez.

— Vou tentar ligar para ele agora, para ver se consigo cancelar.

— Não cancele por minha causa! Eu gostaria de conhecê-lo. Tem certeza de que não há comida suficiente? Acho que dá. — E ela dividiria com Marcus a musse de chocolate.

— Melhor deixar para outro dia. — Pegou o telefone e discou um número. — Nós vamos ficar falando dos velhos tempos, você vai achar chato.

A tigela que Marcus usara para fazer a musse estava jogada na pia. Peguei-a e passei o dedo pelo que sobrara, lambendo-o para provar. Estava ótimo. Se eu estivesse sozinha, lamberia todo o recipiente, mas não queria dar uma de desesperada.

— Está dizendo que vou atrapalhar?

— Escute... — começou a dizer Marcus, sem terminar a frase.

— Está bom. — Senti-me triste por não querer que eu ficasse. Ele tinha um jeito de ser peculiar. Quase nunca saíamos com os amigos ou a família dele. Preferia ficar a sós comigo. E eu não deveria achar isso bom? Só que às vezes pensava que ele não me achava boa o bastante para ele. Bobagem, eu sei. O próprio Marcus dizia o tempo todo que eu era uma boba. — Só vou ficar para dizer oi e, depois, vou embora. Eu não deveria ter vindo sem avisar. Achei que você estaria de bobeira.

— Normalmente estou — admitiu. — Mas já faz tempo que marcamos esse encontro.

— Você não disse nada.

— Não achei que se interessaria. — O telefone continuava chamando. — Mensagem de voz — comentou, impaciente. — *Oi, é o Marcus. Ligue para mim. É urgente.*

— Não devia cancelar. Eu vou embora, se quiser. — Tentei não parecer complicada. — Posso ajudar em alguma coisa antes de ir? Quer que eu ponha a mesa?

— Já está pronta. Você não precisa ficar.

— Ah. — Nem tivera a chance de tomar uma taça de vinho. — Está bom. Vou pegar algumas roupas minhas no quarto, pois quero levar tudo para lavar lá em casa, e, depois, vou embora.

— Ótimo. — Deu-me um beijinho na bochecha. — A gente se vê amanhã. De repente, podemos ir ver um filme.

— Boa idéia. — Embora estivessem passando filmes demais com Angelina Jolie no papel principal.

Saí da cozinha e fui até o quarto. Puxa! Pelo visto, ele tinha feito uma faxina geral! Tudo estava arrumadérrimo! Nada de roupas espalhadas na cama, nada de roupas sujas jogadas nos cantos: cada coisa em seu lugar. E havia velas por toda parte, lindos candelabros de aço inoxidável, como os das igrejas. Muito elegante. Separei minhas roupas das dele, no cesto.

— O quarto está lindo — comentei, ao voltar. — Adorei aquelas velas. Por que resolveu comprá-las?

Marcus enrubesceu. Para um cara hétero, adorava decoração, só não gostava de admitir. Seu apartamento era impecável. Sofás de couro branco contrastando com almofadas vermelhas, sobre piso de madeira escura. Os objetos de arte combinavam uns com os outros e eram contemporâneos.

— Passei por uma loja outro dia e as vi na vitrine — explicou ele. — Achei que ficariam legais aqui.

— E ficaram mesmo — concordei com ele, pondo a roupa suja na bolsa de ginástica, que ficou abarrotada. Pendurei-a no ombro. — Muito românticas. — Fiz um beicinho, o mais sedutor possível. — Mal posso esperar para usá-las.

Então, reparei que a mesa de jantar fora posta para dois, de um jeito igualmente romântico. Ele colocara mais velas ali e um buquê de rosas vermelhas, provavelmente compradas noutra loja. Não me lembrei de nenhuma ocasião em que ele tivesse preparado um jantar para mim com flores na mesa — nem mesmo no Dia dos Namorados. Além das rosas, vi uma pequena caixa de chocolates e reconheci a embalagem.

— Você foi ao Paraíso do Chocolate — constatei, surpresa.

Ele nunca ia lá, sabia que aquele era meu território, meu ponto de encontro com as amigas. De súbito, meu coração foi à boca. E, naquele momento, a campainha tocou. Marcus gelou, como eu.

— Deve ser seu amigo — consegui dizer, embora mal pudesse respirar. Marcus ficou sem saber se abria a porta ou se continuava onde estava. A campainha tocou de novo. — Quer que eu vá abrir?

— Não. Não.

Fiquei sem saber o que fazer, enquanto ele abria a porta lentamente. Não me surpreendeu constatar que o velho colega de Marcus era, na verdade, uma morena pequena, lindíssima. Assim que ela entrou, beijou-o na boca.

— Oi, querido — disse.

Marcus recuou ligeiramente e lançou um olhar preocupado em minha direção. A amiga virou-se também.

— Olá — cumprimentei-a, estendendo a mão e esforçando-me para sorrir. Ela apertou-a, com a mão delicada e gelada, tão esquelética quanto o resto do corpo. — Lucy — continuei alegremente —, namorada do Marcus.

Foi a vez da moça recuar.

— Esta é minha amiga Joanne — apresentou ele, tenso.

Fitei-o.

— Um velho amigo de *escola*, não foi o que me disse? — Olhei para Joanne. — Quando estudaram juntos? No ensino fundamental? No médio? Ou terá sido na dura escola da vida?

A velha amiga encarou Marcus.

— Não sei bem o que está acontecendo aqui, mas não tenho a menor intenção de participar. — Deu as costas, dirigindo-se à porta.

— Jô — chamou ele, agarrando a manga de sua blusa. — Não vá.

Percebi que estava na hora de dar o fora dali.

— Puxa, Marcus — disse-lhe eu, com amargura. — Você me respeita tão pouco assim?

— Posso explicar — implorou à moça, e percebi que continuava olhando para ela, não para mim.

— Melhor você ficar e ouvir o que ele tem a dizer — disse a ela. — Eu é que vou embora. — Como Marcus não fez nada para me impedir, peguei minha bolsa de novo e caminhei até a porta. Dirigime à sua nova paixão: — Foi um prazer conhecê-la. Acho que vai adorar o jantar. O cheiro está ótimo, chegou até a disfarçar o de um cara fedorento. Ah, os chocolates são ótimos. Espero que se engasguem com eles.

Fiz o possível para manter a dignidade e saí de cabeça erguida.

Capítulo Cinco

Meu apartamento não era tão charmoso quanto o do Marcus, mas, bem ou mal, era meu lar. Morava em Camden, num cubículo que ficava em cima de um salão de beleza, outrora administrado por minha recém-partida mãe, quando ela era cabeleireira. Não disse "recém-partida" porque ela morreu, mas porque se mudou para a Espanha. Depois de ter vivido anos separada do meu pai volúvel, casou-se com um sujeito mais velho e rico, e parou de trabalhar. Ficava de pernas para o ar o tempo todo, em sua maravilhosa vila na Península Ibérica. Agora, pagava para que outras pessoas lhe fizessem penteados. Para ser sincera, eu a vi tão pouco nos últimos tempos que não faria diferença se tivesse batido as botas. Ela ainda era dona daquele imóvel em Camden, então eu continuava a morar ali, porque me cobrava um aluguel barato e não se preocupava quando me esquecia, sem querer, de pagá-lo. Em compensação, eu não punha o lugar abaixo, nem deixava o banheiro inundar, como a maioria dos inquilinos costumava fazer.

O salão passara a ser administrado por um cara muito legal, chamado Darren. Era ele que cortava o meu cabelo e fazia escova, quando eu precisava, sem me cobrar nada, já que eu ficava de olho no salão quando estava fechado. Se me mudasse, ainda por cima teria que pagar o cabeleireiro. O corte que o Darren fazia em mim era um daqueles modernos e repicados, muito apreciados pelas apresentadoras infantis da BBC. Eu achava que me fazia parecer mais jovem e travessa. Ou talvez só realçasse minhas bochechas rechonchudas. Eu deveria apresentar Darren a Clive e Tristan um dia. Os dois faziam chocolates maravilhosos, mas bem que podiam modernizar os cortes de cabelo. O estilo que usavam requeria gel demais e suas luzes louras eram medonhas. Acho que ambos adorariam Darren. Ele era magérrimo, o infeliz, devia pesar uns cinqüenta quilos e tinha quadris iguais aos de uma garota de doze anos. Clive e Tristan o fariam engordar num piscar de olhos.

Voltando à minha família. Meu pai, por sua vez, casou-se com uma mulher muito mais jovem, que, apesar de também ser cabeleireira, não conseguiu dar um jeito na careca mal disfarçada dele. Porém, o lado positivo da relação dos dois não tinha a ver com as habilidades dela no salão de beleza, mas sim com o fato de o papai morar na Costa Sul; assim, eu o via ainda menos que mamãe.

Abri a porta do apartamento, joguei a bolsa de ginástica no chão e fui correndo para a geladeira, sem nem ao menos acender a luz da cozinha. Sentada no chão gelado, com a porta do refrigerador aberta, reencenei *9 1/2 Semanas de Amor*, sozinha. O sorvete sabor Phish Food, da marca Ben & Jerry, foi o primeiro a ser devorado. Nem usei colher, simplesmente tomei-o com a mão. No metrô, a caminho de casa, pude conter o choro, mas, naquele momento, grossas lágrimas rolavam pelas maçãs do meu rosto, salgando os pedaços de chocolate em forma de peixinhos e o marshmallow do sorvete. Quando ele acabou, peguei os tabletes de chocolate com amendoim, Snickers, e devorei três praticamente sem mastigar. Depois, o chocolate com recheio de coco, Bounty Bar. Às vezes, eu me perguntava por que não colocavam em cada uma das embalagens individuais um chocolate amargo e outro ao leite, evitando assim que tivéssemos que ficar escolhendo; entretanto, naquela noite, nem prestei atenção nas cores ao metê-los na boca. Havia também uma caixa de chocolates com especificação de origem do Paraíso do Chocolate. Clive teria um ataque se me visse comendo seus quitutes gelados, e não em temperatura ambiente. Apesar da minha dor, eu me dei conta de que seria um verdadeiro desperdício consumi-los naquele momento. Optei por uma barra de chocolate ao leite da Cadbury, três tabletes de Alpini, da Thornton, e uma caixa de chocolates Celebrations, de vários sabores, da Mars, que mal pude esperar para abrir.

Enquanto comia, nem pensava no Marcus e no desprezo com que me tratara, mais uma vez. Naquele momento, eu só estava interessada em mim e no chocolate reconfortante. Um bombom atrás do outro, quase sem parar: de laranja, coco, caramelo. Mal sentia seus sabores. Mas, quando, por fim, parei de me empanturrar, comecei a passar mal. Dor de estômago. Enjôo. Fui ao banheiro, enfiei o dedo na garganta e vomitei tudo. Então, devidamente expurgada, tirei a roupa e deitei na cama, de barriga para cima, à espera do amanhecer.

Capítulo Seis

Na manhã seguinte, a face refletida no espelho do banheiro estava mais branca que a neve e cheia de olheiras. Apoiei-me na borda da pia e inclinei-me profundamente, com ânsia de vômito, furiosa comigo mesma. Aquela não era a primeira vez que Marcus me tratava mal, mas nunca antes eu tivera que enfrentar sua infidelidade cara a cara.

Dediquei cinco anos de minha vida a Marcus Canning. Cinco dos meus melhores anos. E me sentia uma perfeita idiota por tê-los desperdiçado com ele. Nunca terminava o namoro porque ele mesmo dizia que eu era a única sem a qual ele não podia viver. Quer dizer então que, vez por outra, quando conhecia uma jovem legal — alguém magra e bonita como Jô —, num bar ou sabe-se lá onde, resolvia checar se eu era *mesmo* a única sem a qual não podia viver, ou se havia se enganado. Daí, ele mergulhava de cabeça na aventura. Até chegar à conclusão de que *podia* viver sem *ela,* mas não sem mim. Então, voltava. Para isso, tinha que implorar várias vezes e, no fim das contas, eu acabava cedendo e o aceitava de volta. Era por isso que eu consumia em excesso o chocolate Madagascar, oriundo de uma única plantação. Mas chegara a hora de dar um basta naquilo! Daquela vez, terminaria tudo com ele.

Depois de tomar banho, escovei os dentes, permitindo que o sabor mentolado tirasse o gosto amargo da minha boca. Caramba, por que não faziam pastas de dente de chocolate? Seria muito melhor. Por que não tínhamos inventores de pastas de dente para o público feminino? Eles as fariam nos deliciosos sabores de tiramisu e brownie de chocolate, não com o desagradável gosto de menta. *Eca!* Vesti-me, colocando as roupas que eu jogara no chão do banheiro na noite anterior. Não tomei café-da-manhã, já que a idéia de abrir a geladeira de novo me deu ojeriza. Acenei com alegria forçada ao passar por Darren, o cabeleireiro, que acabara de chegar ao salão. Mas, em vez de ir, pelo caminho de sempre, ao escritório, peguei o metrô rumo ao apartamento de Marcus.

Respirei fundo, antes de entrar, mas não havia sinal dele e de sua amante, Jô. Tal como eu previra, ele já tinha saído para trabalhar. Viciado como era, gostava de chegar às 7h30. Odiava pensar na possibilidade de seus colegas chegarem mais cedo e levarem vantagem. Sua manhã começava às 6h30 em ponto, com uma corrida e um banho gelado, e acho que nem eu nem a nova amante faríamos com que mudasse sua rotina.

Havia sinais, entretanto, de que a noite fora divertida. Jô pode ter se achado no meio de um triângulo amoroso, mas, pelo visto, não se importou de ficar, quando julgou que um dos ângulos havia sido descartado. Resquícios do jantar continuavam na mesa: pratos sujos, guardanapos amarrotados e uma taça de champanhe com marca de batom. Na caixa de bombons do Paraíso do Chocolate restava um chocolate — um verdadeiro sacrilégio para mim, que, então, o comi, desfrutando da breve euforia que me fez sentir. Se deixaram chocolates ali, devia ser porque mal puderam esperar para ir para a cama. Duas almofadas vermelhas do sofá estavam no chão, um descuido incomum no caso do Marcus. O fato de elas se encontrarem espalhadas no tapete branco e felpudo, de pêlo de carneiro, já era suspeito. Fui até o quarto e, claro, não estava tão organizado quanto no dia anterior. Ambos os lados da cama haviam sido desarrumados, o que só podia significar uma coisa. De qualquer forma, se eu ainda precisasse de confirmação, havia uma garrafa de champanhe e duas taças ao lado da cama. Pelo visto, Marcus não dormira sozinho.

Com passadas pesadas e o coração aflito, fui à cozinha. Outra visão devastadora. Marcus não havia arrumado nada. Os pratos estavam empilhados na pia e as sobras do frango marroquino com azeitonas e do purê de batata com açafrão continuavam em suas respectivas panelas, no fogão. Virei o conteúdo de uma na outra, peguei uma colher e levei a mistura ao quarto. Abri o guarda-roupa, deparando-me com as camisas e os ternos perfeitamente organizados de Marcus. Equilibrando a panela no quadril, meti a colher e peguei uma porção caprichada. Abri o bolso do terno favorito dele, da Hugo Boss, e joguei tudo ali. Era preciso reconhecer que o purê estava muito bem-feito, leve e cremoso.

Movendo-me diante do guarda-roupa, continuei a espalhar a comida *gourmet* nos ternos e, quando acabei, ainda havia sobras. Ao que tudo indicava, os pombinhos estavam sem apetite. Concentrei-me nos sapatos: prateleiras e mais prateleiras cheias deles, todos de marca, casuais de um lado, formais de outro. Ele tinha muito mais do que eu. De Ted Baker, Paul Smith, Prada, Miu Miu, Tod... Meti colheres cheias de comida em cada um deles, pressionando-as na área dos dedos para causar mais impacto.

Depois, levei a panela para a cozinha e deixei-a no lugar. Do jeito que estava me sentindo, Marcus teve sorte por eu não ter ateado fogo no apartamento. Em vez disso, abri o congelador. Meu namorado —

na verdade ex — tinha um fraco por frutos do mar. (E por outras mulheres, claro!) Abri um saco de pitu congelado. Na sala, tirei as almofadas do sofá e enfiei vários ali dentro, em diversas partes. No quarto, ergui o colchão da bela cama com acabamento em couro e coloquei os pitus restantes ali, fazendo pressão. Dali a alguns dias, produziriam um odor peculiar.

E, então, para fechar com chave de ouro, voltei à cozinha e peguei a garrafa de vinho tinto, que estava pela metade — aquela da qual nem pude sentir o cheiro —, e derramei-a no tapete branco e felpudo. Depois, joguei minha chave no meio da mancha. Em seguida, peguei meu batom, um bem vermelho, chamado *Escarlate Ferino* — um nome bastante apropriado, se querem saber —, e escrevi no sofá de couro branco, com letra caprichada: *MARCUS CANNING, VOCÊ NÃO PASSA DE UM BABACA TRAIDOR.*

Capítulo Sete

— E, então, liguei para vocês. — Meus lábios tiritavam, agora que havia colocado minhas amigas a par do mais novo capítulo da novela que era minha desastrosa vida amorosa. Quando peguei a xícara de chocolate quente, minhas mãos também tremiam. Segurei-a com força até sentir o calor relaxar meus dedos.

— Caramba! — exclamou Autumn, de olhos arregalados.

— É assim que se faz! — incentivou Nadia. — Fez muito bem mesmo. O Marcus é um tremendo canalha!

A vingança do pitu me pareceu um toque perfeito quando a realizei. Agora, já não tinha mais tanta certeza disso.

— Acho que ele nunca vai me perdoar por isso — sussurrei.

— E por que perder tempo pensando se *Marcus* vai perdoá-la? — perguntou Chantal. — Foi aquele idiota que colocou você naquela situação terrível. Ele é que deveria tentar ser perdoado. Abra os olhos, Lucy. Pare de ser tão subserviente.

— E se ele mandar me prender por crime contra a propriedade?

— Não se atreveria a fazer isso — respondeu Nadia.

Clive e Tristan haviam se sentado conosco, aproveitando para saborear o mil-folhas. Não havia nada de que gostassem mais do que uma boa fofoca.

— O que acham, rapazes?

— Você agiu certo — assegurou-me Clive, dando tapinhas em minha mão. — Conseguiu unir drama e indignação. Poderia até se tornar uma homossexual honorária.

Clive e Tristan, os donos do Paraíso do Chocolate, e, como tal, nossos fornecedores, protegiam suas melhores clientes como se pertencessem a eles. Com freqüência, ajudavam-nos a resolver nossos problemas. Entretanto, como eram mais afeminados que o comediante travesti Eddie Izzard, eu sabia que seus conselhos, às vezes, eram unilaterais. Além disso, se resolvessem todos os nossos dilemas no quesito relações, arruinariam os negócios! Seus lucros cairiam no mínimo 50 por cento se eu ficasse uma semana sem ir ali; entretanto, essa era uma possibilidade, de qualquer forma, bastante implausível. Nunca conseguiria ficar uma semana sem ir até lá pelo menos uma vez.

Tristan, um ex-contador e chocólatra convicto, era, supostamente, o empreendedor. Planejava abrir filiais do Paraíso do Chocolate em todo o país, competindo com a cadeia Starbucks. Já Clive era o mestre chocolateiro. Começara a carreira como chef confeiteiro num dos melhores hotéis de Londres, dando vazão à sua eterna paixão por chocolate ao preparar magníficas sobremesas exóticas. Quando ele e Tristan se conheceram, abandonaram seus trabalhos e abriram o Paraíso do Chocolate. Clive agora se dedicava à criação dos mais deliciosos quitutes já conhecidos por um homem — ou melhor, por uma mulher. E, embora fossem gays superassumidos, sabiam muito bem como satisfazer as mulheres.

— Você ligou para o Paquera? — quis saber Chantal. — Se não foi trabalhar, ele deve estar querendo saber o que houve.

— Não — disse, fungando. — Nem me lembrei do escritório.

— Me dê o seu telefone — ordenou ela. — Vou ligar e dizer que você vai na hora do almoço. — E assim fez. Enquanto escutava Chantal dar uma explicação sincera e ambígua sobre minha ausência, tentei afastar o pensamento de que aquela história circularia pela Targa caso se tornasse conhecida, o que sempre acabava acontecendo.

— Ele está preocupado com você, o sr. Aiden Holby — informou Chantal ao desligar. — Parece ser charmoso.

Para Chantal, todos os homens que tinham menos de quarenta anos e respiravam eram charmosos. Mas, naquele caso específico, tinha razão. Esperem um momento — como eu podia pensar assim, se ainda me sentia arrasada? Forcei-me a dizer, animada: — E *é* charmoso mesmo.

— É isso aí! — incentivou Chantal. — *Há* vida após o Marcus. Você só tem que agüentar as pontas. Clive, pode trazer mais chocolate?

Autumn e eu também queríamos mais.

— E trufas — sugeriu ele, acariciando seu lindo cavanhaque. — É disso que precisamos. São ideais para crises. — E foi reabastecer nosso estoque.

— Eu não quero — disse Nadia, levantando-se. — Tenho que pegar o Lewis na creche. De agora em diante, adeus liberdade. — Ergueu as mãos, fazendo um gesto resignado.

Como as demais não tinham nada a ver com crianças — exceto pela convivência que haviam tido na escola, na infância —, simplesmente assentiam nos momentos adequados, quando Nadia começava a expor suas preocupações a respeito da complicada tarefa de ser mãe. A mudança de alimentação do Lewis, de líquidos para sólidos, fora um tópico bastante longo — embora, nesse caso, tenhamos ressaltado que o chocolate era um sólido, e quem resistiria a ele? Depois, Lewis passou a comer, com satisfação, pizza, lingüiças e chocolate — bom menino!

Nadia participava dos nossos encontros freqüentes sempre que possível, para evitar que a mente enferrujasse. Essas eram as palavras dela, não as nossas, apesar de concordarmos com nossa amiga. Às vezes, ela mesma esquecia e, sem perceber, começava a nos relatar como o filho gostava de explorar o conteúdo do nariz — um tópico de conversa que nós, rapidamente, mudávamos. Pouco a pouco, fomos desencorajando seus piores excessos e mantendo o assunto o máximo possível no mundo dos adultos.

Nadia tinha a mesma idade que eu, embora aparentasse ser bem mais velha. Suas responsabilidades se tornavam um fardo, em algumas ocasiões. Tinha um lar, um marido e um filho adoráveis, mas, para ser sincera — como ela era conosco —, havia momentos em que nossa amiga morria de tédio com a vida que levava.

Uma de suas grandes dificuldades era ser asiática e o marido não. Fora deserdada pela família por ter evitado o casamento arranjado com Tariq, um primo de terceiro grau ou coisa assim. Fora banida da família enorme e acolhedora e nunca mais havia visto nenhum de seus parentes. O lado positivo daquela história era que, desse modo, ela fora poupada das incontáveis visitas de suas inúmeras tias bem-intencionadas, com seus vasilhames cheios de *bhaji* de cebola; o lado negativo era que ela tinha que enfrentar tudo sozinha.

Quando Nadia engravidou, achou que isso propiciaria, ao menos, uma aproximação com suas duas irmãs, com quem sempre mantivera fortes laços de amizade. Mas não foi o que ocorreu. Então, nós, do Clube das Chocólatras, acabamos nos tornando suas irmãs substitutas.

Apesar de ter escapado de um casamento asiático tradicional, Nadia parecia estar sendo subjugada por um homem que regredira cinqüenta anos. Após o nascimento do bebê, Toby exigira que ela não trabalhasse e, então, Nadia ficara em casa com Lewis — um luxo a que eles não podiam se dar. Ele tinha uma empresa de serviços hidráulicos e todas nós sabíamos o quanto esse tipo de negócio podia ser lucrativo;

não obstante, filhos custam tão caro quanto chocolate *gourmet*. Nadia aceitou a imposição do marido, mas, para tanto, teve que abdicar da carreira de relações-públicas numa editora badalada, que ela adorava. Na minha opinião, ela devia ter algum ressentimento por causa disso. Para tentar consolá-la, procurava convencê-la de que aquele emprego já estava "ultrapassado". Mas, no fundo, Nadia sabia que eu daria tudo para ter uma posição daquelas.

Ela me deu um beijo no rosto e pegou o último chocolate do meu prato.

— Talvez consiga me encontrar com vocês no final da semana.

— Obrigada por ter vindo. — Eu realmente me sentia agradecida, já que sabia como era difícil para ela arrumar tempo para si.

Como Autumn tinha um horário maluco, mas flexível, costumava ir aos encontros, chegando a ficar cerca de uma hora, quando necessário. Tinha um emprego interessante; trabalhava num centro de reabilitação de drogados — sei que deve haver um termo politicamente correto. O nome do programa era MANDA VER!, ou FIQUE FRIO!, ou DANE-SE!, algo nessa linha, não me lembro bem. Ela dava aulas de arte, especificamente de trabalho com vitrais, que, com certeza, devia ser muito útil para os que estavam tentando largar a heroína. Eu não deveria ser tão irônica, já que ela se dedicava de corpo e alma aos seus protegidos e realmente se importava com eles — talvez até demais. O nome Autumn, de alguma forma, deve ter ativado algum gene de consciência hiperativo que costumava faltar nas classes altas. Todas nós a adorávamos, apesar de suas excentricidades, porque nosso vício em comum nos unia.

Ela era uma inglesa típica, muito branca e atraente, além de ser amável e simpática. Seu único defeito aparente era adorar tecidos de algodão grosseiros. Eu descreveria o que estava vestindo, não fosse essa idéia tão penosa para mim. Era abominável, meio hippie, sem pé nem cabeça. Uma saia de chiffon esvoaçante com jaqueta de brim e... um tecido de algodão grosseiro. Só vou dizer isso. Se, por um lado, o nosso gosto no que dizia respeito ao chocolate era igual, por outro, no que se referia à moda, era totalmente diferente. Eu, na condição de secretária-aspirante-a-executiva, usava roupas elegantes, terninhos e vestidos bem cortados. O fato de comprar na varejista Primark era irrelevante. Pelo menos, não chegava nem perto das roupas de caridade usadas por minha amiga. Entre nós, Autumn também era a que mais tinha princípios. Reciclava tudo (além das roupas) e, embora pudesse comprar um carro, preferia andar de bicicleta a dirigir. Também preferia botas de militar a sapatos Jimmy Choo, que ela também poderia comprar, se quisesse. Dava para notar que ela não regulava muito bem. Eu vivia tentando convencê-la a comprar sapatos Jimmy Choo, para então doá-los aos menos favorecidos — como eu, por exemplo — após usá-los algumas vezes. Minha amiga também usava detergente biodegradável e alvejante menos agressivo ao meio ambiente. Chegou até a deixar de usar cremes hidratantes, optando por lavar a face com a própria urina. Por sorte, esse último experimento não durou muito, já que lhe dera um odor peculiar — embora ela negasse. Algum dia, todos nós iríamos feder a xixi, mas, a meu ver, não havia motivo algum para acelerar o processo.

Apesar de Autumn ser jovem — só tinha vinte e oito anos —, era muito madura emocionalmente. Ao que tudo indicava, levou uma vida protegida, tendo sido educada num internato de classe alta e, depois, numa boa universidade. Vinha de uma família abastada, ou, em outras palavras, cheia da grana. Mais aristocrática, impossível: ela era o número noventa e sete, ou algo assim, na linha de sucessão ao trono. Tenho certeza de que sua vida teria seguido o rumo designado se o nome dela fosse Fenella, Genevieve ou Eugenie.

Autumn estava sempre sem namorado, por um lado, por viver ocupada demais e não ter tempo de conhecer homens, e, por outro, porque ninguém devia querer sair com ela vestida daquele jeito. Além disso, gostava de debater longamente o mérito das turbinas eólicas como fonte de energia sustentável, mas a maior parte dos homens comuns não gostava de falar disso. Seu único conforto era o chocolate e, por isso, e muitas outras coisas, eu a admirava.

A rigor, eu trabalhava das nove às cinco, mas, como relevava de maneira inconseqüente os termos do meu contrato de trabalho, sumia de vista de vez em quando. Como temporária, uma categoria, ao que tudo indicava, pouco fidedigna, quem iria me mandar embora? Paquera, pelo visto, concordava e me dava bastante liberdade no quesito ética de trabalho.

Chantal era a mais sortuda de nós, pois trabalhava por conta própria, embora não necessitasse, uma vez que era riquíssima e, se quisesse, não precisaria levantar um dedo sequer. Então, como eu, desdenhava os expedientes normais de trabalho. A única diferença era que ela podia se dar a esse luxo; já eu vivia equivocadamente com a fantasia de que não precisava trabalhar. O marido de Chantal, Ted, era de uma família tradicionalmente abastada. Os dois viviam numa mansão coberta de glicínias, próximo à antiga casa de Mick Jagger; de vez em quando, Chantal via a ex-esposa dele, Jerry, na floricultura local. Tinham um barco, que ficava ancorado no rio Tâmisa e nunca era usado, uma vila no Sul da França, que permanecia vazia durante a maior parte do ano, e um retiro de fim de semana na Cornualha, que visitavam ocasionalmente. Era um estilo glamouroso ou o quê? Para completar, o gatão do Ted não lembrava nem de longe os usuais prodígios sem queixo que normalmente agraciavam os escalões mais altos da sociedade inglesa. (Falo como se tivesse muita experiência nessa área, mas não tenho.)

Chantal trabalhava como jornalista freelancer, com freqüência para uma revista norte-americana chamada *Style USA*, que mostrava as residências dos nativos daquele país em cidades diferentes, em todas as partes do mundo. Ela cobria a Inglaterra, o que a obrigava a viajar pela nação, com um fotógrafo a tiracolo, entrevistando pessoas dispostas a abrir as portas de suas casas e expô-las nas páginas brilhantes da revista. Morava ali havia mais de dez anos e já trocara o hábito de beber café pelo de chá, tomando-o com leite, não com limão. Era uma pessoa que abandonara suas raízes norte-americanas.

Chocolate podia ser um afrodisíaco conhecido, mas nem ele nem nada do que Chantal tentasse surtiam efeito nas partes baixas de Ted. Nem mesmo uma noite com uma pintura corporal de chocolate preparada carinhosamente por Clive dera certo. Parecia incrível que uma esposa que não encontraria dificuldades em atuar num filme com Hugh Grant tivesse um marido totalmente desinteressado por ela. Tinha de implorar que ele transasse com ela. Sinto muito, sei que é meio indelicado, mas *ela* mesma nos contou isso num dos seus freqüentes desabafos sobre a sua vida sexual inexistente. Ele jogava a culpa na pressão do trabalho, no golfe, em tudo. Todas as desculpas dele foram minuciosamente avaliadas durante nossas sessões de análise e chocolate — um fato que o faria relutar mais ainda em dormir com a esposa, se soubesse. Então, em suma, o que eu queria dizer é que todas tínhamos nossos problemas.

— Ligue para mim se precisar, Lucy — instruiu Nadia. — Estou falando sério! Erga esse rosto. Você agiu certo com Marcus.

Minha reação foi erguer o rosto de modo desafiante. Entretanto, sabia que não agira certo. Nenhuma delas precisava ficar sabendo da minha exagerada comilança a sós. Todas nós temos nossos segredos, não? Imagine a que ponto Marcus me fizera chegar. Eu vinha controlando bem minha compulsão alimentar, mas bastou um transtorno emocional para minha auto-estima ir por água abaixo e eu voltar ao desvario bulímico. Mais um legado por ter precisado aturar na escola o apelido de Bochechuda. Por que não fui Lucy Gostosona? Por que tive bochechonas, em vez de garotos implorando para me ver peladona?

Por falar em peladona, achei que Marcus ligaria para mim de manhã, para dizer algo, *qualquer coisa* sobre o que acontecera, talvez até para se desculpar, mas não, não ligou. Quando voltasse ao apartamento naquela noite, tenho certeza de que ele tentaria falar comigo e de que não iria gostar nem um pouco do que diria depois de ver como me diverti com seu guarda-roupa, sofá e tapete.

Tristan e Clive trouxeram as trufas e nós as saboreamos. Autumn era, supostamente, uma vegetariana radical, mas sua alimentação parecia consistir apenas em chocolate. Ela também achava que as hortaliças tinham sentimentos. Eu, por exemplo, não fazia idéia do quão sensível o espinafre podia ser e do quão compassivo era o repolho. Chantal costumava usar chocolate como substituto para sexo, mas, ultimamente, nem isso estava funcionando.

— Como vão as coisas, Chantal? — perguntei, querendo desviar a atenção do meu próprio relacionamento fracassado.

— Continuo aguardando uma boa noite na cama — respondeu ela, jovialmente.

— Então, neca de pitibiriba?

— Estamos tão ocupados que sequer nos deitamos no mesmo horário. Então, fazer algo juntos, o que quer que seja, nem pensar! Passo três noites fora por semana. Quando fico aqui, ele raramente chega antes da meia-noite e, a essa altura, já apaguei há muito tempo. Saio de casa antes das sete, quando meu querido marido ainda está sonhando. Mesmo que não tivéssemos problemas, essa situação já seria complicada.

— Chantal — disse Tristan. — Sou gay e, ainda assim, consideraria dormir com você.

— Você é um amor. — Chantal deu-lhe um beijo no rosto. — Até que a gente resolva isso, tenho que buscar outros meios de me satisfazer. — Ela piscou o olho para mim, mas, naquele meu estado de espírito, não sorri. Eu sabia que a situação crítica no casamento de minha amiga não era só culpa dela; porém, na minha opinião, não ajudava nada ela dormir com todos os caras que apareciam na sua frente.

Talvez eu estivesse sofrendo demais por Marcus para sentir compaixão. — Por falar nisso — prosseguiu ela —, tem um fotógrafo lindérrimo esperando por mim, e não quero que ele desanime. Então, vou nessa. Tem certeza de que está bem agora, Lucy?

— Tenho. Sério.

— Vou ligar para você amanhã. — Pegou a bolsa da Anya Hindmarch e foi embora.

— Tenho que dar uma aula daqui a pouco — disse Autumn, olhando para o relógio. — Melhor ir andando. Lembre-se: há males que vêm para o bem. O universo deve ter algo melhor esperando por você.

Gostava do fato de ela acreditar que o universo tinha tudo definido para nós e que o que acontecera não se limitava à incapacidade do meu namorado de ser fiel.

— Um grande abraço! — exclamou, já me dando um.

Suspirei e comi outra trufa. Um dia gostaria de sentir uma doçura que não resultasse direto do consumo de chocolate.

— Acho melhor ir trabalhar também. — O tom de voz traduziu meu estado de espírito nada animador. — Vou pagar a conta, Clive. — Achei que era minha vez, já que eu convidara todas.

— Nem pensar, queridinha. Já está traumatizada demais. Deixe essa crise por nossa conta, cortesia do tio Clive.

— São mesmo uns anjos! — exclamei. — Se um de vocês se cansar de ser gay, sou uma pessoa fácil de amar!

Clive me abraçou e beijou.

— Um dia você vai encontrar um hétero tão sexy quanto eu. Alguém que retribua seu amor.

— Acho que este dia ainda está longe — disse, ressentida.

Capítulo Oito

Nadia chegou à conclusão de que precisava pintar a porta de entrada. A casa estava se deteriorando cada vez mais e, apesar de Toby, seu marido, ter prometido fazer isso, não dava o menor sinal de que pegaria um pincel. Na minha opinião, a porta descascada se harmonizava perfeitamente com o resto da rua. Tratava-se de uma área de Londres que continuava à espera de um desenvolvimento acelerado. Os corretores viviam prometendo tal crescimento, mas a maioria das propriedades continuava decadente, ignorada por restauradores e jovens profissionais. Bares e cafeterias modernas abriram — fazendo crer que a revitalização da área havia começado —, mas fecharam em questão de meses, devido à falta de clientes. Foi justamente por causa dessa situação, no entanto, que Nadia e Toby puderam se instalar ali, em vez de irem a Northampton e Peterborough, tal como a maior parte de seus amigos. Eles se dirigiam cada vez mais rumo à Estrada M1 em busca de casas mais baratas, melhores colégios e menos poluição. Quando Nadia via o lixo nas calçadas e as pichações nos muros, às vezes tinha dificuldade de se lembrar *por que* queriam viver ali. Toby dizia que era melhor para os negócios, mas ela duvidava disso. Não havia escassez de encanadores em todas as partes hoje em dia? Até os amáveis moradores de Northampton deviam ter goteiras nas casas, como os demais mortais.

Nadia pegara Lewis na creche e, a partir dali, teria pela frente uma tarde de tarefas domésticas. Uma pequena montanha de roupas para passar a aguardava. Também precisava fazer compras, já que não havia comida para o resto da semana. Ao se aproximar de casa, notou que a van de Toby estava estacionada ao lado de fora; ficou triste. A tarde apenas começava e ele devia estar trabalhando. A presença dele ali, naquele horário, só podia significar uma coisa.

Abrindo a porta da frente, ela o chamou, tentando parecer animada:

— Sou eu, Toby! — Tirando o casaco de Lewis, disse: — Venha, fofo. Vamos cumprimentar o papai.

Lewis subiu as escadas correndo, na sua frente, enquanto ela tirava o casaco. Sentia-se desleixada em suas roupas gastas. Fazia muito tempo que não usava seus costumeiros conjuntinhos chiques de executiva. Agora, seu senso de moda se restringia a um estilo monótono e peças com etiquetas "fácil de lavar" e "não amassa" eram as suas preferidas. Estilo vinha em segundo lugar. Olhando-se no espelho, prometeu a si mesma dar um jeito nos cabelos. Sua cabeleira de tom castanho perdera todo o brilho, talvez pelo uso de produtos mais baratos, daquelas marcas próprias de supermercados, e por estar a maior parte do tempo presa, num rabo-de-cavalo, para que ela não tivesse muito trabalho. Chegava à altura dos ombros, quando solta, e precisava de um corte com urgência. Talvez devesse cortar o cabelo bem curtinho, para vender os fios aos que faziam apliques — mas quem pagaria por eles naquelas condições? Não era apenas a porta de entrada que precisava ser renovada.

Tentando subir as escadas com suavidade, foi atrás de Lewis. Como previra, ao chegar com o filho ao minúsculo quarto de hóspedes que servia de escritório, Toby estava sentado ao computador, com olhar culpado. Já Nadia se sentia culpada por causa do prato de biscoitos de chocolate ao lado do computador. Ela gastara — desperdiçara — algumas libras de sua verba cada vez mais escassa com biscoitos, tentando convencer-se de que eram para Lewis, quando, na verdade, sabia muito bem que eram para si própria. Já Toby não pensava assim. Outra coisa lhe dava sentimento de culpa.

— Resolvi passar aqui para adiantar umas faturas, enquanto espero a próxima visita — explicou ele. Nadia gostaria muito de acreditar nele. — Venha dar um beijo no papai — pediu, e Lewis atirou-se em seus braços. O filho certamente não estava desapontado por ver o pai em casa naquele horário.

Nadia tentou espiar por sobre o ombro do marido, para ver no monitor se, de fato, havia faturas na tela, mas ele clicara o mouse e só se via o protetor de tela. Só Deus sabe como ele precisava enviar algumas faturas! As contas estavam se acumulando e não havia dinheiro suficiente no banco para pagá-las.

— Achei que tinha um monte de trabalho esta semana — disse-lhe ela, usando as palavras dele.

— Deixei o Paul encarregado de tudo por um tempo. Ele sabe se virar.

Ela suspirou.

— Quer almoçar com a gente?

— Um sanduíche cairia bem.

— Sanduíche é tudo o que a gente tem, mesmo — disse ela, com mais rispidez do que gostaria. Ele a fitou. — Preciso de dinheiro, Toby. O armário da cozinha está totalmente vazio. Tenho que ir ao supermercado hoje.

O marido passou as mãos pelos cabelos.

— Você está gastando muito, querida. O que faz com todo o dinheiro que eu dou?

— Você não me deu nada para as despesas da casa na semana passada — lembrou. — Tenho cinco libras na bolsa, nem mais um tostão. — Nadia se sentira mal no Paraíso do Chocolate de manhã, pois sabia que não tinha dinheiro para pagar sua parte da conta. No fundo, tinha consciência de que não devia se encontrar com tanta freqüência com as amigas, mas aquela chocolataria havia se tornado seu santuário, seu único refúgio num mundo cada vez mais louco. Só ali podia compartilhar seus problemas; ainda assim, as outras não sabiam nem da metade. Claro, tinham conhecimento de que sua vida não era um mar de rosas, mas não faziam a menor idéia de toda a história. Nenhuma delas se importava de pagar sua parte da conta, até mesmo nas raras ocasiões em que ela tinha algum dinheiro sobrando.

— Estou meio apertado esta semana, amor. Use o cartão.

Ela tinha um monte de cartões de crédito, mas já usara o limite de todos.

— Não posso continuar a fazer isso, Toby. Não estamos conseguindo pagar as contas. Temos que cobrar essas faturas o mais rápido possível.

— É o que estou fazendo — retrucou, com brusquidão. — Já disse que é o que estou fazendo.

— Lewis, vá brincar um pouquinho com Bob, o construtor. Preciso conversar com o papai.

O menino desceu do colo do pai e foi até o quarto, em busca de seu brinquedo preferido.

Nadia ajoelhou-se ao lado do marido, apoiando a mão em sua coxa, acariciando-a distraidamente.

— Estou com medo, Toby. A situação está fugindo do nosso controle. — Seu olhar se dirigiu ao monitor.

— Sei lidar com isso — disse, tenso.

— Mas *eu* não.

Até ele ir para a despedida de solteiro de seu melhor amigo, em Las Vegas, sua única experiência com jogo fora a compra semanal de bilhetes de loteria, por uma libra. Quando o prêmio se acumulava, às vezes, ele gastava cinco libras. Isso não fazia dele um jogador inveterado. Mas os cinco mil dólares que ganhara na viagem despertaram sua compulsão latente. Toby julgou que era "dinheiro fácil". Desde então, viciou-se nos sites de jogos on-line. Ao longo de três anos, investira toda a sua renda e suas economias na tentativa de ganhar uma "bolada". A cada dado lançado, carta virada e giro das máquinas caça-níqueis, ficavam mais endividados.

Nadia sempre imaginara que o típico jogador compulsivo fosse um sujeito grandalhão, com um charuto igualmente enorme, freqüentador de cassinos europeus, que apostava o iate, a lambreta, o Rolex e a reputação na roleta. Não imaginava que jogadores inveterados fossem homens de família caseiros — caras comuns com cabelos desalinhados e olhos vidrados, encanadores dedicados que passavam as tardes diante do computador, apostando sem titubear a sanidade, a felicidade e o casamento... para alimentar a compulsão. Agora, Nadia tinha idéia dessa realidade.

— Quero que dê um basta nisso, Toby. Tem que buscar ajuda.

Ele agarrou os braços dela.

— Não preciso de ajuda, Nadia. Falta pouco para eu ganhar muita grana. — Com os dedos, indicou um centímetro. — E tudo vai ser seu. Um casarão, um carrão. Roupas de grife. Férias incríveis. A gente vai poder levar o Lewis para a Disneylândia, todo ano, se quiser. — Contraiu o maxilar e fitou-a de modo sombrio. — Lembre-se de que você não trabalha, Nadia.

— Mas posso tentar conseguir um emprego de novo. Ajudaria a pagar algumas das nossas dívidas.

— Quero que fique em casa com o Lewis. Sabe muito bem disso. Basta ler todas as histórias que saem nos jornais sobre crianças negligenciadas nas creches. Que ele passe as manhãs lá já é ruim o bastante.

— Tenho certeza de que isso só acontece numas poucas instituições. Lewis adora a creche, são todos ótimos com ele.

— Não quero que estranhos cuidem dele.

— Mas não temos dinheiro, Toby. Não podemos continuar assim.

Ele se levantou e a afastou.

— E acha que não sei disso? Por que outro motivo eu estaria fazendo isso? — Deu uns tapinhas em cima do computador. — Por nós, para que a gente tenha uma vida melhor. Não quero ser encanador o resto da vida, nem ficar preso a um telefone vinte e quatro horas, sete dias por semana. Quero viver. Com isso, temos alguma chance. Você faz idéia do quanto posso ganhar?

— Mas acontece que você não ganha.

— Não dá para discutir isso com você, Nadia. Parece que não entende! Ah, que droga! Vou trabalhar. — Com isso, retirou-se aborrecido, descendo as escadas com passadas pesadas e batendo a porta de entrada.

Lewis foi ao escritório, segurando Bob, o construtor.

— O papai foi embora?

Ela assentiu, sentando-se na cadeira do computador e chamando o filho.

— Mas ele não se despediu de mim.

— Seu pai está com a cabeça cheia, filho — explicou-lhe, acariciando seus cabelos.

O mais triste era que Nadia entendia a pressão sofrida pelo marido. Ele resolvera ser o único ganha-pão, o que não facilitava em nada as coisas. Ela adoraria voltar a trabalhar para ajudar, mas a verdade era que, mesmo se conseguisse um emprego, arcar com os custos de uma creche em período integral consumiria todo o seu salário e, dada a situação com sua família, não tinha como pedir que alguém ficasse com seu filho. Não só o custo da creche era exorbitante, como também o de tudo o mais. Os preços pareciam ter disparado. As famílias mais simples mal conseguiam manter um teto sobre a cabeça. As roupas e os sapatos de Lewis custavam o mesmo que os dos adultos. Até mesmo antes de o vício de Toby se tornar incontrolável, ele já tinha de dar um duro danado para sobreviver. Nadia sentia pena do marido, mas queria que ele se tratasse.

Com o mouse movimentou o cursor na tela. Tal como imaginou, o site chamativo e reluzente de um cassino, o Palácio do Dinheiro, apareceu, cintilante diante de seus olhos. Lá estava o templo cultuado pelo marido, onde ele arruinava suas vidas sem arredar o pé de casa. As luzes brilhavam, vultosas somas faiscavam na tela — dinheiro, riquezas incomparáveis. Um chamariz irresistível, que atraía pessoas com promessas de fortuna e vida fácil, o que nunca acontecia.

Capítulo Nove

Chantal entrou no carro do fotógrafo. Era um Mercedes preto, elegante e luxuoso, com tração nas quatro rodas. Ali dentro estava o que havia de mais novo no que dizia respeito a equipamentos fotográficos. Ela já trabalhara com ele antes e sabia que era um profissional competente. Salvo engano, eles chegaram a flertar um pouco, na ocasião. Como fora uma sessão de fotos de apenas um dia, seria interessante checar se ele estava à altura do potencial que ela vira nele. Teriam um longo caminho pela frente, até chegar ao Lake District; levariam quatro, talvez cinco horas, se ele não ultrapassasse o limite de velocidade. Chantal torcia para que o fotógrafo gostasse de boas músicas e fosse bom de papo, pois, assim, a viagem seria mais agradável. Ela só tivera de chegar na hora marcada e levar chocolate. Fora ao Paraíso do Chocolate e comprara um pedaço generoso de um confeito recheado com pedaços de grãos de café — uma das várias especialidades de Clive. O aroma era delicioso e a cafeína certamente ajudaria a mantê-los acordados.

Deveria ter ligado para Ted para avisá-lo de que viajaria a trabalho e só voltaria no dia seguinte, à noite, mas estava brava com ele — para variar. Se o marido ficasse preocupado, melhor! Se ela não estivesse em casa, *talvez* sentisse falta dela. Até parece! Ela tentava transar com o marido havia meses. Na noite anterior, ela se deitara nua e pressionara o corpo contra o dele, acariciando com as pontas dos dedos seu bumbum musculoso — e ele enrijecera, mas não da forma que ela esperava.

"Me deixe em paz, Chantal", foi o que lhe disse, e ela teve que se esforçar para não chorar. Sentiu-se desapontada, magoada e frustrada. Fazia catorze anos que estavam casados. Alguns deles felizes. Embora tivessem passado pela crise dos sete anos, Chantal não sabia se passariam pela segunda fase. Ainda desejava o marido, continuava ansiando que a amasse, mas ele, pelo visto, não sentia o mesmo. Se não conseguissem resolver aquela diferença essencial entre ambos, valeria a pena dar continuidade àquele casamento sem amor? Bom, não era de todo sem amor, faltava apenas sexo. Um dia, os dois haviam sido grandes amigos. Gostavam das mesmas comidas, curtiam bons vinhos e champanhe, adoravam o mesmo tipo de música, apreciavam peças teatrais, riam das mesmas piadas. Ted era bonito, inteligente, espirituoso e rico. Sem dúvida alguma, um ótimo partido. Quando ela o conhecera na festa de uma amiga, em Hampton, sua vitalidade a deixara sem fôlego. E também sua virilidade. Dormira com ele na primeira noite. Transaram diversas vezes, até se saciarem, exaustos e apaixonados. O que acontecera desde então? Por que o corpo da esposa já não o atraía? Por que se retraía quando ela o tocava?

A maioria de seus amigos não fazia idéia de que havia algo errado em sua relação. Para o mundo exterior, formavam o casal perfeito. Não obstante, às vezes, a relação era um verdadeiro inferno. Chantal perdera a conta das vezes em que se deitara e ficara acordada, ardendo de desejo, ao lado de um homem fabuloso que, no entanto, não tinha a menor vontade de satisfazê-la. Só as amigas do Clube das Chocólatras conheciam a verdade. Não fosse por elas, com certeza seu mundo teria desmoronado. As amigas ouviam as histórias sensacionais que ela contava, sobre seus casos, sem julgá-la. Como não conheciam Ted, Chantal considerava que ele era uma parte de sua vida que podia manter a distância, como se tivesse uma corda de salvamento. Se elas o conhecessem, tampouco entenderiam por que ele não era um garanhão na cama.

Chantal achava que o sexo era essencial para se realizar como mulher e esposa e se sentir amada e desejada. Será que Ted a amava de fato, apesar de não querer relações íntimas? Ela não sabia ao certo quando tudo começara a deteriorar. Ao longo dos anos, desistira de muitas coisas para ficar com ele. Fora uma ambiciosa repórter de revistas. Se tivesse ficado nos Estados Unidos, a essa altura teria se tornado a "explosiva" Anna Wintour, ou equivalente, liderando uma das principais revistas de moda. Em vez disso, desistiu da carreira em prol da do marido. Ted, um ambicioso gênio das finanças, fora promovido a diretor de uma subsidiária do banco de investimentos Grenfell Martin. A desvantagem era que o posto ficava em Londres. Mas ela se despediu dos amigos, da família e da carreira brilhante e o acompanhou. Seu atual cargo na revista *Style USA* não era tão dinâmico quanto esperava, mas, com o declínio de sua vida sexual, encontrara ali uma série de vantagens ao longo dos anos, uma compensação para a ausência de desejo de Ted e o casamento fracassado.

Aquela seria uma sessão de fotos de uma casa recém-reformada, situada às margens do lago Coniston. Os donos eram um casal que saíra de Boston havia vinte anos para morar na Inglaterra: ele, um conhecido escritor de viagens, ela, uma exímia amazona. De acordo com Chantal, ambos se dedicaram à renovação da casa, para que voltasse a apresentar o esplendor georgiano tradicional. Seus colegas norte-americanos ficariam loucos por aquela construção. Podia até ver as páginas da revista, com cores suntuosas e iluminação suave. Escreveria o artigo rapidamente e, então, teria tempo de sobra para outras distrações. A revista era generosa, tanto com os salários quanto com a cobertura de despesas. Naquela noite, ela e o fotógrafo ficariam em um hotel elegante, com cama de quatro colunas, banheira de hidromassagem e champanhe Dom Pérignon gelando no frigobar. Todo o necessário para um encontro romântico. Chantal riu por dentro.

Abaixou o pára-sol do carro para conferir, no espelho, se seus cabelos escuros e curtos estavam no lugar. Ninguém lhe dava seus trinta e nove anos. A maquiagem estava impecável, bem como seu sorriso mais sedutor. Se o marido não a queria, havia homens que a desejavam.

O fotógrafo, Jeremy Wade, sentou-se, por fim, no banco do motorista, ao seu lado.

— Acho que está tudo pronto — disse ele.

— Ótimo! — exclamou ela, dando-lhe um largo sorriso. — Vamos conferir que prazeres o Lake District tem a oferecer.

Capítulo Dez

— Boa-noite, Autumn. — Da entrada da sala, Addison acenou-lhe, quando ela guardava os fragmentos de vitrais, encerrando o expediente.

— Oh! — exclamou ela. — Boa-noite. Bom vê-lo de novo. — Prendeu o cabelo atrás da orelha, procurando em vão deixá-lo menos assanhado. Por que desejou, de uma hora para outra, estar com uma roupa mais atraente?

Diretor de desenvolvimento empresarial, Addison Deacon começara a freqüentar o Instituto Stolford, onde ela trabalhava, para incentivar a inclusão das jovens em empresas locais, objetivando, com isso, romper o ciclo criminoso em que a maior parte delas se metia. Embora enfrentasse uma batalha árdua, nunca deixava de ostentar na face negra e radiante o sorriso amplo, que deixava à mostra dentes branquíssimos. Era alto, bem-apessoado e musculoso; ninguém, muito menos ela, podia ignorá-lo quando ele entrava num lugar. A cabeça raspada e os óculos de sol, usados o tempo todo, tornavam-no mais parecido com o tipo de homem com o qual os jovens teriam de lidar do que com alguém disposto a ajudá-los. Mas Autumn admirava o jeito afável e descomplicado com o qual tratava os adolescentes problemáticos.

— Trabalhando até mais tarde, de novo?

Autumn deu de ombros.

— Sabe como é! — Não queria contar a ele que não tinha motivo para ir para casa, pois se sentia mais feliz ali, entre os renegados pela sociedade, entre os jovens que se esforçavam para aprender suas técnicas artísticas, do que em seu lar, num confortável apartamento.

— Vai me deixar levar você para jantar um dia desses?

— Ahn... — balbuciou ela. — Hã...

— Pense nisso com carinho — pediu-lhe, sorrindo. — Não vou forçar a barra. — Em seguida, olhou para o relógio. — Tenho que ir. Reunião sobre verbas com o conselho.

Autumn conseguiu dizer:

— Boa sorte!

— Vou precisar. — Addison acenou-lhe de novo e foi embora.

— Tchau — gritou ela, após sua saída. Suspirou e voltou a se concentrar nos afazeres. — Sua idiota. Como podia ser tão imbecil? — sussurrou para si mesma ao guardar os vidros nas caixas. Por que não disse, simplesmente, "Claro, seria ótimo sair para jantar"? Por que se deixava dominar pela timidez na presença dele? Era por isso que não tinha namorado; era por isso que continuaria sendo uma solteirona triste e abandonada, enquanto todo mundo se casava e tinha filhos; era por isso que sua única companhia era uma maldita caixa de chocolates.

Autumn olhou-se no espelho da parede. Seus alunos o haviam feito, enfeitando as bordas com amores-perfeitos e um gato ligeiramente estrábico. Às vezes, a verdade era cruel.

* * *

Quando finalmente chegou ao edifício em que morava após um árduo dia de trabalho no centro de reabilitação, Autumn estava exausta. Só pensava em tomar um banho quente na banheira, saborear seu chocolate amargo favorito e deixar a água e o efeito do açúcar mitigarem suas preocupações. Não era difícil ensinar aos jovens ofícios básicos, como técnicas de mosaico e vitral, que faziam parte do programa MANDA VER! Eram sobretudo as moças que participavam das aulas, e quase todas aprendiam as técnicas com rapidez, gratas por contar com aquelas poucas horas de normalidade, em que não tinham de pensar nos horrores de sua vida cotidiana. Mas, em algumas ocasiões, dava dó fitar seus semblantes endurecidos e transtornados — faces que mostravam como eram frágeis emocionalmente. Em seus corpos abundavam cortes, muitas vezes por auto-imposição, equimoses provocadas por brigas sob o efeito de narcóticos e marcas de agulhas, características de seu vício. E esses eram apenas os sinais visíveis.

Autumn se sentia arrasada ao ver a capacidade dos seres humanos de agir com crueldade entre si. A maioria dos jovens que iam ao instituto conseguira escapar de situações domésticas complicadas, que os mantinham no vício. Entretanto, Autumn sabia que algumas de suas alunas voltariam para os parceiros ou famílias de que haviam fugido tão logo as feridas sanassem. As lembranças do motivo de sua escapada esmoreciam assim que o efeito dos narcóticos passava. Autumn trabalhava naquele instituto havia quatro anos; nesse período, testemunhou o retorno das mesmas faces repetidas vezes. Parecia que, por mais que os jovens lutassem para deixar o vício, sua vida não mudava. Para Autumn, lidar com essa realidade era a parte mais difícil. Considerava psicologicamente exaustivo observar os adolescentes de que ela aprendera a gostar e cuidara em situações críticas serem atraídos para o vício como mariposas que rumam para a luz. Autumn sabia que Addison se sentia assim também.

Fechou o cadeado da corrente da bicicleta, prendendo-a no gradil do prédio. Era meio incongruente deixá-la ali, velha e arranhada, próximo aos Mercedes e Porsches, o meio de transporte mais comum naquela área. Autumn subiu as escadas. Quando chegou ao seu andar, deparou-se com o irmão sentado ao lado de fora, com duas malas grandes de viagem.

— Oi, mana.

— Richard? O que está fazendo aqui? Aconteceu alguma coisa?

— Um mal-entendido — explicou o irmão, pesaroso. — Será que posso ficar algum tempo aqui?

— Aqui? — Abriu a porta, seguida por ele. — O que houve com o seu apartamento?

— Já era — informou, sem rodeios.

A irmã jogou a bolsa no sofá e virou-se para ele.

— Já era? Como assim?

Richard deixou as malas em um canto e sentou-se.

— Eu devia uma grana para um sujeito e... bom, digamos que ele recebeu o apartamento como sinal.

— Seu apê deve valer quinhentas mil libras, Richard. É uma dívida e tanto! — Autumn estava chocada; já ele não demonstrava a menor preocupação com o ocorrido. — Oficialmente, nem é seu. — Assim como ela também não era a proprietária daquele apartamento. Os dois imóveis haviam sido comprados pelos seus pais. De outro modo, como ela poderia viver próximo à Sloane Square, com seu salário de professora de artes por meio período? Embora a riqueza dos pais a deixasse pouco à vontade, às vezes era bastante útil.

— Então? Posso ficar? — pediu o irmão.

Não havia motivo para que ele não ficasse ali por algum tempo. Ela não tinha um namorado que se opusesse — infelizmente. Mal tivera condições de ir jantar com um cara legal quando surgira a oportunidade. Havia dois quartos no apartamento, embora pequenos. Só precisaria mudar suas roupas de lugar para dar espaço às do irmão. Pelo visto, ele não trouxera muita coisa; dava a impressão mesmo de ter fugido.

— Andou aprontando de novo? — Autumn sabia que Richard se envolvera com drogas no passado. Duas internações caríssimas em uma clínica de reabilitação luxuosa deveriam tê-lo curado da dependência de narcóticos; o lugar era totalmente diferente do instituto em que ela trabalhava. Richard não fazia idéia da sorte que tinha. Naquela época, também contraíra dívidas com maus elementos, o que o deixou com olhos roxos e braços quebrados. Autumn se perguntou se o irmão voltara à ativa. Fumar maconha de vez em quando não lhe teria custado o apartamento. Gostaria de saber em que se metera daquela vez.

— Não — negou, massageando as têmporas. Desviou o olhar. — Não aconteceu nada que eu não possa resolver. Mas não conte para os velhos que estou aqui.

Isso não seria difícil. Os pais viviam tão ocupados que ela e Richard raramente os viam. Trabalhando como advogados em tribunais bastante movimentados, não eram do tipo que apareciam sem avisar. Suas obrigações limitavam-se ao contato nos aniversários e no Natal, além do pagamento das contas dos filhos nesse ínterim. Não que Autumn tivesse algo de que se queixar. Tanto ela quanto o irmão haviam tido uma educação privilegiada. Ela fora excelente estudante de viola e adestramento de cavalos. Richard jogara rúgbi e pólo. Anualmente, iam com os pais a regiões exóticas do mundo nas férias: Monte Carlo, Montserrat, Mustique. Comparada às adolescentes desesperadas com as quais trabalhava, ela tinha muito que agradecer.

Autumn e Richard haviam estudado no mesmo internato. Um lugar rigoroso e antiquado em que os alunos ainda usavam sobrecasacas. No entanto, os dois puderam contar um com o outro, e ela, dois anos mais velha, fizera o possível para que aqueles anos transcorressem sem dificuldades para o irmão. Era ela que cuidava dele e, ao que tudo indicava, continuaria a fazê-lo quando adulta. Richard sempre se metera em confusões, e Autumn sempre fora sensata. Mas, independentemente do que ele fizesse, continuava sendo seu irmão caçula e ela o amava. Esperava manter essa proximidade com Richard, mas sabia que ele não lhe contava certos aspectos de sua vida. Conhecia pouquíssimos amigos dele. O irmão desfilava o tempo todo com namoradas ricas, que ela também não conhecia bem. Não que fossem relações duradouras.

— Abriria o jogo se estivesse acontecendo algo grave?

— Claro que sim! Você é minha irmã querida.

— E você é meu irmão traquinas, que sempre me deixa preocupada!

— Te adoro. Estou bem. Na boa. Está tudo legal.

Se fosse verdade, por que estaria ali, sem teto? Autumn suspirou. Mais cedo ou mais tarde, acabaria descobrindo o que houvera. Quando ele estivesse pronto, contaria tudo.

— Vou arrumar a outra cama para você.

— Juro que não vou encher teu saco, mana. Nem vai notar minha presença.

— Está precisando de grana?

— Bom... — Deu de ombros. — Uns trocados cairiam bem, se puder me emprestar.

— Vou ver quanto tenho. — Autumn sempre tinha um dinheiro guardado para os tempos difíceis. Olhou de soslaio o irmão, que lhe deu um de seus sorrisos charmosos e acanhados. Parecia que tempos difíceis haviam chegado.

Capítulo Onze

Quando finalmente fui para o escritório, após o almoço, Paquera saiu do seu setor para falar comigo.

— Está tudo bem, gata?

— Até parece que se importa. — Suspirei.

Ele esperou pacientemente, enquanto eu, aborrecida, tirava o casaco e abria e fechava as gavetas da minha mesa sem motivo algum. Nem mesmo a espiada no estoque de chocolate que eu tinha lá dentro me animou. Paquera também deu uma olhadela.

— Humm! — exclamou ele. — Double Decker! — Era um chocolate com avelã, café e flocos de arroz.

— Nem vem! — avisei-o. — São meus e vou precisar de todos hoje.

— Mas pode me dar um pedaço — pediu. — No fundo, quer fazer isso.

Com relutância, dei-lhe um Double Decker.

— Se eu ficar sem chocolate mais tarde e começar a agir meio esquisito, a culpa vai ser sua.

Ele pegou o chocolate assim mesmo, abrindo-o de imediato. Não tive outra escolha, senão unir-me a ele e abrir outro, para darmos a primeira mordida juntos.

— Sinto muito pelo atraso — sussurrei.

Enquanto mastigava, Paquera mostrou-se preocupado.

— Problemas?

— Com o meu namorado — expliquei. — Ontem tive uma experiência traumatizante com ele.

— Humm. Pervertida?

— Não, pervertida, não. Terrível. Péssima. — A cena horrorosa da nova paixão de Marcus entrando no apartamento dele com seu belo sorriso e seus seios rijos me veio à mente. *Agh!* Peguei os papéis sobre a mesa com raiva. Tinha ficado meia hora trancada no banheiro do Paraíso do Chocolate para dar um jeito na aparência e disfarçar os olhos inchados de tanto chorar, antes de enfrentar o mundo.

— Quer me contar?

— Na verdade, não. — Meneei a cabeça. — Mas já posso adiantar que minha relação terminou de uma vez por todas.

— Lamento ouvir isso — disse, dando um meio sorriso.

— Por que está sorrindo?

— Adoro quando você fica brava. Suas bochechas ficam rosadas.

— Não ficam.

— Lembra até aquela boneca, a Repolhinho.

— Some daqui, Aiden. — Podia não ser o tratamento típico dispensado a um chefe, mas eu não estava nem aí. Também não era nada politicamente correto dizer à sua assistente pessoal que ela se parecia com uma Repolhinho.

— Veja o lado bom — prosseguiu ele. — Agora que está solteira, posso cantar você.

— Tente só para ver — disse, entre dentes.

Ele soltou uma risada.

— Nem todos os homens são babacas.

— Ah, é?

— Alguns de nós somos solidários e carinhosos.

— Sei. E a engenheira Carol Vorderman não sabe somar.

— Precisa de alguém que tome conta de você.

— Não preciso de ninguém. — Muito menos de um gerente de vendas sabichão e sedutor. — Posso muito bem me virar sozinha.

Paquera meneou a cabeça.

— Ele é um idiota se terminou com você.

— Não disse que ele tinha terminado comigo.

— Acontece que, se *você* tivesse terminado com *ele*, não estaria tão arrasada. — Detesto quando um cara vem cheio de lógica idiota. Então, olhei-o de cara feia, mas ele não titubeou: — Suponho que, em meio ao seu trauma, lembrou-se de que temos a reunião mensal de vendas, agora à tarde.

— Ah, caramba! — Bem que eu podia ter tirado o dia de folga. Seria obrigada a passar a tarde inteira na reunião, fazendo anotações que não conseguiria ler depois. Detestava quando tinha de trabalhar de verdade. Normalmente, tentava tornar o processo mais agradável, comprando uma daquelas caixas grandes de biscoitos de chocolate da Marks & Spencer, que eu incluía na conta da empresa, mas, naquele dia, havia esquecido. Teria que enfrentar a reunião a seco, sem sequer umas migalhas que servissem de consolo. Droga!

— Vamos começar daqui a uns cinco minutos — informou ele. — Os rapazes já estão na sala de conferências.

Fiz um muxoxo, em sinal de desaprovação. Estresse em casa e no trabalho. Queria morrer! Ou, pelo menos, ir para um spa.

— Tem certeza de que conseguirá participar?

— Claro. Por que uma coisinha corriqueira como minha vida desabando influiria na reunião de vendas?

Paquera abraçou-me, diga-se de passagem, de uma forma por demais íntima para um chefe.

— Ah, vamos! Ninguém vai perceber que está de coração partido. Seu segredo ficará guardado a sete chaves comigo. — Dei-lhe um sorriso cansado. — Com essa tonelada de maquiagem que colocou, nem vão notar que chorou.

Eu odiava os homens. Todos eles.

Capítulo Doze

Com efeito, a equipe de vendas já estava aguardando na sala de conferências quando chegamos. Então, sentei-me depressa e tentei demonstrar eficiência. Meu Deus, eu deveria ganhar um Oscar por minhas atuações naquela empresa. Os rapazes estavam sentados informalmente à mesa, com Aiden na extremidade, próximo a um cavalete com folhas brancas amassadas. Isso significava que seria uma reunião de apresentação; assim sendo, relaxei um pouco. Não creio que teria agüentado um encontro com debates sobre táticas, cumprimento de metas e socos na mesa. Se alguém notou a ausência dos biscoitos de chocolate, não chegou a se pronunciar.

Mas, dali a pouco, um representante de vendas me veio com essa:

— Cadê os biscoitos?

Eu o odiava.

— Não tem biscoito hoje, gente — interveio Aiden. — Cortaram. A Targa está pensando na silhueta de vocês, um exemplo que todos deveriam seguir.

Ouviram-se expressões de desaprovação. Aiden era muito atencioso, às vezes. Meus ex-chefes certamente jogariam a culpa em mim. Fitei-o com satisfação, e ele retribuiu meu sorriso.

Enquanto Paquera dava início à reunião, contemplei a paisagem, observando os terraços de Londres, que iam até o centro financeiro, onde meu ex-namorado devia estar ocupado, concentrado no que fazia de melhor. Já eram quase duas da tarde e Marcus ainda não havia entrado em contato comigo. Se eu tivesse partido o coração de alguém daquele jeito, ao menos teria a consideração de ligar no dia seguinte para ver como a pessoa estava, ou para pedir desculpas pelo comportamento abominável. Era mais uma prova de que ele não se importava nem um pouco comigo.

Aiden Holby estava de pé, gesticulando muito enquanto falava. Lembrei-me de que devia estar anotando tudo para enviar uma circular à equipe de vendas mais tarde. Então, comecei a rabiscar freneticamente no bloco de anotações, até meu chefe calar-se e sentar-se.

Ele piscou para mim, sorrindo de forma encorajadora. Seus olhos eram realmente muito bonitos. Agora que estava solteira, teria que me familiarizar de novo com aquela história de azaração. Cruzei as pernas e me concentrei em pensamentos sedutores. Bem que um flerte me ajudaria a esquecer o Marcus. De modo geral, não concordava com relacionamentos na empresa e nunca tinha me metido nessa, até porque detestava aquelas piranhas que transavam com os chefes e iam trabalhar cheias de animação. Não era correto, era? Mas quem sabe eu não podia abrir uma exceção, só daquela vez?

Um dos representantes estava de pé, dando-nos detalhes a respeito de um novo software que fora lançado e coisa e tal. Esforcei-me para prestar atenção, mas não consegui me concentrar. O rapaz usava termos técnicos e eu não fazia a menor idéia do que ele dizia. Paquera fitou-me e sorriu. Será que alguém mais no escritório havia notado a química que rolava entre nós dois? Não que eu tenha encorajado meu chefe enquanto namorava com o Marcus. Sei o que é levar um chifre e nunca faria isso com ninguém. Mas como estava solteira...

Movimentei a perna de modo chamativo e umedeci, de leve, o lábio inferior. Em minha boca, via-se um sorriso irônico. Paquera observou-me de novo. Ergueu a sobrancelha e dirigiu o olhar para minha perna. Eu usava um sapato de salto altíssimo, e talvez ele tivesse um fetiche por pés, pois prestou especial atenção neles. Seu olhar tornou-se insolente. Sorri ainda mais. Ainda bem que estava de calça, pois tive a impressão de que o chefe me despia com os olhos, naquele momento. Tenho de admitir que senti um arrepio na espinha. Que tônico maravilhoso para meu coração partido! Virei o corpo na direção dele, imitando seus movimentos. Não era assim que se demonstrava interesse por alguém? Não que fosse esse o caso. Só queria me divertir, animando um pouco aquela reunião chata pra caramba.

O representante continuava a discorrer sobre o assunto... Eu sabia que me arrependeria disso depois, mas inclinei-me na cadeira e passei as mãos de leve por meu lindo corte de cabelo, ao mesmo tempo em que erguia ainda mais a perna. Foi quando percebi por que Paquera sorria, mas, então, já era tarde demais. Eu havia colocado a calça em estado tão catatônico pela manhã, que não notei que a calcinha do dia anterior tinha ficado enrolada na perna direita. Ela passara pelo meu tornozelo, ficara pendurada no sapato e, como eu ainda estava levantando a perna, não houve tempo de pegá-la. Com esse movimento, a calcinha lilás, de lacinho e poá, escapuliu pelo meu pé e voou pela sala, levando o representante a interromper o discurso.

Paquera deu um salto da cadeira e pegou-a antes que caísse no chão.

— Nada mal! — exclamou ele. Fez-se um silêncio pesado. — Bom lance! — Cada miligrama de sangue do meu corpo foi parar no meu rosto. — Obrigado, Lucy. Seu entusiasmo é muito apreciado. Pensei que só se atiravam calcinhas em estrelas de rock de certa idade...

Toda a equipe caiu na gargalhada e eu sabia que a melhor maneira de acabar com aquela história seria cair na risada também, mas não consegui, já que estava prestes a chorar. Paquera piscou para mim de novo e guardou a calcinha no bolso do terno, dando um tapinha nele depois. Eu queria morrer. Se a equipe risse mais, eu, de fato, teria um troço.

Depois disso, a reunião ficou tumultuada, já que ninguém mais conseguiu se concentrar. Abaixei a cabeça, envergonhada, fingindo escrever, para que meus cabelos caíssem no rosto e escondessem minha humilhação. Passados quinze minutos, Aiden desistiu de tentar restabelecer a ordem.

— Vamos encerrar a reunião agora — informou ele. — Vou passar o restante das informações para a srta. Lacinho, quer dizer, srta. Lombard, que vai enviar tudo para vocês depois.

Mais risinhos abafados. Meu apelido no escritório certamente passaria a ser Lucy Lacinho ou Lucy Lastex — o que eu havia conseguido evitar desde o ensino fundamental. Tive vontade de dizer a eles que me chamassem, de uma vez, de Bochechuda. Aquele dia não poderia ter sido pior. Pensei em ir até o último andar do prédio e me jogar.

Enquanto eu fingia organizar minhas coisas, todos os demais foram saindo. Talvez eu pudesse passar o resto da tarde ali, se me esforçasse. Talvez pudesse ficar ali até meu contrato com a Targa terminar. Talvez eu devesse pedir as contas, para nunca mais ter que encará-los. Arriscando-me a dar uma olhada de esguelha, vi que todos haviam se retirado, menos Paquera. Eu o ignorei e continuei a não fazer nada. Por fim, ele pigarreou.

— Srta. Lombard. — Quando me obriguei a fitá-lo, ele estava com a calcinha na mão. — Acho que isto lhe pertence. — Mostrou-a sem sequer tentar embolá-la, de forma discreta; muito pelo contrário, segurou-a pelas extremidades, agitando-a diante do próprio rosto, como se fosse um daqueles véus usados pelas mulheres árabes nos haréns. Bateu as pestanas para mim. — Isso não significa que estamos noivos — brincou.

— Estou usando calcinha — informei, secamente.

Ele deu de ombros.

— Que pena!

Meu maxilar contraiu-se mais ainda.

— Essa é a que eu usei ontem.

— Sei. Poderia me explicar melhor, por favor?

— Não. Eu só queria que você explicasse para a equipe o que realmente aconteceu.

— Se ao menos eu soubesse! — exclamou, sorrindo. — Pode ficar tranqüila, vamos falar do seu modelito com lacinho inúmeras vezes daqui em diante.

Enrubescendo, agarrei minha calcinha, tirando-a das mãos dele. Estava quente por causa de seu toque.

— Isso é o mais perto que você chegará das minhas calcinhas.

Aiden começou a se retirar, com um meio sorriso.

— Gata — disse, por sobre o ombro —, esses poás cor-de-rosa estão super na moda.

Capítulo Treze

Já era possível entrever o Hotel Keating House às margens do lago Coniston, circundado por uma floresta. A viagem fora um inferno, já que havia obras em vários trechos e o "tráfego estava pesado", tal como anunciado nos informativos de rádio. Assim sendo, Chantal e Jeremy chegaram muito mais tarde do que o previsto. O fotógrafo havia sido uma companhia agradável, contara fofocas, entretendo-a com histórias sobre os serviços que prestara para a revista e os jornalistas com quem trabalhara. Não comera uma quantidade excessiva do chocolate, o que era uma boa qualidade em um homem. Chantal ficara sabendo que, embora não fosse casado, vivia com uma mulher mais jovem, que tinha um filho de um casamento anterior. Uma relação destinada ao fracasso, óbvio. Ela chegou à conclusão de que Jeremy Wade seria uma boa transa naquela noite. Boa mesmo.

Passava das sete quando chegaram ao hotel e se registraram. Chantal não conseguiu convencer Jeremy a nadar um pouco na piscina, antes do jantar. Ele explicou que tinha de checar os e-mails; ela também tinha, mas podia fazer isso mais tarde. À medida que envelhecia, Chantal achava mais difícil manter a boa forma; era preciso malhar muito para compensar o consumo de chocolate. Os dois marcaram um encontro no bar às 20h30, para tomarem um drinque antes do jantar. Então, ela fora nadar sozinha. Havia tempo de sobra para os dois se entenderem. Na verdade, tinham a noite inteira.

A piscina estava tranqüila. Alguns executivos barrigudos nadavam, ofegando pesadamente ao completar as voltas. Um casal jovem e risonho namorava na banheira de hidromassagem. Um sujeito lia, sozinho, um exemplar do *Financial Times* numa das espreguiçadeiras, com uma toalha enrolada no pescoço. Bem-apessoado e musculoso, ergueu o olhar quando Chantal entrou, dando-lhe um sorriso apreciativo. Ela retribuiu e, em seguida, mergulhou de cabeça, com habilidade. Após doze voltas em estilo crawl, sabia que ele ainda a observava, pois sentiu seu olhar na pele nua. Se estranhos como aquele sujeito não desgrudavam os olhos dela, por que era tão difícil para seu próprio marido apreciar sua sensualidade? Chantal afastou o pensamento, sacudindo as gotículas do corpo, e saiu da piscina. Enxugando-se, fitou de novo o sujeito da espreguiçadeira.

Ele abaixou o jornal.

— Você nada muito bem.

— Nadava melhor antes — admitiu Chantal. Fizera parte da equipe de natação no ensino médio. — Agora, nem tanto. Não tenho mais tempo de praticar.

— Achei que se saiu muito bem.

— Obrigada.

— Vai passar alguns dias aqui?

— Só hoje.

— Negócios ou lazer?

— Negócios — respondeu Chantal.

— Eu também. Vai jantar sozinha?

— Vim com um colega.

— Que pena! — exclamou, sorrindo e dando de ombros.

— É, que pena! — concordou ela. Mas, na verdade, não era, considerando o que ela planejara para Jeremy Wade.

Àquela altura, já se arrumara e estava pronta para o jantar. Colocara um vestido preto justo na bagagem. Era decotado na frente e atrás e tinha uma fenda na coxa. Meio óbvio, mas ela só tinha uma noite, não podia perder tempo com uma sedução lenta. Era pegar ou largar. Chantal levara suas jóias e colocara o brinco de diamantes de um quilate — presente de Natal de Ted. Na certa, ele mandara a assistente comprá-lo. Não devia ser ingrata, o marido era um homem ocupado, e ela adorara o presente. Usava também um colar de ouro com pendente de brilhantes e um Rolex de ouro. Ganhara tudo de Ted. Definitivamente, não podia reclamar do gosto ou da generosidade dele. O marido só regulava mesmo o próprio corpo.

As únicas jóias que não usara foram as alianças de noivado e casamento; nesta, fora incrustada uma pedra preciosa de tamanho considerável. Ela as havia deixado na penteadeira. Podia ser antiquada, mas não achava correto transar com elas no dedo. Concessão à moralidade ou não, era melhor do que nada. A colcha da cama já fora dobrada para a noite e um chocolate embrulhado com papel dourado fora deixado sobre o travesseiro. Abriu-o e saboreou-o. Sem graça, com gosto de menta, mas e daí? Era chocolate e não iria desperdiçá-lo.

Ela se olhou no espelho. Bonita e frágil, concluiu. Uma combinação fatal. Ainda assim, estava pronta para alguma ação; pegou a bolsa e desceu para jantar.

* * *

Jeremy já estava no bar quando chegou.

— Uau! — exclamou ele. — Você está linda!

— Obrigada. — Chantal sentou-se no banco ao seu lado.

— Estou me sentindo um pouco informal.

Ela observou a calça jeans e o suéter de caxemira cinza. O aroma de sua loção de barba era penetrante, como limões recém-cortados. Ele havia mesmo caprichado!

— Eu acho que está ótimo.

— Tomei a liberdade — disse ele, oferecendo-lhe uma taça de champanhe. Ela gostava cada vez mais daquele homem.

— Perfeito. — O barman serviu-lhe a bebida.

— Um brinde a *Style USA* — propôs Jeremy.

Chantal brindou com ele.

— A nós — acrescentou ela.

— Só temos que ir até a casa amanhã, às dez. Pensei que podíamos relaxar um pouco.

— Engraçado — disse Chantal. — É exatamente o que eu tenho em mente.

O jantar foi maravilhoso e a companhia não podia ter sido melhor. Já tinham tomado café e, embora ela quisesse levar Jeremy logo para a cama, reservou algum tempo para saborear todos os chocolates oferecidos na sobremesa. Alguns minutos a menos não fariam diferença. Aquela era a hora de degustar.

— Vamos tomar a saideira no bar — sugeriu Jeremy.

— Tem uma garrafa de champanhe gelando no meu quarto — disse Chantal. — Poderíamos ir até lá para ficar mais à vontade.

Jeremy hesitou por alguns instantes, mas aceitou.

— Está bem. Vamos.

Ela saiu primeiro, seguida por ele. Os dois aguardaram o elevador, com timidez, na recepção. A música "Copacabana", de Barry Manilow, tocava no elevador. Chantal pressionou o botão de seu andar; então, pegando a mão de Jeremy, puxou-o em sua direção, sentindo seu calor através do vestido fino. O coração dele batia acelerado Ela inclinou a cabeça e tentou beijá-lo.

Jeremy se afastou.

— Sabe, não creio que eu possa fazer isso.

Chantal sentiu uma onda de pânico. Não podia ser!

Ele soltou sua mão.

— Estou envolvido com alguém.

— Eu também. Sou casada.

— Então, isso não está certo.

— Ninguém vai saber.

— Eu vou — ressaltou Jeremy. — Lamento, Chantal. Você é uma mulher muito atraente, mas... — Ele mordeu os lábios.

O elevador parou e as portas abriram.

— Bom, então, boa-noite — despediu-se ela.

— Se a situação fosse diferente, se eu não estivesse comprometido, não pensaria duas vezes.

— Tudo bem — disse Chantal, com firmeza. Foi difícil esconder sua decepção. Até aquele momento, a noite transcorrera de acordo com seus planos.

— O jantar foi ótimo.

— Não precisávamos nos separar agora.

— Boa-noite — disse Jeremy, dando-lhe um beijo no rosto.

— Boa-noite.

Ela saiu do elevador e ficou parada, triste, no corredor. Jeremy ia para o outro andar e as portas do elevador começaram a fechar. Ele lhe acenou brevemente, sem jeito.

Chantal foi até o quarto e abriu a porta. Poderia checar os e-mails e dormir cedo. O laptop estava na mesinha de centro — lembrando-a de que desejara se concentrar em outra coisa. Tirou os brincos e a pulseira, colocando-os junto de suas alianças, na penteadeira. Em seguida, ao tirar o colar, massageou o pescoço, andando de um lado para outro. Não conseguiria dormir, excitada daquele jeito. Pensar na noite com Jeremy a estimulara sexualmente e não se satisfaria sozinha. Para uma mulher de trinta e nove anos com a libido a toda, a masturbação era *o* passatempo mais degradante. Chantal sabia disso por experiência própria. Não o faria, de forma alguma. Queria transar. Sexo ardente e selvagem. Simples assim. Além do mais, não fazia diferença com quem.

Soltou um suspiro. Pelo visto, teria de colocar o plano B em ação.

Capítulo Catorze

O sujeito que Chantal vira na piscina estava sentado no canto do bar, tal como esperara. Ela pediu um Cosmopolitan ao barman e, virando-se na direção dele, sorriu. Ele entendeu a deixa e, pegando seu drinque, foi até ela.

— O que aconteceu com o seu encontro?

— Foi de negócios — respondeu. — Este já é de lazer.

O copo do homem estava quase vazio.

— Quer tomar mais um drinque? — perguntou ele.

— Cairia bem. Ou podíamos ir até meu quarto tomar o champanhe que deixei gelando.

O sujeito sorriu.

— Já tinham me dito que as americanas eram bastante ousadas.

Chantal nem se deu ao trabalho de informar que morava na Grã-Bretanha havia dez anos e que já fazia muito tempo que seguia algumas das excentricidades da nação. Àquela altura do campeonato, ela se sentia como uma espécie de híbrido entre os dois países.

— É verdade — confirmou ela. Chantal não queria perder tempo com conversa-fiada, nem queria saber se ele tinha esposa, filhos, cachorro. Tampouco fazia diferença se vendia software, equipamentos ou narcóticos. Queria dormir com ele naquela noite e despedir-se pela manhã. Além disso, queria provar a si mesma que podia conquistar qualquer homem. Detestava ter que admitir isso, mas a recusa de Jeremy fora um duro golpe. Teve a sensação de estar sendo rejeitada por Ted de novo. E se estivesse chegando a uma idade em que já não encontraria estranhos dispostos a dormir com ela? O que aconteceria, então? Algumas mulheres podiam usar roupas estonteantes, flertar a noite inteira com garanhões no bar e, ainda assim, ir para casa sozinhas. Será que se tornaria uma dessas pobres coitadas?

Ele deu de ombros e pôs o copo no balcão.

— Então, vamos.

Sentiu alívio e regozijo de imediato. Era um prazer que não obtinha de nenhuma outra forma, independentemente da quantidade de chocolate que comesse. Chantal tomou o resto do Cosmopolitan — um drinque de que, na verdade, não precisava. Não tinha que ficar de porre para agir daquela forma. Preferia estar totalmente sóbria para desfrutar de suas conquistas.

Foram ao elevador e, daquela vez, não houve nenhum mal-estar, tal como ocorrera com Jeremy. Sentia-se apenas a corrente elétrica entre os dois; ambos sabiam o que queriam.

No elevador, Chantal apertou o botão de seu andar. Assim que as portas se fecharam, ele tomou a dianteira. Puxou-a para si bruscamente, a boca buscando a sua, a mão metendo-se no decote do vestido, expondo seu seio; ela arfou quando ele a beijou ali, roçando os dentes no mamilo. Os dedos dele contornaram a coxa, deslizando sob a calcinha, e a penetraram. E Chantal estava pronta, louca de desejo.

As portas do elevador se abriram, e os dois saíram aos trancos e barrancos, entrelaçados, movendo-se às cegas até chegar ao quarto dela. Com as mãos trêmulas, ela abriu a porta. Ele a puxou para a cama, tirando a calça e levantando o vestido dela. Abaixando a parte de cima, deleitou-se de novo com os seios, penetrando-a com o vestido de mil libras enrolado na cintura dela. Deu-lhe estocadas frenéticas, levando-a ao orgasmo rápida e furiosamente. Ficaram deitados, arfando, e, em seguida, ela sentiu o membro dele enrijecer de novo. Tirando o vestido de Chantal, o sujeito levantou-a da cama, fazendo-a inclinar-se na cadeira próximo à penteadeira. Então, penetrou-a por trás, como se ela fosse uma cadela no cio. Dali, com as pernas trêmulas, os peitos apertados com força por ele, Chantal se via no espelho, sendo fodida por um belo estranho. Levantando-a de novo, ele a sentou na penteadeira, pressionando as coxas dela ao seu redor ao possuí-la. Ela se inclinou, agarrando o móvel, espalhando as jóias e derrubando o abajur no chão, e gozou de novo.

— Está melhor agora? — perguntou-lhe, sorrindo.

— Estou, estou sim — respondeu ela.

Ele pegou sua mão e conduziu-a até a cama.

— Quer abrir o champanhe?

— Não. — Chantal enroscou-se na cama. Satisfizera seu desejo. Sexo anônimo, sem papo furado, preliminares nem compromisso. Seria ótimo se ele fosse embora. — Estou cansada. — Na verdade, estava exausta. Esgotada tanto física quanto emocionalmente.

O sujeito deitou-se ao seu lado, ainda acariciando seu traseiro.

— Você é muito gostosa!

Era o que ela queria ouvir. Era o que ela queria que outro homem lhe dissesse. Chantal mordeu os lábios. Não choraria. Jamais choraria por isso.

— Nem sei qual é o seu nome — disse ela, virando-se para fitá-lo. Mas ele já adormecera.

Capítulo Quinze

Chantal forçou os olhos a se abrirem. Estava com o corpo dolorido e, ainda por cima, com dor de cabeça, por causa da bebida. As coxas e a parte íntima ficaram machucadas. Conseguira o que queria na noite anterior, mas sempre que agia daquele jeito sentia um gosto amargo na boca. Naquele momento, teria que encarar o sujeito à luz do dia e detestava essa parte.

Virando-se, deu-se conta de que não havia ninguém no outro lado da cama. Não ouviu ruído algum no banheiro. Suspirando aliviada, sentiu-se agradecida por ele ter se levantado e ido embora antes que ela acordasse. Gostava de homens que agiam assim; os que ficavam para tomar café-da-manhã eram um saco. Sentira prazer na noite anterior, mas fora imprudente. Ele a agarrara tão depressa, trepando de forma tão arrebatadora, que ela se esquecera de lhe pedir para usar camisinha. Chantal teria de ir logo ao farmacêutico, para conseguir a pílula do dia seguinte. O temor da gravidez não chegava a ser um problema, e sim de contrair Aids ou alguma outra doença sexualmente transmissível. O que ela fizera fora uma tremenda estupidez. Chantal meneou a cabeça, arrependida. Na próxima vez, teria de tomar mais cuidado.

Olhou para o relógio. Um pouco antes das sete. Teria tempo de tomar um longo banho quente, checar os e-mails e comer algo, antes de se encontrar com Jeremy. Um croissant de chocolate e um café forte pelando seriam suficientes para animá-la naquele dia; só esperava que fizessem parte do cardápio. Era uma pena que Jeremy não houvesse feito parte do menu da noite anterior, como ela planejara, mas tudo bem. Como precisavam trabalhar juntos, talvez tivesse sido melhor não acordarem juntos. Ele é que perdera uma noite selvagem. Chantal sorriu, orgulhosa.

Espreguiçou-se, arqueando as costas. Talvez fosse melhor checar os e-mails antes de fazer qualquer outra coisa. Ela olhou de esguelha para a mesa de centro, mas o laptop não estava ali. Estranho. E, então, caindo em si, pôs-se em estado de alerta. Examinou o quarto. Não só sentiu falta do laptop, como também de sua bolsa. Pulando da cama, foi até a penteadeira, ficou de quatro e examinou o piso, em que espalhara as jóias de madrugada. Com efeito, não havia nada ali. Agachando-se, abraçou a si mesma. O canalha a tinha roubado. Trepara com ela e, depois, levara seus pertences. Havia no mínimo quinhentas libras em dinheiro, na bolsa, além de todos os seus cartões de crédito. Teria de ligar para os bancos e cancelá-los. Se ele conseguisse obter os dados de seu laptop, encontraria as senhas lá; então, faria a festa!

Chantal esfregou os olhos. Era um pesadelo. Um maldito pesadelo, de primeira categoria. No entanto, aquilo não era o pior. As jóias valiam muito dinheiro. Todas cravejadas com diamantes da mais alta qualidade. Tentou lembrar em quanto haviam sido avaliadas, segundo a última estimativa do seguro. Teria sido trinta mil? Claro que não. Caramba, sua cabeça doía só de pensar! Será que o seguro cobriria tudo, considerando que ele não havia arrombado a porta, mas entrado com seu consentimento? O sujeito só deixara seu relógio, que, por acaso, ela estava usando. Chantal sabia que deveria se sentir grata por essa pequena compensação. Meu Deus, aquele pilantra provavelmente estava rindo à toa.

Como ela explicaria aquilo a Ted? Como explicaria aos demais? Por acaso podia ir até a recepção, pedir aos funcionários que chamassem a polícia e informar que fora roubada por um dos hóspedes do hotel, que ela mesma convidara para foder no seu quarto? Ela é que estava fodida. Totalmente. Qual era o nome dele? Ah, ela não fazia a menor idéia; no entanto, seu charme era indiscutível. Alto, moreno e atraente — mais para herói romântico que para ladrão de meia-tigela. E era muito bom de cama. Mas a que custo!

Chantal cerrou os olhos, desejando apagar tudo aquilo. Tanto por uma trepada sem compromisso...

Capítulo Dezesseis

Eu estava no Paraíso do Chocolate. Era hora do almoço e eu havia desistido da alternativa mais saudável de comer um sanduíche natural, optando por um chocolate quente e uma megafatia de bolo, do mesmo sabor. Havia muito movimento naquele dia, e só um lugar disponível, à janela. Por mim, tudo bem. Poderia ver a multidão de pessoas passando, sem pensar nos meus problemas. Fazer compras não era uma atividade prazerosa para mim; menos mal, pois já tinha vícios suficientes, como chocolate, Marcus e humilhações em público, só para citar alguns.

Naquela manhã, depois do incidente do lançamento de calcinha, pedi que Paquera aceitasse minha demissão. Na verdade, nem precisava ter feito isso, já que era temporária e podia ter apenas ligado para a agência, requisitando transferência para outro escritório. Ele soltou uma gargalhada e afirmou que se divertia demais comigo para me dispensar. Naquele momento, eu refletia sobre isso, perguntando a mim mesma se seria realmente uma boa idéia ficar.

Como eu resolvera ir até ali na última hora, não tivera tempo de enviar mensagens às outras participantes do clube, convidando-as para se encontrar comigo ali. Seria bom contar com elas naquele dia, pois eu não era muito popular entre a mulherada do escritório. Elas nunca me convidavam para almoçar. Talvez sentissem ciúmes, já que eu trabalhava com o Paquera, o ídolo da empresa. Se eu estivesse no lugar delas, faria exatamente o contrário: tentaria fazer amizade comigo, para me aproximar dele. É óbvio que todas não passavam de manipuladoras de baixo nível. Marcus ainda não tentara fazer contato, o que me deixara com uma dor de estômago permanente. Quem sabe o bolo não ajudaria? Eu tinha que voltar para o escritório com o nível de açúcar em alta, se quisesse chegar ilesa ao final do expediente.

A porta abriu e entrou um cara *lindo*. Todos os gatos que entravam lá costumavam ser gays, pois eram amigos de Clive e Tristan. Entretanto, seria um verdadeiro pecado contra a humanidade se aquele ali só gostasse de homens. Ele pediu um cappuccino e uma bandeja de chocolates de origem controlada — uma alma gêmea! —, e, então, olhou ao redor, buscando um lugar para sentar-se. Felizmente, por sorte minha, o único lugar disponível era ao meu lado. Algumas moças, sentadas no sofá macio, começaram a ajeitar as sacolas, como se estivessem prestes a sair; torci para que ficassem mais. Foi o que elas, gentilmente, fizeram.

— Tem alguém aí? — perguntou ele.

— Não. — Tentei não parecer ansiosa demais. Atrás do balcão, Clive tentava atrair minha atenção, mas eu o ignorei.

— Posso me sentar?

— Claro — respondi, benevolente, fazendo um gesto em direção à cadeira vazia.

— Este lugar é ótimo, não é? — comentou ele, acomodando-se. — Eu adoro estes chocolates. Acabei de descobrir esta chocolataria, mas já se tornou meu local favorito.

— É o meu também. — Eu já estava apaixonada. Podiam me chamar de volúvel, mas realmente esqueceria Marcus com um cara desses. Ele tinha cabelos louro-escuros e desalinhados, que combinavam perfeitamente com os olhos azul-claros. Além do mais, era chocólatra. Senti que seria o parceiro ideal. Na verdade, eu deveria me manter longe de louros, pois, como diz o ditado, uma ovelha má põe o rebanho a perder! Chequei depressa o dedo anular do cara antes que me apaixonasse perdidamente por outro cafajeste... Nenhuma aliança. Sinal verde.

— Correndo o risco de fazer uma pergunta batida... — Ele sorriu ao notar que já estava sendo pouco original. Humildade, eu gostava dessa característica. — Você vem muito aqui?

— Venho — respondi. Minha nossa, que tal: *Lucy Lombard, aceita este homem como seu legítimo esposo? Sim.*

— Eu me chamo Jacob — apresentou-se ele. — Jacob Lawson.

Jacob. *Lucy Lombard, aceita este homem, Jacob Lawson, como seu legítimo esposo? Ah, claro que sim!*

— Lucy — disse, sem fôlego. — Lucy Lombard.

— Muito prazer. — Ele se inclinou, estendendo-me a mão. Cumprimentei-o, esperando que a minha não estivesse lambuzada de chocolate. Ele riu e retribuí o sorriso, aberta, calorosa, acolhedora; esperava estar transmitindo os sinais corretos. Após as formalidades, Jacob se concentrou nos chocolates. — Você trabalha aqui perto?

Eu me senti culpada ao olhar o relógio, pois já deveria estar no escritório. Um dia Paquera iria me repreender pelos atrasos. Tomara que não fosse naquela tarde! Diria para ele que havia precisado passar na farmácia para comprar tampão vaginal, o que sempre desarmava os chefes.

— Tenho um emprego temporário num escritório aqui perto, numa empresa grande, que lida com tecnologia da informação.

Ele meneou a cabeça, como se estivesse impressionado.

— E você? — perguntei.

Jacob estava de terno e carregava uma pasta de aço inoxidável.

— Trabalho como freelancer na indústria do entretenimento. Minhas funções variam.

— Uau! — exclamei. — Uau! — Eu podia parecer mais idiotizada, mas já não estava mais tão segura. Com relutância, chequei o relógio. — Olhe, sinto muito, mas eu realmente tenho que ir.

Ele fez uma expressão desapontada.

— Por que não nos encontramos de novo? — sugeriu ele.

Fiquei tão desconcertada que mal pude falar. Um dia como mulher livre e desimpedida e já estavam me convidando para sair!

— Seria ótimo!

— Vai ter um evento com degustação de chocolate e champanhe no Hotel Savoy, na semana que vem. Quer ir?

Se eu queria ir? Tive vontade de me atirar aos pés dele e chorar de alegria. Ele estava evitando que eu me tornasse uma solteirona recalcada, vítima de obesidade mórbida.

— Seria ótimo! — Alguém tinha que me sacudir, eu parecia um disco arranhado.

— Aqui está meu cartão. — Jacob deslizou-o pela mesa. Era branco e nele só constava seu celular. Cheio de estilo, hein?

— Obrigada — disse eu, buscando uma caneta e um pedaço de papel na bolsa. Acabei anotando meu nome e telefone na parte de trás da nota do Paraíso do Chocolate. — Até mais, então.

Dirigi-me à porta depressa, piscando de forma teatral para Clive ao me retirar. Jacob acenou quando passei pela vitrine. Apertei, no bolso, o cartão dele. Esperava que me telefonasse. Esperava desesperadamente que me telefonasse.

Capítulo Dezessete

— Oi, gata — disse Paquera, enquanto eu caminhava, apressada, até minha mesa. — Legal você se unir a nós.

— Sinto muito — sussurrei. — A crise que venho enfrentando na minha vida é grave. Tenho que agüentar firme. É o que estou tentando fazer.

Poderia lhe contar a sorte que tive de ser convidada para um encontro, mas, como eu mesma mal podia acreditar, decidi ficar de bico calado, para variar um pouco. Aiden Holby resolveu sentar-se no canto da minha mesa. Excitava-me quando ficava perto de mim; então, na tentativa de evitar que se aproximasse demais, eu armava pequenas barricadas na beirada da mesa, com arquivos, porta-canetas e até meu porquinho cor-de-rosa, de plástico, em que guardava meus clipes. Mas nunca dava certo. Ele simplesmente afastava minhas defesas e sentava-se sem a menor cerimônia. Naquele momento, seu traseiro firme estava bem perto do meu braço.

Como se já não bastasse meu encantamento, meu chefe perguntou:

— O que vai fazer neste fim de semana?

Caramba! Paquera também queria sair comigo? Dois convites no mesmo dia? Devia estar secretando uma tonelada de feromônio, ou qualquer que fosse o hormônio que fazia os homens se jogarem nos pés de alguém. E eu que pensava que ele só vinha sendo atencioso comigo por causa do estoque de chocolates que eu mantinha na minha gaveta.

— Não sei. — Precisava agir com cautela. — Por quê?

— O departamento de vendas está promovendo um evento de confraternização para toda a sua equipe no fim de semana. Vamos fazer canoagem no País de Gales. Está a fim de ir, gata?

Ah, então não era um encontro comigo.

— Canoagem? Por que não fiquei sabendo disso?

— Porque está nos seus arquivos e você nunca se dá ao trabalho de ler — explicou ele, pacientemente. — A Tracy Seiládequê organizou a excursão antes que o neném nascesse e ela tirasse licença.

Essa era a empresa prestativa e compassiva para a qual eu trabalhava.

— Os rapazes querem que você vá.

Meu coração acelerou, embora não estivéssemos marcando um encontro amoroso. Era bom sentir-se querida por alguém, mesmo que fosse pela equipe de vendas.

— É mesmo?

— É — confirmou ele. — Querem ter certeza de que alguém muito ruim vá, para que eles pareçam campeões quando comparados a essa pessoa.

O balão estava cheio, daí trouxeram um alfinete e *bum!*

— Valeu! — disse eu, com tristeza.

— Vai ser divertido.

Minha idéia de diversão era um evento com degustação de chocolate e champanhe no Hotel Savoy, em companhia de um gato, não ficar ensopada no País de Gales.

— Você vai receber como se fosse um dia de trabalho qualquer — insistiu ele. — É um incentivo adicional.

Na verdade, já não precisava dizer mais nada. Eu tinha meu preço, que, de modo geral, relacionava-se com dinheiro de qualquer espécie. Não seria tão ruim assim ficar ensopada no País de Gales e, ainda por cima, ser paga por isso.

— Vou dar uma olhada na agenda — disse-lhe, friamente. — Estou saindo com alguém agora e a gente pode ter marcado alguma coisa.

Foi a vez de Paquera parecer irritado.

— Pensei que o Marcus tinha acabado de terminar com você.

— Mulheres como eu não ficam dando sopa por muito tempo — informei-lhe, presunçosa.

Meu chefe soltou um suspiro, exasperado.

Achei que estava com tudo sob controle.

— Se me pagar o dobro, eu vou.

— Você sabe negociar, Lucy Lombard — disse ele, meneando a cabeça. — Esteja aqui às seis da manhã no sábado. Um microônibus virá nos buscar.

Seis da manhã no sábado? Pela madrugada! Nem sabia que esse horário existia!

Então, era Paquera que ostentava um largo sorriso ao voltar para sua sala. Juro que no balão de história em quadrinhos sobre sua cabeça estava escrito: *Rá-rá-rá.*

Tentei compensar meu almoço prolongado trabalhando com afinco. Fiz o possível, mas, por algum motivo, não consegui me concentrar. Depois de lidar com algumas cifras de vendas e organizar umas coisas, comi uma barra de chocolate ao leite com caramelo, Daim Bar, antes conhecida como Dime Bar, um nome perfeitamente adequado que, na minha humilde opinião, não precisava ter sido mudado. Junto com esse chocolate que eu havia guardado na minha mesa, tomei um chá de máquina automática e fiquei de bobeira, durante algum tempo. Então, às quatro, quando já estava me desanimando, Derek Sujo, da sala de correspondência, apareceu. Ganhou esse apelido não por causa de sua higiene pessoal, mas por ter o hábito de contar um monte de piadas extremamente sujas, que adequava a todo tipo de ocasião. Naquela tarde, trazia um imenso buquê de rosas vermelhas, embrulhadas em papel rosado.

— Para você, querida — disse ele, piscando o olho. — Alguém deve ter se divertido ontem à noite!

— Que liiindas! — exclamei, ao receber o buquê. — Deixaram cartão?

— Não.

Se ele o tivesse perdido no meio do caminho, eu não ficaria nada surpresa. Derek Sujo abriu um dos olhos com o dedo, ao se retirar, dizendo:

— Admirador secreto.

Coloquei as flores sobre a mesa. Pude ver Paquera esticando o pescoço para dar uma olhada nelas. Até mesmo sem cartão, eu já sabia quem as enviara. Isso era coisa do *Marcus*. Alguns dias com a nova amante e já estava mudando de idéia. Não agia sempre assim? Toda vez que ele me deixava, eu achava que era para sempre; daí, lá vinha o Marcus, rastejando. Minha garganta ficou seca. O que deveria fazer? Ligar e agradecer-lhe? Ou ficar na minha e aguardar seu próximo passo?

Enquanto pensava no meu dilema, o aviso sonoro do celular ressoou. Havia uma mensagem de texto de Chantal. EMERGÊNCIA CHOCOLATE, dizia. VEJO VCS @ 6.

Ótimo. Acomodei-me na cadeira e suspirei aliviada. As meninas me diriam o que fazer.

Capítulo Dezoito

— O que é que eu vou fazer? — lamuriou-se Chantal. Acabara de nos contar a história do sexo violento e do roubo. Sem dúvida alguma, a incerteza a respeito do buquê de rosas era insignificante comparada à experiência traumática de Chantal. Estávamos reunidas num canto do Paraíso do Chocolate, acomodadas nos sofás macios. Nossa amiga, com a face pálida e as mãos trêmulas, pegou a xícara e sorveu o chocolate quente.

— Fui assaltada em um hotel cinco estrelas. Não era uma espelunca miserável do centro da cidade, mas um hotel campestre. Passei a maior parte da minha vida em Nova York e sei muito bem reconhecer vigaristas. Eu já deveria estar mais do que escolada no assunto. Como pude ser tão idiota? Tão ingênua?

E, não acrescentei, "tão desesperada".

Autumn também não estava com um aspecto muito bom. Ficou claramente chocada com a terrível notícia dada por Chantal. Segurou a mão dela.

— Você tem que ir à polícia.

— Como posso fazer isso? — questionou ela. — Se eles iniciarem uma investigação, então Ted, com certeza, acabará descobrindo. Como poderia manter tudo em segredo?

— Meu Deus, Chantal, teve sorte de só ter sido roubada — comentei. — Ele poderia até ter matado você.

— Antes tivesse feito isso — disse ela, desolada. — Ted vai me matar, de qualquer forma, se ficar sabendo.

— Então, não vamos deixar que isso aconteça — afirmei, da forma mais tranqüilizadora possível. — Conseguiu averiguar o nome do cara na recepção do hotel?

— Não. — Ela meneou a cabeça. — Não me deram nenhuma informação a respeito dele. Pelo que sei, pode ter usado um nome falso. Não duvido nada que ele já tenha aplicado esse golpe várias vezes. Tenho certeza de que é um vigarista profissional. Caramba, fui mesmo uma tapada, um alvo incrivelmente fácil.

Ela parecia estar prestes a chorar, algo que nunca fazia. Era a primeira vez que eu a via tão abalada.

— Clive, Clive! — chamei-o. — Precisamos de mais doces reconfortantes. Rápido!

— Não quero comer nada — protestou Chantal.

— Não seja ridícula — disse-lhe eu. — Chocolate não é comida, é remédio. — Além do mais, esse reforço faria bem a mim e a Autumn. Queria que Nadia tivesse vindo ao encontro, mas ela me enviara uma mensagem contando que não poderia sair, pois precisava ficar com Lewis. Ficará desapontada por haver perdido essa reunião.

— Você tem que parar de fazer isso — aconselhou Autumn, com muita sinceridade. — Não pode pegar homens que não conhece. É perigoso.

— Eu sei. — Chantal meneou a cabeça. — Essa foi a última vez. Juro. Aprendi a lição.

Pensei, mas não cheguei a dizer, *e pagou bem caro por ela.* Minha amiga não precisava que eu enfatizasse a verdade nua e crua.

— Nós temos dinheiro de sobra — disse Chantal, suspirando, trêmula. — Vou ter que sacar quantias pequenas da conta, para comprar outras jóias, o mais rápido possível. É a única coisa que posso fazer.

— Ted não vai notar nada?

— Eu controlo todas as contas domésticas — explicou. — Ele confia em mim.

A ironia de seu comentário não passou despercebida.

— Não pode simplesmente afirmar que perdeu tudo e requerer indenização do seguro? — Não era lá muito ético, mas, se ela tivesse contado que fora roubada, o seguro não cobriria tudo, de qualquer forma?

— Por causa do valor em questão, provavelmente eles enviariam a polícia, investigadores ou sei lá quem. Ted também iria querer saber por que eu levei minhas jóias mais caras numa viagem de negócios. Não acho que seja a solução. Tenho que descobrir um jeito de evitar que ele se dê conta do que aconteceu.

Clive trouxe mais chocolate quente e uma bandeja com brownies de café e nozes, que aceitamos de bom grado.

— A cara de vocês não está nada boa — disse ele, ao observar nossos semblantes abatidos. Sentou-se conosco.

— Chantal transou com um cara e foi roubada — expliquei-lhe e, então, revelamos todos os detalhes sórdidos.

— Os homens são uns canalhas — comentou ele, gesticulando com uma das mãos.

O que me fez lembrar que ainda precisava falar da tentativa de Marcus de fazer as pazes, enviando o buquê de rosas.

— Contou para elas que um gatão deu em cima de você na hora do almoço? — prosseguiu Clive.

E tinha de falar também do encontro amoroso com Jacob Lawson. Eu as coloquei a par de tudo rapidamente.

— Vamos sair juntos na semana que vem.

— Ótimo! — exclamou Chantal. — Mas só use bijuteria barata.

Não quis dizer a ela que era só o que eu usava mesmo.

— Ele pareceu ser um cara legal — comentei, com timidez. — Tomara que ligue.

— É claro que vai ligar — disse Autumn, solenemente. Era sempre otimista. Seu copo definitivamente nunca ficava meio vazio.

— Queria contar outra coisa para vocês. — Todas ficaram atentas. — Marcus me mandou um imenso buquê de rosas hoje.

— Elas estão lá fora, num balde d'água — informou Clive. — Assim, não vão murchar. — Ele já havia comentado que esperava ver outra coisa de Marcus murchando.

— O que ele disse? — quis saber Chantal.

— Nada. Não havia cartão.

— Mas, então, como sabe que foi o Marcus que o enviou?

— Quem mais enviaria três dúzias de rosas vermelhas depois de me trair? É obra dele. Típico. Eu só queria saber o que devo fazer. Seria melhor ligar ou esperar que ele entre em contato comigo?

— Só me prometa uma coisa — pediu Chantal. — Se eu tenho que parar de dormir com estranhos, você tem que parar de aceitar o Marcus de volta.

— Chantal só deixa os caras fazerem sacanagem uma vez — ressaltou Clive.

— Sei, obrigada pela observação. — Soltei um suspiro profundo. — Então, acham que não devo fazer nada?

Todos assentiram. Muito fácil para eles dizerem isso, mas, para mim, Marcus era um vício maior que chocolate, e sem tantas calorias.

Capítulo Dezenove

Quando Autumn chegou ao seu apartamento, havia um sujeito saindo. Usava uma jaqueta de couro preta e óculos espelhados, apesar de estar se retirando de um ambiente fechado. O nariz dava a impressão de ter sido objeto de muitos socos.

— Oi — cumprimentou ele, ao passar por ela. Em seguida, desceu rapidamente as escadas.

Autumn entrou em casa de cenho franzido.

— Richard? — chamou, da sala. — Quem era aquele cara?

— Ah, um amigo meu — respondeu ele, de forma vaga. A irmã seguiu o som de sua voz até a cozinha. O irmão estava próximo à pia, enchendo a chaleira de água. — Quer chá? Parece exausta!

— Uma amiga minha está em maus lençóis — contou-lhe. — Tentei ajudá-la.

— Você sempre atraiu gente inútil, Autumn.

— Incluindo você?

— Poxa, está sendo cruel.

— Era mesmo só um amigo, Richard? — Ela sentou-se à mesa, enquanto ele preparava o chá.

— Posso ter amigos, não posso? Vai ser muito chato morar com você se não puder trazer ninguém aqui.

— Temi que fosse um dos caras para quem você deve dinheiro. Pode ficar aqui, Richard, mas não quero que traga problemas para dentro de casa.

O irmão já ia pôr a chaleira na mesa, quando ela notou que havia uma camada de pó branco na superfície. Passou a mão para limpá-la, mas, então, com sensação de repulsa, percebeu o que era. Não se tratava de resíduo de algum produto de limpeza ou talco, mas de cocaína. Ela tinha certeza. Umedeceu um dos dedos e passou-o ali. Sabe-se lá por que fez isso, pois, embora trabalhasse no centro de reabilitação, sua experiência com entorpecentes se limitara a algumas tragadas de maconha em uma festinha chata na universidade, só por educação. Não conseguiria diferenciar talco de cocaína. Mas, pela expressão de Richard, era óbvio que ele conseguia.

— Não me olhe assim — pediu ele, irritado. — Não sou um viciado em crack que mora na periferia. Não sou igual às pessoas com quem você lida. Sabe muito bem que é aceitável na nossa classe. Ando com uma galera que curte um pó de vez em quando. Não é o crime do século. Todo mundo faz isso. Basta ir a qualquer boate e ver o que acontece. Não é pior do que tomar uma garrafa de vinho. E me ajuda a relaxar, além de me deixar ligado.

Autumn notou que suas pupilas estavam dilatadas e seus gestos, frenéticos. Perguntou-se como deixara de notar tais sinais até aquele momento.

— Foi por isso que perdeu o emprego? O apartamento?

Richard fungou com força e passou o dedo sob o nariz.

— Só me endividei um pouco, nada mais.

— Quanto está cheirando?

— Quase nada — insistiu ele. — É só uma diversão.

— Como queria acreditar em você!

O irmão deu de ombros.

— Deveria provar. Fazemos umas festas muito legais. Você precisa sair, conhecer mais gente.

— Usar drogas? — perguntou sarcasticamente.

— Tem coisas piores que cheirar umas carreiras de coca.

— Pense nas conseqüências, Richard. Todos os dias vejo gente que arruinou a vida por causa das drogas.

— Você também tem um vício — zombou ele. — Já vi como devora chocolates. Metendo tudo de uma vez nessa boquinha voraz.

Autumn retrocedeu.

— Isso não tem o menor cabimento. Não dá para comparar chocolate com cocaína.

— Não dá? Você é viciada, tanto quanto eu. Pode afirmar que nunca mais vai consumir sua droga? — perguntou, com um sorriso afetado. — Se sente ótima toda vez, não é mesmo? Nada mais a deixa assim. A única diferença, mana, é que a sua droga é permitida.

— Não preciso arriscar tudo o que tenho para comer chocolate.

O irmão estreitou os olhos.

— Não quer provar coca, só uma vez? Vai se sentir bem melhor.

— Também poderia provocar minha morte.

— Mais cedo ou mais tarde, todos vamos bater as botas. — Ele deu uma risada amarga. — Posso comer carne diariamente e morrer jovem, de infarto. Que jeito mais sem graça de ir para o além! Prefiro viver dessa forma a passar a vida toda confinado numa camisa-de-força. A cocaína é um vício incrível. Sinto que posso dominar o mundo quando cheiro. Melhora a auto-estima e todo mundo gosta de mim. Não quer sentir isso também?

— Mas a realidade é que você perdeu tudo: a sua carreira, o seu apartamento.

Ela queria acrescentar "a sua dignidade", mas achou que seria ir longe demais. A cocaína era uma droga que alimentava o ego do dependente e distorcia sua percepção da realidade. O usuário se tornava egoísta, ficava imune a seus próprios problemas e insensível aos sentimentos dos outros. Autumn queria ajudar Richard, evitar que ele arruinasse ainda mais a própria vida. Mas quem *a* ajudaria?

Capítulo Vinte

Nadia pusera Lewis para dormir cedo. O banho e a história de ninar, naquela noite, haviam sido realizados em tempo recorde, para a decepção do filho. Ela compensaria tudo no dia seguinte. Naquela noite, queria passar o maior tempo possível com o marido.

Não havia muito para o jantar, que, na verdade, consistia em um pacote de penne de marca própria do supermercado, uma lata de tomate e outra de atum barato, que quase não se distinguia de ração para gato. Não era o tipo de refeição que previra fazer quando se tornara dona de casa em tempo integral. Nadia se imaginara preparando banquetes deliciosos e rápidos todas as noites, como os do chef Jamie Oliver, com queijo de cabra, cuscuz e rúcula. No entanto, sentada diante de Toby, ela empurrara a massa com indiferença no prato, enquanto o marido disfarçava heroicamente e comia com prazer.

— Humm! — disse ele, limpando a boca com um pedaço de papel-toalha que Nadia usava como substituto econômico para guardanapos naqueles dias. — Estava delicioso!

Ambos sabiam que não era verdade.

— Vou voltar para o escritório agora, amor — informou-lhe. — Preciso adiantar um trabalho.

E ambos também sabiam que não era o que ele faria ali.

Nadia afastou o prato.

— A gente não pode continuar assim, Toby. Fiz as contas hoje. Estamos devendo trinta mil libras.

— Não seja ridícula, não é tudo isso.

Ela foi até o aparador, pegou um monte de contas e as pôs na mesa, diante do marido.

— Renovamos a hipoteca da casa duas vezes para quitar nossas dívidas, Toby. Liguei para o banco hoje de tarde e eles disseram que não vão nos emprestar mais dinheiro. Não sei como vamos fazer.

Nem lhe contou que pesquisara todos os anúncios de financeiras de alto risco nos classificados de jornais. Estavam chegando a um ponto em que ela, de fato, não via nenhuma alternativa e, se enveredassem por esse caminho, jamais conseguiriam se livrar das dívidas.

— Sei disso, Nadia. Não é tão grave assim. Não me atazane mais com isso!

— Não estou atazanando. Queria que você abrisse os olhos. — Estava quase chorando. — Não tenho dinheiro para comprar comida, Toby. Lewis precisa de roupa. Ele está crescendo tão rápido que perde os sapatos em questão de meses. Já deixamos de pagar as contas de gás e de luz.

Ela vendera a maioria das roupas velhas de Lewis e boa parte de seu próprio guarda-roupa numa empresa de comércio eletrônico, para arrecadar um dinheirinho. A casa mal tinha móveis, quase não possuíam bens, portanto não restava mais nada para ser vendido. Nadia nunca levaria as amigas do Clube das Chocólatras até ali, pois seria embaraçoso demais se vissem sua casa caindo aos pedaços. Quando conheceu Toby, tinha um ótimo emprego numa editora e, embora os dois não dispusessem de rios de dinheiro, viviam bem, arcando com as despesas. Como tudo fora por água abaixo daquele jeito?

— Posso começar a trabalhar e ganhar algum dinheiro — disse ela. — Isso ajudaria a gente.

— Acabaria usando seu salário para pagar a creche. De que adiantaria?

Nadia já pensara nisso e chegara à conclusão de que, mesmo que só restassem algumas libras, valeria a pena.

— Eu poderia entrar em contato com a minha família — sugeriu. — Contar pra eles que estamos passando por dificuldades. De repente, vão ajudar. — Até ela sabia que as chances de isso acontecer eram escassas. Desde o dia em que optara por se casar com Toby, eles a excluíram. Seria humilhante para Nadia recorrer a eles, mas não lhe restavam muitas opções. Melhor implorar para a família que ir para a cama com algum agiota, embora não houvesse tanta diferença assim.

— Beleza pura! — ironizou Toby. — Conte para todos que seu marido não consegue sustentar a família. Eles adorariam saber disso.

E ele tinha razão. Talvez ajudassem, mas exultariam com a desgraça alheia. O pai de Nadia era um executivo bem-sucedido, dono de uma lucrativa rede de joalherias. Nada o deixaria mais satisfeito que constatar que Toby Stone não fora uma boa escolha para a filha mais velha.

O marido meneou a cabeça.

— Não quero que eles voltem a pôr as garras em você, Nadia. Especialmente seu pai. Se isso acontecer, vou acabar perdendo minha esposa.

— Se não parar de jogar, vai me perder de qualquer forma.

— Então, se é assim que se sente, não há motivo para discutir isso. — Toby levantou-se e caminhou até a porta.

— Quero ajudar você. A gente precisa enfrentar isso juntos, mas, se não se der conta de que isso é um problema, vou lutar por uma causa perdida.

— Tenho muito que fazer — disse ele, retirando-se da sala.

Nadia juntou os pratos e levou-os para a cozinha. O que ela iria fazer agora? Abrindo o guarda-louça, tateou até encontrar o que buscava. Empurrou para o lado o pacote de biscoitos de chocolate. Se ao menos conseguisse apaziguar sua dor com ele... Entretanto, às vezes, o chocolate por si só não era suficiente. Escondida no fundo, atrás de um pote de farinha raramente usado, havia uma pequena caixa de remédio. Olhando de esguelha para a porta da cozinha, ela pegou-a e tirou um dos comprimidos da embalagem. Começara a tomá-los um anos após o nascimento de Lewis, por causa de uma suposta depressão pós-parto. Fora ao médico e se debulhara em lágrimas. Seu clínico geral, normalmente um cavalo, havia sido bastante compassivo e lhe receitara de imediato antidepressivos, que atuariam durante o dia, e soníferos, que a ajudariam a dormir à noite. No entanto, não conseguira revelar ao médico seu verdadeiro problema. Nunca contara a ninguém. Ninguém sabia que seu marido era um jogador compulsivo. Tomou o antidepressivo com um copo de água, ciente de que estava chegando a um ponto no qual nem os comprimidos iriam ajudar.

Capítulo Vinte e Um

— Tem algo para me dizer? — indagou Ted. O coração de Chantal parou de bater momentaneamente. Será que ele descobrira o que acontecera? Naquele dia, por acaso, estavam em casa juntos, preparando-se para dormir. Eram momentos que ela começara a temer. — As alianças — prosseguiu ele. Ela acompanhou o olhar dele até seus dedos. — Não está usando as alianças.

— Ah! — exclamou Chantal, tentando disfarçar o pânico. — Tive um pouco de alergia nas mãos. Talvez por causa do detergente.

— Detergente? — O marido soltou uma gargalhada. — Querida, desde quando você usa detergente?

— Sabonete — corrigiu ela, depressa. — Deve ter sido o sabonete.

O marido pegou sua mão.

— Não vejo nada de errado.

— Obrigada, dr. Hamilton. — Esforçou-se para sorrir, mas estava apreensiva. — Meus dedos já melhoraram. Só evitei usar as alianças por algum tempo, até ter certeza de que estava bem. — Não restava opção; teria de sacar dinheiro da conta o mais rápido possível para comprar peças convincentes.

— Achei que tinha algo para me dizer. — Chantal notou o brilho em seus olhos, mas sabia que ele estava falando sério. É óbvio que ela queria lhe contar uma coisa. Almejava revelar que já não podia ir atrás de estranhos para se satisfazer sexualmente. Caramba, não chegara nem aos quarenta, tinha suas necessidades. E ele? De modo algum ela iria passar os próximos vinte ou sabe-se lá quantos anos em uma união assexuada. Ela não apenas ansiava por sexo — embora, puxa vida, como fazia falta quando era inexistente! —, como também por uma maior proximidade afetiva. Não achava que relações pudessem sobreviver sem isso.

— Alguma vez se deu conta de como nossa vida é vazia?

Chantal fitou o marido.

— Vazia?

— Sabe... — Ele fez um gesto indicando o ambiente luxuoso. — Já se perguntou para que serve tudo isso? Que sentido tem?

— É bonito de se ver — disse a esposa. — Nós gostamos de coisas bonitas.

— E é por isso que vou ao escritório todos os dias e trabalho feito um louco?

— É o que todo mundo faz.

— Mas as pessoas têm um objetivo. Dedicam-se tanto para sustentar a família, aqueles que amam.

— Não temos uma família.

— E se tivéssemos? Seria tão ruim assim?

— Preferiria cortar os pulsos.

— Então, isso tudo é só pra gente?

— E por acaso é algum crime?

— Não, mas a vida se resume a isso?

— Você aprecia tudo o que temos tanto quanto eu.

— Aprecio?

Francamente, ela já não sabia do que o marido gostava ou não. Chantal suspirou. Estava cansada e desanimada. Talvez Ted estivesse deprimido. Talvez precisasse ir ao médico, para tomar algum antidepressivo. Talvez isso estimulasse sua libido também. Não era o momento de falar disso; ela tinha muitas outras coisas com que se preocupar àquela altura. Eles tinham evitado confrontar a relação até então; poderiam esperar um pouco mais.

Ted tirou a camisa e foi ao banheiro. Encontrava tempo para ir diariamente, durante uma hora, à academia da empresa, embora "trabalhasse feito um louco"; então seu corpo era malhado e musculoso. O mais triste era que ela ainda o amava e desejava; tudo o que queria era ser correspondida. Todas as revistas femininas contemporâneas publicavam inúmeras dicas sobre como apimentar a vida amorosa; contudo, não se encontravam artigos sobre como impulsionar uma que decaíra e cessara por completo.

Era fácil relegar a relação física. Primeiro, os beijos tornavam-se mais escassos; logo, deixavam de ser dados, exceto por selinhos superficiais no rosto. Então, os afagos sucumbiam e a freqüência das transas diminuía cada vez mais, com a interferência da rotina. Quanto menos se beijava e se fazia carinho, mais fácil era evitar qualquer tipo de contato íntimo. No início do namoro, Chantal e Ted faziam amor quase toda noite. Em seguida, começaram a ter relações uma vez por semana e, depois, uma vez por mês. Àquela altura, ela nem se lembrava da última vez em que se haviam deitado juntos e abraçados. Fazia seis meses? Mais? Quando Ted a puxara para perto na cama? Até mesmo um carinho amigável serviria. Algumas das palavras mais sensuais, a seu ver, eram "quero fazer amor com você", só que elas não faziam parte do vocabulário do marido havia muito tempo.

Ted saiu do banheiro e meteu-se debaixo dos lençóis. Antes dormia nu, lembrou Chantal, mas agora usava bermuda e camiseta. Até mesmo o contato entre as partes expostas parecia ofendê-lo.

Ela foi ao banheiro, removeu a maquiagem e lavou o rosto, limpando-o bem. Evitou pensar no que fizera na noite anterior e na estupidez de seus atos. Quando terminou, uniu-se ao marido na cama.

Ted estava deitado no lado dele, já respirando profundamente. Chantal encolheu-se atrás do marido. Talvez pudessem salvar sua relação — era o que ela de fato esperava. Sabia que o amava e não queria que aquela ligação acabasse. Acariciou com os dedos as costas do marido. Deveriam conversar sobre o que o estava incomodando. Não era correto da parte dela desconsiderar os sentimentos dele, mesmo que sentisse que as preocupações de Ted eram, de certa forma, inapropriadas.

— Ted — chamou ela, com suavidade. — Queria que me abraçasse.

— Tenho que levantar cedo amanhã — retrucou ele.

Apesar de suas boas intenções, Chantal sentiu a própria irritação.

— E seria exigir demais que abraçasse sua esposa?

— Durma — recomendou, puxando as cobertas para cobrir os ombros.

Mas ela sabia que agora ficaria acordada, olhando fixamente para o teto.

Capítulo Vinte e Dois

Acho que eu nunca tinha visto o nascer do sol em Londres e nem pretendia me empenhar em vê-lo de novo. De alguma forma, consegui chegar ao escritório às seis da manhã, no sábado, e, naquele momento, aguardávamos na calçada do prédio a chegada do microônibus. Como as brincadeiras estavam animadas demais para o meu gosto, preferi aguardar um pouco mais afastada do grupo, evitando falar até estar bem acordada. Havia um banco de aço ali perto e, para ser sincera, minha vontade era deitar nele e voltar a dormir.

— Oi, gata! — Paquera se aproximou de mim. — Que bom que chegou a tempo!

Creio que esse comentário se referia ao fato de eu sempre me atrasar durante a semana e de nunca chegar às nove. Soltei um resmungo, sem conseguir pensar num argumento para me defender. Ele me deu uma xícara de café.

— Obrigada! — disse, impressionada por minhas cordas vocais funcionarem tão cedo. O café-da-manhã nem me passara pela cabeça.

Era tão cedo e minha mente estava tão desacostumada àquele horário que nem me lembrei de levar chocolate. Passaria as próximas cinco horas num microônibus sem qualquer tipo de comida? Como sobreviveria?

— Trouxe muffins integrais e naturais, com recheio duplo de chocolate, da cafeteria.

Eu podia mesmo me apaixonar por esse cara.

— Você gostou das rosas?

— Gostei — concordei, suspirando. — Mas não quer dizer que vou aceitá-lo de volta. — Não contei a Paquera que me aconselharam a não fazer isso, sob hipótese alguma, e que, tecnicamente, o próprio Marcus não pedira nada. Era preciso ter em mente que um buquê de rosas não equivalia a uma proposta de casamento.

Paquera sorveu o café, pensativo, de cenho franzido.

— Acha que foi o Marcus que mandou as rosas?

— Quem mais me mandaria? — Pelo amor de Deus, não era a Jennifer Lopez! Tinha pouquíssimos admiradores. — Quem mais, a não ser meu ex-namorado galinha, teria motivos para enviá-las?

Ele deu de ombros, mas a testa manteve-se franzida. Então, a equipe de vendas começou a bater palmas, já que o microônibus chegara. Eu me senti muito desanimada.

Cinco horas depois, já estávamos num recôndito qualquer do País de Gales — um lugarzinho de nome impronunciável, com um rio que parecia turbulento demais para a Grã-Bretanha. Era mais adequado para uma região longínqua e exótica. A água, turva, entrecortada de grandes rochas, cobertas de musgo, parecia correr a uma velocidade alarmante.

Durante a viagem, eu me sentara junto de Martin Sittingbourne, nosso representante de vendas mais velho e chato. Ele me contou sobre a mãe idosa, que vivia com ele; o hábito dela de colocar a dentadura no aquário; as ondas de calor sentidas pela esposa e as dificuldades com a terapia de reposição hormonal; os filhos, que estavam na universidade, mas não passavam de uns vagabundos; o vizinho, que não suportava, por causa da enorme fileira de cipreste-de-layland que plantara ao lado do seu terreno. Fiquei sabendo que o cachorro de Martin, sr. Monty, estava cheio de vermes e de problemas na próstata. Ainda bem que a de Martin funcionava direito, do contrário eu ficaria sabendo de todos os detalhes. Acho que nem cheguei a abrir a boca, exceto por um ocasional *ahã* nos momentos apropriados. Nem mesmo o muffin com recheio duplo de chocolate tornou a jornada mais prazerosa. De vez em quando, Paquera olhava para mim e sorria. Sabia perfeitamente como era Martin, e devia estar se divertindo à beça ao ver que eu era a atual vítima do sujeito. Teria sido mil vezes melhor ir ao lado do meu chefe — o que não chegava a ser um elogio, considerando a qualidade do seu rival.

Eu mal podia esperar para sair do microônibus, só que, assim que chegamos ao nosso destino e vi a cabana precária e o tamanho totalmente inadequado do troço inflável que iria levar a gente ao longo do rio turbulento, quis entrar no veículo e voltar para Londres. Não sabia que era alérgica ao ar livre; só de ver o que me esperava, senti falta de ar.

— Tudo bem, gata? — quis saber Paquera.

— Tudo — disse, alegre. — Parece ser muito legal.

— É superdivertido — informou-me ele. — Já fiz canoagem no Nepal, no Peru e no rio Colorado. Você vai adorar.

Eu podia mesmo odiar esse cara.

Um dos organizadores estava entregando macacões cor-de-laranja quando cheguei. Depois de me olhar de cima a baixo, ele me deu um, que fui colocar no vestiário frio e úmido. Tirando a calça jeans, ajeitei a calcinha. Tinha tomado o cuidado, daquela vez, de deixar em casa a calcinha lilás, de lacinho, optando por usar uma branca e confortável. Tentei vestir o macacão laranja, mas estava difícil passá-lo pelas coxas... Minha Nossa, estava apertado demais! Por um lado, achei legal o sujeito responsável pela roupa ter achado que aquele tamanho serviria em mim; por outro, eu corria o risco de impedir a circulação sangüínea nos meus órgãos vitais. Com muito sacrifício, consegui meter as gordurinhas no macacão, tentando não perder nenhum centímetro de carne ao fechar o zíper com a maior dificuldade. Não sabia ao certo se deveria checar o resultado diante do espelho rachado, já que estava me sentindo como um misto de gari e laranja. Quando finalmente coloquei o colete salva-vidas, mal podia me mover.

Andando feito uma pata-choca, eu me juntei ao grupo, que já estava entrando no bote. Aparentavam estar bem mais animados que eu. Seus macacões estavam folgados. Deram-me um capacete e um remo, que peguei com certa animosidade. Por que tínhamos que fazer aquele tipo de exercício para estimular a confraternização da equipe? Por que não podíamos estreitar os vínculos num bar? Ou num spa, em um fim de semana, durante o qual nos conheceríamos melhor fazendo as unhas? Apesar de eu não fazer a menor questão de ver os pés do Martin. Tentei bloquear a imagem e o ruído da corredeira. Por que aquela água parecia tão menos agradável que qualquer outra que eu já vira? Quem, em sã consciência, iria se dispor a fazer aquilo? Fitei Paquera, que sorria para mim. Podia apostar que toda aquela maldita aventura fora obra de Aiden Holby.

— Vem, gata — chamou Paquera. — Sente aqui, ao meu lado.

Não sei por que, isso me fez sentir melhor. Acomodei-me sem muita firmeza na lateral do bote. Aquilo não parecia seguro.

— Enfie o pé nessa tira — ordenou ele, apontando para uma faixa no fundo da embarcação, que não me deu a sensação de dar conta do recado. — Vai impedir que você caia.

Meus olhos se arregalaram de imediato. Não imaginava que poderia cair da porcaria do bote! Isso acrescentou um novo terror à experiência, que eu não havia considerado antes. Meti o pé na tira com tanta força que provavelmente teria de ser amputado para ser retirado.

Então, sem mais nem menos, acabaram nos tirando da margem segura e nos empurraram na direção da torrente furiosa. Bastou o bote começar a sacudir de forma inofensiva no rio e eu já estava odiando o passeio. Deveria ter tomado algo, um remédio qualquer para enjôo.

— Fique atrás de mim — gritou Paquera. — Vou tentar proteger você nas partes piores. Bote mais força no remo, nos trechos mais difíceis.

Isso significava que aquele trecho não era difícil? Como previsto, logo adiante, com um movimento tão brusco quanto o de uma atração de parque de diversões, fomos levados pela correnteza até o meio do rio e o bote começou a se mover de modo assustador.

— Lá vem a primeira corredeira — gritou Paquera.

Se pudesse escolher, preferia não saber disso. A brisa aumentou e senti o vento bater com mais força no rosto quando a correnteza ficou mais forte. Comecei a gritar. Antes mesmo que qualquer coisa acontecesse, eu soltei o berro mais alto da minha vida. Então, fomos jogados de um lado para outro pelas ondas, que se agitavam próximo aos penedos. Fui ficando cada vez mais encharcada. Pelo visto, o plano de Paquera de me proteger dos trechos piores do rio não dera certo.

— Bote mais força no remo — vociferou ele.

Antes que eu pudesse fazer qualquer coisa, um jato de água bateu no meu rosto, fazendo-me cair de costas no meio da embarcação. Parecia uma tartaruga emborcada, com pernas e braços virados para o ar. Após ricochetear naquele trecho agitado, o bote finalmente foi mais devagar. A equipe gritou e soltou exclamações de aprovação. Haviam enlouquecido? Paquera riu. Esticando-se, agarrou o cinto do meu colete salva-vidas e puxou-me do fundo do bote. Segurou-me até eu me equilibrar e voltar ao meu lugar.

— Não foi um barato? — perguntou, exultante.

De jeito nenhum!

— Uma curtição! — Minhas entranhas tinham virado picadinho. No entanto, antes que eu tivesse tempo de me recuperar, a brisa aumentou de novo. Soltei outro berro, antes mesmo de visualizar a corredeira seguinte.

— Segure firme. Esta é mais forte — informou meu chefe.

Ah, que ótimo!

O primeiro jorro de água entrou direto na minha boca, que, nem preciso dizer, estava aberta por causa dos gritos. Enquanto tossia, tentando evitar morrer engasgada, veio outro jato, que fez meu pé sair da tira de segurança e me lançou para fora do bote. Senti estar sendo engolida pelo rio. Sabia nadar, mas quem disse que conseguia distinguir a superfície naquela situação? Rodopiava sem parar e pude entender perfeitamente o que acontecia com o edredom quando o colocava na máquina de lavar. Emergindo, por fim, abri os olhos, pestanejando ao ver a face de Paquera bem diante da minha. De súbito, senti duas mãos fortes me agarrarem, tentando me tirar do rio. Mas meu macacão se enroscou num penedo e me prendeu. Ele me puxou com mais força e, assim que fui arrastada para o bote, ouviu-se o som de algo se rasgando.

— Pensei que você não ia escapar dessa, gata — comentou meu chefe.

O capacete escorregara e, naquele momento, tapava meus olhos. O colete salva-vidas cobria quase toda a minha cabeça e meu lindo macacão cor-de-laranja estava totalmente rasgado. Não agüentara o esforço de conter todas as minhas gordurinhas. Eu estava sentada na extremidade do bote, tossindo até não poder mais, com os pulmões cheios de água, o coração partido, o tênis cheio de peixinhos e o traseiro exposto a quem quisesse ver.

O rosto de Paquera estava perto do meu, com um largo sorriso.

— Isso é o *mais* perto que você vai chegar das minhas nádegas — disse-lhe, tensa, antes de cair no choro.

Capítulo Vinte e Três

O meu corpo todo doía, até a raiz dos cabelos. Quando o microônibus estacionou diante do escritório, gemi muito ao me movimentar.

— Vem, gata. — Paquera estendeu a mão, ajudando-me a sair do veículo como se eu fosse uma velhinha.

Dormi durante todo o percurso de volta a Londres — emocionalmente exausta por quase ter morrido afogada. Como ninguém mais caíra na água, o pessoal ficou cheio de si, dando tapinhas nas costas uns dos outros, comemorando com gestos amigáveis. Eu odiava a todos. Sobretudo os que viram o meu bumbum de perto; por esses, meu desprezo era ainda maior. Na segunda, ligaria para a agência e solicitaria uma mudança de emprego o mais rápido possível.

A equipe se despediu e, em seguida, desapareceu na escuridão, deixando-me a sós com Aiden Holby na calçada, naquela noite gelada.

— O que você vai fazer agora, gata? — perguntou-me.

— Vou para casa tomar um longo banho quente.

— Achei que, por hoje, você já tinha ficado na água por tempo suficiente — observou ele.

— Engraçadinho! — exclamei.

Ele fez uma carícia suave no meu rosto, com o polegar.

— Que bom que você está bem!

"Bem" significando que eu estava machucada, em estado de choque e totalmente humilhada, mas viva. Paquera teria que preencher um monte de formulários para a empresa se eu tivesse batido as botas. Seria bem-feito para ele se eu tivesse morrido.

— Vamos rachar um táxi? — indagou ele. — Quero ter certeza de que você vai chegar direitinho. Sabe-se lá que infortúnios podem acontecer entre o prédio da empresa e Camden!

— Não precisa dar uma de paladino — pedi, secamente. — Eu me viro. Não se preocupe.

— Para mim, não tem problema nenhum. Moro perto de você.

— Ah, é?

— Belsize Park.

E, antes que eu esboçasse alguma reação, ele chamou um táxi e acomodou meu corpo doído lá dentro. Informei ao motorista meu endereço e o sujeito rumou, lentamente, até lá. Fiquei sem saber o que dizer, já que nunca me vira numa situação tão íntima com Paquera. Não que sentar no banco de trás de um carro preto, meio sujo, fosse lá muito profundo, mas sabem o que eu quis dizer. Estávamos meio próximos um do outro, sozinhos e tudo o mais. Eu, que havia morrido de frio a tarde inteira, após a imersão no rio, me senti muito bem naquele momento. Enquanto eu permanecia calada, Paquera virou-se para mim e perguntou:

— Você se divertiu hoje?

— Não, não me diverti.

Ele soltou uma gargalhada, achando que eu estava brincando.

— Temos que combinar de voltar, algum dia.

Nem pensar!

— Seria ótimo!

O táxi estacionou diante do meu apartamento e continuamos ali, com o motor ligado.

— Bom! — começou a dizer Paquera. — Chegou a hora da despedida.

— É. — Será que deveria convidá-lo para tomar algo no meu apartamento? Ou pareceria que eu estava tentando levá-lo para a cama, o que não era minha intenção? Meu apê devia estar totalmente bagunçado, e acho que nem mesmo leite tinha em casa. No entanto, havia uma venda ali perto, que nunca fechava. Eu poderia comprar o necessário. Outra opção seria não tomar café e comer chocolate; isso, eu sempre tinha na geladeira.

Enquanto eu pensava em todas as alternativas, Paquera suspirou e se inclinou na minha direção. Durante alguns segundos, perguntei-me se ia me beijar. E se eu estivesse com bafo, por ter engolido peixes no rio? É, porque certamente isso deve ter acontecido.

— Aonde vamos agora? — quis saber o taxista, no momento certo.

Paquera, com os lábios próximos dos meus, informou o endereço. Então, ele me deu um beijo na boca. Só um selinho — mas, de qualquer forma, muito agradável. Embora não tenha sido um beijo cinematográfico, foi bem mais íntimo do que se poderia esperar de dois colegas de trabalho.

— Ahn... Eu... É melhor eu ir andando — balbuciei.

Ele me fitou de forma penetrante.

— Você é muito legal, Lucy Lombard — disse ele, com um sorriso sensual.

— Obrigada!

Saí do táxi e fiquei na calçada, observando-o afastar-se. Paquera continuou a olhar para mim, até sumir de vista.

Fui até meu apartamento. Pois bem, o que eu deveria achar *daquilo*? Se meu cérebro não estivesse tão cheio de água, talvez eu conseguisse refletir sobre o assunto. Destranquei a porta e joguei minhas coisas no chão. A secretária eletrônica estava piscando. Fui ouvir as mensagens.

A primeira dizia: *Oi, Lucy, aqui é o Jacob Lawson. Espero que se lembre de mim.* Meu Deus! Ele ligou! Não tinha certeza se o faria. *Telefonei para dizer que a degustação de chocolate vai ser na terça. Se ainda quiser ir, ligue para mim. Meu número é* blablablá. Fui eu que acrescentei o blá, não o Jacob. Seria precipitado ligar para ele de imediato? Afinal de contas, não era tão tarde assim, só meia-noite. Com certeza não estaria dormindo àquela hora. Pensando melhor, talvez estivesse. Uma degustação de chocolate na terça à noite! Dei alguns passos de dança, feliz, no meio da sala. Eu era mesmo demais por conseguir conquistar um cara como aquele. Teria que faltar à aula de ioga de novo e perder, mais uma vez, a postura do cão com a boca voltada para baixo; entretanto, seria em prol de uma boa causa.

A segunda mensagem era: *Oi, Lucy.* Aquela voz dispensava apresentação. *Sou eu. Pensei em você hoje.* Ouvi um grande suspiro do outro lado da linha. *Olhe, eu já a perdoei por ter estragado as roupas, o sofá e o tapete. O purê com açafrão nos sapatos foi um toque de mestre.* Será que ele já tinha descoberto de onde vinha o mau cheiro? Talvez não me perdoasse pelos pitus quando os encontrasse. *Estou com saudades, Lucy. Sei que agi errado. E queria saber se poderia me perdoar também.*

Caí prostrada no sofá e olhei fixamente para o telefone. Toda a euforia por causa do encontro com Jacob acabou. Marcus ligara. E quase implorara por meu perdão. E agora? Não havia outro jeito: seria obrigada a ir para a cozinha e comer chocolate até chegar a alguma conclusão. Será que conseguiria perdoá-lo? Nossos erros estavam, realmente, no mesmo patamar? Marcus partiu meu coração e eu sujei as roupas e os móveis dele.

Capítulo Vinte e Quatro

Então, era hora do almoço, no domingo, e eu, mais uma vez, convocara uma reunião com as participantes do Clube das Chocólatras. Enviara mensagens para todas, que estavam a caminho. Até mesmo Nadia, que convencera Toby de que seria ótimo cuidar de Lewis por algumas horas.

Meu corpo estava ainda mais dolorido naquele dia, com hematomas em todas as partes. Uma xícara de café quente e um brownie marmorizado, com chocolate branco e amargo, eram uma fonte de consolo. O sol brilhava lá fora — um acontecimento raríssimo em qualquer estação na Grã-Bretanha — e o calor tênue que se sentia através da janela era reconfortante.

Chantal foi a primeira a chegar; abriu a porta com ares de quem tinha uma missão a cumprir. Deixando-se cair no sofá ao meu lado, sem preâmbulos, perguntou:

— O que acha?

Ela esticou a mão, para que eu a examinasse. No anular, exatamente onde deveriam estar, viam-se as alianças de noivado e casamento.

— Conseguiu recuperá-las? — Bati palmas, feliz por ela.

— Não seja tola! — repreendeu-me. — A vida nunca é tão simples assim. A aliança de casamento custou 7,99, a de noivado, 19,99. É de vidro legítimo, não adulterado. — Ergueu o anel até a luz. — O original valia mais de dez mil libras. — Quase engasguei com o café. — E eu me pergunto, sabe, por que pagamos tão caro. Acha que dá para notar?

Para olhos pouco treinados, não creio que fosse possível diferenciá-los.

— Comprei-os numa lojinha barata, de acessórios, lá na Oxford Street. — Eu não imaginava que Chantal já ouvira falar naquela rua. Ela era do tipo que freqüentava as lojas caríssimas da Knightsbridge. — Você acha que o Ted vai perceber?

— Não, desde que não olhe de perto.

— Minha querida — disse ela, soltando uma risada ansiosa —, a essa altura do campeonato, *não* tem o menor perigo disso acontecer, pode ter certeza! — Chantal examinou a bijuteria com mais atenção. — Temos bastante dinheiro na conta para que eu "faça um empréstimo" módico, por algum tempo. Vou devolver tudo assim que der. Talvez aceite mais trabalhos como freelancer. Trinta mil libras já devem ser suficientes para comprar meus bebês de volta, ou, ao menos, imitações de boa qualidade. Ted nunca vai descobrir.

Ainda bem que não estava tomando outro gole de café. Caso contrário, eu o cuspiria por toda a mesa. Imagine ter grana suficiente no banco para tirar trinta mil paus sem o marido se dar conta de nada. Eu precisava de um marido assim. No entanto, gostaria também de um que dormisse comigo, de vez em quando.

Autumn foi a próxima a dar as caras. Não estava animada, como de costume; simplesmente chegou e se sentou com discrição numa poltrona. Parecia estar exausta.

— Autumn, o que foi que houve?

Meneando a cabeça, como quem está cheio de tudo, ela explicou:

— Meu querido irmão vai ficar algum tempo lá em casa. Está passando por dificuldades. Digamos que não é um convidado muito fácil.

Se ele estava irritando Autumn, devia ser um verdadeiro pesadelo.

— Quer falar sobre isso? — perguntei.

— Não. — Ela deu um sorriso tenso. — Tomara que ele não fique muito tempo. Mas é ótimo poder contar com esses momentos longe de casa. O que vão pedir?

— Vou querer um cappuccino e nozes cobertas com chocolate — disse Chantal, com firmeza, já se dirigindo ao balcão para fazer o pedido. Autumn seguiu-a.

Quando estávamos nos sentindo melhor — com o nível de açúcar devidamente recuperado depois de saborear nossos quitutes reconfortantes —, contei-lhes meu dilema com Marcus.

— Ele ligou ontem e pediu que o perdoasse. Só que eu estava penando na canoagem no País de Gales.

— Não! — exclamou Chantal, sem ao menos parar para pensar no assunto. — Você não vai aceitar aquele crápula de volta, Lucy. De jeito nenhum!

— Talvez ele tenha mudado. — Autumn tentou acalmá-la. — Desta vez.

— Faz só cinco dias que ela pegou o cara trepando com outra. Como pode ter mudado?

O argumento de Chantal fora mais convincente. Autumn parecia ter se dado por vencida, embora ela mesma admitisse encontrar pontos positivos até mesmo nos vilões dos filmes de James Bond.

— E Jacob me convidou para sair — informei. Talvez não devesse comentar nada sobre o beijo no táxi com Paquera; achei que complicaria demais as coisas.

— Vá em frente! — incentivou Chantal. — Invista em novos horizontes. Mande o Marcus para o inferno! Não ouse ligar para ele!

Certo. É isso mesmo que eu teria que fazer. *Não ligue para o Marcus. Não fale com ele. Não agradeça as lindas flores.* E, sobretudo, *nunca mais o veja.* Simples assim. Mas por que meu coração se enchia de tristeza só de pensar num futuro sem ele?

Antes que eu ponderasse mais a respeito das minhas perspectivas, Nadia chegou. Estava corada e resfolegante, como se tivesse corrido para chegar aqui.

— Foi difícil sair de casa — explicou ela. — Puxa, mas como eu precisava disto.

— Eu vou até lá — disse Autumn, levantando-se para ir até o balcão fazer o pedido de Nadia. — O que você quer?

— Tanto faz. — Ela suspirou. — Qualquer coisa. É um tremendo alívio estar aqui.

— Sei o que vai cair bem — disse Autumn, indo até Clive.

— Estávamos admirando as novas jóias da Chantal — contei. Nós a colocamos a par, rapidamente, da transa e do roubo de nossa amiga, pois ela não fora ao nosso último encontro. Os olhos dela ficavam cada vez mais arregalados à medida que íamos contando a história.

— Que idiota eu fui — comentou Chantal, amargamente. — Então, agora vou ter que sacar trinta mil libras da nossa conta conjunta para substituí-las.

Com isso, Nadia começou a chorar.

— Vai dar tudo certo — disse eu, abraçando-a, intrigada. Não achei que o problema de Chantal, por mais complicado que fosse, pudesse provocar tamanho desespero emocional. — Já conhece a nossa amiga, ela dará um jeito.

— Nadia não está chorando por isso — observou Chantal. — O que está acontecendo, querida? — Pegou um guardanapo e enxugou as lágrimas dela. — Lewis está bem?

Ao ouvir o nome do filho, Nadia recomeçou a chorar.

Autumn voltou com um cappuccino e vários doces para a amiga.

— Ela não teria deixado o filho em casa se houvesse algo de errado com ele — afirmou, sentando-se de novo. — Ssh, ssh, calma... — sussurrou, reconfortando-a. — A situação não pode estar tão ruim assim.

— Está — disse Nadia, deprimida. Autumn empurrou a xícara de café em sua direção e ela começou a tomá-lo, contendo o choro. Todas esperamos que se recuperasse. Por fim, ela tentou sorrir. — Eu não ia contar nada para ninguém. Morro de vergonha!

— Querida — disse Chantal —, acabei de transar com um pilantra que conheci num hotel e ele ainda me roubou. Existe algo mais constrangedor que isso?

O comentário quebrou a tensão e todas rimos à custa da nossa amiga, fazendo Nadia se sentir mais à vontade para prosseguir.

— Eu e o Toby estamos endividados — revelou. — Até o pescoço. — Evitando nossos olhares, ela se concentrou no café e brincou com os chocolates no prato. — Devemos o aluguel, nossas contas de cartão de crédito estão fora de controle, não tenho dinheiro sequer para comprar comida. — Lágrimas rolaram por seu rosto outra vez.

— Toby está desempregado? — perguntei, com suavidade.

— Não é isso — disse ela, enxugando as maçãs do rosto. — Ele teria trabalho à vontade, se quisesse. — Nadia respirou fundo, trêmula. — Acontece que é viciado em jogos na internet. Pronto! — Ela tentou sorrir. — É a primeira vez que conto isso para alguém.

Chocadas, todas nós a fitamos com solidariedade, enquanto ela procurava se recompor.

— Ele passa horas na frente do computador, à noite, tentando ganhar, mas acaba aumentando ainda mais as nossas dívidas. Não posso nem falar do assunto com ele. Acha que podemos sair dessa se continuar jogando, pois pensa estar prestes a ganhar uma bolada. Acontece que essa situação vem se arrastando há anos e a situação só piora.

— Ah, Nadia! — Autumn lhe deu um abraço apertado.

— Enquanto isso, não tenho mais a quem recorrer — explicou Nadia. — Já refinanciamos a casa duas vezes para pagar dívidas. Então, nós começamos tudo de novo. Agora o banco se recusa a emprestar mais dinheiro. Estou pensando em procurar um agiota. Não sei mais o que fazer.

— Quando você disse "nós", acho que quis dizer "Toby" — observei.

— Que babaca! — exclamou Chantal.

— Eu o amo! — disse Nadia, de forma categórica. — Estamos nisso juntos. Não sei se a jogatina é uma espécie de doença, mas acho que ele não consegue se controlar sozinho. Quero ajudá-lo. *Tenho* que ajudá-lo!

Não quis parecer crítica, mas não resisti e perguntei:

— Não pode voltar a trabalhar?

— É o que eu gostaria de fazer, mas ele não quer nem ouvir falar nisso. Diz que vamos gastar todo o meu salário com a creche. Eu realmente não tenho ninguém que possa ficar com o Lewis. Toby odeia a idéia de deixar o nosso filho numa escolinha o dia inteiro. Já cheguei a pensar em procurar minha família e pedir ajuda, mas eles não entenderiam.

Ou talvez entendessem até bem demais, pensei.

— Você não pode trabalhar — disse Chantal. — Não no estado em que está. Precisa recuperar as forças, para só então pensar num emprego. Quanto vocês estão devendo?

As mãos de Nadia tremiam. Perguntei-me como conseguira manter isso em segredo. Ela deu um sorriso desanimado.

— Trinta mil libras — respondeu. — Foi o que me fez chorar. Achei que era uma ironia, sabe, ser a mesma quantia que você vai gastar com jóias...

Creio que todas nós percebemos a incongruência — até mesmo Chantal, e vocês sabem como são as norte-americanas no que diz respeito a isso. Bom, aquilo com certeza pusera o meu dilema com o Marcus no devido lugar.

— Você pode ficar com esse dinheiro — disse Chantal. — Pode ficar com ele. — Todas nós nos viramos para fitá-la. — É a única forma! — afirmou, retribuindo nossos olhares surpresos. Era mesmo o jeito de Chantal. Nadia ficou muda. — Mas têm algumas condições. Vá para casa e cancele a conexão de internet. Hoje mesmo!

— Toby nunca aceitaria isso! — explicou Nadia.

— Diga para ele que você não vai mais admitir que ele jogue. Não será nada fácil. Terá que ser dura com o seu marido, até ele reconhecer que precisa de ajuda.

— Mas daí ele não vai começar a freqüentar outros lugares, para usar a internet?

— Pode até ser, mas, pelo menos, será mais complicado para ele.

— O engraçado é que chequei alguns dos sites preferidos dele, e todos tinham links diretos com o Não à Jogatina. O que deveria ter surtido algum efeito sobre ele. — Nadia meneou a cabeça, com tristeza. — Não somos a única família assolada por essa dependência.

Chantal se inclinou para pegar a bolsa.

— Vou fazer um cheque para você agora mesmo. Eu ia retirar o dinheiro aos poucos, para disfarçar, mas não estou nem aí. Você está precisando muito mais do que eu. — Esticou a mão, admirando com orgulho o anel com a pedra de vidro. — O jeito vai ser me contentar com as falsas, por enquanto.

Os lábios de Nadia começaram a tremer de novo.

— Não tenho nem palavras.

— Depois, *precisa* conseguir um emprego — insistiu Chantal. — Não dê ouvidos às objeções de Toby. Tem que trabalhar para aumentar a auto-estima e ter mais estabilidade. Não estou preocupada com a grana; pode me pagar quando puder. Sou uma agiota boazinha. — Riu, com carinho, para a amiga. — Aceito quantias menores.

— Não pode fazer isso, Chantal — disse Nadia. — É muito dinheiro.

— É para isso que servem as amigas — afirmou, de forma despreocupada, ao assinar o cheque com afetação. — Saque esta quantia, amanhã cedo. — Colocando a folha na mesa, ela a empurrou na direção de Nadia. — Eu insisto.

— Posso ficar algumas vezes com o Lewis quando você conseguir trabalho — ofereceu Autumn. — Meu horário é flexível. Desse modo, não vai gastar tanto com a creche e ele ficará com alguém de confiança.

Nadia desistiu de conter o choro.

— Não mereço vocês! — disse, aos prantos.

Todas estávamos com os olhos marejados de lágrimas.

— Em que posso ajudar? — perguntei. — Não sei cuidar de crianças, tampouco tenho dinheiro sobrando. Eu me sinto uma verdadeira inútil. — Na verdade, o saldo da minha conta bancária estava no negativo, embora não tanto quanto o de Nadia. Minhas dívidas eram irrisórias, comparadas com as dela. — Em que posso ajudar?

— Você é um amor, Lucy — afirmou Autumn. — É por sua causa que estamos juntas.

Nós nos abraçamos em torno da mesa.

— Por que não vai pegar mais uns docinhos para a gente? — sugeriu Chantal.

— Isso é o que eu chamo de uma boa idéia! — disse eu.

Capítulo Vinte e Cinco

A notícia de que eu tinha me aventurado na canoagem e na confraternização da equipe com as nádegas à mostra se espalhara depressa pelas salas da Targa. Não eram nem dez da manhã e, toda vez que eu passava, inocentemente, por alguma mesa — qualquer que fosse —, ouvia risadinhas dissimuladas. Seria bem difícil manter a cabeça erguida naquele lugar até a hora do almoço. Além disso, se a situação continuasse daquele jeito, eu acabaria devorando todo o meu kit de emergência de chocolate. Fui até a máquina automática de café, onde Helen, do Departamento de Recursos Humanos, foi me abordar.

— Lucy! — exclamou no tom de voz típico, falso e amistoso demais, usado pelas velhas rabugentas daquela área. Como elas aprovavam os registros de horários que eram enviados até minha agência mensalmente, desempenhavam um papel importante para mim; assim sendo, eu fingia gostar delas. Abri a boca de modo a formar o que poderia ser considerado um sorriso em algumas partes do mundo. — Meu Deus! Já soube do inferno que foi a canoagem!

Com toda certeza!

— Disseram que foi salva por Aiden Holby!

Isso mesmo.

— Ele a tirou da água? É verdade que você ficou sem o macacão? Ele pôs mesmo a mão na sua bunda?

Tirou. Pode-se dizer que sim. Não, só olhou.

— Ele é um gato! — prosseguiu Helen, sem se dar conta de que eu não dissera sequer uma palavra. Suspirei e digitei um código para pegar minha bebida naquela imitação barata de ponte de comando de Jornada nas Estrelas. Por fim, depois de desvendar a senha do computador, um fio tênue de líquido escuro começou a cair numa xícara de plástico. — Eu também não deixaria aquele gostosão sair da minha cama, mas é bom você tomar cuidado — disse ela, rindo. — Ele está saindo com a Donna, do processamento de dados. Ela vai ficar fula da vida se descobrir o que anda acontecendo.

Saindo com Donna, do processamento de dados? Fiquei sem fôlego. Paquera estava namorando outra mulher? E a moça ficaria sabendo do nosso pequeno incidente, já que ele era um segredo tão bem guardado? Não foi exatamente idéia minha me jogar numa corredeira só para que o sr. Aiden Holby provasse que era um tremendo super-homem, não é mesmo? Mas Donna, do processamento de dados, teria todo o direito de se chatear se ficasse sabendo que ele fora meio atrevido no banco de trás do táxi. Que cretino! Divertindo-se à minha custa, saindo com outra naquele ínterim!

Com Helen prestes a digitar a combinação requerida por sua bebida, aproveitei a oportunidade para dar o fora dali, enquanto ela ainda estava entretida.

Eu já me encontrava sentada à minha mesa, tomando seja lá o que fosse que consegui tirar da máquina e devorando sem a menor dó um

Toffee Crisp, quando Paquera entrou e acomodou-se na borda da mesa. Seus cabelos estavam desgrenhados e eu adorava quando ficavam assim. Davam a impressão de que ele tinha acabado de cair da cama. Entretanto, não queria gostar deles naquele dia.

— Seus hematomas já desapareceram, gata?

— Estou ocupada — disse, secamente, enquanto buscava na gaveta algo que desse a impressão de que eu estava trabalhando. — E não me chame de "gata".

— Ah. Quer dizer que estamos meio azedos hoje. Hormônios?

— Dá um tempo!

— Como está se entupindo de chocolate desse jeito, deve estar no período pré-menstrual.

— Ah, e você é um grande especialista no assunto, não é mesmo? — Parei de "me entupir" de chocolate. — Pois aí é que se engana. Está redondamente enganado.

— Então, se não está enfrentando dificuldades hormonais, por que o mau humor?

— Não estou de mau humor.

— Olhe, dessa área eu até que entendo. E está, sim, aborrecida. Na verdade, acho que nunca vi uma gatinha tão arredia.

Fiquei calada, mas fiz o possível para não deixar transparecer nenhuma emoção.

— Por acaso tem a ver com sua introdução à canoagem? — perguntou ele.

Eu fiquei calada, mas comecei a dedilhar, com força, o teclado do computador.

— Sei que o pessoal do escritório está se divertindo com essa história hoje, mas, a meu ver, acho que você se saiu muito bem. Eu diria que tirou dois, de dez, no quesito habilidade — disse ele, sério. — Mas, com certeza, ganhou dez com louvor em interpretação artística.

— Some daqui!

— Não saio até você me contar o que houve.

Parei de digitar e me inclinei sobre a mesa.

— Por que não me disse que estava saindo com alguém? — Paquera pareceu ficar intrigado. — Quando me deu um beijo no táxi, eu não sabia que você andava com outra.

— Teria feito diferença?

— Claro que sim! Eu não teria deixado.

— Você não me deixou — retrucou ele. — Ficou lá, imóvel. Lindamente inexpressiva. — Eu não pude contestar meu chefe, já que era uma descrição bastante adequada. — E, na verdade, não estou *saindo* com ninguém.

Naquele momento, sabia que o tinha pegado. Cruzei os braços.

— E a Donna, do processamento de dados?

— Ah, a Donna. — Ele esfregou o queixo. — Nós saímos, sim, uma vez, faz umas três semanas. Foi um desastre. Mas ela não caiu na água nem mostrou o bumbum; então, talvez não tenha sido tão ruim assim. Chegamos a falar em sair de novo. Mas não creio que façamos isso.

— Ah. — Fiquei sem saber o que dizer. Pelo visto, a informação da Helen não era muito precisa. Seria de pensar que as velhas rabugentas, ao menos, estivessem a par de tudo.

— Então, é esse o problema? Quer sair comigo?

— Não! — balbuciei.

— Podemos combinar, se quiser.

— Eu já disse que estou saindo com alguém.

— Sei. Dormi no ponto e o barco partiu. Ou seria melhor dizer bote? — Soltou uma gargalhada, rindo da própria piada.

— Dê o fora! Procure outra vítima para encher o saco!

Ele começou a se retirar, ainda dando risadas.

— A propósito, gata, acabou de digitar *isith firip tiggle splink plart*. Quer que eu encontre um trabalho de verdade para você?

Fiquei rubra. Não suportava aquele cara. E, para provar isso, meti a mão na bolsa, procurei o refinado cartão de Jacob Lawson e liguei para ele.

— Oi, Jacob — disse eu, quando ele atendeu. — É a Lucy Lombard. Recebi seu recado. Seria ótimo encontrar você amanhã, se ainda puder ir.

Capítulo Vinte e Seis

Um encontro no Hotel Savoy era muito melhor que ir até minha aula chatérrima de ioga. Em homenagem à ocasião, usei o cartão de crédito de tarde, para comprar um vestido preto de alcinhas, justo e provocante, de preço bem salgado para o meu orçamento. Coloquei sapatos estilo Chanel, pretos e sensuais, e um bolero de pele sintética. Até eu achei que minha aparência estava ótima, quando entrei, cambaleando, na recepção do hotel para me encontrar com Jacob. Estava à altura de Scarlett Johansson — mesmo sem os lábios cheios e rubros.

Meu companheiro já estava lá, apesar de eu ter chegado no horário, para variar um pouco. Eu tinha muitas qualidades, mas pontualidade, definitivamente, não era uma delas.

— Oi! — Jacob me deu um beijo no rosto e me entregou uma rosa vermelha. Um gesto tão romântico que eu quase desmaiei. Ninguém tinha agido daquela forma comigo antes. O Marcus, então, nem pensar! — Você está ótima! — elogiou ele.

— Obrigada. — Ele também estava bem-arrumado. Usava um terno preto, com uma camisa desabotoada no colarinho. Era óbvio que malhava e tinha um leve bronzeado, incomum naquele clima. Embora fosse louro, transmitia um ar de gigolô italiano, no bom sentido.

— Já reservei uma mesa. — Segurando-me pelo braço, ele me conduziu até a varanda, da qual se viam as águas cinza-azuladas do rio Tâmisa. Nós nos sentamos a uma mesa próxima ao piano. O pianista tocava uma balada romântica. Se não me engano, "Some Enchanted Evening", de Rodgers e Hammerstein. Uma garrafa de champanhe rosé já estava gelando no balde. Havia delicados bolinhos, chocolates e trufas em uma bandeja de três andares, para degustação.

— Boa-noite, sr. Lawson — disse o garçom. — É bom vê-lo de novo.

Jacob enrubesceu um pouco, o que me pareceu charmoso. Quer dizer que aquele era um dos seus redutos preferidos? Estranho. Não o tomava como um freqüentador do Savoy; tinha mais jeito de cliente do Fifteen ou do Oscars, lugares onde celebridades secundárias se encontravam. Observei a decoração opulenta: belos lustres de cristal no teto, espelhos com detalhes em vitral e flores enfeitando paredes. Autumn adoraria aquilo. Um imenso ramo de orquídeas decorava a parte central do recinto. A música do piano era relaxante. Ouvia-se um leve burburinho — nada de gargalhadas ou ritmos pesados. Tratava-se de um local luxuoso, aonde meu companheiro ia com assiduidade. Hum. Intrigante!

O garçom nos descreveu os doces. Havia torta-musse de chocolate branco com hortelã fresca e cobertura de creme de framboesa; trufas orgânicas, preparadas com cacau de Madagascar, meu favorito, nos sabores de chá de jasmim, maracujá e limão-galego, desidratados ao sol no Irã. A descrição já estava me deixando em êxtase. Nossas taças foram servidas de champanhe. Quando Jacob passou a minha, brindamos.

— A nós — disse ele.

— A nós — repeti, sonhadora.

Aquele era o tipo de degustação de que eu gostava — nenhuma perda de tempo com aperitivos e prato principal, e o consumo imediato do que interessava: sobremesas! Começamos a saborear o chocolate e, para ser franca, eu me senti no paraíso. Chocolate, champanhe e um cara legal — que mais uma mulher podia querer? E nessa ordem! *Não seria* difícil me acostumar com isso.

Jacob soltou exclamações de prazer ao provar os muffins de chocolate.

— Este é o meu pior vício — assegurou-me ele. — Por isso tenho que malhar muito na academia.

— Você me disse que trabalhava na indústria do entretenimento?

— Tome, prove este. — Passou-me um dos muffins. — Não está maravilhoso?

— Em que área você trabalha?

— Ah — disse Jacob —, meu trabalho é muito chato. Não vai querer que eu fale dele.

— Seria ótimo!

— Lido com a parte de serviços.

— Relacionamento com clientes?

— Esse tipo de coisa — assentiu. — Mas preferiria falar de você.

A questão era que meu trabalho com Paquera também era chato. Eu mencionei Paquera? Foi sem querer. Não ia pensar nele, nem no Marcus, tampouco em qualquer outro cara, além daquele homem incrível ao meu lado. O que será que minhas amigas pensariam se me vissem naquele momento? Ficariam embasbacadas. Até eu precisava me beliscar para me assegurar de que era real. Fazia séculos que eu não passava uma noite tão romântica.

— Obrigada, Jacob — disse, com sinceridade. — Foi uma ótima idéia.

— Não há de quê! Achei que tinha encontrado outra viciada quando nos conhecemos no Paraíso do Chocolate. — E acertara em cheio. — Agora prove este aqui — sugeriu, oferecendo-me outro bolinho, os dedos curvando-se sobre os meus. — Dos deuses! — exclamou ele, num tom de voz afetado, beijando os dedos com um gesto teatral.

Ri de sua brincadeira e saboreei o creme de chocolate suave e a massa extremamente delicada. Meu companheiro maravilhoso quis saber:

— Não está ótimo?

— Maravilhoso! — Realmente, estava mais que divino. Clive teria um orgasmo se provasse algumas daquelas criações. Então, Jacob inclinou-se e deu-me um beijo suave e sensual na boca. Eu mesma estava quase nas nuvens.

Capítulo Vinte e Sete

Conforme o combinado, Nadia fora descontar o cheque de Chantal assim que o banco abrira, na manhã de segunda-feira. Abrira uma conta separada para depositar o dinheiro, apenas no seu nome. Toby não ia gostar nada disso, mas, de qualquer forma, não sabia de nada. Nadia ainda ia desconectar a internet do computador, o que deveria acontecer a partir daquele dia. Embora Chantal achasse que era melhor partir para a briga, Nadia preferia a tática sutil — embora tivesse de admitir que fora condescendente *demais* nos últimos anos. Aquela dependência do jogo acabaria de uma vez por todas. Ela se certificaria disso, mas tentaria fazê-lo com o menor sofrimento possível.

Nadia jamais imaginara que as amigas do Clube das Chocólatras a apoiariam daquela forma. O que começara como simples divertimento e interesse comum pelo mundo do chocolate acabara se tornando sua tábua de salvação. Agora não sabia o que faria sem elas. O alívio que o empréstimo de Chantal lhe trouxera era indescritível. Podia parecer clichê, mas Nadia sentiu, de fato, que um peso lhe fora retirado dos ombros. Externamente, a amiga era glamourosa e reservada, mas, por dentro, tinha o coração de ouro. Era impressionante pensar que sequer hesitara em lhe oferecer dinheiro. Agora Nadia poderia liquidar todas as dívidas e recomeçar. Só que, dessa vez, ela controlaria as contas. Cancelaria todos os cartões de crédito e só usaria dinheiro. Era a única forma de os dois saírem daquele buraco. Agora, tudo o que tinha a fazer era contar a Toby.

Ela dera uma olhada nos classificados do jornal, à tarde, e encontrara inúmeros empregos aos quais podia se candidatar. O marido teria um ataque quando soubesse disso, mas não lhes restava escolha. Chantal, no entanto, não estava de todo equivocada: Nadia não poderia trabalhar naquele momento. Não por causa de sua condição física, mas por seu estado emocional. Fazia três anos que não trabalhava e sua auto-estima andava muito ruim. Se não lidasse com essa questão logo, então, não teria coragem de voltar para o mercado. As únicas conversas entre adultos de que participara nos últimos tempos haviam sido com as amigas e — em raríssimas ocasiões — com Toby. Seu círculo social diminuíra consideravelmente desde que decidira ficar em casa para cuidar de Lewis.

Nadia guardaria uma parte do dinheiro de Chantal para ajudar a pagar os primeiros meses de creche — e seria ótimo se Autumn *pudesse* mesmo ajudá-la. Apesar de a amiga não estar muito animada ultimamente. Nadia esperava que não estivesse enfrentando algum problema sozinha, como ela própria fizera. "Alegria compartilhada é dupla alegria; dor compartilhada é meia dor", já diz o provérbio. Assim que ajeitasse sua vida, reservaria um tempo para ajudar Autumn com seja lá o que fosse que a estivesse incomodando.

Toby chegaria do trabalho em breve, e Nadia já dera banho em Lewis, que estava de pijama, pronto para ser ninado pelo pai enquanto ela preparava o jantar. Talvez não fosse tão boa mãe assim, já que tinha feito uma chantagem com o filho: usara biscoitos de chocolate para convencê-lo a ficar pronto mais cedo que de costume. Foi ótimo poder ir ao supermercado, ficar na fila do caixa e saber que haveria saldo no banco.

Naquela noite, prepararia um dos pratos favoritos de Toby, uma comida indiana. Comprara frango, ervas frescas e temperos. Queria que ele ficasse de bom humor antes que ela lhe informasse que seus dias de apostador estavam contados.

Quando o marido chegou, deu-lhe um beijo caloroso. Às vezes, Nadia vislumbrava o Toby por quem se apaixonara. Ainda se encontrava ali, em algum lugar — só esperava poder achá-lo, antes que fosse tarde demais. Os dois se conheceram quando Toby fora fazer a instalação do novo banheiro da casa de uma amiga de Nadia — não fora um começo romântico, o que não significava que se amavam menos por causa disso. Apesar de toda a oposição da família dela, não hesitara em ficar com ele. De forma alguma desistiria dele sem antes lutar. Esperava que ele se sentisse assim também, no que dizia respeito a ela.

Toby pegou Lewis no colo.

— Quem é o garoto do papai?

— Eu! — respondeu Lewis, com orgulho. — Hoje eu desenhei um anjo com um coração azul.

— Para mim?

Toby colocou-o no chão, para que fosse buscar correndo o desenho, a fim de mostrá-lo para ele. Nadia já o tinha visto, quando fora pegar o filho na creche. Só que Lewis lhe dissera que era um cavalo. Não parecia nem um nem outro. Ela esperava que ele desenvolvesse outros talentos, já que não tinha muito jeito para pintar seres celestiais e formas eqüinas.

— Não quer ler uma história para o Lewis e colocá-lo para dormir? — sugeriu Nadia.

— Oba! — gritou o filho.

— E eu lá tenho escolha? — perguntou o pai, rindo.

Era bom ver que ele estava de bom humor naquela noite.

— Vou terminar o jantar. Não demore muito.

— Vamos ver quem entra no quarto primeiro, campeão! — desafiou Toby. — Quem chegar por último é um bobo!

Subiram correndo as escadas, enquanto Lewis gritava:

— Bobo! Bobo! Bobo!

Ela tinha que lembrar a Toby que aquele devia ser um momento sossegado, um ritual tranqüilo, antes de dormir. Sorriu. O marido era um bom pai, sob vários aspectos. Quem sabe, se os três começassem a sair mais juntos, não seria mais fácil para ele deixar de lado os cassinos da internet, que tanto o dominavam?

Depois de comerem, Nadia tirou os pratos e se sentaram à mesa, tomando café.

— O Lewis adora quando você chega a tempo de pô-lo para dormir.

— É um ótimo garoto — disse Toby. — Embora eu seja suspeito para dizer isso...

— Mas ele é mesmo. E quero que a gente se esforce ao máximo para proporcionar um futuro seguro para o nosso filho.

O semblante de Toby se fechou.

— Não vamos começar a falar de jogo...

— Vamos sim, Toby. Eu desisti de muita coisa para ficar com você. — O amor e a afeição de sua família encabeçavam a lista. Depois, vinha o excelente emprego. Às vezes, ela achava que tinha abdicado da sua sanidade também. — Não posso cruzar os braços enquanto você destrói tudo o que temos. Tomei providências para que possamos nos livrar das dívidas. Pedi um empréstimo. — O marido não precisava saber que fora de sua amiga, Chantal. — Podemos saldar tudo e recomeçar. — Toby fez menção de protestar, mas ela não deixou. — Estou saldando as dívidas. Consegui alguém para ficar com o Lewis enquanto volto a trabalhar. Autumn vai ajudar a gente. — O marido permaneceu ali sentado, boquiaberto, com expressão de incredulidade no rosto. — Quero que me ajude, Toby. Não vale a pena fazer isso se você desperdiçar o nosso dinheiro no vinte-e-um, na roleta ou sabe-se lá em que outros jogos on-line. — Ele continuou calado. Ela respirou fundo. — A partir de hoje, a conexão de internet será cortada, para que você não possa jogar aqui em casa. — Toby pestanejou. — E vou cancelar nossos cartões de crédito, para não nos endividarmos mais. Se quiser que eu e Lewis fiquemos aqui, vai ter que concordar em procurar ajuda. Existem instituições que podem ajudar você, e *eu* também quero ajudá-lo.

Quando terminou de falar tudo o que queria, levantou os olhos e viu que o marido chorava, em silêncio. Contornou a mesa e abraçou-o.

— Sinto muito — lamentou Toby. — Sinto muito.

— Nós vamos conseguir superar as dificuldades. E vamos superálas juntos.

Capítulo Vinte e Oito

Chantal estava na internet, em seu confortável escritório em casa. Ted ainda não voltara do trabalho, mas ela já terminara o serviço fazia horas. Havia salmão para grelhar, brotos de aspargos e salada. Assim que o marido chegasse, ela prepararia o jantar num piscar de olhos. Uma garrafa de Sauvignon Blanc de boa qualidade gelava no refrigerador. Ela comprara uma torta de chocolate pequena e deliciosa no Paraíso do Chocolate, onde parara por alguns instantes a caminho de casa; essa seria a sobremesa. Tirara os sapatos e estava tomando chá, enquanto consumia distraidamente um tablete de Munchies, chocolate com biscoito e caramelo, para enganar a fome até o jantar. A teoria era que, se começasse a agir como uma esposa modelo, Ted não examinaria a conta bancária e não encontraria o rombo em suas finanças. Ela afastou o pensamento. Não havia a menor possibilidade de ela gastar aquele dinheiro com jóias — independente de quão importante elas fossem — quando Nadia parecia tão desesperada. A amiga, sem dúvida alguma, agonizava. Chantal esperava que aquela quantia a ajudasse a controlar a dependência em jogo do marido e a pôr a família no rumo certo. Tinha consciência de que, se Nadia não conseguisse, nunca mais veria a cor daquele dinheiro. Mas, se isso tirasse a amiga do sufoco, valeria a pena correr o risco.

Observando a tela diante de si, Chantal percebeu que o marido de Nadia não era o único com um vício grave. Fazia uma semana que ocorrera o fiasco com o sujeito no hotel. Seria de pensar que ela ainda estaria se lamentando, mas, muito pelo contrário, lá estava ela, navegando na internet em busca de torsos masculinos. Não podia evitar, pensava em sexo cada minuto que passava acordada. E, quando dormia, sonhava. Na noite anterior, Daniel Craig, o James Bond mais recente, passava sorvete de chocolate derretido no seu corpo — e ela nem era fã desse ator. Anteontem, fora a vez de Russell Crowe. Chantal sentia estar enlouquecendo, aos poucos. Sua necessidade de alívio físico parecia aumentar em proporção direta à falta de sexo em sua vida. Como é que as freiras faziam? Como se viravam as pessoas que viviam sozinhas? Será que a libido delas ia diminuindo, de modo que se contentavam com uma boa xícara de chocolate quente à noite? Não era o que acontecia com ela. Quanto menos Ted a desejava, mais ela o queria. E, se ela não podia contar com ele, então precisava obter sua quota de prazeres sexuais em algum lugar.

As amigas, no entanto, tinham razão. Era perigoso pegar estranhos em bares. Loucura. Ela prometera a elas — e a si mesma — que não faria mais isso. E manteria a palavra. Só que acabara tendo uma idéia que, talvez, solucionasse seu problema.

Digitou a palavra prostitutos no Google, mas tudo o que achou foram trabalhos acadêmicos lidando com a história da prostituição masculina e assuntos relacionados — não os sites excitantes que esperara encontrar. "Gigolô" trouxera à tona milhões de referências do abominável filme *Gigolô Europeu por Acidente* e diversos produtos, que vinham com pilha e embalagens de papel marrom. A profissão de gigolô, ao que tudo indicava, estava em vias de extinção.

Depois de muita pesquisa, Chantal chegou à conclusão de que "acompanhante masculino" era o termo correto para o garanhão de aluguel. Ao digitar "acompanhantes masculinos héteros", conseguiu reduzir a quantidade de ocorrências, eliminando as páginas da web com sites de homossexuais, nas quais caras malhados e sarados ofereciam seus serviços — se você fosse homem, claro. Mas ela foi obrigada a admitir que alguns dos gatos expostos eram muito atraentes. Com persistência, acabou achando um dos poucos sites que realmente parecia atender somente a mulheres. O nome era de matar — Machões — e a propaganda mostrava um sujeito pelado, com uma cobra enrolada nos ombros, segurando uma maçã na frente das partes íntimas. Mas, afora a cafonice, parecia bastante profissional. Anunciava serviços sofisticados para executivas; no entanto, Chantal duvidou disso. Pois o tipo de mulher que podia pagar cerca de duzentas libras por hora a um acompanhante, fora o custo do quarto do hotel, tinha de ter muita grana à disposição.

Chantal dedilhou o teclado. Será que deveria se registrar? Talvez fosse mais seguro contratar um sujeito por algumas horas, em uma agência, do que pegar alguém em um bar. Certamente isso a protegeria do tipo de situação em que acabara de se meter — ele não iria roubá-la logo depois, iria? Perguntou-se quantas mulheres usavam aquele tipo de serviço atualmente. Mulheres que seguem uma carreira e não tinham tempo de lidar com casa, filhos e companheiros necessitados? Fazia anos que os homens participavam daquele jogo — recebendo prazer das mulheres como um acordo de negócios. Seria assim tão estranho que a profissão mais antiga estivesse agora à disposição das mulheres também?

Pela lógica, era o mais sensato a fazer. Não se tratava de um encontro casual, com todos os riscos envolvidos, mas de um acordo profissional. Ele não a rejeitaria, nem se mandaria com a sua bolsa, depois. Fora checado pela agência. Chantal supôs que o acompanhante seria asseado, bem-apessoado e, o que era mais importante, bom de cama. Fazia tempo que Chantal separara as emoções do prazer sexual — outra característica considerada exclusivamente masculina. Mas pagar por sexo? Conseguiria mesmo fazer isso? Passou a unha bem cuidada pelos lábios, perdida em pensamentos. Quantas outras mulheres estariam em casa, fazendo a mesma coisa? Seu lado de negociante queria saber quantos acessos aquele tipo de site obtinha por mês. Era um negócio em expansão ou a maioria das mulheres se negaria a fazer isso? E ela? Como se sentia?

Chantal tentou pensar com clareza, mas não conseguiu evitar a sensação de prazer que se espalhou por seu corpo diante daquela perspectiva. Tomou uma decisão. Tentaria uma vez e, se não desse certo, simplesmente daria o fora. Podia fazer isso. Era simples assim.

Começou a avaliar a lista de acompanhantes, nas fotos em cores, com poses provocativas, da seção romanticamente intitulada *Avalie Antes de Comprar*. Gemidos de desaprovação perpassaram pela mente de Chantal quando ela leu alguns dos nomes usados pelos acompanhantes: Garoto Caramelo, Cigano Caliente, Pepino Dourado, Menino de Aço. Foi passando as fotos, avaliando todos. Então, um dos caras, autodenominado Jazz, chamou sua atenção. Com seus cabelos de tom louro-escuro e abdômen sarado, ele deixara de ser menor de idade havia muito tempo. Devia ter uns trinta e poucos anos, sendo bem mais maduro do que os demais acompanhantes — alguns dos quais pareciam estar mentindo a respeito da idade e de outros atributos. Passar algum tempo com Jazz seria divertido. Era excitante fazer aquilo, Chantal sentiu-se aventureira e ousada. Será que era esse tipo de sensação que levava o marido de Nadia a jogar de forma compulsiva?

Antes de parar para pensar, ela clicou no ícone ao lado do nome de Jazz. Uma tela em branco de e-mail se abriu, com o contato do rapaz. O que ela deveria dizer? Será que tinha que dar detalhes a respeito de si mesma? Chantal deu de ombros e digitou: *Gostaria de me encontrar com você assim que possível.* Não precisava ser mais complicado que isso. Seria melhor dar seu nome verdadeiro? Claro que sim. O endereço de correio eletrônico já a denunciava. Ela assinou *Chantal* sob a frase e clicou em "Enviar". Agora, só teria de aguardar a resposta de Jazz. Sorriu para si mesma e desligou o computador. Esse seria seu segredo. Não contaria às amigas de jeito nenhum — elas a matariam.

Capítulo Vinte e Nove

Tinha sido um dia complicado para Autumn. Os adolescentes de olhos entorpecidos haviam sido mais hostis do que de costume durante a aula. Uma jovem tentara cortar a outra com um pedaço de vidro colorido, por causa de uma suposta ofensa, e Autumn fora obrigada a apartar as duas, que acabaram se agarrando de modo ferrenho. Em virtude de seus esforços, ficou cheia de arranhões profundos nos braços. Além disso, ainda teve de lidar com o costumeiro calhamaço de papéis que devia ser preenchido quando ocorriam incidentes dessa natureza. Às vezes, perguntava-se por que trabalhava naquela área. Os adolescentes gozavam de seu sotaque pedante, em algumas ocasiões com bom humor, noutras com grosserias. Se não se importasse tanto, podia pedir demissão no dia seguinte e ir dar aulas para as mocinhas comportadas de algum colégio particular de classe alta. No entanto, por que faria isso? Pelo menos no centro de reabilitação ela sentia que, vez por outra, fazia diferença na vida desoladora de alguns de seus alunos — mesmo que só conseguisse oferecer a eles algumas horas de alento.

Agora, tudo o que queria fazer era ir para casa, colocar os pés para cima, abrir a caixa de chocolates que comprara no Paraíso do Chocolate especialmente para ocasiões semelhantes e ouvir música da Nova Era — sons reconfortantes que afugentavam as preocupações do dia. Embora seu apartamento ficasse em um bairro elegante, a decoração não era muito chique. Ela preferia o estilo rústico e a maior parte dos móveis provinha de algumas das casas dos seus pais. Não que fizesse muita diferença para ela. As peças eram antigas e lhe traziam lembranças da infância. Talvez não combinassem muito com os objetos étnicos que ela trouxera de suas inúmeras viagens pelo mundo, mas, do jeito que estavam, adequavam-se ao seu estilo.

Ela estava prestes a deixar a sala de aula quando Addison Deacon entrou. Ele usava uma camiseta preta e trazia a jaqueta pendurada em um dos largos ombros. Sentou-se em um dos bancos diante dela.

— Soube que teve um dia difícil — comentou ele.

— Não foi dos melhores.

— Não leve a sério — aconselhou. — Tem dias que o universo simplesmente conspira contra a gente...

— É — concordou Autumn, com severidade —, é verdade. — Sentiu que estava prestes a chorar. Tinha um nó na garganta e uma onda de cansaço do mundo inundara seu otimismo de sempre.

— Você parece estar exausta.

— Estou supercansada.

— Cansada demais para ir jantar? Não precisa ser um lugar sofisticado. Podíamos dar um pulo naquela cantina italiana que fica no fim da rua, para comer pizza e tomar uma taça de um Chianti passável.

Autumn sorriu.

— É uma boa idéia.

— Combinado, então. — Addison levantou-se. — Está pronta agora?

— Eu... Ahn... Tenho que ligar para o meu irmão primeiro. Richard está passando um tempo lá em casa. Vai se preocupar se eu não chegar logo. — Não conseguiu dizer para Addison que, a bem da verdade, era ela que estava preocupada em deixar o irmão sozinho em sua casa, por um tempo prolongado. Como se não bastasse o quanto se aborrecia só de pensar no que ele podia estar aprontando durante o dia e parte da noite. — Você se importa?

— Está tudo bem?

Com os olhos praticamente marejados de lágrimas, ela preferiu não se abrir. Talvez quando já tivesse consumido alguns dos Chiantis, pudesse contar tudo a Addison. Ele transmitia um ar de segurança, fazendo-a intuir que era o tipo de homem em quem podia confiar. Ao contrário de seu querido irmão.

— Está — respondeu ela. — Vou dar uma ligadinha rápida para ele. — Richard não atendeu o celular. Estranho. Quase nada impedia o irmão de atender. Autumn ligou para o telefone do apartamento, mas ele tocou até cair na secretária eletrônica. — Richard, se estiver aí, atenda, por favor. — Mas não foi o que ocorreu. Ela mordeu os lábios. — Acho melhor ir para casa — disse a Addison. — Sinto muito.

— Tem certeza? — Ele também ficara preocupado. — Tem alguma coisa errada? Não seria melhor eu ir com você?

A idéia era tentadora, mas, quanto menos pessoas soubessem dos problemas de Richard, melhor. Ela meneou a cabeça.

— Podemos deixar para outro dia?

— Tudo bem! — Addison espreguiçou-se ao se levantar. — Se houvesse um problema, você me contaria, não é, Autumn?

— Claro! — exclamou ela. — Claro que sim. — Porém, desviou o olhar. — Tenho que ir.

— Eu também. — Acenou-lhe. — A gente se vê.

— Addison — chamou ela, quando ele já estava perto da porta. — Não deixe de me convidar para sair.

Ele deu o costumeiro sorriso largo.

— Está bom! Mas, então, pare de se recusar a ir!

Ela riu.

— Pode deixar!

A porta estava entreaberta quando Autumn chegou ao apartamento. Ela sentiu os pelinhos da nuca se arrepiarem de imediato e a irritação foi para o segundo plano. Desde que Richard chegara, era a mesma história de sempre: sujeitos estranhos e esquisitos iam até a casa dela atrás dele. Procuravam o irmão até de madrugada. Embora ela, supostamente, estivesse dormindo, ouvia quando batiam com suavidade à porta durante a noite. Com o passar do tempo, começou a se sentir cada vez mais cansada em virtude das noites maldormidas. Nem mesmo o aumento do consumo de chocolate a deixara com mais energia. Em algum momento, teria que se sentar com o irmão para levar uma conversa séria, caso ele quisesse continuar ali. Já não agüentava mais aquela situação. Não confiava nele e, naquela noite, fora obrigada a recusar o convite de um jantar agradável com um cara legal — o primeiro, em meses, a chamá-la para sair —, a fim de voltar depressa para casa e cuidar do irmão. Não dava para continuar assim. Autumn se perguntou o que, de fato, estava acontecendo na vida de Richard e se ele estava tomando providências para mudar de atitude ou se havia simplesmente se acomodado. Quanto mais ela se preocupava com o irmão, menos ele se inquietava com os próprios problemas.

Na sala, um abajur fora derrubado. Autumn o recolocou no lugar. Sentiu outro arrepio na espinha. Alguma coisa estava errada.

Os chocolates sortidos sobre a mesinha de centro pareciam estar fazendo troça dela; a caixa marrom com o laço de seda da mesma cor, de alguma forma, aparentava estar fora de lugar. Aquele era seu santuário; no entanto, já não o sentia como seu lar. Com o irmão e o interminável vaivém de estranhos, tinha a sensação de estar sendo violentada. Seria exagero? Será que por ter passado tanto tempo sozinha já não conseguia conviver bem com outro ser humano? Mas ela não conseguia se imaginar com os pés para cima, relaxada, com o irmão à espreita. Outra pessoa no lugar dele talvez fosse menos complicada. Pensou de novo em Addison. Talvez devesse ter lhe contado alguns de seus problemas, no fim das contas.

Quando foi para a cozinha, deparou-se com uma pilha de louça suja na pia. Devia haver uma dúzia de canecas usadas na cuba. Quantos sujeitos tinham ido visitar Richard naquele dia? Era óbvio que ele tinha esquentado uma sopa para o almoço, pois havia duas latas vazias ao lado do fogão, sobre o qual haviam sido deixadas duas panelas sujas. Dois pratos continuavam na mesa, junto com, para tristeza de Autumn, uma garrafa de vodca pela metade e dois copos. Mas onde será que o irmão havia se metido?

— Richard? — chamou ela. — Richard! — Nenhuma resposta.

A porta do quarto dele estava fechada e ela pensou que talvez estivesse dormindo. Foi até lá e escutou com atenção, mas não ouviu nenhum ruído. Com cuidado, abriu a porta. Como previra, lá estava ele, deitado de lado, encurvado, com mechas de cabelo caídas em um lado do rosto, o braço inerte tombado na lateral da cama. Autumn deu um passo para trás. Havia uma jovem com ele. Era bastante miúda, e usava uma camisola de algodão branca e uma diminuta calcinha cor-de-rosa. A moça dormia de costas, esticada, com os braços no alto da cabeça. Autumn suspirou, aliviada. Ainda bem que, quando abrira a porta, não os pegara fazendo outra coisa! Então, notou algo estranho na jovem. Até mesmo na escuridão do quarto, com as cortinas fechadas para evitar a luz do dia, a jovem parecia extraordinariamente pálida. Contrariando todos os seus melhores instintos, Autumn entrou, na ponta dos pés, no quarto, para vê-la de perto. Um rastro de vômito saíra da boca da moça, sujando o edredon. Autumn podia escutar o próprio coração batendo acelerado no peito. Aquilo não era nada bom. Ela balançou, com suavidade, o braço da moça, mas não obteve resposta. Então, sacudiu-o e, mesmo assim, nenhum movimento.

— Richard! — gritou Autumn, em pânico. — Richard! Acorde!

O irmão pigarreou na cama e tentou se sentar. Virou-se para a irmã, com o olhar disperso. Parecia estar bêbado; entretanto, Autumn sabia, por instinto, que ele não ficaria naquele estado só com bebidas.

— O que diabos está fazendo aqui? — quis saber ele. Pronunciou as palavras de modo confuso. — Se manda!

— Richard! — sussurrou a irmã. — A sua amiga passou mal. Estou tentando acordá-la, mas ela não responde.

— Ela está bem — afirmou, sem interesse, deitando-se de novo.

— *Não* está bem não, senhor! — repreendeu-o Autumn. — Richard, acorde! Preciso da sua ajuda!

Com muito esforço, o irmão apoiou-se nos cotovelos.

— Ela vai ficar bem! — repetiu. — Basta fazer um café forte para ela.

— Como se chama? — quis saber Autumn.

Richard deu a impressão de ter se ofendido.

— Que diferença isso faz?

— Quero saber. — Ela friccionou a mão da jovem.

— Ahn... — O irmão buscou, com dificuldade, em seus arquivos mentais. — Rosie — disse, sem muita segurança. — É Rosie, tenho certeza.

Pelo visto, era uma velha conhecida. — Rosie — repetiu Autumn, segurando os ombros da jovem. — Vamos, querida. — Os olhos dela reviravam e o corpo parecia sem vida. — O que ela tomou?

— Um pouco de birita, um pouco de cocaína. — Richard aparentava estar irritado com as perguntas.

— O aspecto dela não está nada bom.

O irmão suspirou e virou-se. Olhou para a face de Rosie e, em seguida, sentou-se, teso.

— Merda!

Pela reação de Richard, Autumn sabia que as coisas *não* iam mesmo nada bem.

— Para mim chega, vou chamar uma ambulância.

Ele agarrou o seu braço quando ela tentou sair do quarto, impedindo-a de prosseguir.

— Não faça isso! — implorou. — Não pode chamá-la! Se os médicos virem Rosie assim, vão saber que fui eu que dei drogas para ela.

— Ela precisa de ajuda neste instante! Será que não entende?

— Entendo, entendo. — O irmão pulou da cama. Estava apenas de short. Soltou a irmã só por alguns instantes, o suficiente para vestir, depressa, a calça jeans. — Posso levar a Rosie de carro. A gente pode deixá-la na emergência.

— Você não está em condições de dirigir. E não podemos simplesmente largá-la em qualquer lugar.

— Se a gente ficar com ela, vão fazer um monte de perguntas e tentar descobrir quem deu drogas para ela. Além do mais, pode ser que chamem os tiras, Autumn. Tem coisa aqui neste apê que não quero que eles vejam.

— Ela precisa ser atendida *o mais rápido possível.* Se não a levarmos *agora* para o hospital, ela pode morrer.

— Que saco, Autumn! Não jogue a culpa em mim!

— Estou tentando ajudar, Richard!

— Você pode pegar o carro e levá-la.

— Faz dez anos que não dirijo. Talvez até mais. Não acho que seja o momento de recomeçar.

— Merda! — praguejou o irmão. — De qualquer forma, se alguém visse você, conseguiria rastrear o carro.

— O que exatamente andou aprontando, Richard?

— Vamos colocar a Rosie num táxi — sugeriu ele, evitando a pergunta. — A gente pode levá-la até a entrada do hospital. — O irmão transpirava abundantemente. Vestiu uma camiseta amassada. — Pode crer, é a melhor opção. Você tem que me proteger.

— Comece a vesti-la — ordenou Autumn, dirigindo-se ao banheiro. Molhou a toalha de rosto com água gelada e levou-a para a jovem.

Rosie estava, agora, sentada na extremidade da cama, apoiada nos travesseiros, e Richard, de alguma forma, conseguira pôr a saia coquete nela. Naquele momento, abotoava a blusa da moça. Autumn sentiu alívio ao notar que a face dela estava um pouco mais corada. Passou a toalha gelada em seu rosto e ela pestanejou.

— Isso, Rosie — incentivou Autumn, segurando suas faces delicadas com ambas as mãos. — Fique com a gente. Vamos levar você para o hospital. — Rosie murmurou algo ininteligível. Richard andava de um lado para outro. — Precisa me ajudar a levá-la lá para baixo — instruiu.

— Vou carregá-la — disse o irmão. De súbito, tornara-se bem mais coerente e sóbrio. Pegou Rosie no colo e seguiu Autumn, cambaleante.

— Espere aqui, enquanto chamo um táxi — pediu Autumn. Ela achou que, se ficassem ali, com uma mulher que parecia doente e mal conseguia ficar de pé, a maior parte dos taxistas passaria direto. Por incrível que pareça, um táxi parou instantes depois e Autumn abriu a porta. — Vamos para o Hospital Chelsea & Westminster, por favor — pediu ao motorista. Em seguida, acenou para o irmão, que apareceu com Rosie no colo.

— Ela não parece estar muito bem — observou o taxista.

— Não está — confirmou Autumn. — Bebeu demais. — Lançou um olhar acusador ao irmão. — Precisamos ir o mais rápido possível.

— Vocês, jovens, adoram encher a cara — observou o sujeito, meneando a cabeça. Não obstante, pôs o pé na tábua e, minutos depois, chegaram ao hospital.

— Vá entrando com a Rosie, enquanto eu pago o táxi — ordenou Autumn.

Richard começou a conduzir a jovem, apoiada em seu braço, até a entrada, onde pretendia deixá-la. As pernas da moça curvavam-se, mas ela conseguiu manter-se em pé.

— Você vai se sentir melhor agora — disse ele, segurando a mão dela e tentando fazer com que os olhos pestanejantes o fitassem. — Conte para eles o que tomou, mas não diga quem foi que te deu, se perguntarem. — Ajudou-a a ir até a porta. — Muito bem, Rosie.

Ela pensou com clareza por alguns instantes e disse, rouca:

— Meu nome é Daisy.

Richard soltou-a e ela seguiu adiante, com passadas incertas, até o hospital.

Autumn alcançou o irmão.

— Você deixou a coitada ir sozinha? — perguntou ela. — Precisamos ter certeza de que está bem.

Ela tentou passar pelo irmão para ir até a recepção, mas ele a segurou pelo braço.

— A moça está bem — disse. A voz deixou transparecer ansiedade. — Conseguiu andar e acabou de falar comigo. Na verdade, provavelmente nem precisava vir aqui. Nós a acordamos na hora certa.

— Como sabe disso? — O irmão evitou seu olhar. — Meu Deus! Você já passou por isso antes!

— Ela me disse que estava acostumada — protestou ele. — Talvez não estivesse. Talvez tenha se excedido. Talvez a birita não tenha caído bem.

— Talvez você tenha tido uma baita sorte por ela não ter morrido na sua cama! — Richard abaixou a cabeça. — Nunca mais me ponha nesta situação — disse ela, de modo enérgico. — Não faz idéia do quanto me sinto mal por fazer isto. Se algo acontecer com essa moça, jamais vou me perdoar. — Era aterrador pensar que, se não tivesse seguido seu instinto, recusando o convite de Addison, aquela moça poderia ter morrido. Caramba, será que não podia deixar Richard sozinho nem por um minuto, que ele já aprontava alguma coisa?

— Vou ligar para ela mais tarde — disse ele, de mau humor. — Para ver se melhorou.

— Nossa, que amor você é! — Àquela altura, ela não conseguia acreditar que os dois eram parentes; seus princípios não se pareciam em nada. E, na tentativa de proteger o irmão, ela se metera em situações difíceis.

— A gente pode voltar para casa agora? — perguntou ele, triste. — Vou chamar um táxi.

Começara a chover e a noite estava fria e nublada, condizente com o estado de ânimo de Autumn.

— Você pode ir caminhando — disse ela. — Vai fazer bem.

Tudo o que ela queria era chegar ao apartamento e comer toneladas de chocolate; já não dava a mínima para o que o irmão pensasse.

Capítulo Trinta

Eu estava saltitando na sala com Davina McCall. Os movimentos dela pareciam bem mais coordenados que os meus, mas, no fim das contas, ela devia estar ganhando zilhões de libras para fazer o próprio DVD de ginástica, ao passo que eu fazia aquilo à custa do maior sacrifício. Comecei a sentir nos quadris o efeito da grande quantidade de chocolate que vinha comendo, e não era algo bonito de se ver. Naquela manhã, o cós da minha saia quase me partira ao meio. Por que a gordura nunca se acomodava nos meus peitos, onde eu adoraria ganhar um reforço? Por que as calorias já vinham pré-programadas para ir direto para a parte inferior da cintura? Nem mesmo o vômito periódico no banheiro estava me ajudando a manter a forma. Embora eu tenha notado que, depois de terminar com o Marcus, sentia cada vez menos ânsia de regurgitar. O que era muito bom, certo?

Eu podia muito bem fazer aquela aula de ginástica na academia, mas achava o lugar tão desestimulante que não conseguia mais suportá-lo. Todas as mulheres que iam até lá conseguiam acompanhar os professores, menos eu. Então, não sentia que tinha retorno *algum* ali. Eu raciocinava da seguinte maneira: se fizesse todos os DVDs de exercícios em casa, acabaria entrando em forma, e um dia poderia até correr o risco de fazer uma aula na academia. A meu ver, era um plano bastante sensato. Além do que, eu tinha várias opções em casa. Podia meter bronca com o *Bombando*, DVD com as mulheres irritantemente saradas do videoclipe de Eric Prydz — o qual, se querem saber, era o treinamento mais deprimente da face da Terra, ainda mais pornô que a prática de Pilates. Elas eram tão ágeis e atléticas que, na verdade, exerciam efeito contrário na minha mente. Por que perder tempo me exercitando, quando não tinha a menor possibilidade de ficar com um físico daqueles? As pobres mortais como eu não conseguiam fazer nem metade daqueles movimentos pélvicos. E eu ainda corria o sério risco de deslocar os quadris sempre que tentava. De qualquer forma, a tornozeleira delas era anos oitenta demais para a minha cabeça! Então, quando me cansava daquela mulherada — o que nunca demorava muito —, eu dançava salsa com Angela Griffin, a do "Como Perdi Doze Quilos Dançando, em Apenas Dois Meses!" Claro que sim, querida. Eu também podia acompanhar o festival de tortura de "Grandes Desafios, Ótimos Resultados", da atriz Nell McAndrew. Ou fingir estar esmurrando Marcus enquanto fazia Tae-Bo com Billy Blanks: "Entre em Forma, Perca Peso, Divirta-se, Adquira Força". Tenha o corpo de um lutador peso pesado.

Está vendo, Davina? Quando me cansava de você, podia seguir adiante. Bastava guardar seu DVD no armário e pegar outro. Não seria ótimo se a gente pudesse fazer isso com os namorados? *Opa!* Eu havia chegado à parte de queima de gorduras, e sempre ficava com a língua de fora naquele ponto. Ainda bem que o salão de beleza do andar de baixo já tinha encerrado o expediente; caso contrário, achariam que havia uma manada de elefantes dançando no teto. De face rubra, ofegando e suando, eu estava a toda com os polichinelos, as elevações de joelho e as passadas. Meu cabelo suado grudara na testa e, para ser franca, manchas de suor marcavam minha roupa em lugares nem um pouco apropriados. Era por isso que eu preferia ioga. Podia não ser um exercício muito bom para a perda de calorias, mas, pelo menos, não sobrecarregava ninguém. Dava certa serenidade. Naquele momento, eu já sabia que, no dia seguinte, não conseguiria me mover direito, já que minhas coxas ficariam doloridas. Parei um pouco para dar uma mordida rápida e revigorante em um chocolate com caramelo, Twix, e manter a energia em alta.

— Vamos lá! — estimulava Davina, na tela da TV. — Só mais oito! Oito... sete...

Ela era mesmo uma babaca presunçosa! Eu detestava aquela roupinha de ginástica preta e sofisticada que usava — ainda mais considerando que a minha consistia em uma calça de ginástica velha e esfarrapada e uma camiseta maltrapilha, com uma mancha de sorvete na frente, que formava um chamativo desenho. Continuei ofegante. Podia apostar que haviam gravado aquele DVD no decorrer de vários dias, para que ela só tivesse que se exercitar cinco minutos de cada vez; no entanto, lá estava ela, fingindo estar se esforçando como as demais mortais. Não se via um só fio de cabelo fora do lugar e aquele brilho de suor que se notava no alto da sobrancelha devia ter sido borrifado pela assistente dela. Ela não estava mais em forma que eu; era apenas uma boa editora, só isso. Podem dizer que era inveja minha, porque, a bem da verdade, eu adoraria estar no lugar dela: rica, bem-sucedida, razoavelmente bonita *e* capaz de fazer dezesseis abdominais sem ficar com a face roxa. Engoli o último pedaço de Twix. Pelo menos, a Davina tinha o corpo igual ao de uma mulher normal, como eu, não como aquelas cabeças ocas, cujo índice de gordura corporal se assemelhava mais ao do número de sapato que usavam. Tenho *verdadeira* ojeriza a essas aí!

Em meio a toda aquela tortura, a campainha tocou.

— Dê o fora! — disse eu, esbaforida, na direção da porta.

Na certa, era alguém vendendo vidro duplo, gás, luz elétrica ou cartões de fidelidade de restaurante, tudo por uma pechincha. Eu não precisava de nada daquilo. Por sinal, a única coisa que eu precisava era de chocolate. A campainha tocou de novo. Ninguém digno de nota ia me visitar, portanto, não havia motivo algum para eu ir abrir a porta.

Então, Davina resolveu aumentar a velocidade da seção de queima calórica, punindo-me ainda mais e fazendo-me chegar à conclusão de que seria uma boa idéia parar um pouco para recuperar o fôlego. Peguei minha garrafa de água, tomei alguns goles e me dirigi à porta, com a vã esperança de que teria condições de falar com o visitante. Quando a abri, Marcus estava lá. Se eu já não estivesse emudecida por causa da ginástica, perderia a fala, de qualquer forma. Ele se apoiara no umbral, cheio de charme, com expressão de quem estava mais do que arrependido. Os olhos castanhos eram poços límpidos de pesar.

— Oi, Lucy — disse ele.

— Oi. — Não consegui dizer mais nada. Eu ainda arquejava.

— Achei que a gente podia conversar. Como você não retornou minhas ligações, decidi dar um pulo aqui.

— Estou ocupada, Marcus. — Ambos estávamos cientes da minha aparência, que não chegava aos pés da de minha rival, a miúda e impecavelmente charmosa Joanne.

— Parece estar dando um duro danado.

— Estou tentando manter a forma.

— Muito bem! — Marcus fez uma expressão de pena e perguntou: — Você já jantou?

Antes de pensar em uma mentira, meneei a cabeça e respondi:

— Não. — Um reles Twix não conta como refeição.

— Não quer ir a um restaurante chinês? Eu gostaria de pedir desculpas pelo meu comportamento terrível.

Queria. Mas isso não acabaria me levando de volta à mesma relação, da qual eu havia me esforçado tanto para sair? Em vez de responder, suspirei.

— Posso entrar e ficar esperando enquanto você toma banho?

Queria dizer que eu estava fedendo? Tentei sentir disfarçadamente o odor debaixo dos braços, enquanto minhas inseguranças afloravam a todo vapor.

Marcus deu um largo sorriso.

— O que me diz?

Não tinha força de vontade suficiente para lutar contra aquilo. Eu, uma reles barra de chocolate ao leite, Dairy Milk, ele, um maçarico abrasador com seu charme. Mal passaram cinco minutos e eu já estava me derretendo toda. Não pude suportar a idéia de ele ficar esperando na sala enquanto eu tirava a roupa e tomava banho no banheiro ao lado. Então, disse:

— Vá até o Lotus Blossom. — Minha voz soou relutante. Já tínhamos comido ali diversas vezes. Eu achava que aquele era o "nosso cantinho". — Vou me encontrar com você daqui a pouco.

Com relutância, Marcus se afastou.

— Não demore, Lucy. Temos muito que conversar.

Tínhamos mesmo? Quando ele saiu, foi a minha vez de me apoiar no umbral, por alguns instantes. Deveria ligar para minhas amigas chocólatras, por precaução? Nenhuma delas vivia perto de Camden e, se o meu histórico continuasse igual, eu já estaria na cama transando com o Marcus antes mesmo que elas chegassem. Não. Teria que encontrar forças para enfrentar aquela situação sozinha. *Não* precisava dormir com o Marcus. *Não* precisava permitir que me persuadisse a aceitá-lo de volta. Se eu tivesse juízo, continuaria a saltitar feito uma doida com minha querida Davina McCall e deixaria Marcus esperando, sozinho, no restaurante. Se eu tivesse juízo, era o que faria.

Capítulo Trinta e Um

Quando cheguei ao Lotus Blossom, vinte minutos depois, Marcus já estava sentado à mesa, tomando uma cerveja Tsingtao. Eu me sentei com ele e pedi uma para mim também. Por que não repor de uma só vez todas aquelas calorias que eu suara tanto para perder? O restaurante estava cheio e nossa mesa situava-se à janela, espremida entre um casal, que parecia estar brigando, e duas mulheres de meia-idade para lá de vulgares, que gargalhavam ruidosamente. Nada que se comparasse ao meu encontro maravilhoso, sofisticado e maduro com Jacob Lawson no Hotel Savoy. Isso, de certa forma, serviu como consolo para mim.

Eu tinha tomado uma ducha rápida depois que Marcus saiu, optando por não me preocupar muito com a aparência. Esforcei-me para não me emperiquitar toda para meu ex-namorado. *Ele não merecia,* pensei. Meus cabelos continuavam úmidos, sem quaisquer produtos capilares para ajeitá-los. Optei pelo visual natural, passando só um pouco de rímel. Estava de calça jeans surrada e jaqueta preta simples. Tomara que ele notasse que eu não tinha me esforçado para ficar mais bonita por causa dele.

— Está ótima! — disse Marcus, com a voz rouca.

Caramba! O engraçado era que antes, sempre que saía com ele, nunca sentia estar bonita o bastante. Agora, já não me importava mais. Está bom, admito, ainda me importava, mas só um pouquinho.

— Vamos pedir algo? — perguntou meu ex. — Quer o de sempre?

Fiquei irritada por ele supor que sabia qual era "o de sempre" e que eu era previsível.

— Tudo bem — respondi, esperando para ver o que ele pediria.

— Vou querer o *satay*, o espetinho de carne com molho de amendoim, e ela, o *chow mein*, o macarrão frito com frango e legumes.

Pronto. Talvez fosse justo dizer que essa *poderia* ter sido minha opção. Marcus sorriu para mim. Estava se comportando de forma exemplar naquela noite; eu só queria saber por que não agia assim o tempo todo. Um daqueles aquecedores à vela foi posto sem muito cuidado na nossa mesa.

— Estive pensando em você — disse Marcus.

— Eu também estive pensando em você — repeti. — Mas espero que não tenhamos pensado as mesmas coisas.

Meu ex-namorado fez a gentileza de aparentar estar aflito.

— Tem todo direito de ficar brava comigo. — Pode ter certeza, eu tinha mesmo. — Só queria que soubesse que minha relação com Jo não foi nada sério.

— Mas foi algo sério o bastante para você descartar a nossa, não é?

— Aquela foi a única noite que passamos juntos. Aquela noite *fatídica*... — Tive a impressão de que ele quis dar uma risadinha amarga pelo que dissera, mas meu olhar ferino deve ter avisado que eu ainda não achava nem um pouco engraçado. — A gente nunca mais se encontrou.

— E por que, Marcus? Foi ela que deu o pontapé ou você? Pois, a meu ver, parecia que estava disposto a se livrar *de mim* num piscar de olhos.

Ele pegou minha mão. Seus dedos pareciam os de um estranho. Eram as mesmas mãos que há pouco mais de uma semana levavam meu corpo ao êxtase? Naquele momento, eu não sabia ao certo se iria querer sentir seu toque de novo.

— Não posso nem acreditar que me comportei daquele jeito.

Mas o mais terrível e triste era que eu *acreditava*, até demais.

— Nós terminamos de comum acordo — disse ele.

— Como são civilizados!

O garçom trouxe nossa comida e nos dedicamos a saboreá-la. Se eu quisesse, a minha relação com Marcus continuaria daquele jeito para sempre. Tudo iria bem até, do nada, uma mulher dar bola para ele, que, então, deixaria de lado a namorada, o amor e o compromisso para ir atrás dela. Nesse ínterim, eu ficaria pastando, lambendo as feridas e aguardando seu retorno. Marcus era um gato, e superdivertido quando queria, mas eu teria que carregar aquele fardo pelo resto da vida se permitisse. Não consegui reunir forças para sondar como o flerte com Joanna começara.

— Eu só quero você, Lucy — insistiu ele. — Sabe muito bem disso.

— Quer saber de uma coisa? — disse eu, sem rodeios. — Não sei não. Como saberia, se a forma como você age me diz outra coisa?

— Se você quer comprometimento, posso me encarregar disso.

Se eu queria um compromisso...? Por acaso houve alguma dúvida a esse respeito?

— E se eu envelhecer, ficar de cabelos brancos e não puder recolher sem dificuldade os fragmentos da minha vida estilhaçada? E se você não conseguir resistir às outras mulheres? E se achar uma mais excitante? O que será de mim?

— Isso não vai acontecer. — Sem dúvida alguma, o brilho de seus olhos era sincero. — Jamais acontecerá.

Como eu adoraria acreditar nas suas doces palavras. A comida ali costumava ser boa; entretanto, meu *chow mein* estava insípido, cheio de glutamato monossódico. Fazia meu estômago embrulhar, tal como a ladainha de Marcus partia meu coração. Naquela semana, percebi que minha auto-estima, na verdade, melhorava bastante sem ele por perto.

— Você já se vingou. — Marcus sorriu, afavelmente.

Eu queria mais é que ele tivesse ficado fulo de raiva, não que aceitasse o ocorrido estoicamente. Porém, perguntei-me mais uma vez se ele já havia descoberto a origem do mau cheiro que, àquela altura, deveria impregnar seu apartamento. Como eu poderia fazer a pergunta de modo casual, no meio da conversa? "Andou sentindo cheiro de pitu estragado recentemente, Marcus?"

— A gente pode ficar remoendo o passado — prosseguiu ele. — Mas eu preferiria enterrá-lo e seguir adiante.

— Foi exatamente o que eu fiz. — A expressão de surpresa de Marcus foi óbvia. Empurrei meu prato não terminado para o lado. Fora um erro ir até ali, um equívoco ouvir o que ele tinha a dizer. Recostei-me na cadeira. — Estou saindo com outra pessoa agora. Um homem que me trata como uma princesa. — Pensei na noite com Jacob. Ele era um amor, educado, atraente, romântico. E queria se encontrar comigo de novo. Desde aquela noitada, ele me enviara várias mensagens de texto, todos os dias. Nada piegas, somente mensagens divertidas, que me animavam. Tínhamos marcado outro encontro para segunda-feira à noite. Um recital de poesia numa livraria recém-inaugurada. Fitei Marcus. Era mesmo inesquecível? Planejaria esses encontros incríveis comigo? Estaríamos num restaurante chinês de segunda categoria, em Camden, se ele realmente quisesse me reconquistar? Não deveria ter se esforçado mais? Bastavam um buquê de rosas e um pouco de *chow mein* de frango para ele achar que compensaria a traição? Eu não podia evitar o pensamento de que ele achava que eu era absolutamente caída por ele. — Você tem razão — disse-lhe eu, levantando-me. — Não vale a pena remoer o passado. Acho que estou me apaixonando e, por mais que tenha gostado da nossa relação, o melhor será terminá-la de uma vez por todas.

Marcus ficou boquiaberto, mas não falou nada, o que era bastante inusitado. Por fim, conseguiu balbuciar:

— Quem... quem é esse cara?

— O nome dele é Jacob. Eu amei muito você, Marcus. — Estiquei o braço e pus a mão em seu rosto, tocando-o pela última vez. — Muito mesmo. Mas agora prefiro investir na minha relação com o Jacob.

Capítulo Trinta e Dois

Esperem só até eu contar para as amigas do Clube das Chocólatras que consegui resistir ao Marcus sozinha! E, como se não bastasse, deixara o meu ex plantado no restaurante, com cara de tacho. Um ponto para a Poderosa Lucy, zero para o Desprezível Marcus. Era a primeira vez que me recusava a aceitá-lo de volta, e acho que ele não acreditou no que ouviu. Hã! Nem eu podia acreditar!

Queria enviar mensagens de texto para as minhas amigas, mas eu me encontrava na empresa naquela manhã e — surpresa! — tinha um monte de trabalho pela frente. Um funcionário da gerência me passara vários relatórios de vendas e meus dedos já se moviam incansavelmente, digitando-os e acrescentando os novos valores ao computador. Trabalhei de modo ininterrupto, sem parar nem para tomar chá ou comer chocolate. Bom, para ser mais precisa, só *uma* hora. Por isso, já estava ficando tonta. Não tinha visto Paquera naquela manhã — ele não fora me perturbar nem uma vez sequer. Só em um breve momento vislumbrei-o encurvado à mesa, com semblante estressado. No entanto, todo mundo vivia sob pressão na Targa.

Meu celular tocou e o atendi. Era um número que eu não conhecia.

— Lucy? — indagou a voz do outro lado da linha.

— Sim?

— Aqui é Felicity, da Agência Deusas do Escritório. Tudo bom?

— Tudo bem, obrigada. — Eu nunca recebia notícias da agência. Embora muitas vezes eu ameaçasse ligar para lá a fim de mudar de emprego, sempre acabava desistindo. Àquela altura, eu fazia parte do quadro de funcionários, desempenhando o papel, talvez, de uma cadeira útil, ou de um daqueles lindos arquivos de aço inoxidável.

— Temos boas notícias — disse ela, animada. — Seu contrato com a Targa termina na sexta-feira e já temos um ótimo emprego em vista para você.

Minha mente estúpida levou algum tempo para registrar o que ela dissera. Sexta-feira já era no dia seguinte! O que significava que eu só ficaria mais um dia ali! Soltei um suspiro.

— Você está bem? — quis saber Felicity.

— Mas por quê? Ninguém me disse nada.

— Não? — Foi a vez de Felicity ficar surpresa. — Gostaria de saber o que houve. — Eu também gostaria. — Bom, a moça que tirou licença já vai voltar, e o seu contrato é semanal.

Tracy Seiládequê estava voltando? Por que ninguém tinha me contado? Fitei com raiva o escritório de Paquera.

Felicity continuou a falar do meu novo emprego, dizendo que seria legal, que eu adoraria o desafio, que todos os meus colegas seriam maravilhosos e blablablá. Eu não iria gostar, não. Adorava aquele. Consegui anotar o nome e o endereço da nova empresa e balbuciar algumas palavras, antes de desligar. Fiquei olhando pasma para o nada, em estado de choque. Estava indo embora. Só me restava mais um dia!

Precisava de chocolate. Mas, antes, tinha que falar com Paquera. Quando entrei na sala do meu chefe, ele ergueu o olhar e me fitou com expressão constrangida e bastante surpresa.

— Você já sabia disso — acusei.

Ele ergueu as mãos.

— Só fiquei sabendo ontem, gata.

— Pensei que Tracy Seiládequê ainda estivesse de licença-maternidade.

— Pelo visto, aquelas adoráveis jovenzinhas do RH calcularam errado. — Ele arqueou as sobrancelhas. Talvez estivessem até se vingando de forma cruel de mim, já que Paquera gostava mais de mim do que de sua amiga Donna, do processamento de dados. — A Tracy já vai voltar na segunda.

— Mas normalmente a Targa não dá um jeito de despedir quem engravida?

— Era o que costumava fazer — disse Paquera, dando de ombros. — Pelo visto, a empresa está ficando de coração mole.

— Não é melhor eu ficar mais uma semana? — arrisquei. — Para ajudá-la a recomeçar sem problemas?

— Já tentei. Mas o orçamento não permite. — Meus lábios ficaram trêmulos. — E também pedi que procurassem alguma vaga em outro departamento e que a entrevistassem para outros cargos oferecidos pela empresa; não há nada disponível.

— Mas tem sempre alguém doente aqui. Ou fingindo estar.

— O Departamento de Recursos Humanos me assegurou que todos estavam muito saudáveis, no momento. Ou fingindo estar.

Nós nos entreolhamos sem expressão, por alguns instantes.

— Então, é isso?

— Se houvesse alguma coisa que eu pudesse fazer, gata, pode ter certeza que faria. — Paquera aparentava estar tão triste quanto eu. — Vou sentir falta do seu rostinho animado por aqui.

— Essa é a pior parte de trabalhar como temporária. — Suspirei. — Sou totalmente descartável.

Paquera levantou-se e soltou, também, um longo suspiro. Aproximou-se e me abraçou, apertando-me com delicadeza. Foi ótimo me apoiar em seu peito e sentir seu calor.

— Você é insubstituível — afirmou.

— Posso deixar meu número de telefone com você — sugeri. — Se surgir algo, de repente você poderia me ligar.

— Posso deixar *meu* número de telefone com você — repetiu ele. — De repente você poderia me ligar e me levar para jantar uma noite dessas. — Senti o sangue subir ao rosto. Devo ter lhe lançado um olhar intenso, pois ele também enrubesceu. — Daí poderíamos ver se surge alguma coisa. Rá-rá-rá.

Será que ele tinha mesmo acabado de me convidar para sair? Ou pedido que eu o levasse para jantar fora?

— Rá-rá-rá — prosseguiu ele:

Como não sabia o que dizer, uni-me a ele:

— Rá-rá-rá.

Capítulo Trinta e Três

As participantes do Clube das Chocólatras estavam desanimadas.

— Acha que aquelas piranhas fizeram de propósito? — perguntou Chantal.

— Não sei se as humanóides que trabalham no Recursos Humanos seriam tão espertas assim — admiti, enquanto sorvia o chá. — No entanto, tenho certeza de que não hesitariam em tomar essa atitude se tivessem a oportunidade.

Tínhamos marcado um encontro no sábado à tarde, um horário de grande movimento no Paraíso do Chocolate. Tanto Clive quanto Tristan trabalhavam sem parar para diminuir a fila de clientes. O prestigioso suplemento de um dos jornais locais incluíra suas sobremesas de chocolate sempre fresquinhas na lista de "imperdíveis" do bairro de Notting Hill. Nós havíamos provado todas, claro. A torta-musse de chocolate e avelã de Clive era a minha favorita. Quem a provava se tornava outra pessoa. Talvez um pedacinho dela me fizesse sentir melhor naquele dia. Não, melhor um pedação, só para ter certeza.

Estávamos todas instaladas nos sofás de aparência propositalmente envelhecida, que ficavam na parte de trás da loja, e não tínhamos a menor intenção de sair para ceder o lugar a alguém. Assunto era o que não faltava, portanto afastávamos os interessados em nossos lugares com olhares cortantes. No sábado, os clientes entravam e saíam depressa, concentrados nas compras, parando apenas por alguns instantes para comer chocolate, repor as energias e aumentar a disposição consumista.

— Mal posso acreditar que vou começar a trabalhar noutro lugar na segunda. — Ainda não havia conseguido registrar bem a minha saída precipitada da Targa. Tinha até dado um pulo na academia de manhã, para fazer ioga e ver se controlava o estresse. Mas não houve *om* nem postura da cobra que aliviassem minha mente perturbada.

— De repente vai ser bom enfrentar um novo desafio — disse Nadia.

— Mas o que será de mim sem ver Paquera todo dia? Ele é a única coisa que faz minha vida de trabalho mundana valer a pena. Quem é que eu vou repreender por assaltar meu estoque de chocolate?

Paquera e a equipe de vendas me haviam presenteado com uma caixa de chocolate Milk Tray, da Cadbury. Não era lá minha favorita, mas, de qualquer forma, valeu a intenção deles. Sem dúvida alguma, será consumida, com prazer. Paquera também fizera um breve discurso, agradecendo-me pela contribuição ao departamento. Ninguém abafou o riso, o que encarei como sinal positivo. Além disso, se não me enganei, detectei uma lágrima nos olhos do meu chefe. Vou sentir falta dele.

— Um pouco mais de estabilidade tanto na sua vida pessoal como no seu trabalho faria bem, Lucy — salientou Autumn, a meu ver, sem necessidade. — Toda essa confusão não pode fazer bem para sua aura. Deixa você vulnerável a ataques psíquicos.

Ah, ótimo! Mais uma coisa com que me preocupar. Então, eu me deixei levar pelo consolo oferecido pelo tablete de chocolate branco com baunilha e azeite de oliva, saboreando cada esplêndida porção. Não era exatamente chocolate puro, pois tinha como ingrediente manteiga de cacau, e não massa de cacau (esses detalhes fazem diferença para os *connaisseurs*), mas seu sabor era tão delicioso que Clive o incluiu no cardápio permanente. Parecia uma versão para adultos do Galak, mas eu jamais diria isso perto dele. Deixei sua textura aveludada derreter aos poucos na boca e, em seguida, soltei um longo suspiro. Já estava me animando de novo.

— Pelo menos pode contar com o próximo encontro com o Jacob — disse Nadia. — Deve ser um cara legal.

— Parece bom demais para ser verdade — ressaltou Chantal, introduzindo uma pontada de ironia nos comentários. — Sinto muito, Lucy, estou passada com os homens neste momento.

— Jacob vai me levar para um recital de poesia — contei, sentindo certo orgulho. — Imaginem só! Não sabia que os homens ainda faziam esse tipo de coisa. — No fundo, eu queria que ele tivesse marcado um encontro naquele fim de semana. Essa era a pior parte de ser solteira. Sábado e domingo pareciam durar uma eternidade, enquanto antes, quando eu tinha namorado, passavam num piscar de olhos. Joguei várias indiretas para o Jacob, mas ele disse que estaria ocupado durante todo o fim de semana. Pelo visto, o trabalho requeria sua dedicação em horários fora do comum.

— Acho que ele deve ser um homem incrível — disse Autumn, ao pegar o muffin de chocolate e a geléia de laranja.

— Quer que eu investigue se ele tem um irmão para você?

Autumn meneou a cabeça.

— Irmãos não são uma boa — comentou, de modo enigmático.

— Ainda está tendo problemas com o Richard?

Ela pôs o muffin no prato e se inclinou.

— Eu não ia contar para ninguém, mas não sei mais o que fazer. — Olhou ao redor, com ar conspiratório. — Acho que ele está fazendo transações. — Todas nós devemos tê-la fitado com expressão intrigada, pois ela sussurrou: — Com cocaína. — Fez uma pausa, para que absorvêssemos o que acabara de revelar.

Ah, meu Deus! O irmão classudo da Autumn era *traficante* de drogas! Eu mal podia acreditar! Quando ela disse "fazendo transações", achei que se referia a ações, bônus e coisas desse tipo.

— A gente passou pelo maior sufoco alguns dias atrás — prosseguiu ela. — Uma jovem quase morreu de overdose no meu apartamento. Foi Richard que levou a moça para lá, e mal a conhecia. Só que conseguimos levá-la para o hospital a tempo... — Sua voz sumiu aos poucos. Estava com os olhos marejados.

— Mas foi por pouco, então — ressaltei.

— O pior é que eu ia sair para jantar com alguém.

— Jantar? — Quase pulei da cadeira. — Com quem?

— Um cara lá do meu trabalho — contou Autumn. — Muito gente fina. Mas, se eu tivesse ido, então aquela moça teria morrido.

Eu queria dizer a ela que tinha de cuidar da própria vida e deixar o irmão se encarregar dos próprios erros, mas sabia que ela não era do tipo que faria isso. Talvez devesse lembrar-lhe que ela não saía com um homem desde que eu a conhecia e que não deveria deixar essas oportunidades passarem, independentemente de quem estivesse correndo perigo.

— Nem consegui falar com o Richard direito, depois do que ele fez, já que está me arrastando para seu mundinho sórdido — prosseguiu Autumn. — A moça se recuperou, ainda bem! Eu o obriguei a ligar para ela para ver como estava, o que ele não estava muito a fim de fazer. Mas o difícil de aceitar é que acabei colaborando com o meu irmão, na tentativa de protegê-lo. Como pude fazer isso?

— Você se viu numa situação complicada, Autumn — consolei-a. — O que mais poderia ter feito?

— Eu deveria ter ido para a delegacia. Ele precisa parar, antes que a situação fuja de controle.

A meu ver, Richard já havia passado dos limites e rumava ao fundo do poço a toda a velocidade.

— Você precisa levar uma conversa séria com ele — sugeri. — Com urgência.

— Já tentei, mas ele nega tudo.

— Você tem que achar alguma prova — disse Chantal, sempre prática — para então confrontá-lo.

— Detesto confrontos — admitiu Autumn, com tristeza. — Passo a vida tentando evitá-los. E se eu encontrar alguma prova? Acham que devo chamar a polícia? Ele continua sendo meu irmão.

— Talvez haja outros caminhos — disse eu. — Não pode convencê-lo de que é melhor ir para uma clínica de reabilitação que para a cadeia?

— É o que tento fazer. Mas, daí, ele joga na minha cara que sou viciada em chocolate. — Ao colocar de novo o muffin no prato, Autumn o fitou com enfado.

— Chocolate e cocaína são totalmente diferentes — lembrei.

— São mesmo? Richard não consegue abandonar o vício, e eu também não.

— Comer chocolate não prejudica outras pessoas, nem destrói vidas. Se é só isso que ele gosta de ressaltar, eu diria que o argumento é chulo. O chocolate é apenas uma fonte de consolo para a gente, neste mundo tão complicado.

— Acho tão triste quando alguém com a educação privilegiada de Richard chega a esse ponto — disse Autumn, meneando a cabeça. — Como passo dia após dia dedicando meu tempo aos adolescentes que tentam sair da miséria, é difícil ficar parada e ver alguém do meu próprio sangue fazer todo o possível, pelo visto, para acabar lá.

Abracei-a.

— Conte com a gente. Seja o que for que decidir, nós vamos apoiar você. — Bem que eu queria que me desse mais detalhes sobre o tal cara e o encontro que não chegou a ocorrer, mas, como eu parecia ser a única curiosa, mantive o bico fechado.

Autumn deu uma fungada, agradecida.

Chantal suspirou.

— Espero que tenha boas notícias, Nadia. Precisamos nos animar — pediu ela.

— E tenho mesmo — informou a outra, com orgulho. — Quitei nossas dívidas na semana passada e o Toby conseguiu se manter afastado dos cassinos da internet até agora. Vamos para o Hyde Park este fim de semana, para jogar bola e disco, sabem, fazer coisas típicas de famílias. Não sei como posso agradecer, Chantal! — Nadia apertou a mão da amiga.

— Você teria feito o mesmo se eu estivesse nessa situação.

— Bom, graças a você, vamos começar do zero, e faço questão de aproveitar ao máximo esta oportunidade.

— Fico feliz por ter ajudado.

— Você tem alguma novidade? — perguntei a Chantal.

Ela negou.

— Nenhuma. O sexo lá em casa continua inexistente. Nada mudou.

Gostaria de saber, no entanto, se eu fui a única a notar o olhar bastante enigmático de nossa amiga Chantal.

Capítulo Trinta e Quatro

Maravilha! Olhei para a fachada do Jesmond & Filhos e desejei nem ter saído da cama, de manhã. Meu estado de ânimo ficou tão sombrio quanto o céu matinal. Quando se é jovem, fashion e superdinâmica, o último lugar em que se deseja trabalhar é num sebo. O Jesmond & Filhos não era nada parecido com aquelas livrarias modernas, de ruas movimentadas, com cafeteria e funcionários com nomes como Philippa e Camilla — tal como o estabelecimento em que me encontraria com Jacob, naquela noite. Se fosse assim, tudo bem, eu poderia trabalhar num lugar *desse tipo*. Mas não. Aquele sebo ficava numa ruela afastada e decadente, que deveria ter um visitante a cada meio século. A placa indicava que era especializado em livros de segunda mão sobre história militar e também — o famoso oximoro — sobre inteligência militar. Então, não havia sequer exemplares antigos de romances da Editora Mills & Boon para me distrair.

Respirei fundo, desejando ter vestido meu sóbrio terninho preto naquela manhã, e não o rosa-shocking. Antes de jogar tudo para o alto e dar o fora dali, atravessei a rua em direção ao sebo. Uma campainha soou agradavelmente quando entrei, anunciando minha chegada. O odor de livros cheios de mofo inundou minhas narinas e, em meio à penumbra, só vi estantes e mais estantes de volumes empoeirados. Partículas de pó moviam-se lentamente pelos raios de sol, nas áreas em que o ar fora agitado com a abertura da porta — na certa, eu era a primeira pessoa a provocar esse efeito naquele ano. Um velhinho caminhou, arrastando os pés, na minha direção. Usava uma camisa marrom xadrez, gravata vermelha, casaco de lã verde e calça azul.

— Olá! — saudei com minha voz mais estridente. — Sou Lucy Lombard, enviada pela Agência Deusas do Escritório. — Estiquei a mão.

— Ah — exclamou ele, examinando-me pelo alto dos óculos. — Sim, sim, ótimo. — Apertou minha mão com delicadeza. Seus dedos eram macios como massa suave e, por coincidência, ele exalava mesmo um cheiro meio bolorento. — Muito prazer em conhecê-la, srta. Lombard.

Pelo visto, não iriam me chamar de "gata" ali.

— É o sr. Jesmond, o dono?

— Não, não — negou com um sorriso tímido. — É o meu pai. — O sujeito devia ter no mínimo cento e cinco anos. — Sou o mais novo dos irmãos Jesmond. — "E o último sobrevivente?", foi o que me perguntei. Demos os três passos necessários para chegar a uma mesa perto da janela. — Já trabalhou em um sebo antes?

— Não. Esta é a primeira vez.

— Não é nada complicado — assegurou-me o sr. Jesmond. — Tenho certeza de que vai aprender tudo logo. Não se preocupe. — Sorri, agradecida. Normalmente, como era temporária, costumavam me largar sozinha num canto, junto com uma pilha de trabalho, para que eu me virasse, embora não fizesse a menor idéia do que tinha que fazer. — Pois bem, posso dar as orientações agora?

— Seria ótimo. — Tentei manter meu falso ânimo.

— Aqui está a mesa e, em cima dela, a caixa registradora. — Esta não passava de uma simples caixa de madeira. Ele fez um gesto amplo, mostrando as estantes. — E esses são todos os livros. — Por incrível que parecesse, eu já notara isso. — Quando um cliente comprar uma obra, a senhorita coloca o dinheiro no caixa e, depois, dá um recibo, mas só se ele pedir. — Pegou o bloco em questão e mostrou-o para mim. Em seguida, prosseguiu, como se esta fosse a parte difícil: — Então, a senhorita anota no livro-caixa o título e o valor. — E mostrou de novo o livro em questão.

— Certo. — Ainda existiam negócios não-informatizados? Não imaginava. Eu me arriscaria a dizer que o Jesmond & Filhos acabara de dispensar a caneta de pena e o ábaco. Aquele sebo podia servir de exemplo para museus que quisessem reconstituir livrarias de antigamente em exposições do tipo *A Passagem do Tempo*.

— Acha que vai conseguir? — Pelo visto, o sr. Jesmond pensava que a tarefa ia além da minha capacidade. Talvez meu terninho rosa-shocking estivesse passando a mensagem errada.

— Vou tentar. — Só esperava que a tremenda agitação matinal não me pegasse totalmente de surpresa, antes que eu estivesse bem a par das minhas obrigações!

— Geralmente, consigo tomar conta de tudo sozinho — explicou o sr. Jesmond, com orgulho —, mas vou precisar de alguém durante algumas semanas. Se tudo der certo, pode ser que a contrate por mais tempo. Afinal, não sou mais tão jovem. Terei de ir ao hospital. *Exames.* — Ele sussurrou as últimas palavras e apontou para baixo. Meu olhar acompanhou seu dedo em direção à calça de poliéster azul. — *Do trato urinário.*

Já era, de fato, informação demais.

— Posso preparar chá? — perguntei, torcendo para que, seja lá qual fosse seu estado de saúde, pudesse tomar chá. Era sempre uma boa tática ver qual era a atitude do chefe no que dizia respeito a pausas para o chá. — Depois, posso começar a me familiarizar com as obras.

— Excelente idéia — disse ele, alegre. — A cozinha fica lá em cima.

Então, subi a escada escura e estreita até chegar à minúscula cozinha, com azulejos de tom cinza rachados, um aquecedor de água de segunda categoria e umas canecas cheias de crostas. Devia haver uma advertência sanitária naquele lugar. Senti um leve odor de esgoto, que certamente poderia ser eliminado com saponáceo de limão. Escolhi a caneca menos ordinária e lavei-a bem, com água quente, antes de pôr o chá que preparei. Desci com duas.

— O depósito fica lá atrás — disse o sr. Jesmond. — Vou terminar alguns afazeres, enquanto a senhorita se acomoda.

Quando ele se foi, olhei ao redor, sem saber bem o que fazer. Aquele sebo não funcionava de forma frenética, como a Targa. Pelo menos ali eu *teria* muito trabalho a fazer, se quisesse. Também poderia ficar parada, sem o menor problema. Coloquei meu chá na mesa e caminhei até as estantes, diante das quais havia uma grossa camada esbranquiçada de poeira. Dei uma olhada nas obras: Primeira Guerra Mundial, Segunda Guerra Mundial e inúmeros outros títulos... Eu nem sabia que haviam ocorrido tantas batalhas, tampouco que tantos livros haviam sido escritos sobre o tema. Ali encontravam-se obras sobre espionagem, táticas, operações militares e Forças Armadas; seções inteiras dedicavam-se à ciência e à vida militares, aos armamentos e às diversas formas de combate. Todos me pareceram bem monótonos. Não restavam dúvidas de que deviam conter pouquíssimo sexo gratuito. Neles, eu não encontraria heróis ardentes com os quais sonhar. Porém, talvez, aquele tipo de livro atraísse clientes durões, do tipo militares. A idéia me animou um pouco, mas, francamente, já me havia familiarizado o bastante com as obras. Fui até a mesa.

Tirei do fundo da bolsa a caixa de Milk Tray que ganhara de Paquera e da equipe de vendas e fiquei segurando-a, para contemplar os chocolates. Fora muito amável da parte dele comprá-la; senti uma pontada de saudade do meu ex-chefe. O sr. Jesmond podia ser muito bonzinho, porém não era exatamente meu sonho de consumo. Não seria melhor eu ligar para Paquera, a fim de agradecer mais uma vez o presente? Só que, talvez, ele adivinhasse que eu estava entediada e que não encontrara um trabalho legal, em que não tinha tempo nem de respirar, nem de sentir falta do pessoal da Targa — sobretudo dele.

Nossa, seria mesmo imprescindível comer chocolate para enfrentar aquele dia. Abri a caixa e desfrutei do aroma mais que familiar. Eu os consumiria aos poucos, ao longo daquele expediente. Eram 9h30; puxa, fazia só meia hora que eu chegara? O tempo não voava quando a gente estava se divertindo? No decorrer daquele dia, eu pensaria no encontro com Jacob à noite e comeria chocolates. Se pegasse um a cada meia hora, consumiria oito até a hora do almoço. Selecionei meus preferidos. O primeiro seria o Turkish Delight, com recheio de doce turco; em seguida, eu traçaria os bombons de creme de café... e de laranja... e a espiral de avelã. Humm! Talvez fossem meus favoritos, no fim das contas.

Sem mais disposição de escolher, simplesmente formei uma fileira aleatória de oito bombons no meio da mesa. Poderia ligar para Paquera e tentá-lo, dizendo que estava com um Turkish Delight e que não teria que lhe dar nem um pedacinho. Toquei o telefone mais uma vez, saboreando o chocolate enquanto fitava o aparelho. Assim que o sr. Jesmond voltasse ao sebo, eu ofereceria um para ele. Quando terminei de comer o bombom de creme de café, só restaram seis, uma quantidade, a meu ver, mais do que insuficiente. Então, aumentei a quota, chegando à conclusão de que um a cada quinze minutos ajudaria a fazer a manhã passar voando. Após o almoço, faria o mesmo, para não sentir a tarde passar. Que ótima idéia! Examinei a caixa de novo; com o novo cálculo, eu ficaria com uma quantidade perigosamente pequena de chocolate, que, na certa, não duraria até as 18h00. Se Paquera gostasse mesmo de mim, deveria ter me dado uma caixa maior.

Capítulo Trinta e Cinco

Às 17h30 em ponto, subi para trocar de roupa no minúsculo banheiro, que, por sinal, também precisava urgentemente de água sanitária. Tirei a camisa branca, de trabalho, e pus uma blusa mais atraente, de chiffon florido, bastante apropriada para um recital de poesia. Não tive tempo de dar um pulo em casa para tomar banho, então passei perfume, enchendo-me da fragrância sensual de Anna Sui. Esperava que Jacob não quisesse que nossa relação fosse muito íntima e pessoal naquela noite. Bom, não sei se torcia tanto assim para isso. Retoquei a maquiagem, chupei algumas daquelas pastilhas de menta para ficar com o hálito puro e passei mais batom.

No dia seguinte, traria um monte de produtos de limpeza e faria uma boa faxina ali. O cronômetro de chocolate que eu usara para ajudar a passar o tempo funcionara direitinho, embora me tivesse feito pensar mais em Paquera do que o desejável. Mas eu realmente não tive que mover *uma* palha sequer. Nenhum cliente dera as caras. Minha esperança de encontrar militares supersarados fora por água abaixo. Mas, para não perdê-la de todo, tive a boa vontade de supor que não haviam aparecido porque era segunda-feira e chovera quase a tarde inteira; ainda assim... Como é que a família Jesmond Júnior ganhava qualquer dinheiro que fosse com aquilo? Podia simplesmente fechar a loja e vender livros pela internet. Será que o sr. Jesmond já tinha ouvido falar nisso? O mínimo que eu podia fazer pelo velhinho simpático era deixar a livraria brilhando. Com todo aquele tempo à disposição, comecei a pensar na Targa com muito carinho, como quando nos lembramos dos namorados da adolescência. Por algum motivo, acabamos nos esquecendo de tudo o que odiávamos sobre eles, só recordando os pontos positivos. Era assim que me sentia a respeito do último emprego.

— Boa-noite, sr. Jesmond — gritei, ao me retirar apressada. — Até amanhã.

— Tenha uma boa noite, srta. Lombard.

Eu já lhe pedira, umas dez vezes, para me chamar de Lucy, mas ele não me dera ouvidos. Correndo até o ponto de ônibus, no outro lado da rua, consegui subir no que já estava partindo, para ir encontrar Jacob.

A livraria na qual aconteceria o recital era moderna, do tipo que oferecia também outros serviços, como cafeteria, papéis de presente e cartões. Do lado de fora, um quadro-negro fornecia, em giz cor-de-rosa, detalhes a respeito do evento daquela noite. Entrei e segui as indicações até o terceiro andar. As cadeiras já haviam sido organizadas para a leitura e, ao redor da mesa de vinhos e aperitivos, um grupo se reunira. No meio do aglomerado, vi Jacob. De terno cinza-azulado, estava tão charmoso quanto da última vez que o vira. Senti as batidas do coração acelerarem um pouco, o que não tinha nada a ver com a recente corrida para pegar o ônibus.

Ele sorriu ao me ver e caminhou na minha direção. Deu-me um beijo bastante tímido no rosto.

— Oi — disse Jacob. — Que bom que conseguiu sair do trabalho a tempo! — Não contei que eu esperara por aquele momento desde que chegara ao Jesmond & Filhos, de manhã. — Quer tomar alguma coisa?

— Um vinho tinto seria ótimo.

O livro de poesias que estava sendo lançado era uma antologia e notei que havia vários autores se misturando, ansiosos, com os convidados. Dava para notar que eram poetas, já que usavam, principalmente, roupas de veludo com vários cachecóis e, em alguns casos, chapéus garbosos. Jacob me ofereceu uma taça de vinho e um pratinho com vários canapés, que tive dificuldade de equilibrar.

— Espero ter escolhido direito.

— Estão com a cara ótima. Não precisava ter se incomodado.

— Segundas intenções. Queria que você compartilhasse o salmão defumado comigo.

Ele manteve os olhos fixos nos meus, enquanto eu lhe dava um pedaço do peixe, e ainda cobriu meus dedos com a mão enquanto eu saboreava a outra parte. O chão pareceu desaparecer sob os meus pés e minha respiração ficou entrecortada de imediato. Um sorriso divertido brincava nos lábios de Jacob. Aquele cara sabia exatamente o efeito que causava em mim e sabe do que mais? Eu não me importava nem um pouco. Quando terminamos os canapés, ele pegou um exemplar do livro para folheá-lo.

— Você lê muita poesia? — perguntei.

— Leio — respondeu, assentindo com entusiasmo. — Quanto mais romântica, melhor. Adoro todo texto comovente. E você?

Dei de ombros.

— Eu quase nunca tenho tempo. Esta é uma exceção.

— Ainda bem que você pôde vir.

Os olhos dele eram incríveis e brilhavam sob a iluminação da livraria. Seria o início de uma nova relação? Foi o que me perguntei.

Sempre quis ter um namorado sensível e culto, mas, até aquele momento, não conseguira nenhum. A idéia que a maioria dos homens tinha de sensibilidade costumava se limitar ao uso de preservativos texturizados. Talvez eu não devesse estar tão ansiosa para iniciar outra relação logo depois do Marcus, só que achava que aquele cara era especial, e homens assim não surgem na nossa vida o tempo todo.

— Já vai começar — avisou Jacob. Foi bom, porque creio que eu estava prestes a desmaiar de alegria.

O recital não demorou muito. Meia dúzia de poetas com trajes aveludados pôs-se de pé, diante da platéia, e leu alguns versos. A maior parte deles era divertida ou romântica, não havia nada muito pesado. Jacob segurou a minha mão durante toda a apresentação, o que me deixou animada. Foi meio estranho sentir minha pele roçar com outra pouco familiar, depois de ter ficado tanto tempo com o Marcus; entretanto, sou obrigada a admitir que gostei. Acabei não prestando muita atenção na leitura, perguntando-me como seria sentir Jacob bem mais próximo.

Todos aplaudiram educadamente quando o recital terminou. Jacob perguntou:

— Posso dar este livro de presente para você?

— Obrigada. Acho que seria muito legal. — Em seguida, entramos na fila para comprar o livro, que foi autografado por alguns dos poetas. Depois, meu acompanhante me entregou uma sacolinha marrom com a antologia autografada.

— Queria levar você para jantar — comentou ele, enchendo meu coração de alegria —, mas vou ter que trabalhar agora. — Então, o pobre coitado do meu coração murchou de novo, como um dos meus piores suflês.

Com discrição, chequei a hora no relógio: eram 20h00. Cedo demais para voltar para casa.

— Foi uma reunião irrecusável — explicou, desculpando-se. Eu sabia que ele tinha horários pouco comuns de trabalho, mas quem é que marcava encontros de negócios àquela hora da noite? Talvez Jacob tivesse lido minha mente, pois perguntou: — Tem algum problema?

— Não, não. Tudo bem. Todo mundo tem que trabalhar.

— Vou ligar para você assim que puder — disse-me ele, dando-me um selinho, que enfraqueceu meus joelhos. — Juro.

Então, fui obrigada a me conformar com uma noite curta e chocolate quente, quando, na verdade, pensava em sexo fogoso e noitada excitante. Fazer o quê?

Capítulo Trinta e Seis

Chantal disse a Ted que iria passar a noite fora, a trabalho. De qualquer maneira, seu marido jamais perceberia nada. Ela quase nunca ligava para casa quando viajava, e ele não perguntava aonde estava indo. Se Ted precisasse se comunicar com a esposa, ligava para seu celular. O hotel que Chantal escolhera era um dos melhores de Londres — seu favorito para drinques ocasionais. No entanto, ela nunca se hospedara lá antes. Quando tinha reuniões em Londres, era fácil voltar para casa, independente do horário. O hotel era moderno, minimalista, limpo e prático — perfeitamente adequado aos propósitos de Chantal.

Ela chamara um táxi, que fora pegá-la um pouco antes da chegada de Ted. Naquele momento, deixava-a no Hotel St. Crispen, que ficava próximo à área movimentada de Covent Garden. Decidira chegar cedo para ter tempo de se preparar para o encontro. Tomaria um banho quente prolongado, com champanhe, e comeria os chocolates que levara para acalmar os nervos. Embora estivesse pagando por hora por aquele serviço, achou melhor aproveitar, já que também arcaria com o exorbitante custo do quarto. Havia certo alvoroço, com as pessoas preparando-se para alguns dos diversos teatros e restaurantes — casais felizes, de braços dados —, e ela sentiu uma pontada de solidão, que revolveu suas entranhas, quando pensou que sua vida chegara àquele ponto.

Tirou a maleta do táxi, pagou a corrida e entrou no hotel. Ao se registrar na recepção, sentiu as palmas das mãos úmidas de suor quando informou:

— Estou esperando um convidado, que deve chegar mais tarde.

Perguntou-se o que a recepcionista pensaria se soubesse que ela estava, na verdade, pagando o convidado por hora.

— E o nome dele é?

Por alguns instantes, Chantal entrou em pânico. Não sabia qual era, de fato, o nome do homem, exceto o que a agência lhe dera, que parecia ridículo.

— Sr. Jazz — respondeu, por fim, depois de hesitar um pouco. — Sr. Jazz.

— Vamos avisá-la assim que ele chegar, sra. Hamilton. Posso ajudá-la em algo mais?

— Não. Está tudo certo, obrigada.

Quando se virou para ir ao elevador, ouviu uma voz chamá-la.

— Chantal — gritou uma mulher —, tudo bem com você?

Ela deu meia-volta. Ficou com a boca seca. Amy Barrington era a última pessoa que queria ver.

— Amy — disse, com vivacidade. Tratava-se de uma conhecida com a qual ela e Ted se haviam encontrado em vários jantares nos últimos anos. O marido dela, Lucian, trabalhava na mesma área do seu e, de vez em quando, os dois jogavam golfe juntos. Amy era famosa por ser linguaruda. — Que bom vê-la! — mentiu.

— Imagine encontrá-la aqui! — Ela lhe deu dois beijinhos. — Está hospedada neste hotel? — Seus olhos observaram a malinha de Chantal.

— Só esta noite.

— Sem o Ted? — Amy olhou ao redor.

— Estou aqui a trabalho — explicou Chantal. — Vou me encontrar com uma pessoa, sobre quem farei uma matéria.

— E tem que passar a noite?

— Às vezes, fica mais fácil. — Sabia que a outra não se convencera.

— Vamos até o bar — sugeriu Amy. — Fique com a gente enquanto espera por ela. Lucian está pedindo uns drinques agora.

— Não posso — disse ela, recusando a oferta. — Tenho que ir até o quarto para ir adiantando o artigo.

— Ah! — Pareceu mesmo ter ficado desapontada. — Só um drinque, vai!

— Sinto muito, Amy. Fica para a próxima. Você e Lucian têm que ir lá em casa, uma noite dessas.

— Eu estou com o celular bem aqui — insistiu ela.

— Vou pedir para o Ted combinar com o Lucian. — Chantal acenou-lhe, despedindo-se. — Para mim, seria ótimo.

— Então, aproveite a noite! — disse Amy. Em seguida, seus olhos estreitaram-se. — Bom, mas a sua não vai ser divertida. Você veio a trabalho, não é mesmo?

Chantal ficou com os nervos à flor da pele após o encontro com Amy Barrington. Fora um erro dispensá-la daquele jeito. Deveria ter ido tomar um drinque com ela e o marido no bar. Depois de trocar algumas palavras, iria embora e fim de papo. Agora, ela se sentia culpada, como se a tivessem pegado no ato, o que não podia estar mais longe da verdade. Aquele era um encontro de negócios. Não havia ligação emocional. Além do mais, o que faria com Jazz nunca acontecia em sua relação com Ted. Era verdade que o marido talvez não pensasse assim, mas, na opinião de Chantal, a situação era essa.

O quarto era imenso, muito bem decorado, com móveis de madeira escura e vários tons de marfim. Ela passeou por ele, admirando os quadros e os enfeites, tentando evitar a sensação de solidão, ao vagar naquele ambiente tão grande. Havia uma garrafa de Krug em um balde de gelo na mesa de centro, pronta para mais tarde. Chantal espalhou a maquiagem na pia do banheiro e examinou-se no espelho. Viu uma face fria, calma e controlada; no entanto, não era assim que se sentia por dentro. Deitou-se na banheira daquele aposento enorme, inalando a imersão de baunilha e saboreando os chocolates que enfileirara na borda. Tentava recompor-se, sem sucesso. A água começou a gelar e ela saiu e se enxugou, após comer o último chocolate.

O que faria agora? O rapaz chegaria em quinze minutos. Deveria pôr a roupa ou o quimono de seda curto, preto e rosa, que levara? Valeria a pena entrar numa de fingir, quando ambos sabiam exatamente por que ele estava ali? Decidiu vestir a roupa íntima de renda preta e o quimono. Não precisaria usar dinheiro. Tudo o que teve de fazer foi marcar o encontro, e a agência de acompanhantes cobraria o valor de seu cartão de crédito. Se era um acordo tão simples e eficaz, Chantal se perguntava por que estava tão nervosa.

Momentos depois, bateram com força à porta do quarto. Até poderia ser o serviço de quarto, mas ela sabia que não era o caso, que não se tratava do serviço de praxe.

O homem escolhido no site estava diante dela. Foi bom ver que ele não havia exagerado no que dizia respeito à sua beleza. Era um tremendo gato. A bem da verdade, mais bonito em carne e osso do que na foto do site Machões. Era alto, bronzeado e musculoso. Perfeito para ela.

— Oi — cumprimentou-a, com um sorriso caloroso. — Sou o Jazz.

— Entre — convidou Chantal. — Estava esperando por você.

Ele vestia terno e gravata, muito elegante, e sapatos lustrosos. Caía muito bem nele. Ao cruzar por ele na rua, as pessoas achariam que era um empresário de sucesso, talvez até um investidor esperto do centro financeiro, como o marido de Chantal. Seu semblante transmitia uma doçura que ela não imaginara e as linhas ao redor dos olhos indicavam que sorria muito. Não dava nenhum indício de ser garoto de programa. Jazz colocou a pequena pasta que levava sobre a mesa de centro. Ela se perguntou qual seria seu conteúdo.

— Champanhe?

— Seria ótimo — respondeu ele. Era muito seguro de si e tranqüilo. — Deixe que eu abro.

Jazz retirou o arame e, em seguida, com agilidade, tirou a rolha.

— Eu sirvo — disse Chantal e suas mãos tremeram quando ela o colocou nas taças. Puxa, deveria ter tomado um calmante ou coisa parecida para não ficar tão nervosa! Deveria ter tomado metade daquela garrafa antes dele chegar. — Esta é a primeira vez que estou fazendo isso — admitiu. Não valia a pena fingir que conhecia as regras de conduta daquele tipo de encontro, quando, na verdade, ela não fazia a menor idéia de como agir. — Espero que você tome a iniciativa.

Quando Chantal se virou, Jazz já havia tirado o paletó e estava afrouxando a gravata. Ele pegou a taça de champanhe dela e tocou-a na dele. Os olhos do rapaz brilharam, maliciosos, promissores e até desejosos. Chantal respirou fundo. Não esperara ver aquilo. Sorriu por dentro. Poderia acabar sendo muito agradável.

— Quero que se divirta — disse Jazz. — Deixe tudo por minha conta.

Capítulo Trinta e Sete

Chantal só voltou para casa às 19h00 do dia seguinte. Depois do encontro com Jazz, ela fora ao escritório da *Style USA* em Londres e trocara idéias com o editor sobre outros artigos. Participara de um almoço prolongado, no Oscars, com outro jornalista da revista, que a colocara a par das fofocas — quem estava dormindo com quem, quem *desejava* estar dormindo com quem, quem seria despedido e quem não tinha a menor noção de que seria despedido. Chantal não pôde evitar rir por dentro. Se os colegas soubessem de seu segredo lúgubre!

Depois do almoço, ela fora ao Paraíso do Chocolate para tomar chá verde e saborear um tablete do imperdível Península de Samaná, um chocolate que Clive preparava com sementes de cacau da República Dominicana. Era um dos favoritos de Lucy; não obstante, a amiga tinha um monte de preferidos, no que dizia respeito a chocolates. Era uma pena que nenhuma das amigas estivesse ali, naquele dia, mas Chantal não teve tempo de convidá-las para um encontro. Além disso, se as visse naquele momento, sabia que acabaria lhes contando a noite ardente passada com Jazz. Seu rosto radiante era um indício óbvio de que algo — ou alguém — caíra como uma luva para ela. Às vezes, esses ditadinhos locais se encaixavam com perfeição no que ocorria. Sentindo-se estranhamente feliz, ela se apropriara de um dos sofás da chocolataria e passara algum tempo conversando pelo celular com alguns proprietários de casas, tratando da possibilidade de artigos futuros, enquanto desfrutava do sabor condimentado do chocolate e do corpo ligeiramente dolorido.

Fazia anos que não se sentia tão animada. Nas pontas dos dedos e nos cabelos circulava uma energia que ela não sentia havia anos! Estava mais do que satisfeita sexualmente. Jazz passara três horas com ela. Três horas longas e sensuais, em que ele lhe dera — para usar uma palavra arcaica — prazer, repetidas vezes. E ela acabara pagando por um bom romance à moda antiga, o que a surpreendera. Toda a atenção do rapaz se concentrara em seu corpo e em seus desejos. Ele conseguira despertar sensações que ela nem imaginara possíveis. Quantas mulheres podiam afirmar que tinham o mesmo serviço dos maridos? Jazz não só fora um grande profissional, como um perfeito cavalheiro. Já não via aquele acordo como um contrato de prestação de serviço totalmente imoral. Ao que tudo indicava, ele se divertiu também, ou, então, era um excelente ator. Chantal cerrou os olhos e uma torrente de imagens libidinosas invadiu sua mente. Na pasta dele, havia um monte de loções, cremes e brinquedos, que preparariam o terreno para uma noite muito voluptuosa. Ele jogou champanhe gelado em várias partes do corpo dela, lambendo-a de modo sensual. Só de pensar, Chantal tiritou de prazer.

Ela suspirou, satisfeita, ao entrar em casa, deixando a maleta no corredor. Esperava que Ted voltasse do escritório logo. Naquela noite, prepararia um prato rápido de massa, para que não comessem muito tarde. Ela trouxera uma caixinha deliciosa de brownies de chocolate branco e ao leite para o marido. O presente atuaria como uma oferenda de paz, supôs Chantal, sentindo uma pontada de culpa.

— Oi. — Ela deu um pulo de susto ao ver a cabeça do marido surgir da porta da cozinha.

— Você chegou cedo — disse ela.

— Não agüentei mais ficar no escritório. Conseguiram o que queriam.

Ela desabotoou a jaqueta.

— Eu podia ter vindo mais cedo também, se soubesse. Você deveria ter me ligado. Fiquei lá no Paraíso do Chocolate, organizando algumas matérias. — Ergueu a caixa de brownies.

Ted soltou um suspiro de satisfação.

— Como foi o trabalho?

— Ótimo — disse ela, assentindo de modo vigoroso. De súbito, todo o encantamento de seu encontro amoroso começou a desvanecer. Ela sentiu pesar ao se lembrar de onde estivera na noite anterior e do que fizera. Como pôde pagar a alguém para transar com ela? Como pôde fazer isso com aquele homem à sua frente? Tinha a opção de tratar do assunto com ele e descobrir qual era a raiz dos problemas dos dois. Homens normais e vigorosos não paravam de fazer amor com as esposas sem mais nem menos. Marcar encontros com acompanhantes não solucionaria a questão.

Durante anos, Chantal se perguntou, também, se Ted não estaria tendo casos; entretanto, ela tinha certeza de que ele não teria tempo, mesmo que quisesse. Ou estava no escritório ou em algum lugar jantando ou dormindo. O árduo trabalho corporativo requerido pela Grenfell Martin simplesmente não lhe dava a oportunidade de buscar os prazeres de uma amante. Ela tinha certeza disso.

Chantal foi dar um beijo no rosto do marido, esperando que, pelo menos uma vez, ele não a evitasse. Não chegou a fazer isso, mas, por outro lado, tampouco se mostrou receptivo. Não lhe retribuiu com um beijo, um abraço ou uma carícia. Em vez disso, voltou para a cozinha.

— Comecei a preparar uma salada para o jantar. Espero que não se importe.

— De jeito nenhum — disse ela, detectando certa relutância na voz. — Só vou misturar a massa com o molho. Mas preciso de cinco minutinhos para me refrescar.

— Tem uma mensagem no nosso escritório para você — avisou ele, por sobre o ombro, enquanto cortava um pimentão vermelho. — Um cara ligou ontem, durante a sua estada em Londres. Disse que tinha informações que você poderia considerar úteis.

Chantal pegou uma fatia do pimentão da tábua e mordiscou-a, enquanto se dirigia à escada.

— Ah, é?

— Parece que você o conheceu naquele hotel de Lake District.

Ela gelou. Só podia ser uma pessoa. E ele ligara para ela ali, em sua casa. O coração de Chantal disparou. O sujeito deve ter conseguido o número por meio de seu celular, que estava dentro da bolsa roubada. Ela se perguntou se conseguiria falar e se sua voz soaria normal.

— Ele deixou o nome? — Achou a própria entonação tensa.

Ted parou para pensar um pouco.

— Não. Apenas o número do telefone.

— O cara disse mais alguma coisa?

— Não muita. — O semblante de Ted não deixou transparecer nada. — Só que seria do seu interesse ligar para ele o mais rápido possível. Quer tentar agora, enquanto preparo o jantar?

— Vou ligar para ele amanhã — respondeu, tentando parecer casual. — Não pode ser tão urgente assim. — Porém, algo lhe dizia que era.

Capítulo Trinta e Oito

Jacob me enviou uma mensagem de texto dizendo que se divertira muito e que gostaria de se encontrar comigo na sexta. Daquela vez, tinha ingressos para um evento beneficente em prol das pacientes com câncer de mama. Mandei-lhe uma mensagem, aceitando o convite. Eu teria que esperar quatro dias inteiros antes de vê-lo de novo. Não obstante, com o dinâmico trabalho no sebo Jesmond & Filhos, voltado para apreciadores das Forças Armadas, eu me manteria ocupadíssima até lá.

Naquele dia, eu levara uma sacola cheia de produtos de limpeza. Sapóleo, limpa-forno, lustra-móveis, limpa-vidro, alvejante e um pacote novo de paninhos. Se não tinha mais nada para fazer, podia ao menos fazer uma faxina. Enquanto tomava o primeiro chá do dia, saboreando um chocolate de menta Aero, fiquei imaginando por onde devia começar. Também pensei em Jacob e em como desfrutava de sua companhia; no entanto, como eu estava trabalhando, refleti menos a respeito dele do que do meu serviço.

— Temos uma faxineira! — disse o sr. Jesmond Júnior, ao observar de modo suspeitoso minha sacola com produtos de limpeza. — A sra. Franklin vem a cada quinze dias e nunca falta. A senhorita não precisa se preocupar com isso.

Dois dias por mês não bastavam e, pelo estado do lugar, eu diria que a arrumadeira se acomodava num canto e dormia enquanto estava ali.

— Eu gostaria de fazer uma limpeza — disse eu, animada. — Vai me ajudar a saber onde cada livro está.

— Vou ter que sair hoje — informou-me, franzindo o cenho. — Acha que consegue se virar sozinha?

— Claro que sim.

— E se tivermos um movimento súbito?

Se um grupo aparecesse querendo pilhas de obras sobre a história militar, então eu entraria em pânico. Mas, na minha opinião, não havia o menor perigo de isso acontecer.

— Tudo estará em perfeitas condições quando o senhor voltar.

Ele voltou a sussurrar: — *Hospital.* — E, mais uma vez, apontou para uma parte da calça de poliéster azul que eu preferia não ver.

Uma hora depois, já tínhamos tomado mais chá e eu compartilhara meu Twix com o sr. Jesmond; no entanto, ainda não começara a faxina. Só estava preparando terreno para fazê-la. O sr. Jesmond pegou o chapéu e o sobretudo do suporte, demonstrando ansiedade ao se preparar para sair.

— Vai conseguir cuidar de tudo? — quis saber, pela milionésima vez.

— Pode deixar — respondi, pela milionésima vez. — Mal vai reconhecer este lugar quando voltar.

Ignorei a expressão apavorada de seu rosto e suspirei aliviada quando ele foi, por fim, embora. Recostando na cadeira, fiquei na dúvida se deveria ou não ligar para Paquera — um telefonema rápido, simpático, só para saber como estava se saindo sem mim. Mas, daí, pensei que ele na certa estava se virando muito bem sem a minha presença. Tracy Seiládequê devia ser uma assistente pessoal supereficiente, que sabia com perfeição digitar, arquivar documentos, pegar café e outros. Mas, com certeza, não tinha um estoque de chocolate igual ao meu! Desviei o olhar do telefone, chegando à conclusão de que, se o Paquera estivesse com saudades, teria ligado. Apesar de eu ter dado o número do meu celular, que notícia tive *dele*? Nenhuma, nem sequer um sinal de vida!

Em meio ao silêncio, o tique-taque do relógio soava alto. Com um suspiro pouco entusiástico, peguei a sacola com os removedores de sujeira. Minha transformação nas rainhas da limpeza do Reino Unido, Kim Woodburn e Aggie MacKenzie, do programa "A sua Casa Está Mesmo Limpa?", pareceu uma boa idéia enquanto não havia colocado a mão na massa. Naquele momento, chegara a hora H e meu entusiasmo inicial, pelo visto, sumira. Ainda assim, era melhor limpar que ficar sentada à mesa, sem ter o que fazer.

Eu levara luvas de borracha e um avental velho com esse objetivo, e o meu primeiro passo foi colocá-los. Como havia fileiras de estantes no meio da livraria, dispostas no sentido da largura, uma após a outra, resolvi começar pela primeira. Tentaria tirar o pó e lustrar todas até o final do expediente, para impressionar o sr. Jesmond, e deixaria a cozinha e o banheiro para o dia seguinte. Talvez arriscasse até a entrar no depósito — embora ruídos intermitentes parecessem vir de suas profundezas.

Peguei uma tigela de água quente na cozinha e umedeci o paninho. Havia uma escada com rodinhas, usada pelo sr. Jesmond para alcançar as prateleiras no alto; então, puxei-a até a estante que ficava no início, preparando-me para limpar a primeira seção: *Armas e Batalhas*. Subindo na escada, peguei um monte de livros para colocá-los na mesa, tentando deixá-los na mesma ordem, de modo que não tivesse que perder muito tempo classificando os títulos quando os recolocasse no lugar. Ao que tudo indicava, o sr. Jesmond tinha um método diferente do meu. Nas obras havia uma camada grossa e intacta de poeira e, fosse lá o que a sra. Franklin fizesse, não incluía agitar furiosamente um espanador. Antes mesmo de eu ter retirado os livros de metade das prateleiras, o ar ficara cheio de partículas escuras, meus olhos começaram a coçar e meu nariz, a escorrer. Ao limpar a estante com o pano úmido, eu esperava diminuir a nuvem tóxica de ácaros. Então, sequei a madeira e passei lustra-móveis. Ficou muito melhor. Toda aquela sujeira ocultava belas prateleiras de mogno. Afastando-me, admirei meu trabalho. Era bom ficar enfurnada e fazer um pouco de exercício físico — de vez em quando.

Resolvi tirar todos os livros da primeira estante de uma vez só, em vez de ir tirando-os aos poucos, como planejara de início. Eu acabaria jogando poeira de novo na parte que acabara de limpar se não fizesse isso e, então, teria que refazer tudo — viraria um trabalho de Sísifo. Acho que é esse o nome do cara que foi obrigado por outro sujeito (que, na certa, trabalha agora na gerência da Targa) a empurrar uma pedra enorme até o cume da montanha, por toda a eternidade; mas meu conhecimento de mitologia grega é bastante limitado.

Passei a meia hora seguinte tirando mais livros e empilhando-os na mesa, a qual se encontrava praticamente oculta. Esperava, de fato, que o grupo interessado em obras militares não desse as caras naquele momento — rá-rá-rá! Aquelas subidas na escada seriam ótimas para as coxas, e o carregamento de livros, excelente para os bíceps. Dali a pouco, eu precisaria de mais chocolate, para recuperar as forças.

Mais meia hora e a estante estava vazia. Os livros haviam sido empilhados não só na mesa, como também no chão, diante dela. Eu sentia muita empatia pelo tal Sísifo. O único lugar que faltava limpar bem era o topo da estante. Levantei o avental, peguei o pano úmido e subi a escada de novo. Tive que me esticar um pouco para alcançar o alto, mas me apoiei na escada enquanto me inclinava. Então, meu celular começou a tocar. Como estava escondido em meio às montanhas de exemplares na mesa, senti-me tentada a não atender. Entretanto, pensei que poderia ser Jacob, ou Paquera, e tentei pegar o aparelho depressa, antes que a ligação caísse na caixa postal. Descendo a escada o mais rápido que minhas pernas curtas me permitiram, corri até ele, desviando-me dos livros empilhados. Consegui pegá-lo assim que parou de tocar.

Na pressa, eu tropeçara em uma das pilhas, que foi derrubando as seguintes, até a última, que caiu na escada, fazendo-a oscilar perigosamente. Jogando o celular, eu dei um pulo até ela, para impedir que tombasse. Não consegui, e só me restou ficar olhando, enquanto ela caía e atingia a primeira estante, que também começou a oscilar. Lá fui eu depressa segurá-la, na tentativa de mantê-la no lugar, mas ela bamboleou e escapuliu da minha mão. As laterais estavam tão bonitas e lustrosas em virtude do meu polimento que eu simplesmente não consegui agarrá-la. A estante pesada acabou chegando ao seu grau máximo de oscilação e rangeu ao se inclinar e despencar sobre a seguinte, espalhando livros e poeira por todo o sebo. A mesma coisa ocorreu com a outra estante e eu soltei um gemido ao me lançar para tentar mantê-la no lugar, sem sucesso de novo; ela caiu na que estava atrás. O efeito dominó continuou até que todas as seis enormes estantes tombaram, caindo chumbadas no piso como beberrões de sábado à noite. Os livros estavam arreganhados, de páginas abertas, como fazem os cachorros quando querem mostrar suas partes íntimas. Uma camada de poeira grossa como fumaça dominou o sebo. O tique-taque do relógio ficou ainda mais alto no silêncio que se seguiu.

Voltei para a mesa, pisando nos fragmentos de obras danificadas. Peguei o telefone de novo, aborrecida comigo mesma ao ler na tela *Chamada perdida*. Apertando as teclas, vi que alguém deixara uma mensagem. Era Marcus. Não podia nem pensar em escutá-la naquele momento. Entretanto, meus dedos permaneceram sobre o teclado. Talvez fosse melhor. *Lucy*, disse ele, *estou morrendo de saudades de você. Como eu desejei ouvir essas palavras! Sei que você disse que estava saindo com alguém, mas, por favor, ligue para mim! Por favor!* E, então, que atitude eu deveria tomar?

Ouviu-se outro rangido no fundo da livraria, e outra coisa que não devia cair se espatifou no chão. Era tudo culpa do Marcus.

Enquanto eu ainda me encontrava em estado catatônico, o telefone vibrou. Acabara de chegar uma mensagem de texto, daquela vez de Chantal. EMERGÊNCIA CHOCOLATE GRAVE! ENCONTRO AO MEIO-DIA. Fitando o estrago ao meu redor, pensei que tinha de lidar com minha própria emergência chocolate grave.

Capítulo Trinta e Nove

— O cara do hotel ligou — explicou Chantal. — Lá para casa. Ted atendeu.

Todas nós ficamos pasmas. O sujeito que a roubara estava ligando para ela! Ah, meu Deus! Nossa amiga estava pálida, seu estresse era visível e o tom de voz, hesitante.

— Acho que ele conseguiu o número no celular roubado.

— Caramba, Chantal! — Foi minha grande contribuição.

Ela mexeu o café e tentou levar a xícara aos lábios. A mão tremia tanto que ela desistiu da idéia. O Paraíso do Chocolate ficava sempre cheio na hora do almoço, mas conseguimos pegar sofás exclusivamente para nós. Acho que Clive devia colocar uma placa de *Reservado* naquele cantinho, só para a gente, mas ainda teríamos que convencê-lo. Todas havíamos conseguido chegar à chocolataria meia hora depois de termos recebido a mensagem desesperada de Chantal, e formamos uma rodinha aconchegante e conspiratória, com diversos muffins de chocolate diante de nós. O único porém era que o assunto não era nada acolhedor.

— Ele disse a Ted quem era?

— Não. — Chantal meneou a cabeça. — Limitou-se a deixar um número e a comentar que tínhamos nos encontrado no hotel no Lake District.

— Ainda bem!

— Mas a ameaça velada foi clara, Lucy. Acho que ele quis me avisar que poderia facilmente contar para Ted o que aconteceu. Tive sorte.

— Não seria melhor se abrir com o Ted? A honestidade costuma ser o melhor caminho — sugeriu Autumn.

— Não neste caso — disse Chantal, de forma categórica. — Como poderia confessar tudo para Ted? Ele se separaria de mim.

Trocamos olhares consternados.

— Já ligou para o cara? — quis saber Nadia, enxugando o bigode deixado pelo chocolate quente.

— Telefonei esta manhã — informou Chantal. — Foi terrível. Ele pareceu tão esquisito, não sei como pude deixá-lo chegar perto de mim, sem nem... — Não terminou a frase, mas sabíamos exatamente o que queria dizer.

Autumn agitou os cabelos ondulados.

— Prometa para mim que não vai fazer isso de novo — disse ela. — Transar com estranhos é superperigoso.

Chantal ao menos teve a delicadeza de parecer constrangida. Enrubesceu.

— Ele me disse que eu poderia recuperar todas as jóias...

— Boa notícia, não é? — interrompeu Autumn.

Chantal fitou-a, cansada.

— Se eu der trinta mil libras para ele. Deve ter mandado avaliá-las.

— Esse tipo de gente conta com outras pilhas — disse eu, comprovando que desperdiçara a adolescência assistindo a filmes de gângsteres. Elas me olharam sem entender. — Não estou falando de bateria, mas dos receptores de objetos roubados. Malandros de lojinhas de penhora suspeitas que passam adiante esse tipo de mercadoria em troca de uma participação nos lucros. As jóias de Chantal provavelmente serão fundidas ou irão parar nas mãos de algum receptor desonesto num recôndito da Europa, se ela não obedecer.

— Isso não está me fazendo sentir melhor, Lucy — comentou Chantal.

— Sinto muito.

— Trinta mil libras é muita grana! — Autumn disse o que já sabíamos.

— Esse valor também vai comprar o silêncio dele — acrescentou Chantal.

— Putz Grila! — Eu estava cheia de conselhos brilhantes naquele dia. Talvez a visão de todos aqueles livros e estantes destruídos estivesse bloqueando minha mente. Não havia como lhes contar a desgraça que acontecera pela manhã. Havia assuntos mais prementes que a destruição da livraria e a provável perda de emprego. Além disso, eu poderia cair no choro e, naquele momento, tinha que ser forte para apoiar Chantal. Ela precisava de todas nós.

Nadia sentia-se constrangida:

— Mas eu saquei todo o seu dinheiro, Chantal — disse ela. — Como vai fazer?

O semblante da nossa amiga mostrava sua amarga determinação.

— Vou ter que conseguir mais.

— Precisa aceitá-lo de volta. Posso tentar conseguir um empréstimo... ou coisa parecida. — Nem mesmo ela parecia estar convencida disso.

Chantal pôs a mão em seu braço.

— Não se fala mais nisso. Você precisa mais dele. Ninguém mandou eu me meter nesta confusão dos diabos! Vou ter que dar um jeito de escapar dela. O dinheiro, eu consigo, de alguma forma.

— Mas não pode pagar por suas jóias! — Autumn estava horrorizada. — São suas! Acho que devia ir à polícia.

— Não! — exclamou ela, com firmeza. — Não posso fazer isso.

Eu tinha que concordar com ela. Bastava ver qualquer filme sobre extorsão para constatar que, toda vez que a polícia se metia, tudo ia por água abaixo. Os bandidos sempre levavam a melhor. Haveria sangue respingado nas paredes e cadáveres por toda parte. Metafórica, se não literalmente. Pelo visto, Chantal tinha a oportunidade de recuperar as jóias, e não devia deixá-la passar.

— Acha mesmo que pode conseguir o dinheiro? — perguntei.

— Vai ser difícil — admitiu ela, torcendo as mãos. — Tirar trinta mil da conta sem Ted notar requereu habilidade e destreza. Mas outros trinta? — Deu de ombros. — Não sei. Faria bastante diferença. Temos quadros que podem sumir de vista. Talvez eu possa dizer a ele que decidi mandar restaurá-los, levá-los para o sótão, comê-los... Sou uma mulher descolada. Vou bolar alguma coisa, rapidinho. Tenho que ligar para o canalha ainda hoje, para informar o que vou fazer. Quer que eu me encontre com ele num hotel para trocar o dinheiro pelas jóias. — Chantal deixou escapar um longo suspiro. — Até parece.

De súbito, tive uma idéia e cheguei até a me levantar.

— Não, não. Faça isso, sim — aconselhei. — Marque um encontro com ele, mas não em Londres. Num lugar afastado, talvez no interior. — Elas me olharam com ansiedade. — Tive uma *ótima* idéia — disse, animada. — Chantal, vamos recuperar suas jóias.

Todas me fitaram, ansiosas, e até mesmo eu me perguntei por que me comportava como um membro de *Onze Homens e Um Segredo.*

Capítulo Quarenta

O sr. Jesmond teve que ser levado de volta para o hospital, em estado de choque, quando viu as condições em que o sebo fora deixado. Ele voltara esperando que tudo estivesse "em ordem", mas, em vez disso, o local fora totalmente destruído. A agência me informou que ele já estava melhor, que nenhum dano permanente ocorrera e que havia enviado frutas e flores, as quais seriam pagas por mim, o que me pareceu justo. Também tinha mandado duas moças para o sebo, sem cobrar nada, para organizar a bagunça. Uma delas era bibliotecária, então achei que tudo ia dar certo. Exceto que, agora, eu estava desempregada e sem agência. Como era de esperar, as Deusas do Escritório chegaram à conclusão de que eu era a Capeta do Escritório e me convidaram para sair, sem me dar a chance de explicar o que acontecera e como tudo começara com a melhor das intenções.

Naquela manhã, eu me registrei em outra agência, torcendo para que não checassem minhas referências com as Deusas do Escritório; do contrário, eu estaria em maus lençóis. Passei a manhã com uma enorme folha de papel sobre o tapete da sala, esquematizando um engenhoso plano de ataque para as participantes do Clube das Chocólatras — *Operação Resgatar Jóias de Chantal.* Mordi a ponta da caneta, andei de um lado para outro, cocei a cabeça como os grandes vilões de Hollywood. Cheguei a aventar a possibilidade de comprar um gatinho branco e peludo. Como nunca tinha planejado meu próprio assalto antes, foi um pouco complicado, mas acho que consegui organizar tudo. Queria me encontrar com as amigas na hora do almoço para repassar minha idéia, mas todas estavam ocupadas naquele dia. A própria prejudicada, Chantal, fazia uma matéria, pelo visto, bastante confidencial, já que ela evitou revelar onde se encontrava. Nadia tinha uma entrevista de emprego e Autumn tentava melhorar a vida agonizante dos drogados deste mundo — incluindo a do irmão. A hora do almoço estava chegando e eu não tinha nada preparado, nenhuma comida em casa, a menos que contasse com um monte de chocolate, e, como mal havia comido outra coisa nos últimos dias, achei que era hora de saborear algo nutritivo e saudável. Frutas, verduras, lentilhas — comidas que davam gases. Fiquei ali parada, pensando no que iria fazer.

Poderia ir malhar na academia — mas desisti da idéia de imediato. Não fazia sentido algum me punir naquele dia, a perda do emprego já era ruim o bastante. Precisava de algo ou alguém que me desse um pouco de carinho e consolo. Em algumas ocasiões — por sinal, raríssimas —, o chocolate não era um bom substituto para a empatia de um ser humano. Eu poderia ligar para o Paquera, mas, então, teria de contar sobre o incidente no sebo do sr. Jesmond e sobre minha demissão. Daí, ele daria uma gargalhada e toda a Targa ficaria sabendo antes mesmo do chá da tarde. Talvez telefonasse para ele quando já tivesse um trabalho, provavelmente em algum momento do milênio seguinte.

Quem sabe não seria uma boa ligar para Jacob para ver se ele estava livre, já que tinha um horário tão maluco? Talvez pudesse me ver.

Mas os homens se assustam com esse tipo de coisa, não? Quando o casal só sai algumas vezes e a mulher começa a ligar do nada, ele acha que ela está se tornando uma psicopata obsessiva ou chega à conclusão de que quer se casar com ele ou, no mínimo, conhecer sua mãe.

E que tal telefonar para Marcus, em nome dos velhos tempos? Embora, tecnicamente, eu tivesse perdido o emprego por sua culpa. Meus dedos pairaram de modo perigoso sobre o teclado do celular. Seria uma pena se, depois de uma relação de cinco anos, não continuássemos nossa amizade, não é mesmo? Seria um desperdício de todo o tempo que passamos juntos. Se não perdoamos alguém por causa de seus defeitos, nossa alma não fica marcada? Eu queria evitar isso e, se uma ligaçãozinha insignificante para Marcus o fizesse, então valeria a pena correr o risco. Disquei o número e respirei fundo enquanto ele tocava. Tomara que meu ex não achasse que minha chamada tinha segundas intenções. Não deveria pensar assim. Além do mais, fora ele quem me ligara.

Marcus estava muito atraente e meu coração apertou quando nos encontramos, embora eu tivesse instruído o órgão especificamente a não sentir nada. Ele trajava um terno cinza-escuro, com camisa branca e gravata rosa-escuro. Eu gostava de homens confiantes o bastante para usar essa cor. Depois de aguardar diante do escritório do meu ex, ganhei um aperto de mãos e um beijo no rosto assim que ele passou pela porta giratória.

— Que bom ver você — disse Marcus, enquanto eu me perguntava por que optara por ligar para ele num momento de crise, ainda por cima causada por ele. Acho que a intimidade, às vezes, não leva ao desprezo, mas ao bem-estar.

Ainda de mãos dadas, rumamos para a um restaurante com mesinhas na calçada, próximo à Catedral de São Paulo. Os desgastados pombos davam bicadas perto de nossos pés, empertigando-se enquanto pedíamos *panini* de mozarela, legumes grelhados e vinho.

— Eu pensei que tinha posto *tudo* a perder — admitiu Marcus. — Obrigado por me dar mais uma chance.

— Esta não é outra chance — disse, com firmeza. — Liguei para você porque tive uma semana horrível e queria estar com alguém com quem me sentisse... *à vontade*. Só isso.

Marcus deu um de seus sorrisos largos e devastadores.

— À vontade? — Riu de novo. — Bom, já é um começo. Eu me dou por satisfeito com isso. — A garçonete trouxe nosso pedido. Marcus tomou um gole do vinho tinto e mordeu com vontade o sanduíche. Quando me olhou, ficou sério, de súbito. — Não sei o que acontece comigo, Lucy. Não mesmo. Quando estamos juntos, assim, penso que nada se compara à nossa relação. Eu amo você, tem que acreditar nisso. Mas, então, quando nos acomodamos e ficamos muito *à vontade*, começo a pensar em casamento, filhos, vida doméstica acolhedora pelo resto da vida e, daí, entro em pânico. Por isso ajo da forma como ajo. É como se algum tipo de válvula de segurança explodisse. E sempre que tomo essa atitude, sei que cometo um grande erro...

— O que não o impede de cometê-lo. — Ele meneou a cabeça. — Acontece, Marcus, que, se eu continuar a aceitá-lo toda vez que você cometer um dos seus "grandes" erros, vou acabar me tornando uma daquelas mulheres amarguradas que escreve para colunas de conselhos sentimentais. *"Querida Cathy, meu marido não consegue ser fiel. O que devo fazer?"* Ou, então, vou sair no programa *Trisha*, com um lenço na mão, chorando, e uma legenda em caixa-alta explicando: "LUCY É TRAÍDA PELO MARIDO!"

— Ah, então quer dizer que você se vê casada comigo?

Foi a minha vez de sorrir.

— Eu costumava ter essa visão, Marcus. Não posso negar que seria muito legal casar e ter filhos. Estou feliz solteira, mas não quero ficar sozinha pelo resto da vida. Com você, tenho o pior dos dois mundos. Vivo uma situação incerta, sem saber se estou solteira de novo ou num relacionamento.

— Também quero casar e ter filhos. Um dia. Acontece que meu setor tem um péssimo histórico. Todo sujeito do meu escritório que se casou acabou se separando, sem exceção. Alguns estão na terceira ou na quarta esposa, no terceiro ou no quarto grupo de filhos. Passam o fim de semana na estrada, vendo uma e outra família, durante as duas horas de visita permitidas, e ficam a tarde toda em lanchonetes. Não quero entrar nessa. É tão errado assim querer ter certeza absoluta antes de me meter nesse compromisso? — Com o cenário exposto daquela forma, ficava difícil contestar. — Ainda somos jovens, Lucy. Precisamos nos precipitar?

— A gente já está junto há cinco anos. — Pelo menos, a maior parte desse tempo. — Se não tem certeza agora, provavelmente nunca terá. — Suspirando, tomei o último gole de vinho. — Acho que já estou ficando velha demais para enfrentar esse redemoinho emocional.

Ele aparentou estar angustiado.

— O que tenho que fazer para provar que é com você que quero ficar?

Parar de dormir com outras mulheres seria um bom começo, pensei, mas fiquei quieta. Soltei um suspiro e disse:

— Não sei. — Estava exausta demais para enfrentar uma discussão sobre a relação naquele dia. Não era o que eu tinha planejado. De qualquer forma, o que estava fazendo ali? — Acho que é tarde demais para termos essa conversa.

— Não fale assim!

Fiz menção de levantar.

— Melhor eu ir.

— Não! Por favor, fique. Não vá! — implorou ele.

Voltei a me sentar, com alguma relutância.

Então, ele se animou mais.

— Já sei. — Marcus levou as mãos à cabeça, como se houvesse tido um estalo. — Venha morar comigo. Vá lá para casa, em caráter permanente. — Meu semblante transmitiu o choque que senti. Tudo o que eu queria dele era uma taça de vinho e algumas piadas. *Talvez* um flertezinho e possivelmente *alguma* súplica. Aquilo estava fora do previsto. — Estou falando sério — ressaltou ele, com a voz animada. — A gente pode fazer isso, Lucy. Temos que tentar. Agora. Vou matar o trabalho esta tarde. — Não pude sequer me mover. Estava mesmo escutando aquilo de Marcus, o viciado em trabalho? Matar o trabalho? Deve ter feito um transplante de personalidade. — Podemos ir pegar suas coisas agora mesmo. Por que esperar?

Senti meus olhos pestanejarem e a boca abrir, pasma, como se quisesse dizer algo, mas se recusasse. Marcus queria que eu fosse morar com ele! Será que poderíamos fazer isso? Deveria dar outra chance para meu namorado galinha? Nunca tinha me convidado para morar com ele antes. Sem dúvida alguma, era um grande passo. Eu nunca fora uma amante que morou junto e a idéia era tentadora. Na certa, significava que ele começara a aceitar o conceito de "para sempre". Não se convida alguém para ir morar junto quando se planeja levar para o apartamento um monte de gostosonas diferentes todas as noites, certo? Comigo por perto o tempo todo, quando ele teria a oportunidade de ser infiel? Talvez elevar nossa relação a esse nível fosse exatamente o que necessitávamos. De repente, senti certa exaltação e uma onda de expectativa percorreu meu corpo. Será que poderíamos *mesmo* fazer isso?

Foi só a resposta começar a adquirir contornos em minha mente estupefata para Marcus levar a mão à testa.

— Não dá — disse, deixando escapar um suspiro triste. — Não podemos.

— Por quê? Por quê? — Eu já estava me acostumando com a idéia. — Por que não?

— Todo o piso do apartamento está sendo retirado agora.

— O piso?

— Tem algum problema na tubulação ou algo assim. Está tudo fedendo. Já chamei uma empresa de encanamento, mas não conseguiram encontrar a fonte do mau cheiro. Tive que chamar uma equipe de construtores. Eles quebraram o piso em todos os ambientes, só que não acharam nada.

As maçãs do meu rosto ficaram da cor lívida da gravata de Marcus.

— É mesmo?

— Cheira a peixe podre. Você não ia agüentar ficar lá. Ainda não. Estou até pensando em ir para um hotel, até que descubram o que há de errado. Mas assim que terminarem...

Comprimi os lábios e ponderei o que iria dizer. Num piscar de olhos, eu me deixei levar pelo entusiasmo de Marcus. Num piscar de olhos, eu já estava pensando no que empacotaria. Num piscar de olhos, eu me esqueci de Jacob e do quanto gostava dele. Num piscar de olhos, Paquera se tornara apenas meu chefe. Num piscar de olhos, sobrelevei como Marcus foi terrível comigo.

— São pitus — informei. Marcus me fitou, obviamente, com expressão intrigada. — O odor. Vem de pitus. Estão no seu sofá e debaixo do seu colchão.

Ele ficou horrorizado.

— Você os colocou ali?

— Coloquei.

Marcus me fitou por alguns momentos, sem dizer nada. Seu maxilar se contraiu, o que costumava acontecer quando estava ansioso.

— Fez isso no mesmo dia em que encheu meus sapatos e ternos de purê de batata?

— Ahã.

Ele esfregou a testa com uma das mãos.

— Acho que eu deveria rir disso.

— Seria uma forma de lidar com a questão — disse eu, com o rosto rubro.

— Mas não consigo. Isso me custou milhares de libras até agora. O sofá vai ser substituído na semana que vem, porque as manchas de batom não saíram. Lembra? Você escreveu *Marcus Canning, você não passa de um babaca traidor* em letras vermelhas enormes no couro branco. — Eu lembrava muito bem. Ele estava visivelmente abalado. — Eu merecia mesmo isso, Lucy?

— Na época, achei que merecia.

— E agora?

— Agora, lamento.

Ele se levantou.

— Tenho que voltar para o trabalho.

— Marcus, sinto muito *mesmo*. Queria que mantivéssemos a amizade.

Ele ficou quieto; em seguida, começou a se afastar.

A garçonete veio tirar nossos pratos.

— Quer mais alguma coisa?

— Pode trazer o cardápio de sobremesa, por favor?

Quando ela o trouxe, não pedi um, mas *dois* pedaços imensos de bolo de chocolate.

Capítulo Quarenta e Um

Quando me encontrei com as participantes do Clube das Chocólatras no dia seguinte, já havia finalizado os detalhes do meu plano mestre. Todas nós conseguimos ir até lá após o trabalho e, se estivéssemos num pub, com certeza estaríamos no que se conhece como uma "reunião a portas fechadas". Uma placa de *Fechado* fora colocada na porta e somente nós desfrutávamos das delícias do Paraíso do Chocolate. A chuva batia com força nas janelas e Clive acendera algumas velas nas mesas de centro para atenuar a iluminação cada vez mais sombria. Vou dizer uma coisa: se eu fosse bilionária, pagaria Clive e Tristan para manterem aquela chocolataria só para mim.

— Vamos recuperar suas jóias — disse eu a Chantal, num tom de voz bastante resoluto e determinado.

Elas riram.

— E como a gente vai fazer isso, querida? — quis saber Chantal, ao partir um pedaço de um biscoito com chocolate.

— Assim. — Entreguei uma folha de instruções a cada uma delas.

Hoje, mais cedo, trabalhara como temporária num prédio de escritórios desconhecido e obscuro, onde ninguém falou comigo. Um lugar tão horrendo que, para fazer dele um ambiente mais suportável, eu passara o dia aperfeiçoando os detalhes da *Operação Resgatar Jóias de Chantal* e imprimindo cópias para todas nós.

Elas folhearam as páginas. Então, riram com vontade.

— Você está falando sério? — sussurrou Autumn.

— Muito.

— Acha mesmo que podemos fazer isso?

— Creio que temos que tentar — disse eu, com firmeza. Estava me consolando com um tablete de Madagascar, com especificação de origem, só que aquele não era amargo, mas ao leite, cremoso, doce e manteigoso como os que eu comia na infância. Minha mãe também era chocólatra; foi ela que me colocou nesse caminho. Mas, um dia, chegou à conclusão de que queria usar tamanho trinta e oito para se realizar e passou a só comer alface. Vive superinfeliz, mas tem o corpo de criança malnutrida que tanto queria. Eu, na idade dela, optaria por gordura e felicidade.

Meu delicioso Madagascar costumava curar tudo; no entanto, naquele momento, não ajudou a acalmar meus nervos. Eu estava cometendo o sacrilégio de engoli-lo com chá. Este tampouco me ajudou.

— Não vamos deixar, de jeito nenhum, que esse cara se dê bem com extorsão — disse eu, mal-humorada.

— Vai ser difícil conseguir a grana que ele pediu, no prazo requerido — admitiu Chantal. — Talvez Lucy tenha razão. Quem sabe não devêssemos tentar fazer isso?

— Ele entrou em contato com você de novo?

— Esta manhã. Consegui ganhar tempo, mas sei que não me resta muito.

Estávamos começando a falar como especialistas em roubo. Uma de nós diria, em breve: "Vamos pendurar o sujeito num gancho de carne!", como o ex-jogador de futebol e ator Vinny Jones. Todas nos entreolhamos com apreensão.

— O que vamos fazer é legalmente permitido? — indagou Autumn, sussurrando.

— Só estamos recuperando o que pertence a Chantal — respondi, com uma convicção que não necessariamente sentia, pois nosso método exigia cautela. — Não temos escolha.

— Contem comigo — disse Nadia. — Quando vamos colocar o plano em prática?

— O mais breve possível. — Olhei para Chantal para confirmar. Ela assentiu.

— Quero que me avisem logo, para ter certeza de que o Toby vai poder ficar com o Lewis. Espero não ter que contratar uma babá — disse Nadia.

George Clooney nunca teve esse problema. Será que alguma vez teve que adiar o assalto porque um dos *Onze Homens* não conseguiu contratar uma babá? Duvido muito.

— Acha que pode levar sua parte adiante? — perguntei a Autumn. Seus olhos estavam arregalados de medo.

— Posso. Vou fazer isso por Chantal.

— Por que temos que ir para o interior para pôr o plano em prática? — quis saber Nadia.

— Achei que seria melhor fora do nosso território. — *Jogos, Trapaças e Dois Canos Fumegantes,* em que Vinny também atuou. — Em solo neutro. — Embora, pensando bem, não tivesse tanta certeza assim do motivo pelo qual ir tão longe assim. Será que poderíamos levá-lo a cabo mais perto de casa? Provavelmente. Mas não diria nada naquele momento, já que acabariam duvidando da solidez das demais partes do meu plano engenhoso.

— Este hotel é ótimo — disse Nadia, ao ler o nome do local do encontro. — Eu e Toby recebemos um panfleto alguns anos atrás.

Pensamos em passar alguns dias lá no nosso aniversário de casamento, mas é caro demais. Sempre quis ir até lá. — Todas a "fitamos". — Sinto muito. Sei que não é nenhum piquenique. Tenho consciência disso.

— Vamos precisar de comprimidos para dormir — comentei, pensando alto.

— Posso levá-los — disse Nadia. E voltamos a olhá-la, perguntando-nos o que nossa amiga fazia com soníferos. Pensei que Autumn teria acesso a eles. — De quantos precisam?

— Quantos são necessários para drogar um vigarista? — Percebi que poderia ser uma ciência inexata.

— Não queremos matá-lo — acrescentou Autumn, ansiosa.

— Eu quero — disse Chantal, sem rodeios.

— Por que não me diz como se chama o remédio? — indagou Autumn. — Vou perguntar para o Richard, para ver o que acha. Ele sabe de tudo sobre drogas legais e ilegais.

Eu sabia que os contatos dela seriam imprescindíveis.

— Acham que os rapazes topariam participar? — Olhei disfarçadamente para Clive e Tristan.

— Não custa nada perguntar — sugeriu Chantal. — Rapazes! Querem participar de um assalto?

Rindo, os dois foram se sentar conosco, levando uma garrafa de vodca com chocolate e meia dúzia de copinhos, que entregaram a cada uma de nós. Os sorrisos sumiram de seus rostos quando se deram conta de que estávamos, de fato, planejando realizar "um serviço" e de que precisariam participar dele. Depois de seis doses de vodca, eles concordaram, surpreendentemente, em participar.

— Telefone para ele — instruí Chantal, também incentivada pela vodca. — Ligue para o canalha e marque o encontro. Diga para ele reservar um quarto, já que você não quer fazer a troca num local público.

— Tem certeza? — perguntou ela.

— É a nossa única chance.

Chantal respirou fundo e digitou o número no celular. Nós nos inclinamos em sua direção, esforçando-nos para ouvir a conversa.

— É a Chantal. Vamos nos encontrar no Hotel Trington Manor — disse ela ao vigarista, sem preâmbulos. — Conhece? Ótimo. — A voz da nossa amiga também soou ligeiramente enrolada. — Sexta-feira, às nove. Reserve um quarto. Quero ter certeza de que a troca será feita em segredo. — Ao desligar, ela comentou: — Está marcado. — Então, tomou outra dose de vodca.

— Sexta-feira, às nove — repeti e todos assentimos, concordando. — Vamos nos encontrar aqui, depois do trabalho. Levaremos algumas horas para chegar lá. — Chantal dirigiria, já que tinha o automóvel mais possante. Autumn e eu nem tínhamos carro. Assaltar alguém de bicicleta não era uma boa. Então, tudo estava pronto.

Clive serviu outra dose para todas. Brindamos. E, apesar de ter me dado conta de que não soara exatamente como em *Onze Homens e Um Segredo*, vociferei:

— Às participantes do Clube das Chocólatras.

Capítulo Quarenta e Dois

Minha nova agência — Anjos do Escritório — conseguira outro emprego para mim. Esse era ótimo. Estava trabalhando com uma estilista badalada, que tinha o próprio ateliê, em Covent Garden. Não era legal? Tinha muito mais a ver comigo que sebos fedorentos e empresas de informática estéreis. Já fazia dois dias que eu estava ali e não quebrara nada. Sério. Todas as manequins da sala de exposição continuavam com seus vestidos de dez mil pratas. Nenhum deles rasgara, nenhuma delas perdera braços ou outras partes do corpo, de forma inapropriada. Embora o piso fosse de carvalho, muito polido, eu não escorregara feito uma palhaça. Pelo visto, aquele era um momento decisivo para mim.

A estilista chamava-se Floella. Era uma jamaicana geniosa, com um fraco por sapatos Jimmy Choo. Acabara de começar a ganhar destaque no mundo da moda e passara a vestir algumas das celebridades de primeira categoria. Eu já havia organizado sua agenda e reservado vários horários para as clientes que queriam mandar fazer vestidos de alta-costura. Sabia como ela gostava de tomar seu café descafeinado: três gotas de leite de soja e um torrão de açúcar de manhã; puro, de tarde. Ao tentar me tornar absolutamente indispensável, esperava que ela me mantivesse por mais tempo ou me incluísse no quadro de funcionárias permanentes.

Naquele dia, entretanto, minha mente estava longe dali. Naquela noite ocorreria a *Operação Liberar Jóias de Chantal* e meus nervos estavam à flor da pele. Tinha tomado umas dez xícaras de café descafeinado e comido o mesmo número de barras de chocolate do meu estoque cada vez mais reduzido — sempre tomando o maior cuidado, claro, para não deixar impressões digitais de chocolate nem manchas nos vestidos de noite e nos rolos de tecido da sala de modelagem.

— Lucy — chamou Floella, enquanto eu sonhava acordada. — Você precisa pegar a van e levar estes vestidos para o Hotel Landmark, para o desfile do final do dia.

Pegar a van? Eu? Essa era uma das minhas funções?

— Vou ajudar você a colocar tudo lá.

Van? Eu passara no teste de direção havia muito tempo. E fora num carro. Será que ela não sabia que fazia cincos anos que eu não dirigia qualquer automóvel e que nunca, jamais, assumira o comando de um veículo tão gigantesco quanto uma van? É evidente que não. A vida londrina significava que eu — como todo o mundo — ia a toda parte de ônibus ou metrô. O que iria fazer? Eu não podia admitir, àquela altura do campeonato, que não tinha a menor familiaridade com essa história de dirigir. Floella, na certa, me mandaria de volta para a Agência Anjos do Escritório sem titubear. Não restava outra escolha. Teria de realizar a tarefa.

Com uma sensação de desastre iminente, fui até a parte de trás do ateliê — uma área que eu ainda não conhecia —, onde estava estacionada a enorme, melhor dizendo, a gigantesca van branca. Ah, que ótimo! Eu me tornaria a motorista enlouquecida de uma van branca. Mas, se eu quisesse ser mesmo indispensável, não podia abrir o bico; então, com a ajuda de Floella, coloquei os vestidos lá dentro. Protegidos por tecido e plástico, foram pendurados nas araras especialmente projetadas para a van, para a van *descomunal*.

— Vá com calma — aconselhou Floella, talvez captando meu nervosismo. — Minha assistente, a Cassie, já está no hotel. Vou ligar para ela, avisando que você já está a caminho.

— Está bom.

Então, ela entrou e me deixou à mercê da van. Subi. Minha Nossa! Da cabine, aquilo mais parecia um caminhão de mudança. Fiquei ali sentada, tentando decifrar como tudo funcionava, até não poder adiar mais a partida. A van dava a impressão de ser mais complicada que o Corsa Vauxhall que eu dirigira na última vez. Minhas mãos tremiam quando engrenei a marcha e, com muita hesitação, fui dirigindo, devagar quase parando, rumo à ruela atrás do ateliê, tentando evitar arranhá-lo nas paredes de tijolos que circundavam a saída em ambos os lados. Eu já sentia a face vermelha e as axilas molhadas de suor.

Dirigi com hesitação pelo tráfego londrino, rumo ao Hotel Landmark, deixando os outros carros me ultrapassarem enquanto tentava manter um curso estável. Não falei palavrões — bom, exceto para mim mesma, à meia-voz —, apenas agarrei com força o volante e fui, devagar, para meu destino. Quando cheguei à Street, New Oxford, já estava começando a relaxar. As costas não estavam mais tão rígidas e o sangue voltara a circular pelas juntas. Quando fiz a curva na Tottenham Court Street, desviei os olhos da rua e, num piscar de olhos, um transeunte da calçada chamou minha atenção. Era o Jacob. Dava passadas largas com a pasta, desviando da multidão. Então, lembrei que combinara de ir a um evento beneficente com ele naquela noite; talvez fosse até para esse desfile que estivesse levando os vestidos. Eu tinha me esquecido por completo! Na pressa de planejar a recuperação das jóias, meu gatão promissor nem me passou pela cabeça! Como pude deixá-lo de lado? Estava ficando maluca?

Parei na faixa de pedestres e observei Jacob se aproximar. Seria a oportunidade ideal para cancelar o encontro e explicar a dificuldade da situação, embora eu soubesse que não poderia revelar que cuidaria de um assalto, em vez de ir a um evento de caridade com ele. O que pensaria de mim? Tentei abrir a janela, mas não consegui descobrir como abaixar a do carona. A que estava ao meu lado abriu contra a minha vontade, enquanto eu apertava todos os botões. Ainda assim, gritei:

— Jacob! Jacob!

Não me ouviu. Poderia ter ligado para ele, mas não queria levar uma multa por falar ao celular enquanto dirigia. O sinal abriu e os carros atrás de mim começaram a demonstrar sua impaciência, buzinando sem parar. Comecei a acelerar, mas, então, cheguei à conclusão de que precisava falar com Jacob naquele momento. E se eu não conseguisse entrar em contato com ele mais tarde? Pensaria horrores de mim! Com isso, meti o pé no freio e enfiei o carro no acostamento. No entanto, ouviu-se uma batida forte e minha van foi jogada para frente, empurrada por trás.

— Ah, que droga!

As buzinas recomeçaram a soar. Desci e fui correndo até a parte de trás. Outra van branca havia batido na traseira da minha. Só que, enquanto ela não apresentava nem um arranhão, a minha fora bastante danificada. As portas traseiras haviam quebrado e encontravam-se abertas, amassadas. Os dois sujeitos da van saíram; um deles vociferou, furioso:

— Por que não olha para onde vai, hein? — perguntou. — Idiota!

Jacob passava por nós. Nem olhou para nossa pequena batida.

— Espere um segundo! — disse eu para o cara. — Espere um segundo que eu já volto. — Deixei-o boquiaberto, enquanto saía correndo atrás de Jacob, gritando com toda força: — Jacob! — Eu podia resolver os detalhes do seguro quando voltasse; aquilo era muito mais importante. O sujeito se metera na traseira da van, sendo, sem dúvida alguma, o culpado. — Jacob! — Será que o cara era surdo? Estaria com um iPod? Fosse qual fosse o motivo, não se virou na minha direção.

Em vez disso, entrou na recepção de um grande hotel. Continuei a persegui-lo, embora tivesse que aguardar um grupo de executivos passar pela porta giratória. Dentro do hotel, nenhum sinal de Jacob. Esquadrinhei os homens de negócios sentados à recepção, mas ele não estava entre eles. Então eu o vi, dirigindo-se aos elevadores, e gritei de novo:

— Jacob!

Ele me olhou e pareceu surpreso ao me ver, como era de esperar. Havia outro jovem bonito ao seu lado. Era alto, moreno e usava um terno bem cortado, listrado.

— Sinto muito atrapalhar! — disse eu, sem fôlego. — Acabei de sofrer um acidente. Quando vi você passando, saí da minha van.

— Acidente? Van? Você está bem? — perguntou ele.

— Estou. A van ficou meio amassada. — Muito amassada. — Não importa — disse-lhe eu. Meu olhar pousou no outro rapaz. Que gato! — Lamento. Você está indo para uma reunião? Não quero atrasá-lo!

— Não se preocupe — disse ele, mas notei o olhar ansioso que lançou para o outro rapaz.

— Posso falar um minutinho com você?

Ele sondou o outro, de novo, em busca de aprovação. O sujeito assentiu, secamente, checando a hora no relógio. Jacob se afastou dele e, segurando-me pelo braço, levou-me até um lugar em que não pudéssemos ser ouvidos.

— Não vou poder ir hoje — disse eu. — Lamento muito. Tenho um compromisso.

— Ah. — Jacob pareceu ter ficado desapontado.

— Estou morrendo de pena — prossegui. — Se eu pudesse cancelar o outro compromisso, não pensaria duas vezes. Mas deixaria minhas amigas na mão.

— Eu entendo.

— E no fim de semana? Talvez a gente possa se encontrar no sábado, ou no domingo? Não tenho planos.

— Vou estar ocupado — disse ele, com um sorriso amargo. Não deu para notar se era conversa fiada ou não. Será que achou que eu o estava colocando em segundo plano? Não era o caso.

— Podemos combinar algo durante a semana. — Sem querer, comecei a dar uma de desesperada.

— Tenho reuniões quase toda noite. — *Quase* toda noite, mas não *toda* noite. Eu não sabia mais o que sugerir. — Na terça — disse ele, ajudando-me. — Posso tirar algumas horas lá pelas seis da tarde. Quer se encontrar comigo depois do trabalho no Paraíso do Chocolate?

— Está bem — respondi, sem querer deixar a oportunidade escapar. Lá se ia minha aula de ioga de novo. — Na terça seria ótimo.

O amigo de Jacob se remexia com impaciência próximo ao elevador.

— Tenho que ir. Os clientes estão esperando.

— Até terça, então. — Ergui a mão e acenei, embora ele já estivesse de costas.

O outro rapaz virou-se e sorriu de modo enigmático para mim ao entrar no elevador com Jacob. Porém, não tive tempo de parar para pensar no que queria dizer, se é que queria dizer algo, pois tinha que voltar para a van.

Saí depressa do hotel e corri até a rua. Quando cheguei ao final, só vi uma van. Droga! Os idiotas haviam se mandado! Tomara que tivessem deixado os detalhes do seguro debaixo do limpador de pára-brisa ou coisa parecida. Porra! Nunca imaginei que fariam isso! Não se pode confiar em mais ninguém nos dias de hoje! O que eu iria dizer para Floella? Como explicaria a batida na traseira da van? Reagiria melhor que o sr. Jesmond, quando ele se deparou com a dramática reorganização do sebo? Não. Na certa, teria um troço, e um dos seus sapatos Jimmy Choo voaria pelos ares.

Como as portas da parte de trás da van haviam ficado abertas, eu provavelmente teria que encontrar algo para amarrá-las, pois não podia dirigir com as duas escancaradas. Soltei um suspiro. Aquele dia não estava indo nada bem. Tomara que os demais eventos transcorressem melhor. Mas, como dizem que, quando alguém entra numa maré de azar três coisas ruins ocorrem, ainda teria uma calamidade pela frente.

Quando olhei para a traseira da van, percebi qual era ela. Todos os vestidos de noite de Floella haviam sido levados. Não ficara um sequer. A mala da van virara um buraco negro. Os caras que estavam na outra van resolveram ficar com os vestidos. Lá estava eu, concentrada no meu próprio assalto, e, nesse ínterim, acabei me tornando vítima de um. Fitei o espaço vazio, perguntando-me o que iria fazer. Floella não ia gostar, não ia gostar nem um pouquinho disso.

Estupefata, fui até a frente da van. Então, vi um pedaço de papel debaixo do limpador de pára-brisa. Animei-me um pouco. No fim das contas, os caras deviam ter deixado um endereço de contato. Talvez houvesse um motivo perfeitamente plausível para os vestidos não estarem ali. Talvez tivessem levado tudo para algum lugar, a fim de guardálos em segurança. Com as mãos trêmulas, peguei o papel. Era uma multa. A porra, a infeliz de uma multa! Com ela, ocorreram quatro episódios de azar comigo em um só dia. Com certeza, minha quota já estava preenchida. Então, eu me dei conta de que acabara de perder outro emprego — daquela vez, um excelente — e a soma dos fatores deu cinco.

Capítulo Quarenta e Três

— Então, este é seu pequeno império? — perguntou Richard. Não parecia estar muito impressionado.

— É. — De alguma forma, Autumn persuadira o irmão a ir até o centro de reabilitação de dependentes para se familiarizar um pouco com o programa MANDA VER!, em que ela estava envolvida. Ela queria que ele participasse de sua aula e conhecesse alguns de seus alunos. Era politicamente incorreto chamá-los de garotos, mas não passavam disso. Meninos e meninas prejudicados e confusos. Autumn achou que, ao levar Richard até lá e permitir que travasse contato com alguns daqueles adolescentes, cujas vidas haviam sido destruídas pelo vício, talvez o irmão caísse na real com o choque. Teria a chance de ver o resultado da dura realidade das drogas, em vez das imagens glamorosas da cocaína, divulgadas na mídia, nas quais ele acreditava piamente.

— Que lugar mais deprimente! — disse meu irmão, fazendo um gesto de repulsa ao ver as lascas de tinta nas paredes. — Eu ia querer me drogar ainda *mais* se fosse obrigado a ficar nesta espelunca.

Era verdade que as acomodações no centro eram mais funcionais que atraentes. O objetivo do Instituto Stolford nunca fora ganhar prêmios de design. Estabelecera-se numa antiga escola de tijolos vermelhos, construída na década de 1930, que decaía cada vez mais. Boa parte da verba era usada simplesmente para impedir que o lugar despencasse. Mas as salas eram grandes e bem iluminadas, embora o aquecedor central fosse barulhento e o piso de madeira original estivesse sujo e arranhado por causa do uso.

— É, você tem mesmo muita sorte de ter um pai que pode arcar com os custos de uma clínica de reabilitação que, a bem da verdade, mais parece um hotel cinco estrelas. Não é o que acontece com a maioria dos viciados.

— Ah, vai, Autumn, nem começa! — queixou-se ele, caminhando atrás da irmã. — Eu já disse que não sou viciado. Só cheiro socialmente, assim mesmo quando estou a fim.

— Sei. — O irmão se amedrontara por alguns dias, depois da saia-justa com Daisy, mas agora voltara a ser desagradável, como sempre. — Não é assim que todo mundo que se mete com drogas começa? Controlando o hábito?

— É cocaína, nada mais. Hoje em dia, a gente fica alto pelo preço de uma xícara de cappuccino. Até o governo está rebaixando a classificação das drogas. Não são as desgraças que costumavam ser, apenas realçam o estilo de vida. A gente usa como se fosse menta depois do jantar, querida. Basta cheirar umas fileiras junto com café para ficar ligado. Não faz mal nenhum.

— Detesto ter que discordar de você, Richard, mas lembre-se de que já perdeu o emprego e a casa. Sabe, acabou se metendo numa situação muito complicada.

— Olhe, isso tudo aqui é muito legal, mana. — Ele fez um gesto amplo com os braços, mostrando o corredor. — Eu admiro essa sua vontade de fazer o bem neste mundo. Tenho certeza que todos os adolescentes cheios de espinhas curtem à beça. Devem ver você como uma tábua de salvação, mas não sou como eles. Estou a léguas de distância de mendigar na esquina, numa caixa de papelão. — Deu uma risada zombeteira, que fez os pêlos da nuca de Autumn se arrepiarem. Só ele reagiria com tanto desdém a respeito de sua atual situação.

— Isso porque você tem uma irmã com um apartamento legal na Sloane Square — lembrou ela. — Do contrário, onde estaria?

Entraram na sala de artes, o setor dela. Nenhum dos jovens havia chegado ainda, mas seus esforços criativos tinham ajudado a decorar as paredes. Alguns fizeram vitrais com várias criaturas — gatos, filhotes, dragões — enroladas, satisfeitas, num dos cantos do vidro. Fios tortos de arame traíam as mãos instáveis e inexperientes dos artistas. Outros jovens haviam sido mais ousados, fazendo painéis coloridos para portas que, provavelmente, nunca usariam. Penduricalhos de vitral giravam nas janelas, refletindo os parcos raios de sol que chegavam até ali, na parte norte do edifício, lançando arco-íris em tons de vermelho, amarelo e verde sobre as bancadas organizadas. Era ali que Autumn adorava ficar, onde se sentia mais feliz. E se ela fizesse alguma diferença, por menor que fosse, levando um pouco de ânimo e alegria à vida dos adolescentes, então tudo valia a pena.

Richard passou o braço pelo ombro da irmã e deu-lhe um aperto conciliatório.

— Isto daqui está muito legal, mana. Você realmente faz um bom trabalho.

—Tento fazer — admitiu ela, com sinceridade. Embora algumas vezes se perguntasse se era suficiente. — Meus alunos vão chegar daqui a pouco.

No horário previsto, uma jovem por demais esquelética, com roupas góticas e cabelos arrepiados, tingidos de preto, com mechas cor-de-rosa, entrou. Era Tasmin, uma dependente de crack de dezesseis anos. Participava da aula de Autumn havia um ano e seu talento para trabalhar com vitral era óbvio. Já passara do simples trabalho com o vidro às fornadas, em que buscava as cores mais vibrantes, misturando-as para formar peças delicadas. Enquanto as outras alunas ficavam loucas para sair dali, já que suavam para fazer uma cerâmica de mosaico decente, Tasmin passava horas absorta, retorcendo os delicados arames prateados ao redor das peças de vidro que criara e queimara para fazer pingentes e brincos — lindas bijuterias que ela às vezes vendia às amigas em troca de algumas libras. Aquilo aumentou a autoestima da jovem e encheu de orgulho a professora. Autumn admirava muito a habilidade e a determinação de Tasmin. Ela se alegrava ao ver uma de suas estudantes se sair tão bem. No entanto, embora a moça tivesse talento, cada dia era uma batalha para ela. Se tivesse tido a oportunidade de ir à escola, Autumn tinha certeza de que Tasmin seria uma aluna dedicada; tratava-se de uma jovem muito esperta, apesar de se deixar levar, em algumas ocasiões, pela sagacidade e boca suja. A professora esperava que aquela aluna conseguisse se libertar de seu atual círculo social, dos amigos que pareciam fazer o possível para impedir seu progresso. Tasmin apareceu diversas vezes com hematomas. Nenhuma das moças daquela aula gostava dela. Por trás de toda a maquiagem gótica, havia uma jovem muito bonita: as outras invejavam não só sua beleza, mas o fato de ela ter descoberto ali seu talento para criar bijuterias.

Era mesmo uma pena que Tasmin não conseguisse fazer um anel de brilhantes e algumas pulseiras, para que elas não tivessem que levar adiante o plano de Lucy, naquela noite. Autumn sentiu o estômago embrulhar ao pensar no que aconteceria mais tarde. Ela não contaria nada a Richard; quanto menos ele soubesse a respeito de seu envolvimento naquele plano absurdo, melhor. Deveria ter pedido seu conselho sobre a quantidade necessária de soníferos para que a vítima caísse num sono profundo, mas não lhes restaria outra escolha, a não ser adivinhar e esperar pelo melhor. Autumn sentiu o estômago embrulhar de novo. Lucy estava convencida de que elas conseguiriam levar o plano adiante. Já ela não tinha tanta certeza assim; só torcia para que não fossem pegas.

— Oi, Tasmin.

— Oi, fessora! — cumprimentou a jovem. Autumn tentara fazer com que os alunos a chamassem pelo primeiro nome, mas a maioria deles insistia em tratá-la de "fessora".

— Este é o meu irmão, Richard.

Tasmin o olhou com desconfiança, observando o suéter preto de caxemira e a calça jeans de marca, da mesma forma que ele fitava sua meia-calça de rede rasgada e as botas da marca Doctor Marten.

— É melhor eu ir — disse ele, pouco à vontade. — Tenho umas coisas para fazer.

Autumn se perguntou o que seria. Ao menos ele concordara em ir até lá, mas, pelo visto, conversar um pouco com os jovens seria um passo complicado demais. Não era muito fácil aproximar-se deles — só Deus sabe quanto tempo ela levara. De vez em quando, Tasmin levava um tablete de chocolate de presente para Autumn, pois descobrira que era o ponto fraco dela. Foi o mais perto que a professora chegara da franca admiração e do agradecimento.

Richard lhe deu dois beijinhos.

— Até mais!

Autumn assentiu. Queria lhe dizer para tomar cuidado, mas sabia que ele se irritaria com isso. Toda vez que precisava conversar com o irmão, sentia estar pisando em ovos. Gostaria que Addison estivesse lá para motivá-lo por ela. Talvez ele tivesse convencido Richard a se envolver de alguma forma com o programa, o que ela não conseguiu fazer.

Quando o irmão alcançou a porta, um jovem alto passou por ele, olhando-o rapidamente de cima a baixo. Era Fraser, dependente de heroína e traficante de pouca monta desde os quinze. Liderava um grupo de batedores de carteira, que, para alimentar o hábito do chefe, roubava o dinheiro suado dos compradores da Oxford Street. Autumn o via como Fagin, personagem de Charles Dickens. Apesar de seus diversos problemas e defeitos, era um rapaz simpático e engraçado, com um forte sotaque de Glasgow, o que muitas vezes a impedia de entendê-lo. Autumn não sabia ao certo que proveito ele tirava de sua aula de trabalhos criativos em vidro, mas era um dos alunos mais regulares. Talvez por causa da queda que ele tinha por Tasmin. Naquele momento, Fraser estava fazendo, com dificuldade, um penduricalho de vitral destinado à janela da cozinha de sua mãe, que morava na Escócia, onde ele nascera. Quem sabe não tivesse sido melhor Richard não ter ficado mais tempo mesmo. Ela precisava discutir alguns assuntos com Fraser, bem longe dos ouvidos do irmão.

— E aí, fessora?

— Oi, Fraser. — Autumn percebeu que Tasmin estava ocupada, tirando seu mais recente projeto do forno. Puxou o rapaz para um canto. — Eu preciso de um favor seu.

O rapaz se inclinou na bancada próximo a ela.

— Desembucha.

Autumn sussurrou:

— Você pode me ensinar a bater carteira?

Se ele ficou espantado com o pedido insólito dela, não demonstrou. Em vez disso, assentiu, com confiança.

— Claro!

— Ótimo! — disse ela. — Tenho que aprender até esta noite.

Capítulo Quarenta e Quatro

Estava usando meu estonteante vestidinho preto de alcinha e minhas sandálias de salto alto, como toda boa *femme fatale*. Tremia dos pés à cabeça, apesar de ter a sensação de que havia uma fornalha dentro de mim. As maçãs do rosto ardiam enquanto eu tentava, desesperadamente, dar a impressão de estar ótima, calma e controlada. Mas tivera um dia difícil e minha pobre presença de espírito já vira dias melhores.

Desnecessário dizer, fui demitida do meu emprego superlegal assim que voltei para o ateliê e relatei minha história patética para Floella. Fiquei com o rosto vermelho de vergonha e os ouvidos doendo com as repetidas ameaças da dona de "processar minha bunda branquela e esquelética". Por alguns instantes, eu me senti até contente, pois ninguém, nem mesmo nas minhas melhores fantasias, tinha dito que meu bumbum era "esquelético". Então, ela chamou a polícia, o que tirou de imediato o sorriso do meu rosto. Eu estava fazendo o possível para ficar fora do alcance das longas garras da lei, e não para me jogar nelas. Como se já não tivesse preocupações suficientes! Fiquei na minha até a polícia chegar; então, contei o que ocorrera para os tiras — que não estavam muito interessados nem na situação de Floella nem na minha —, tentando não deixar transparecer alguma predisposição para o crime. Quando saí, de modo furtivo, do ateliê, totalmente humilhada, a dona gritava ao telefone com alguém da companhia de seguros. Desse modo, minha brevíssima experiência como assistente pessoal de uma futura estilista famosa chegou ao fim abruptamente e, além de estar uma pilha de nervos, sentia-me péssima também.

Na noite da *Operação Resgatar Jóias de Chantal*, todas as participantes do Clube das Chocólatras reuniram-se, apreensivas, no Paraíso do Chocolate. A chocolataria já fechara e éramos as únicas ali. Chantal andava de um lado para outro, Autumn entoava algum mantra hipongo e Nadia ora comia as unhas, ora mordiscava um biscoito com pedacinhos de chocolate.

Chantal estava toda de preto e — afora o fato de que não usava a balaclava com abertura para os olhos — parecia estar prestes a assaltar um banco. Nadia vestia calça de brim e jaqueta estilo gângster; já Autumn deixara os cabelos ruivos soltos e optara por uma roupa leve, de algodão. Acho que deveria ter lembrado a ela que, se tivesse qualquer peça com um ar mais sóbrio, teria sido melhor colocá-la. Eu tinha a leve impressão de que não havia muitos ladrões por aí que se vestiam como cantores de música folclórica. De qualquer modo, não havia como mudar sua roupa. O tempo estava passando e tínhamos que seguir em frente.

Nossos cúmplices, Clive e Tristan, espreitavam por trás do balcão, de forma dissimulada. Quando nos aproximamos, puseram uma pequena caixa de chocolate na bancada.

— Tem doze chocolates aqui, Lucy — explicou-me Clive, com o semblante sério. — Metade contém os comprimidos para dormir de Nadia. Usamos a massa aqui da chocolataria, com sementes de cacau raras, brasileiras, e incluímos os comprimidos triturados no recheio cremoso. Os bombons foram aromatizados com sementes de cardamomo preto e verde, que dão um sabor leve e condimentado, com um toque defumado. Então, eles não vão ser detectados.

Humm! Os chocolates deviam estar deliciosos.

— Mas como vou saber qual é qual?

— Os puros estão com duas riscas no alto; os adulterados, com três.

— Puros, duas; adulterados, três.

— É isso aí.

— Posso pegar um para provar? — Eles deram um tapinha na minha mão.

— Não — disse Clive, com severidade. — Vai ter que se conter. E lembre-se disto: não vá trocar as bolas. Não é você que queremos ver estatelada no chão.

— Espero que a quantidade esteja correta — disse Autumn, apreensiva. — Não quis perguntar para o Richard, pois achei que ele suspeitaria de algo.

— A gente usou o bom senso — explicou Clive.

— Com base em quê?

— Na total ignorância. Esperamos ter colocado uma quantidade suficiente de comprimidos nos chocolates para nocautear qualquer pessoa por algum tempo.

— E se vocês tiverem posto demais?

Todos nos entreolhamos com ansiedade.

— Tenho certeza de que dará tudo certo — disse eu, embora não tivesse tanta certeza assim. — Obrigada por preparar estes!

— Tomara que não precisemos compartilhar pê-efes na cadeia com vocês, no futuro. — Clive levou a mão ao peito, de forma dramática.

— É melhor seguirmos adiante — disse Chantal, com o rosto pálido e cansado. — Vamos colocar estas jóias em você.

Fiquei de pé, imóvel, enquanto ela punha em mim todas as bijuterias que comprara. Um colar de zircônio, duas pulseiras e brincos, que dariam a impressão de ser diamantes de dois quilates, pendurados nas minhas orelhas.

— Parecem de verdade? Não tenho espelho para me ver.

— Espero que sim.

— Faça aquele vigarista encher bastante a cara — aconselhou Nadia. — Então, ele nem vai notar.

Esperávamos que nosso alvo não notasse muita coisa.

— Você está a maior gata, Lucy — elogiou Autumn.

— Obrigada. — Enxuguei as palmas das mãos úmidas no vestido. — Tomara que ele também pense assim.

— Desejem sorte para a gente, rapazes! — pediu Chantal.

Clive e Tristan contornaram o balcão e nos deram abraços apertados, como se estivéssemos partindo para uma jornada perigosa, o que, a bem da verdade, era mesmo o que faríamos.

— Voltem em segurança — disse Tristan. Acho que seus olhos ficaram marejados.

— Vamos voltar direitinho — disse eu, de modo decisivo. — Vai ser moleza.

— Mas, antes de mais nada, temos uma longa viagem de carro pela frente — lembrou Chantal, olhando enfaticamente para o relógio.

Como líder da gangue, eu tinha de inculcar confiança nas minhas comparsas. Assim sendo, joguei a cabeça para trás e endireitei os ombros.

— Mãos à obra então! — disse-lhes eu.

Capítulo Quarenta e Cinco

Não sabia qual era o carro que Chantal dirigia, mas era caro e tinha cheiro de a bolsa nova. Estávamos sentadas, em um silêncio tenso, cada uma mergulhada nos próprios pensamentos. Com a caixa de chocolates adulterados no colo, fui repassando diversas vezes o papel que desempenharia quando chegasse ao hotel. A certa altura, se pensasse de novo nisso, minha cabeça explodiria. Entretanto, eu tinha certeza de que as outras faziam a mesma coisa.

— Ponha uma música animada no CD player, Chantal — sugeri. — O que a gente vai fazer é sério, mas não precisamos ficar para baixo.

Chantal colocou um, e "Walking on Sunshine" começou a tocar. Num piscar de olhos, todas cantávamos junto com a banda de rock Katrina and the Waves, enquanto o que restava do sol se punha no horizonte. Como podíamos ficar para baixo com uma música tão legal tocando? Tirei um pacote tamanho família de Maltesers, bolinhas de malte com chocolate — que vinha sendo mantido em ótima temperatura no ar-condicionado de Chantal — e passei-o para as outras. O estado de ânimo dentro do carro se elevou de imediato. Clive ficaria angustiado se soubesse que consumíamos chocolate industrializado para nos sentirmos melhor, mas, às vezes, nada se comparava mesmo aos nossos favoritos, que caíam como uma luva. Um pacote de pastilhas confeitadas, Smarties, tinha o poder de me levar direto à escola primária num piscar de olhos.

Uma hora depois, chegamos ao Hotel Trington Manor, ouvindo "Mr Blue Sky", de outra banda de rock, a Electric Light Orchestra. Todas respiramos fundo quando Chantal passou pelos imponentes portões de ferro batido, com os pneus ressoando de modo acentuado no cascalho. A hora H estava prestes a chegar e nossa amiga desligou o CD player no meio da música daquela banda.

O Hotel Trington Manor era um daqueles estabelecimentos cinco estrelas que ofereciam o próprio spa. Contemplei, admirada, o grande esplendor do lugar. Ficava a *tantas* léguas do meu poder aquisitivo que não dava nem para imaginar. Eu tinha fantasias sobre idas a lugares daquela estirpe, mas não naquelas condições, claro. Esperava que um dia Marcus me levasse a um lugar assim e me pedisse em casamento. Fazer o que, não é? Outro sonho despedaçado. Quando Chantal conduziu o carro rumo à entrada pomposa, já começara a anoitecer.

— Minhas pernas estão tremendo — admitiu ela. — Sinto que ele não só me roubou, como também me *violou*, embora tenha sido por culpa minha.

Dei-lhe um tapinha suave no joelho.

— Nós vamos recuperar as suas jóias — disse eu. — Dessa forma, você terá, pelo menos, algum tipo de compensação.

— Tomara que consigamos levar isso adiante — disse ela, com o tom de voz tenso. Era a primeira vez que eu via a sua autoconfiança abalada.

Virando-me no assento, perguntei às minhas amigas:

— Todas sabem o que têm que fazer?

Nadia e Autumn, no banco traseiro, assentiram de modo enérgico. Havia um imenso lago artificial do lado de fora do hotel e um bando de golfinhos bem esculpidos saltava da parte central de uma fonte. Chantal prosseguiu devagar, buscando uma vaga para estacionar. Então, soltou uma exclamação de pavor.

— É ele — afirmou nossa amiga, apontando para adiante. — É ele, aquele que está saindo do Mercedes branco.

Ficamos pasmas. Minha Nossa, o cara era bonito pra caramba! Alto, moreno, sarado. Beleza clássica. Não era de estranhar que Chantal tivesse ansiado levar o sujeito para a cama. Talvez ela não devesse lamentar tanto essa parte do encontro. De longe, ele não lembrava o vilão típico, parecia um gato! Caminhava apressado até a entrada do hotel, com uma pasta de couro.

— Aposto cem paus como as minhas jóias estão naquela maldita pasta — disse Chantal, amargamente.

— Melhor ficar com sua grana — aconselhei. Se o plano desse errado, ela precisaria de cada centavo que aparecesse.

— A gente podia atropelar o cara agora e pegá-la — sugeriu Nadia.

— Daí iríamos mesmo parar na cadeia — ressaltei. — Além disso, não tínhamos certeza de que as jóias da Chantal estariam lá.

Nosso alvo estacionara de frente para o lago, e nós permanecemos no carro até ele subir os degraus da ampla escada que dava acesso à recepção do hotel. Então, Chantal estacionou seu carro no lado oposto.

Meu papel naquele assalto era ficar batendo papo com ele no bar, para que as outras tivessem tempo de ir ao quarto dele e recuperar as jóias. Naquele momento, não achei que fosse má idéia. Os chocolates adulterados só seriam usados em caso de emergência. A idéia era que Chantal se atrasaria para o encontro com ele, e eu o seduziria no bar e usaria meu charme para atraí-lo, estimulando-o a ficar comigo e não com ela. Eu podia fazer isso. Seria moleza. Quantos homens no passado não haviam sucumbido ao meu charme feminino? A bem da verdade, melhor não pensar muito nisso; caso contrário, o tremor nos meus joelhos aumentaria ainda mais. As dez toneladas de jóias falsas que eu estava usando deveriam atuar como uma isca adicional.

— Qual é o nome dele?

— O cara se autodenomina John Smith. — Chantal ergueu as sobrancelhas para mim.

— Bem que podia ter escolhido um pseudônimo mais sexy.

— É verdade.

Consultando minha lista, disse:

— Ligue e avise que vai se atrasar e que quer se encontrar com ele no bar.

Concentrada, ela discou o número e disse, de forma enérgica:

— Estou atrasada. Chegarei o mais breve possível. — Chantal falou com muita determinação. Se eu não fosse sua amiga, sentiria medo dela. — Encontro com você no bar. Então, vamos para o seu quarto, fazer a troca. — Desligou. — Tomara que aquele canalha não pense que poderá contar com outras coisas.

Virando-me mais uma vez, ainda no carro, fitei Nadia e Autumn.

— Vocês duas estão prontas?

— Mais do que nunca — disse Nadia, solenemente.

— Autumn, nós vamos entrar primeiro — lembrei, embora soubesse que ela talvez não precisasse da minha ajuda nesse sentido. Nossa amiga hippie estava com uma expressão decidida no rosto. Teria a desagradável tarefa de roubar a chave do quarto de John Smith do bolso dele, habilidade que ela só adquirira naquela tarde. Espero que tenha sido uma boa aluna e que seu estudante delinqüente lhe tenha ensinado tudo direitinho, pois havia muito em jogo. Enquanto eu estivesse no bar com ele, as outras revirariam o quarto e, se tudo desse certo, dariam o fora dali com as jóias. Simples assim.

— Bem que eu gostaria de estar meio alta para ter mais coragem — disse Autumn, com a voz hesitante. Dei-lhe outro Malteser.

— Obrigada! — Ela o saboreou, agradecida.

Então, achando que precisava de algum estímulo também, devorei o que restava dos Maltesers, super-rápido.

— Boa sorte, gente! — desejei e, antes que ficasse nervosa demais, saí do carro.

Capítulo Quarenta e Seis

Autumn e eu entramos no Hotel Trington Manor a tempo de ver a atendente da recepção entregar o cartão magnético a John Smith.

— Quarto 270 — informou-lhe ela, em tom claro e monótono. — Fica no segundo andar. Espero que aproveite a estada, sr. Smith.

Fomos mais devagar para que ele não nos visse. Aquele lugar era um luxo só. O tapete devia ter uns dez centímetros de espessura e, quando entramos, com ar de quem não quer nada, nossos pés afundaram nele. Meus saltos altos me levaram a cambalear perigosamente. Já a alpargata de amarrar de Autumn era bem mais apropriada. Havia alguns sofás com estampas combinando, em tons de vinho e azul-escuro, em meio a loureiros em vasos de cerâmica. Observamos nosso alvo de perto enquanto ele pegava o cartão magnético e se dirigia ao elevador. O sujeito fazia mesmo as vezes de um executivo sofisticado, seguro e equilibrado. Quem diria que não passava de um ladrão vigarista! Mas, como diz o ditado, as aparências — sobretudo as boas — enganam.

Quando ele entrou no quarto, por fim, telefonei para informar o que ocorria a Chantal e Nadia, com uma onda de adrenalina invadindo meu corpo. Aquilo era muito estimulante, no mau sentido; fez com que eu percebesse que minha vida, até pouco tempo, era bastante tediosa.

— Ele já entrou — avisei, cochichando com um pouco mais de força —, carregando a pasta. — Desliguei. Virei-me para Autumn e disse: — Vou para o bar agora, para me instalar. Você perambula por aqui, até ele descer. Se for até aquela prateleira com informações turísticas e fingir estar interessada, vai poder ficar de olho nos elevadores. — Autumn concordou com a sugestão. Parecia preocupadíssima. — Vai se sair bem — assegurei-lhe.

Apertando sua mão de leve para incentivá-la, deixei-a na recepção e caminhei até o bar.

Estava bastante tranqüilo. Do outro lado do bar, o barman solitário polia os copos, desinteressadamente, detrás do balcão curvo de mogno. Um pianista, com mais talento que entusiasmo, dedilhava algumas melodias tradicionais suaves, em um piano de meia cauda, no canto. "My Way", bastante popularizada por Frank Sinatra, era o que ele tocava naquele momento. Fez-me lembrar do encontro no Savoy com Jacob. E pensar que eu poderia estar junto dele agora, em vez de participar daquela tramóia. Suspirei e continuei a perscrutar o bar. Um grupinho de executivos reunido em dois sofás, posicionados de frente, dava sonoras gargalhadas. Havia alguns casais sentados às mesas aqui e ali. Fui até o bar, embora minhas pernas relutassem em se mover, com a sensação de que era observada por todos. Tentando parecer tão serena quanto possível, em face das circunstâncias, sentei-me no banco, escolhendo um que me permitisse ver bem a área da recepção e Autumn, que observava o que acontecia, próxima à planta e ao balcão de informações turísticas. Apesar de ela fingir prestar atenção em algum panfleto, enviou-me, discretamente, um sinal de que tudo corria conforme o previsto.

— O que deseja, senhorita? — perguntou o barman.

Dirigi a atenção a ele.

— Gostaria de tomar champanhe, por favor.

— Temos o excelente Duvall-Leroy.

— Ótimo! — Eu não fazia a menor idéia se era bom ou não.

— Só uma taça?

— Duas. Estou esperando alguém.

Ele colocou as taças na minha frente e, então, sumiu do meu campo de visão, retornando instantes depois com a garrafa. Tirando a rolha com destreza, serviu a bebida em uma das taças. Ergueu a sobrancelha para mim, segurando a garrafa sobre a outra.

Meneei a cabeça.

— Meu amigo ainda não chegou.

Quando ele se afastou de mim, tomei um gole de champanhe, constrangida. Coloquei os chocolates adulterados no balcão e acariciei a caixa, com delicadeza. Relembrei: duas riscas, puros, três riscas, adulterados. Um daqueles chocolates deliciosos cairia muito bem naquele momento. Certamente, só uma olhadela não faria mal algum.

Senti de imediato a fragrância maravilhosa de baunilha e aromatizantes se espalhar quando abri a caixa. Humm! Esses bombons combinavam perfeitamente com champanhe. Minha mão pairou sobre eles, mas, em seguida, tirei-a, relutante. Como dissera Clive, eu precisava me controlar. Em vez disso, tomei de uma só vez o champanhe da taça, desfrutando do ânimo imediato que ele me deu. Pareceu-me meio estúpido naquele momento, mas eu não havia comido nada o dia todo — só um pouco de chocolate —, pois a apreensão me tirara o apetite. Conseqüentemente, a bebida subiu logo à minha cabeça. Senti as maçãs do rosto enrubescerem num instante; além disso, tinha certeza de que as pupilas haviam dilatado a proporções alarmantes. O barman serviu outra taça, antes que eu tivesse tempo de recusar. Tomei tudo e ele voltou a enchê-la.

Sentar num bar sozinha é uma experiência impactante e eu estava feliz por não estar, na verdade, esperando um amigo, que não daria as caras; de outro modo, ficaria deprimida. Alguns dos executivos me lançaram olhares prolongados e tentei não lhes dar atenção, pois não queria levar uma cantada de outro homem quando nosso alvo chegasse.

Depois do que pareceu uma eternidade, a porta do elevador se abriu e John Smith — o do pseudônimo horroroso e terríveis hábitos pós-coito — saiu, com passadas largas. Ergui o pescoço para ter certeza de que Autumn ficaria no meu campo de visão. Ela pegou um monte de panfletos turísticos da prateleira e também avançou, indo na direção do sujeito. Na parte central da recepção, esbarrou nele, derrubando os panfletos no chão. John Smith, então, curvou-se para ajudála, em meio à torrente de pedidos de desculpas por parte de Autumn. De onde eu estava, não deu para ouvi-los, mas, pelo visto, Autumn orquestrara tudo muito bem. Ela continuou a mexer com os panfletos, pegando-os e deixando-os cair de novo.

Por fim, ele se levantou e entregou a ela todos os que recolhera. Sorriu com um charme devastador. Autumn se derreteu toda. Só me restava permanecer ali sentada, torcendo para que ela tivesse cumprido sua missão. Os dois se separaram, e John Smith veio para o bar; já Autumn rumou para a entrada do hotel. De lá, ergueu o cartão magnético e acenou, alegre, para mim. Tentei disfarçar meu óbvio sorriso de felicidade. Ela conseguiu! Tirou o cartão do bolso dele! Senti uma onda de alívio e, para comemorar, tomei mais champanhe. Tudo estava indo bem.

— O que uma linda mulher como você faz aqui sozinha? — Alguém perto de mim indagou e, ao virar o rosto, deparei-me com o olhar malicioso de um dos executivos.

Que desastre! Notei que John Smith sentou-se no final do balcão. Era com ele que eu precisava conversar, não com aquele palhaço!

— Estou esperando um amigo — respondi, com a boca semicerrada.

— Posso aguardar com você? — quis saber ele, cambaleando em minha direção.

— Não.

— Ah, vamos! — disse, pronunciando as palavras de modo inarticulado. — Queria oferecer um drinque para você.

— Já estou com um. Obrigada. — Dê o fora, seu babaca!

Percebi que nosso alvo me olhava, de cenho franzido.

— Um drinquezinho não vai fazer mal. — Era óbvio que o orgulho do executivo estava em jogo, já que ele sabia que os colegas o observavam, dando risadas dissimuladas.

— Obrigada, mas não quero — reiterei, com firmeza.

Ele enrubesceu e seu semblante se fechou.

— Você ouviu a senhorita. — A voz veio do final do bar. Tratava-se de uma frase estilo Clint Eastwood e fiquei surpresa ao perceber que fora dita por John Smith. Ora, ora, um vigarista cavalheiro! Quem diria!

— Qual é o seu problema, cara?

— A senhorita já disse que não quer — disse o outro, com calma. — Deixe a moça em paz.

O sujeito pareceu estar a fim de discutir, mas, então, um de seus colegas, talvez sentindo que a situação deixara de ser divertida e poderia acabar em briga, veio e puxou o amigo dali. Esse outro executivo demonstrou certo constrangimento.

— Sinto muito — disse ele. — Nosso amigo passou um pouco do limite; bebeu demais. — Talvez fosse algo que sempre acontecesse.

Tentei deixar claro que já esquecera o que havia ocorrido, embora minhas mãos estivessem trêmulas.

— Tudo bem.

O rapaz o levou de volta para o grupo e todos deram risadinhas sem graça.

Achei que o momento havia chegado. Se não agisse rápido, perderia a oportunidade. Ergui a taça para fazer um brinde no ar, inclinando-a de leve na direção de John Smith.

— Obrigada! — Ele era mesmo um gatão. Se eu não estivesse ali por causa da *Operação Resgatar Jóias de Chantal* e não soubesse de seu lado obscuro, com certeza me sentiria tentada a bater papo com aquele sujeito se o visse em um bar. — Posso convidar você para tomar uma taça de champanhe comigo? Então pode me proteger, enquanto aguardo o meu amigo.

John Smith sorriu para mim, mas hesitou. Entrei em pânico; e se ele não mordesse a isca, o que eu faria? Movimentei a mão de modo a destacar o brilho do meu deslumbrante anel de brilhantes falso. Não sei se foi isso que o convenceu, mas, após alguns instantes, ele saiu do seu banco e veio se sentar ao meu lado.

— Também estou esperando alguém — informou ele. — Negócios.

Como se eu não soubesse, meu filho! Sem perder tempo, servi o champanhe e passei-lhe a taça, para que ele se sentisse obrigado a ficar comigo pelo menos enquanto o tomasse. Será que minhas amigas terão tempo suficiente para ir até o quarto dele? Tinha que mantê-lo ali pelo maior tempo possível.

— Lucy Brown — disse eu. Se ele podia ter um pseudônimo sem imaginação, eu também podia.

— John Smith.

Quando brindamos, vi três cabeças aparecerem na janela. Através dela, tentavam conferir se a parte seguinte do plano dera certo. Então, só me restava ser espirituosa, charmosa e sensual pelo maior tempo possível, para que elas vasculhassem as coisas dele. Melhor tomar mais champanhe. Elas haviam sumido de vista.

— Ao meu protetor — brindei.

Nós dois rimos, enquanto, no fundo, eu pensava: *Seu canalha!*

Capítulo Quarenta e Sete

Chantal, Nadia e Autumn esperaram a recepcionista ficar de costas e, então, cruzaram depressa o saguão e se meteram no elevador, assim que as portas se abriram. Autumn levava o cartão magnético.

— É o quarto 270 — informou ela às outras.

Todas mordiam os lábios, nervosas, e, mesmo ao som de uma linda canção de Norah Jones, não conseguiram relaxar.

— Espero que não demore muito — disse Chantal, respirando acelerado.

No segundo andar, as portas do elevador se abriram e elas examinaram o corredor, com cuidado. Não havia ninguém ali. Mantiveram-se juntas ao caminhar ao longo do corredor deserto, em busca do número 270. Assim que o encontraram, passaram o cartão e entraram. O quarto era tal qual o de qualquer hotel, em qualquer parte do mundo: asseado, cheio de móveis e sem graça. John Smith, pelo visto, desfrutara pouquíssimo dos benefícios do quarto. A bandeja com todos os ingredientes e acessórios para o preparo de chá permanecia intacta e a tela da televisão ainda mostrava *Bem-vindo ao Trington Manor, sr. Smith.*

Chantal recordou-se do que ocorrera em um quarto de hotel por causa daquele sujeito. Sentiu o estômago revirar. Tudo o que queria era recuperar as jóias e dar o fora dali. A pasta de John Smith fora deixada na penteadeira, ao lado da televisão. Ela atravessou o quarto, pegou-a e jogou-a na cama. Todas se reuniram ao redor, ansiosas. Mas, quando Chantal tentou abrir o fecho, estava fechado.

— Droga! — Ela bateu na pasta com o punho.

— Espere. Deixe-me ver se consigo abri-la — disse Autumn. — Meu aluno me ensinou umas coisas muito úteis hoje à tarde.

Ela tirou uma lixa de unha de metal da bolsa e inseriu-a no fecho. Instantes depois, ele abriu. Até Autumn ficou surpresa.

— Ótimo! — gritou Chantal, revirando a pasta. Não havia nada ali. Nenhum sinal de seu colar, de suas alianças e de suas pulseiras. Só um exemplar daquele dia do jornal *Financial Times,* intocado, com seu tom salmão ainda em perfeito estado no fundo. Ela sentiu estar prestes a cair no choro. Aquela fora uma idéia idiota, mal planejada, e ela deveria ter percebido que não daria certo.

— Vamos vasculhar todo o quarto — disse Nadia. — Rápido. Sabe-se lá por quanto tempo Lucy vai conseguir reter o cara sem que ele suspeite.

— É melhor começarmos logo — concordou Autumn.

— E o cofre do quarto? — sugeriu Chantal. — Vou dar uma olhada nele. — Foi abrindo as portas do armário, até achá-lo atrás de uma das estantes. O minicofre estava, como era de esperar, fechado. — Virou-se para Autumn. — Arrombar cofres fez parte do seu repertório também?

— Fez, mas ele só conseguiu me dar umas noções básicas — admitiu ela, séria.

Nadia e Chantal riram. Autumn deu um largo sorriso, orgulhosa.

— Você é uma caixinha de surpresas, Autumn — disse Nadia. — Tomara que não fiquem sabendo de suas habilidades lá no Partido Verde. Entraria na lista negra.

— Enquanto vejo o que posso fazer aqui, vocês duas vasculham o resto.

Então, ela ficou tentando abrir o cofre, enquanto Nadia e Chantal procuravam debaixo da cama, do colchão e dos travesseiros, em todos os armários e gavetas, atrás e no alto das cortinas, e nas latas de lixo. Chegaram até a verificar se as jóias de Chantal haviam sido guardadas no fundo das cadeiras com fita adesiva. Porém, não encontraram nada.

— *Têm* que estar no cofre — disse Chantal. — Não podem estar em outro lugar.

— Vamos, Autumn — incitou Nadia. — Dê um jeito. — As duas se deixaram afundar na cama e suspiraram profundamente enquanto esperavam.

Instantes depois, Autumn disse, com suavidade:

— Heureca!

— Muito bem! — elogiou Chantal e, junto com Nadia, aproximou-se rapidamente do cofre, diante do qual a amiga ainda estava agachada.

— Nada — disse Autumn, meneando a cabeça sem acreditar. — Absolutamente nada.

— Onde é que elas podem estar?

— Estariam nos bolsos dele? — perguntou Nadia.

— Não as senti quando procurei pelo cartão magnético do quarto — disse Autumn. — Mas me deparei com o cartão de primeira; não deu tempo de revistá-lo direito. Ele poderia muito bem estar com elas em alguma parte da roupa.

— Putz! — Chantal respirou fundo. — O que vamos fazer agora?

Capítulo Quarenta e Oito

Eu estava rindo feito uma louca. Subira a bainha do vestido para expor uma parte generosa da coxa e deixara a alça do ombro cair, de modo sensual, no ombro. Nos últimos vinte minutos, ou mais, tentei manter a taça de champanhe de John Smith cheia o tempo todo. Já era nossa segunda garrafa — fora ele que insistira e me convidara. O sujeito parecia estar bastante controlado, ao passo que eu já estava pra lá de Bagdá.

Os executivos tinham acabado de ir embora e alguns casais começavam a se retirar também, indo para seus quartos. Só restavam uns gatos-pingados no bar. Estávamos prestes a esgotar o bate-papo básico, ainda mais considerando que eu vinha contando uma lorota atrás da outra para meu acompanhante. Ele julgava estar conversando com uma diretora de marketing de empresa de informática, ao passo que eu sabia estar trocando idéias com um canalha desprezível. Quando olhou disfarçadamente para o relógio, tive a sensação de que minha companhia adorável começava a aborrecê-lo. No entanto, notei que observou meus diamantes falsos algumas vezes. Ergui a mão, de modo a mostrar-lhe a pulseira com vinte e um brilhantes, que valia exorbitantes vinte e uma libras. Meu celular tocou e busquei-o na bolsa. Esperava, definitivamente, que não fosse minha mãe, telefonando para contar que discutira com um dos vizinhos, que mudara a cor dos cabelos, que a Espanha, comparada à Grã-Bretanha, era um forno ou que havia comido pouco naquele dia. Todos temas típicos de suas conversas. Sua capacidade de ligar na hora errada era impressionante. Por que sempre conseguia telefonar no meio de uma crise? Atendi de forma brusca:

— Alô!

— É a Chantal — disse ela, sussurrando. Dei as costas para John Smith, para que não escutasse nem um trecho sequer da nossa conversa. Esperava que ela me desse boas notícias. — Precisamos de mais tempo. Reviramos este quarto de cabo a rabo e as malditas jóias não estão aqui. Nem na pasta nem no cofre. Dá para você checar os bolsos dele?

Pelo visto, teria que usar os chocolates adulterados.

— Está bom — respondi. — A gente se fala depois. — Desliguei, encolhendo os ombros despreocupadamente para ele. — Meu amigo já não vem mais. — Este "mais" soou como "maix". Tentei parecer sedutora. — Vou ter que ficar aqui sozinha.

— Ahã — disse ele.

Fitei a caixa de chocolates no balcão e puxei-a para perto, de modo sensual.

— Acho melhor comermos o presente de aniversário dele.

— Não gosto muito de chocolate — informou-me John Smith.

Era um imbecil completo? Como assim, não gostava de chocolate? Minha mente não conseguiu captar direito aquela mensagem. A bem da verdade, estava tendo dificuldades para captar o que quer que fosse. *Minha Nossa*, pensei, *não devia ter enchido a cara de champanhe!* Já me sentia tonta.

— Mas estes não são chocolates comuns — disse eu, arrastando as palavras. Se ele soubesse! Abri a caixa e tirei um, segurando-o de forma tentadora diante dele. Em seguida, inclinei-me para frente, para posicioná-lo convidativamente diante do meu decote e do pendente de brilhante falso. Comecei a falar como na propaganda da varejista Marks & Spencer. — De jeito nenhum! Estes chocolates são tudo de bom! Fabricados artesanalmente, com sementes de cacau selecionadas, procedentes de uma única plantação, do interior inacessível do Brasil. Dentro há um recheio divino, de creme de chocolate com nata, aromatizado com sementes especiais de cardamomo verde e preto, que dão um sabor leve e condimentado, com um incrível toque defumado. — Tentei fazer com que minha voz também soasse incrível. Clive se orgulharia de mim. — Cada mordida provoca uma explosão de sensações na sua boca.

— Pode prová-lo — incentivou ele, impassível.

— Vai cair superbem com este champanhe. — Para provar, tomei mais.

— Não se acanhe por mim.

— Não é legal comer sozinha. — Fiz uma expressão amuada. Meu Deus, eu sempre fora um zero à esquerda nesse lance de mulher fatal. Na certa, era por isso que tinha ficado com Marcus tanto tempo. Por que eu não indicara Nadia para desempenhar o papel? Era muito mais sensual que eu. Todas pareciam mais sexys naquele momento. Ofereci um dos chocolates adulterados, com as três riscas, para ele. — Só uma mordidinha, vai!

Os dedos dele contornaram de leve meu pulso, guiando o bombom na direção dos seus lábios entreabertos. Engoli em seco. Ele caíra na armadilha do chocolate e do plano.

— Humm — disse ele. — Delicioso!

Comi um dos que só tinham duas riscas. Estava mesmo muito bom. Eu não fazia a menor idéia de quanto tempo os soníferos colocados ali levariam para surtir efeito e queria tirá-lo logo do bar, para que o sujeito não desmaiasse ali.

— Por que não vamos até o sofá? — sugeri. — Para ficarmos mais à vontade? — John Smith hesitou de novo. Talvez estivesse pensando em se precaver caso Chantal não aparecesse com o dinheiro que supostamente deveria entregar a ele. Acariciei meu diamante falso de 14,99 libras e expus de novo minha reluzente pulseira. Os olhos dele faiscaram. — Sua colega de negócios nos verá com facilidade ali.

— Melhor chamá-la — disse ele, franzindo o cenho. — Está muito atrasada.

Cruzamos o bar, levando o champanhe no balde de gelo. Escolhi um sofá no canto do ambiente, que dava para a entrada. Sentando-me ao lado dele, posicionei as pernas em sua direção, usando o corpo para lhe transmitir a mensagem de que estava disponível. Coloquei mais champanhe na taça dele e ofereci mais chocolate. Para meu alívio, John Smith pegou um, de três riscas, sem que eu precisasse insistir. Em seguida, aproximando-se de mim, virou a mão e ofereceu o bombom para mim. E agora? Não poderia recusar, poderia? Inclinando-me para frente, mordi metade do chocolate e disse: — Humm!

Tomara que não fosse suficiente para me fazer dormir. Ele comeu a outra metade. Por mim, eu teria comido outro de uma vez, mas me controlei, fazendo uma pausa antes de pegar mais um. Já estava me sentindo sonolenta. Por que aquela metade de chocolate parecia estar surtindo efeito mais rápido em mim do que no nosso alvo? Fiz menção de pegar uma das criações intoxicantes de Clive. As riscas começaram a se misturar. Aquele era o impróprio de três ou o permitido de duas? Estava ficando cada vez mais difícil, mas, por alguns instantes, meus olhos conseguiram focalizá-lo bem. Era um de três, eu tinha certeza disso.

Ele ergueu a mão.

— Eu não quero mais.

— É a saideira — disse-lhe e, antes que pudesse protestar, meti-o em sua boca.

Um calor agradável percorreu meu corpo e me ouvi perguntar:

— Está quente aqui?

John Smith afrouxou a gravata.

— Está, acho que está sim.

E, dali a pouco, ele caiu nas almofadas. Esperei alguns instantes, mas nosso alvo não se moveu. Sua boca se entreabriu, relaxada. Quem passasse por ali acharia que ele estava tirando uma soneca, após um almoço dominical particularmente pesado. Examinando em volta depressa, averigüei se alguém no bar o vira cair no sono. Não. O barman estava ocupado, servindo alguém no outro lado. Só restavam alguns casais ali. Tudo ia bem.

Agitando a cabeça como um cachorro que tira água do pêlo, tentei me concentrar mais. Bebidas e remédios são uma péssima combinação. Ainda mais quando se está levando a cabo um roubo importante. Nosso alvo roncava baixinho. Aproximei-me mais dele, fingindo querer me aconchegar mais. Em seguida, quando não havia ninguém olhando, vasculhei os bolsos dele. Chequei todos, inclusive, com uma careta, os que estavam próximo às suas partes íntimas, mas não encontrei as jóias de Chantal. Onde poderia tê-las deixado? Talvez, enquanto estivesse drogado, pudéssemos levá-lo para algum lugar e torturá-lo até que revelasse onde estavam. Então, apesar de estar trêbada e possivelmente drogada, eu me dei conta de que tinha visto filmes de Hollywood demais.

Capítulo Quarenta e Nove

Apesar de não ter achado as jóias, encontrei as chaves do carro de John Smith no bolso dele e levei-as, para que pudéssemos vasculhar o Mercedes. Por via das dúvidas, peguei também o celular e a carteira do nosso alvo. Em seguida, certificando-me de que ninguém estava me vendo, acomodei o sujeito de modo que ninguém descobrisse que fora drogado, roubado e enganado e supusesse que ele só estava descansando ali.

Tentando não cambalear muito, saí do bar e do hotel. O ar frio golpeou o meu rosto como se fosse gelo. Vi os faróis do carro de Chantal piscarem e fui até lá, serpenteando.

Chantal, Nadia e Autumn estavam reunidas lá dentro.

— Conseguiu algo? — indagou Chantal, quando me sentei ao seu lado.

— Está dormindo feito um bebê — contei-lhes. — Os chocolates de Clive funcionaram direitinho.

— Você parece estar meio alta — observou Autumn.

Meus olhos estavam, de fato, rolando.

— Tive que comer alguns bombons drogados. Para legitimar o consumo.

Chantal mordiscou uma das unhas.

— E as jóias?

— Não achei nada — admiti, franzindo os lábios, frustrada. — Vasculhei todos os bolsos dele e nada. Nenhum sinal. — Ergui as chaves do carro dele. — Mas consegui isso. — Minhas parceiras do Clube das Chocólatras aplaudiram. — Não sei por quanto tempo ele vai ficar fora do ar. Então, vamos lá checar o carro.

Saímos e fomos até o Mercedes. Dei as chaves para Nadia, que estava em melhor estado que eu. Ela abriu o carro e sentou-se no banco do motorista.

— Abra o porta-malas — instruiu Chantal.

Nadia apertou alguns botões e o bagageiro abriu. Dentro, havia uma elegante maleta de couro e algumas bolsas femininas, a maior parte de marca: Prada, Chanel, Dolce & Gabbana. Pelo visto, o cara roubava mesmo mulheres refinadas. Ainda bem que eu nem tinha levado minha bolsa de plástico da Next, de vinte pilas.

— Uau! — exclamou Chantal. — Vejam só isso!

— Parece que você não foi a única que ele roubou — disse Autumn.

Nossa amiga examinou a pilha de bolsas e, em seguida, puxou uma.

— É a minha! — disse ela. — Esta é minha! — Abriu-a e vasculhou o conteúdo. — Nenhuma jóia — disse, irritada, com um tom de voz desapontado. — Mas o celular está aqui, junto com a carteira. — Dentro dela, por incrível que parecesse, todos os cartões de crédito continuavam intactos.

— Não dá pra acreditar que ele não saiu gastando tudo! — disse Nadia.

— Eu cancelei os cartões de imediato — informou Chantal. — Ele não teria ido muito longe, mesmo que tivesse tentado. Foi a única coisa sensata que fiz. — Todas nos juntamos quando, a seguir, ela tirou a maleta do porta-malas. Nossa amiga nos olhou, antes de abri-la. Em seguida, ouvimos passos no cascalho e congelamos. — Merda! — sussurrou.

A luz de uma lanterna foi colocada em nossa direção. Pude ouvir as batidas fortes do meu coração. E se a constituição de John Smith lhe permitisse resistir aos efeitos dos soníferos? Eu não havia levado isso em consideração ao elaborar meu plano.

— Está tudo bem, senhoras? — perguntou alguém. Então, o segurança inclinou a cabeça para ver por trás da porta aberta do bagageiro.

— Sim — disse Nadia. — Estamos bem.

— Vão ficar no hotel?

— Vamos — respondeu ela, de novo. Parecia ser a única capaz de falar.

— É melhor vocês levarem todos os seus pertences para dentro — avisou o segurança. — Faço rondas aqui com freqüência, mas tivemos uma série de furtos. Todo cuidado é pouco. Precisam de ajuda para levar a bagagem?

— Não. — Nadia meneou a cabeça. — Podemos levá-la sozinha. Não trouxemos muita coisa.

Não tínhamos levado muita coisa? Mulheres? Agora com certeza o cara saberia que estávamos mentindo.

— Aproveitem a estada, senhoras. — Era óbvio que ele não sabia bulhufas sobre o sexo frágil. Assentiu com a cabeça para todas nós e foi embora.

Quando se afastou o bastante, todas nós soltamos um suspiro alto, de alívio.

— Essa foi por pouco — disse eu, dando uma de George Clooney de novo.

— Vamos logo com isso, para darmos o fora daqui o mais rápido possível — aconselhou Nadia. Parecia que a atitude era contagiosa.

Ela ficou de olho no segurança, enquanto Chantal abria a maleta. Lá, encontramos várias camisas engomadas, cuecas limpas e meias.

— Este é o meu laptop também — disse ela, feliz. — Tenho certeza. Arranhei essa parte no ano passado. — Acariciou o arranhão que estava na tampa. — Eu o reconheceria em qualquer parte. — Entregou-o a Autumn. Também havia uma bolsinha de couro dentro da maleta. Chantal a agarrou e, após hesitar durante alguns instantes, abriu o zíper, virando o conteúdo na mão. Acostumada a conter as emoções, ela desatou a chorar de imediato quando viu suas adoradas jóias brilhando em sua mão. — Conseguimos! — exclamou ela, com um suspiro trêmulo. — Caramba, conseguimos!

À sombra do imponente Mercedes, nós nos abraçamos e dançamos em silêncio, felizes da vida.

— Não posso acreditar! — exclamou ela. — Conseguimos recuperar as minhas coisas! Está tudo aqui! — Chantal ergueu seu imenso anel de noivado e beijou-o. — Obrigada, amigas! — Enxugou uma lágrima. — Obrigada do fundo do coração!

— Vamos levar essas bolsas para tentar devolvê-las às suas donas — decidiu Autumn.

— Boa idéia — concordou Chantal.

— Acho que ainda não terminamos — disse Nadia. — Nós a olhamos, intrigadas. — Esse carro não ficaria ótimo no meio do lago?

— Ficaria — concordou Autumn, sem pensar duas vezes. — Ficaria ótimo, sim. — Era evidente que a noite que passara no mundo da criminalidade obscurecera e corrompera sua visão politicamente correta.

— E o nosso amigo segurança? — perguntei.

— É melhor fazermos isso logo, antes que ele volte — disse Chantal.

— Então, mãos à obra! — Olhando ao redor para se certificar de que ninguém a observava, Nadia sentou-se no banco do motorista. Chantal guardou as jóias na bolsinha e a pôs no bolso. Nós ficamos atrás do carro e nos inclinamos no porta-malas, jogando o nosso peso sobre ele. Com um grunhido suave e sincronizado das mulheres do Clube das Chocólatras, as rodas começaram a girar e o carro se moveu rumo ao lago.

Ficamos paradas, observando, quando ele pegou impulso e desceu com suavidade a colina, em direção à água. Foi adquirindo velocidade à medida que se aproximava da margem e, em seguida, caiu na negritude que o aguardava. A água salpicou quando o carro de duas toneladas entrou e, depois, borbulhou de modo estrondoso, ao afundar aos poucos no lago. Quando parou, ficou inclinado, com o porta-malas do lado de fora da água.

— Eu realmente queria comemorar — disse Chantal.

Mais borbulhas surgiram do fundo da cova molhada do carro.

— É melhor a gente dar o fora daqui rápido — sugeriu Nadia. — Antes que alguém perceba.

— Ou antes que nosso amigo vigarista acorde — disse Autumn.

Eu duvidava que John Smith ficasse radiante quando despertasse e não tinha a menor vontade de ficar ali para ver.

— Também peguei o celular e a carteira dele — contei, com certo orgulho. — Espero que assim ele não possa entrar em contato com você de novo, Chantal.

— A carteira de motorista dele está na carteira?

Vasculhei-a, até encontrá-la.

— Está. Seu nome verdadeiro é Felix Levare.

— Pode ser um nome falso. — Chantal pegou-a. — Mas vou ficar com ela, por precaução.

Havia um maço de notas na carteira, que eu também tirei.

— Isso pode ir para uma boa instituição de caridade — disse eu, jogando, em seguida, a carteira e o celular no lago, próximo ao

Mercedes. Eles também borbulharam bastante antes de afundar por completo. Coloquei o dinheiro nas mãos de Autumn. — Leve isto e compre chocolates para os adolescentes viciados.

Ela pegou o dinheiro e guardou-o no bolso.

— Obrigada.

Chantal me deu um forte abraço.

— Este foi um ótimo plano, Lucy. Bom trabalho. Não sabe o quanto isso significa para mim.

Mas, antes que eu pudesse dizer algo significativo para comemorar a ocasião, os soníferos de Nadia, colocados no chocolate adulterado, começaram finalmente a surtir efeito, meus joelhos se curvaram e eu mergulhei num sono profundo, sem sonhos.

Capítulo Cinqüenta

Chantal deixou Lucy no apartamento dela. Sua amiga dormira durante todo o trajeto desde o Trington Manor, roncando alto na parte de trás do carro. O gênio do crime despertara brevemente ao chegar a casa, mas Autumn insistiu em levá-la até o apartamento e colocá-la na cama em segurança, ainda trajando o vestido de alcinhas.

Chantal sorriu para si mesma ao conduzir o carro por Londres. Levaria Autumn primeiro e, depois, deixaria Nadia no local em que ela estacionara seu veículo, próximo ao Paraíso do Chocolate. Aquela noite fora tão bem-sucedida que ela mal podia acreditar. Dentro de sua bolsa encontravam-se suas adoradas jóias, sãs e salvas. O que poderia ter se transformado numa terrível catástrofe acabou tendo um final feliz. Ela sentia tanto alívio que mal podia conter a emoção; devia tudo à habilidade de suas companheiras do Clube das Chocólatras. Quem teria imaginado que seria abençoada com aquelas amigas do peito? Ela se sentia muito grata a elas. Dali para a frente, cuidaria de suas coisas — e de si — com muito mais zelo.

Já era bastante tarde quando ela, por fim, chegou em casa. Como as luzes do térreo encontravam-se acesas, Ted provavelmente assistia à televisão ou ouvia música. Depois de estacionar o carro, permaneceu sentada, com a bolsa de couro, em que estavam as jóias, no colo. Aquela fora uma grande lição para Chantal, que pôs as alianças de casamento e de noivado com um suspiro de satisfação. Ela ficou contente ao ver que o marido ainda não tinha ido se deitar, pois estava animada demais para dormir. Perguntou-se como os atores, após um desempenho especialmente emocionante, conseguiam relaxar. Ao sair do carro, mal sentia as pernas.

— Oi, querida — chamou Ted, do sofá, quando ela abriu a porta da frente. — Chegou tarde.

— Nossa! Foi uma viagem longa do local da reportagem até aqui — disse ela, o que não era uma mentira. Ted só não sabia que tipo de trabalho havia feito.

— Você quer tomar algo? Parece cansada.

— Não, não estou cansada — ela lhe disse, esfregando o pescoço dolorido. — Estou acesa.

— Que tal se eu fizer um chá de ervas?

— Uma boa taça de vinho cairia bem.

— Boa idéia. Vou tomar uma com você.

Chantal jogou a bolsa no sofá, sentindo prazer ao fazer isso, e, em seguida, deixou-se cair ao lado dela, espreguiçando-se ao se acomodar nas almofadas macias. O marido ouvia Andrea Bocelli e o som suave da voz opulenta do tenor relaxou-a.

Dali a pouco, Ted voltou carregando uma bandeja com um Cabernet Sauvignon de boa qualidade, duas taças de vinho e uma travessa com queijos, bolachas, azeitonas e um cacho de uvas.

— Humm, parece delicioso! — exclamou ela, com gratidão.

Ted acomodou-se ao seu lado.

— Senti saudades de você esta noite, querida.

Chantal sorriu para ele.

— Eu também.

— Tome um gole do vinho, que vou massagear seu pescoço.

Chantal perguntou-se por que ele estava sendo tão gentil com ela, mas não quis questionar nada e estragar o clima. Ted agia como se *ele* estivesse com a consciência pesada, não ela, pensou a esposa. Sorveu o vinho, passou um delicioso queijo Camembert em uma bolacha integral e mordeu-a com prazer. Precisava de chocolate também — cremoso e reconfortante. Depois de comer o queijo, veria o que havia na cozinha. Durante o dia, estivera ansiosa demais para comer, tal como Lucy. No entanto, agora, estava esfomeada.

Ted tirou os sapatos da esposa e apoiou as pernas dela em seu colo, acariciando seus pés.

— Humm — disse ela, satisfeita. — Que delícia! — Chantal não se dera conta de como seu corpo estava tenso, até ele começar a massageá-la. Colocou o prato no chão e apoiou a cabeça nas almofadas. As mãos quentes do marido meteram-se sob a calça, massageando suas panturrilhas tensas. Ele sempre fora bom naquilo, mas fazia muito tempo que não tinha vontade de massageá-la. Havia meses ele evitava qualquer tipo de contato íntimo, incluindo carícias nos pés, nas pernas ou no pescoço.

— Tire a calça — pediu ele. Chantal captou a rouquidão em sua voz com surpresa. Seus olhos estavam vidrados de desejo por ela.

Ted ajudou-a quando ela ergueu os quadris para tirar a calça, as mãos subindo para acariciar as coxas. Seus polegares tocaram a renda na extremidade da calcinha; em seguida, agarrou as laterais e puxou-a. Ele abaixou a cabeça e encheu de beijos ardentes sua barriga, seus quadris, suas coxas. Os olhos da esposa ficaram marejados. Fazia tanto tempo que Ted não queria fazer amor com Chantal, que ela se deu conta do quão abalada e desprezada vinha se sentindo por causa disso.

Ele desabotoou a camisa dela, beijando sua pele à medida que a expunha lentamente. Então, tirou o sutiã, até despi-la por completo.

Tirou a própria roupa e deitou-se ao seu lado, entrelaçando-se com Chantal. Quando a penetrou aos poucos, ela estava mais do que pronta para recebê-lo e gemeu de prazer ao puxá-lo para si. Fizeram amor com suavidade e doçura, como nunca antes.

Mais tarde, ela usou a manta de chenile do sofá como coberta e ficaram ali deitados, abraçados, sorvendo o vinho ao som da voz emocionante de James Blunt. Chantal não fazia idéia do motivo da mudança de atitude de Ted, mas, fosse qual fosse, ela a apreciara muito. Por que ele não agia assim o tempo todo? Era tudo o que queria, pensou, deitar nos braços do marido, e não num quarto de hotel, com um cara que acabara de conhecer, para trepar loucamente, sem nenhuma ligação emocional, sem amor, sem carinho. Ela se apoiou em Ted.

— Eu o amo muito.

— Eu também a amo, querida. — Acariciou os cabelos dela, distraído. Então, pigarreou e perguntou: — Você não está brava por não termos usado preservativo?

Ela acariciou o pescoço dele.

— Vou até a farmácia amanhã, comprar a pílula do dia seguinte. — Sentiu o corpo dele se retesar. Fitou-o. — O que foi?

— Tudo sempre tem a ver com o que *você* quer, não é?

Chantal ficou pasma.

— O que está querendo dizer? — perguntou ela. — Eu deveria estar tomando pílula? Nós não queremos que eu engravide, não queremos formar uma família.

Ted sentou-se.

— *Nós* não queremos? — indagou ele, com sarcasmo. — Ou é *você* que se sente assim?

— Nunca quisemos ter filhos. Já conversamos muito sobre isso. — Mas não recentemente, reconheceu ela. — A gente odeia criança. Detesta os filhos dos nossos amigos. Você sempre fica estressado quando Kyle e Lara trazem os meninos aqui e eles deixam marcas de chocolate por toda a parte, além de quase estourarem os seus tímpanos com aquela gritaria incessante. Você toma um monte de analgésico assim que eles vão embora.

— As coisas mudam. E nós não conversamos mais sobre nada. Esta relação se baseia nas suas condições, Chantal. Seu lema é "faça do meu jeito ou tchau e bênção". Talvez eu esteja farto disso.

— Mas isso é porque você me evita — disse ela, puxando a manta até o pescoço, repentinamente constrangida com a sua nudez. — Já não quer saber de conversa, não me quer na cama.

— Para quê? Para que ter vida sexual, se não há motivo para ela ocorrer?

— Quer dizer que não devemos transar, a menos que queiramos ter filhos? — Ficou abismada com aquele ponto de vista sem sentido. Chantal tocou o braço dele, mas ele afastou-a. — É por isso que não quer mais dormir comigo?

Ted levantou-se e vestiu a cueca e a calça jeans. Ela ficou triste ao pensar no que sentira momentos atrás — êxtase nos braços dele — e na rapidez com que chegaram àquela situação.

— Acho seu apetite voraz um corta-tesão — admitiu ele, com franqueza, evitando seu olhar. — Fico doente só de pensar que não há propósito algum naquilo.

— Quando começou a se sentir assim? Por que não me contou?

— Eu tentei. — Soltou um suspiro ruidoso e ela captou a frustração contida em sua voz. — Mas você simplesmente não ouve o que não quer ouvir. Não temos mais um casamento. Somos duas pessoas que compartilham uma casa, por conveniência. Quero mais do que isso. Quero uma esposa que goste de mim o bastante para considerar minha vontade. Quero uma família, Chantal. Meus próprios filhos. E você não quer.

— Vamos conversar sobre isso. Eu o amo.

— Às vezes, isso não basta.

Capítulo Cinqüenta e Um

— Então, não conseguiu ficar longe, gata? — perguntou Paquera. Os pés estavam apoiados na mesa e as mãos, atrás da cabeça. Um largo sorriso iluminava seu rosto, o qual, estranhamente, parecia ter se tornado mais lindo desde que eu fora embora.

Eu estava na frente da mesa dele, sentindo-me como uma colegial diante do diretor — um idiota presunçoso.

— Vocês são os únicos dispostos a me empregar — admiti. Essa frase continha uma verdade difícil de admitir. Targa, a máquina de estresse politicamente incorreta, era meu lar espiritual.

O único lado bom de estar de volta ali era que eu conseguira convencer Derek Sujo, da sala de correspondência, a devolver todas as outras bolsas resgatadas na nossa aventura a suas donas, cortesia debitada na conta do correio da Targa.

Minha primeira providência naquela manhã fora colocar todas as bolsas num saco de lixo preto — lançando olhares nostálgicos a uma especialmente bonita, da Prada, que, na certa, valia uma pequena fortuna. Depois, peguei um táxi para levá-las. Todas tinham algum tipo de identificação dentro, então acabei ficando a par de detalhes a respeito de outras mulheres que haviam transado com o ladrão cavalheiro de Chantal e haviam sido igualmente roubadas pelo sujeito. Havia uma grande quantidade de mulheres ingênuas por aí e eu esperava que, como nossa amiga, tivessem aprendido a lição também. Derek continuava empacotando as bolsas, até aquele momento. Eu teria que levar chocolate para ele, para agradecer a ajuda.

Cheguei até a considerar a possibilidade, depois da operação muito bem-sucedida para recuperar as jóias de Chantal na sexta à noite, de me tornar chefe de quadrilha em tempo integral. Antes, eu não fazia a menor idéia desse meu talento, que, modéstia à parte, superou as expectativas. Não era verdade que a criminalidade aumentava cada vez mais? Devia haver missões incríveis à minha espera nos recônditos sombrios do submundo. Podia até ver a placa com o meu nome na porta do escritório — *Lucy Lombard, Gênio do Crime*. Eu teria que adquirir alguns acessórios típicos de bandidos, como um doberman babão, um defeito qualquer no rosto e algum tipo de obsessão relacionada a um grave distúrbio mental. Precisaria de diversos apetrechos de alta tecnologia, sobretudo de uma máquina para fazer mocinhos virarem alimento de tubarões esfomeados — sempre úteis — e de uma equipe de assistentes musculosos, de cabeça raspada. Como era bom sonhar! Esse tipo de trabalho parecia cada vez mais atraente. No entanto, decidi dar mais uma chance para a vida honesta.

Voltei a atenção para Paquera. Era humilhante voltar ali tão rápido, sobretudo quando o sr. Aiden Holby, o presunçoso, parecia estar se divertindo com o meu constrangimento. Ele tinha uma grande variedade de geringonças típicas de executivos na mesa, entre elas um pêndulo de Newton; fiquei morrendo de vontade de golpear aquelas bolas.

— Os outros não sabem o que estão perdendo — disse-me ele, esforçando-se para parecer sincero.

Não lhe contei que "os outros" já não tinham estantes muito bem organizadas de obras raras sobre guerra e araras com vestidos de gala caríssimos. Não lhe contei que fora incluída na lista negra de todas as principais agências da cidade e que tive de fazer uma ligação chorosa e suplicante para o Departamento de Recursos Humanos assim que acordara naquela manhã, para conseguir aquele emprego de volta. Também tinha prometido dar às velhas rabugentas uma enorme caixa de bombons do Paraíso do Chocolate: todas as semanas, até o final do mês seguinte.

— Eu sabia que Tracy não iria agüentar muito — disse Paquera. — Maternidade e trabalho fora não dão certo. Assim que as mulheres têm filhos, a mente encolhe. Ela era até pior que você.

Achei que estava sendo irônico, mas não tive muita certeza.

— Que bom saber que espera tão pouco de mim! Tomara que consiga corresponder às suas expectativas.

Paquera riu.

— Você trouxe chocolate?

— Russell Crowe é um australiano lindo de morrer?

— Ótimo. Meu nível de açúcar no sangue baixou perigosamente desde que você foi embora. — Ele segurou meu queixo, fazendo-me fitar seus grandes olhos castanhos. — O escritório ficou sem graça sem a sua presença, gata.

— Podia ter telefonado para mim — disse eu e, em seguida, quis morder a língua. Não queria que Aiden Holby achasse que eu chegara a pensar nele quando estava fora.

— E liguei — revelou ele. — Dezessete vezes, para ser preciso. A dona do número do celular que você me deu começou a ficar puta da vida.

— Você ligou para mim?

— Não, liguei para uma mulher chamada Marcia. Que tinha a voz bonita, mas me disse que, infelizmente, era casada e que eu devia estar com o número errado.

Fiquei boquiaberta.

— Eu dei o número errado?

Paquera mexeu no bolso, tirou um pedaço de papel amassado e, lenta e metodicamente, esticou-o sobre a mesa, antes de entregá-lo a mim.

Li o número. Um deles estava errado. Olhei cada um deles estupefada. Não podia acreditar que não era sequer capaz de escrever meu próprio número corretamente. Que chances eu teria de manter uma relação profunda e significativa se não conseguia nem decorar meu número de telefone? Fitando Paquera, disse:

— Não acredito!

— Entendi a indireta, gata.

— Não foi uma indireta. Foi um erro mesmo. Um dos números está errado.

— Ah, a velha história, o truque do "um dos números está errado".

— Por que ligou para mim?

— Queria levá-la para jantar.

— Ah.

— Você teria ido?

— Eu... ahn... eu... ahn...

— Ou ainda está saindo com alguém?

— Jacob — disse eu. De fato, ele ligara duas vezes no fim de semana. Uma para dizer que o evento beneficente na sexta à noite fora um grande sucesso, embora, por azar, os vestidos de uma das estilistas tivessem sido roubados de uma van, à tarde, e alguém tenha sido obrigado a substituí-los às pressas. Tentei não ficar ansiosa demais enquanto ele relatava a história. Jacob também quis confirmar se eu ainda poderia ir ao nosso "encontro" na terça à noite, no Paraíso do Chocolate, e se eu não tinha feito a burrice de marcar duas coisas no mesmo horário de novo. Claro que não disse isso, mas às vezes dá para intuir o que a outra pessoa pensa. Então, ele telefonou no domingo, sem um motivo específico, só para bater papo, entre uma reunião e outra. O cara trabalhava demais. Era óbvio que tinha um emprego muito exigente. — Quanto a mim, eu me sentira nas nuvens durante todo o fim de semana após a incrível aventura da recuperação de jóias com as amigas do Clube das Chocólatras. Apesar da sensação de euforia por termos conseguido, fui obrigada a ficar deitada no sofá e comer muito chocolate, para me recuperar. Não tive energia para saltitar pela sala com Davina. Com um sorriso nos lábios, por fim, lembrei-me de responder à pergunta de Paquera. — Teria sido ótimo sair com você. Como pude ter sido tão idiota? — O olhar que Aiden me lançou dizia que não era nada difícil acreditar nesse erro. — Mas, sim, ainda estou saindo com o Jacob.

De súbito, Paquera assumiu uma atitude profissional.

— Bom — disse ele, aparentando estar ligeiramente ofendido —, não tem problema, porque também estou saindo com alguém.

Parecíamos mais duas crianças no parquinho do que os adultos maduros, donos de seus narizes, que éramos, mas não pude evitar a pontada de ciúmes.

— Ah, é?

— Charlotte, da central de atendimento.

Já tinham me dito que ela era uma mulher vulgar. Esperta, mas vulgar. Destinada à gerência, na verdade, não fosse tamanha vagabunda.

— Ela é um amor — disse eu.

— *Eu* também acho — concordou ele e suas maçãs do rosto adquiriram um tom rosado infantil, que me deu vontade de gritar. Eles estavam aprontando, eu tinha certeza. Podem chamar de pura intuição feminina. Não fazia nem cinco minutos que eu saíra dali e o cara já estava transando com outra. Se ele achava que eu iria compartilhar meu chocolate com ele, estava muito enganado.

Deu-me um largo sorriso e disse:

— Então, que chocolate você trouxe hoje?

Esfreguei o pé no horrendo tapete marrom.

— Twix. — Ele ergueu a sobrancelha e, dando um forte suspiro, meti a mão na bolsa e tirei o chocolate. Quando abri o pacote, dei-lhe com relutância uma barra, e ele se pôs a comer de imediato. Dava para negar alguma coisa para aquele homem? Eu era muito fraca e não tinha a menor força de vontade. Se tivesse um pingo de dignidade, diria para ele ir conseguir chocolate com a vaca da Charlotte. Pelo menos, não mencionei as barras de Snickers e de Mars que estavam escondidas lá também. Não era tão mole assim. Ah, tá. — Melhor eu começar a trabalhar.

— Daqui a pouco vai ter outro evento de confraternização da equipe — informou Paquera, com uma expressão jovial. Essa não! A canoagem não tinha sido suficiente? Tive a impressão de que ele estava sorrindo por se lembrar do meu bumbum exposto naquele bote. Não seria ótimo arrancar aquele risinho idiota do rosto dele? — É melhor você se encarregar dos preparativos e se certificar de que tudo está bem organizado.

— Qual será o evento desta vez? Jantar no Ivy? Um dia no spa do Mandarin Oriental?

— Corrida de kart! — Um brilho competitivo reluziu em seus olhos. Ah, que maravilha! Kart! — Vai com a gente?

— Claro! — exclamei, dando de ombros, com indiferença.

— Beleza! — Paquera recostou-se na cadeira de novo, cruzando os braços, satisfeito. E tive vontade de me beliscar para deixar de ser imbecil!

Capítulo Cinqüenta e Dois

— Como é que foi, fessora? — quis saber Fraser.

A aula já terminara e ele havia ficado um pouco mais, para falar com Autumn. Os fragmentos de seus esforços criativos — os cacos de vidro espalhados pela bancada — estavam à sua frente. O instável penduricalho de cristal, no qual vinha trabalhando desde o mês passado, começava, aos poucos, a ganhar forma. Fraser era seu aluno mais desorganizado.

Autumn tirou um Dairy Milk da caixa de chocolates da Cadbury que ela comprara com o dinheiro que Lucy lhe dera, após a aventura no hotel. Entregou a ele.

— O que é isso? — indagou o jovem.

— Um presente de agradecimento que eu e minha amiga estamos dando.

— Quer metade?

Ela tinha consciência de que Fraser, tal como os demais estudantes, sabia de seu fraco por qualquer coisa relacionada a chocolate.

— Quero sim.

Tirando dois quadradinhos do tablete, ele os entregou a Autumn, que os saboreou depois de parti-los. Ela sorriu para o rapaz com satisfação, ao sentir o sabor cremoso na boca. Por trás do aspecto agressivo, da cabeça raspada e dos inúmeros piercings, havia um lado mais brando naquele jovem, que Autumn gostava de pensar que era estimulado por ela.

— Deu tudo certo?

— Correu tudo muito bem — disse ela, com uma ponta de orgulho na voz. — Obrigada pelas lições de especialista!

— Conseguiu recuperar as jóias da sua amiga?

— Todas — confirmou ela. — Nem sei como agradecer. Naquela noite, roubei um cartão magnético, arrombei uma fechadura e um cofre.

— Mandou bem, fessora!

— É! Até eu fiquei surpresa. — Autumn meneou a cabeça, como se mal acreditasse no que ela e as outras participantes do Clube das Chocólatras tinham feito na sexta à noite. Quem diria que Autumn Fielding, tímida, reservada, defensora do meio ambiente, tinha aqueles talentos ocultos? — Mas, por favor, não comente nada por aí ou vou perder o emprego. E, se isso acontecer, sentirei falta demais de vocês.

Ela esperava que Addison Deacon nunca ficasse sabendo de suas tendências criminosas. Por algum motivo, de repente pareceu importante a Autumn que seu colega a tivesse em alto conceito.

— Deixa comigo, vou ficar de bico calado — prometeu Fraser, de modo solene. — Ainda resta *certa* honra entre ladrões.

— É claro que eu não aprovaria esse tipo de comportamento, não fosse por uma boa causa. Você e eu provavelmente ajudamos a salvar o casamento da minha amiga. — Fitou com severidade o jovem aluno. — Lembre-se de que o crime não compensa!

Fraser deu de ombros.

— Eu descobri que compensa, fessora. Às vezes!

— Bom — disse ela, suspirando —, é melhor nós dois seguirmos o bom caminho daqui em diante, Fraser.

— Fácil para a senhora dizer, fessora — disse ele, sem rodeios. — Pode voltar para sua vidinha confortável. Faz meses que estou longe das drogas, mas continuo a ser um ex-drogado sem residência fixa. Não é nada mole seguir o bom caminho.

— Eu sei. Mas, pelo menos, está tentando. Se eu puder fazer algo por você...

— A senhora pode organizar isto daqui, fessora — pediu-lhe, com um sorriso descarado. — Eu fiz a maior bagunça e tenho que resolver uma coisa agora.

— Vai lá. — Ela fez um gesto indicando a porta.

— Valeu, fessora!

— Espero que não seja nada ilegal! — disse Autumn, enquanto ele se afastava. Ele se limitou a erguer a mão e lhe dar um aceno amigável. Às vezes, era melhor não saber.

Autumn organizara a bagunça de Fraser e dos outros alunos antes de enfrentar seu desafio diário com a morte ao ir para casa, de bicicleta, em meio ao tráfego intenso da tardinha. Queria ter se encontrado com Addison de novo naquele dia, mas não o via desde a noite em que a convidara para sair.

Ao prender a bicicleta na grade diante de seu apartamento, notou que a luz da sala se achava acesa, o que significava que Richard estava lá. Chegara a hora de seu irmão procurar um emprego adequado de novo, em vez de passar o dia no apartamento, fazendo só Deus sabe o quê. Toda vez que ela voltava para casa, sentia um peso no coração. Tudo o que queria fazer era botar os pés para cima e tomar uma xícara de chocolate bem quente. A mistura para chocolate quente da Charbonnel et Walker estava no guarda-louça; esse pensamento a animara o dia todo. Queria ficar sozinha. Embora adorasse Richard, não estava nem um pouco a fim de escutar as reclamações do irmão mimado. Ele que tentasse viver como alguns dos rapazes do centro; aí, sim, saberia o que era bom para a tosse. Se ela estivesse no lugar dele, vivendo à custa da irmã, ao menos se esforçaria durante o dia, mantendo o apartamento limpo, talvez até preparando o jantar. Mas o irmão não movia uma palha sequer. Autumn tentou conter a irritação crescente. Como supor que poderia ajudar seus alunos, quando não conseguia nem dar um jeito no próprio irmão?

A porta estava aberta quando ela se aproximou, o que não era raro naqueles dias. Um fluxo constante de visitantes mal-encarados ia ver Richard durante o dia e a noite, e exigir que fechassem a porta ao sair parecia ser demais. Autumn respirou fundo antes de entrar. E, quando viu o que a aguardava, esqueceu-se de expirar.

O apartamento fora vandalizado. Os sofás havia sido cortados e a espuma deles se alastrava pelo chão, como vísceras. As mesas de centro haviam sido viradas de cabeça para baixo, as revistas que as enfeitavam foram rasgadas e espalhadas pela sala. Os livros tinham sido retirados das estantes e esparramados por todo o tapete. Os abajures haviam sido quebrados.

— Richard? — gritou ela. — Richard? — Nenhuma resposta. O único som era de seu coração batendo acelerado no peito. Quem quer que tivesse passado por ali já havia partido fazia muito tempo. Ainda assim, Autumn pegou um pedaço de cerâmica da base de um abajur que pertencera à avó. Ele fora lançado para longe durante o caos e ela o carregou como se fosse um taco, caso tivesse que golpear alguém. O fragmento parecia gelado em sua mão úmida.

Caminhou na ponta dos pés, em silêncio, em meio à bagunça, com as pernas trêmulas. Na cozinha, todas as gavetas tinham sido arrancadas do armário e seu conteúdo espalhado no chão: facas, garfos e colheres formavam montes desorganizados debaixo da mesa. Todas as latas e os pacotes de comida também haviam sido retirados dos guarda-louças e jogados no piso. Arroz, lentilhas, farinha e açúcar acumulavam-se sob seus pés. Ali se encontravam também seus adorados pacotinhos com a mistura de chocolate quente da Charbonnel et Walker, o que quase a fez chorar.

O pouco que havia na geladeira — iogurtes, tofu e cenouras murchas — já não estava mais lá. Até a porta do forno, apoiada apenas numa dobradiça, oscilava aberta. Se ela fora assaltada, o que será que os vândalos buscavam, para revirar seu apartamento de cabeça para baixo, daquele jeito? E onde diabos estivera o irmão, durante aquele vandalismo? De repente, ela gelou. Minha Nossa, talvez Richard estivesse ali quando tudo aconteceu!

Autumn dirigiu-se apressada até o quarto dele, sentindo o chão sumir sob seus pés ao se dar conta da extensão do que ocorrera. Aquilo poderia ser obra de homens que tinham ido atrás de Richard por algum motivo. Era óbvio que não buscavam seu estoque de chocolate, mas sim outro tipo de mercadoria. Sabe-se lá o que acontecia no lado sórdido da vida do irmão? Ela, com certeza, não sabia. Embora esperasse encontrá-lo no quarto, não havia o menor sinal dele. Todas as gavetas e todos os armários também tinham sido abertos e seu conteúdo, espalhado no piso. Havia dinheiro no criado-mudo dele — não era muito, mas, de qualquer forma, não fora levado. Seja lá o que buscassem, pelo visto não era grana. O mais preocupante era que o celular de Richard ficara ali também, e ele nunca saía sem o aparelho, pois o considerava imprescindível. O coração de Autumn subiu à boca quando ela disse, em voz alta:

— O que aprontou agora, irmãozinho?

Àquela altura, ela tinha plena consciência de que seu quarto estaria em condições semelhantes; de qualquer forma, caminhou lentamente até lá. Não se surpreendeu. Sua roupa íntima encontrava-se jogada na cama e suas escassas roupas decoravam o chão. Ela sentou-se na beirada da cama, estarrecida, deixando o pedaço de cerâmica que ainda segurava cair no piso. Quer dizer que aquela era a "vidinha confortável" que Fraser achava que ela tinha? Ela observou o quarto de novo. E agora, o que deveria fazer? Chamar a polícia? Richard ficaria furioso se ela o fizesse. Talvez fosse melhor esperar o irmão entrar em contato. Provavelmente, ele daria as caras no dia seguinte, com alguma desculpa esfarrapada. Talvez ela estivesse se preocupando à toa. Não seria a primeira vez.

Só o que podia fazer naquele momento era trancar a porta e torcer para que o melhor acontecesse. De forma alguma queria se ver diante das pessoas que fizeram aquilo, seja lá quem fossem — ela só supunha que eram parceiros de negócios do irmão. Passaria a noite no sofá, com o pedaço de cerâmica em punho, caso decidissem voltar. Não seria melhor chamar uma amiga sua, para que lhe desse uma força? Autumn sabia que Lucy iria de imediato e passaria a noite com ela, se lhe pedisse. No entanto, era melhor não meter mais ninguém naquela história. Ela enfrentaria tudo sozinha.

Autumn meneou a cabeça. O que teria acontecido com Richard? Pelo visto, a coisa era séria. Se ele se metera em confusão, estaria em maus lençóis? Lágrimas quentes rolaram por seu rosto. Ela as enxugou com uma de suas calcinhas, que estava ao alcance. Esperava que o irmão tivesse conseguido escapar e que, naquele momento, ele se encontrasse escondido em algum lugar, talvez no apartamento de um amigo — se é que ainda tinha algum. Não lhe restava outra escolha além de aguardar o retorno do irmão. Ainda tinha esperança, embora imaginasse que provavelmente esperaria em vão.

Capítulo Cinqüenta e Três

Nadia sorriu para o filho, enquanto ele brincava aos seus pés e terminava o prato com biscoitinhos de chocolate que os dois compartilhavam. Lewis gostava de comer chocolate quase tanto quanto ela; no entanto, ao contrário da mãe, não parava um segundo sequer e queimava as calorias sem dificuldades. Essa era a diferença entre ter três e trinta e três anos. As peças da fazendinha estavam espalhadas por todo o piso da sala e Lewis caminhava despreocupadamente por elas.

— Este aqui é um porquinho azul — disse-lhe o menino.

Ajoelhando-se ao lado do filho, Nadia pegou o porquinho que o filho lhe entregara. Parecia mais uma vaca e não era azul, mas marrom. Ela sabia que estava certa: um dos poucos benefícios de se ter trinta e três anos. Tinha que passar mais tempo com Lewis, revendo as cores e os animais domésticos. No fim de semana, ele faria quatro anos. Talvez fosse uma boa desculpa para irem ao campo e ficar numa daquelas fazendas tão populares nos dias de hoje, em que as crianças podiam acariciar os animais. Teria que checar para ver se Toby estava trabalhando no sábado; ele andava ocupadíssimo nos últimos tempos, pegando todos os serviços que apareciam em sua frente. Se o marido fosse trabalhar, então, talvez pudessem reservar o domingo e passar o dia fora.

— Elefante — anunciou Lewis, erguendo outra criatura infeliz. Não era.

— É um carneiro — explicou-lhe Nadia. — Carneiro.

— Carneiro — repetiu o filho.

— Que som ele faz?

— Muu — disse o menino, com toda a convicção. — Muu. Muu. Muu.

Realmente teria de trabalhar com ele.

Às vezes, Nadia se sentia entediada até não poder mais por ser mãe em tempo integral. Ansiava pela companhia de adultos e por conversas mais maduras — aliás, por qualquer tipo de assunto. Entretanto, sabia que, quando começasse a trabalhar, sentiria falta do tempo precioso que passava com o filho, ensinando-lhe ou simplesmente brincando com ele, como naquele momento. Uma carta com oferta de emprego chegara pelo correio, de manhã. Ela fora entrevistada na semana anterior e se sentia feliz por terem entrado em contato tão rápido. Era um trabalho de meio período, durante o horário escolar — o ideal para ela. Desse modo, só precisaria de alguém para cuidar dele nas férias, quando ele fosse para o colégio. O serviço seria bem interessante, na área de marketing de um jornal local. Se, por um lado, não se tratava do nível com o qual ela estava acostumada, por outro não era desprezível a ponto de fazê-la torcer o nariz. No entanto, ganharia uma mixaria. Além disso, havia aquela outra questão relacionada ao trabalho de meio período: na maioria das vezes, eram serviços de tempo integral encaixados em um horário mais curto, com salário mais baixo. Porém, àquela altura do campeonato, ela não tinha muita escolha.

Nadia queria pagar Chantal o mais breve possível, e seria difícil fazê-lo com aquele salário — embora a amiga não fosse cobrar juros pelo empréstimo e insistisse em dizer que não tinha pressa de receber. Não obstante, ela não tirava aquilo da cabeça e queria quitar a dívida o quanto antes. Toby compreendia Nadia e vinha se esforçando bastante; enviara várias faturas para seus clientes e ela esperava que algum dinheiro entrasse logo. Ele já fora para algumas das reuniões do grupo de apoio Não à Jogatina e, apesar de dizer que as detestara, ela se sentia grata por ver o marido freqüentá-las, mesmo a contragosto.

Nadia sorriu para si mesma. Se Toby soubesse o que elas haviam aprontado na sexta à noite! Ainda bem que tinham conseguido recuperar as jóias de Chantal e que tudo correra bem. Toby achava que ela fora tomar um drinque com as amigas; Nadia se perguntava o que pensaria se lhe revelasse onde haviam estado e o que tinha feito. Ele nunca imaginaria que ela também sabia mentir. Contudo, não faria mal manter aquele segredinho. Só Deus sabe o quanto ele escondera dela no passado! Felizmente, tudo aquilo terminara. Talvez um dia ela lhe contasse, e os dois ririam do ocorrido.

— Au-au — imitou Lewis, franzindo o cenho. — Cadê o au-au?

Ela voltou a se concentrar no filho.

— Deve estar por aqui, em algum lugar. — Nas peças da fazendinha havia um pastor de Shetland, preto-e-branco, com o rabo mastigado, que era o favorito de Lewis. Nadia procurou entre os inúmeros bichinhos. Mas não encontrou o au-au. A bem da verdade, muitas peças tinham sumido. Havia um trator antigo com um reboque cheio de madeira, uma figura de fazendeiro, com uma jaqueta de lã velha, vários currais e pedaços de cerca, alguns porcos pançudos vietnamitas e diversas vacas leiteiras, que a maior parte das fazendas não via havia cinqüenta anos. Onde será que estavam? — Acho que o au-au deve estar no seu armário de brinquedos. Espere aqui que a mamãe vai procurar para você.

Levantou-se e se espreguiçou antes de ir até o quarto do filho. O armário estava uma zona, como sempre. Se tivesse tido uma menina, será que ela seria mais organizada? Então, Autumn lembrou-se da bagunça de seu quarto, quando criança, e concluiu que não faria diferença. Se ela e Toby se livrassem das dívidas nos anos seguintes, poderiam pensar em ter outro filho, antes que Lewis crescesse demais. Seria bom ter uma menina também.

Vasculhando todas as estantes com brinquedos, ela empurrava ursinhos de pelúcia, quebra-cabeças, carrinhos e escavadoras para o lado. Meneou a cabeça.

— Este garoto podia até doar brinquedos para os fabricantes! — resmungou Nadia. — Não é à toa que nunca temos grana. — Alguns deles definitivamente iriam para a próxima venda de garagem.

— Anda logo, mãe! — gritou Lewis, do térreo.

— Conte todos os carneiros — ordenou ela. — São os que têm pêlo branco e focinho preto. Eu já vou descer.

Deixando escapar um resmungo impaciente, ela voltou a procurar e, dali a pouco, encontrou uma caixa com as peças que faltavam da fazendinha, incluindo o mastigado au-au. Nadia puxou a caixa para a parte da frente da estante e, ao fazer isso, trouxe junto uma correia preta. Deu uma puxada mais forte e a caixa empurrou ainda mais a correia preta. Uma maleta da mesma cor veio a seguir. Uma maleta preta de computador.

O coração de Nadia foi parar em sua boca, quando ela pegou-a e tirou-a do armário. Era um laptop. Um laptop novo. O que fazia escondido, na parte de trás da estante de brinquedos de Lewis? Ela soube da resposta no mesmo instante e sentiu o estômago revirar. Levou o laptop para o escritório e, remexendo de modo atrapalhado nos cabos, conectou-o à linha telefônica. Com as mãos trêmulas, ligou o computador e aguardou. Clicou no símbolo da internet e, tal como esperara, a conexão fora restabelecida. Era óbvio que Toby recomeçara a se conectar.

Checando o histórico de uso, ela confirmou, como suspeitara, que ele entrara nos cassinos virtuais. O marido a traíra. Daquela vez, fora ainda mais tratante ao tentar encobrir suas ações.

Depois de tudo o que ela fizera, aceitando emprestado o dinheiro de Chantal para liquidar suas dívidas, agora ele recomeçara a jogar, em segredo. Devia ter conseguido outro cartão de crédito também — não que fosse difícil nos dias atuais, já que os próprios bancos faziam fila para disponibilizar crédito sem objeção. O complicado era pagá-lo. Nadia se sentiu enjoada. Em quanto tempo estariam mergulhados em dívidas de novo? Desligou o computador, fechou-o e guardou-o na maleta. Foi até o quarto do filho e recolocou-o no esconderijo. Por dentro chorava, mas tinha que segurar as pontas. Não havia como enfrentar aquela situação indefinidamente. Aquilo precisava terminar. Tudo o que ela tinha a fazer era tomar uma decisão imediata.

Nadia pegou a caixa com as peças da fazendinha e desceu com o coração partido. Independente do que fosse acontecer, não deveria afetar o filho. Ele era sua vida, sua única alegria.

— Olha só o que eu trouxe — disse ela, com um sorriso fixo no rosto.

— O au-au! — gritou ele. — Você achou, mamãe!

Infelizmente, pensou ela, não era tudo o que havia encontrado.

Capítulo Cinqüenta e Quatro

Ted mal falara com Chantal durante todo o fim de semana. Depois de sua noite *quase* fantástica na sexta, ele fora para o quarto de hóspedes — o que nunca fizera antes. Tratou-a com o mais absoluto desprezo. Ficara mais tempo que de costume no clube de golfe. Os dois jantaram juntos em total silêncio, após trocar alguns cumprimentos; depois, ele assistira à televisão até a hora de dormir, ignorando-a por completo. Chantal sentiu-se ainda mais frustrada que de costume. Bom, mas aquele jogo contava com dois participantes. Se ele iria puni-la afastando-se ainda mais dela, então ela buscaria prazer em outra parte.

Chantal recostou-se no sofá e sorveu uma taça de um bom Shiraz. Só de pensar em Jazz e em seu corpo jovem e malhado, ficou excitada. O pseudônimo do rapaz era mesmo brega e ela se perguntou, distraidamente, qual seria o nome verdadeiro dele. De qualquer maneira, ele tinha inúmeras outras qualidades. Não era a situação ideal ter de recorrer a um garoto de programa para se satisfazer; afinal, que mulher queria fazer isso? Mas, se tivesse de fazê-lo, não hesitaria. De forma alguma, em sua idade, iria se resignar a seguir adiante sem vida sexual. Tinha de admitir que ficara chocada ao ouvir o ponto de vista de Ted sobre filhos. Podia jurar que os dois pensavam da mesma forma àquele respeito. Nenhum deles queria ter filhos, chegando a sentir pena dos amigos cuja liberdade era cerceada por eles. Quando seu marido mudara de idéia? Se se recusasse a dormir com ela, ela lidaria com essa questão à sua maneira.

Chantal perguntou-se por que Ted não conseguia se sentar com ela para discutir o assunto de modo racional. Talvez porque sabia que nunca concordaria. Sua própria família tinha sido tão inepta, que ela não gostaria de reproduzir tal situação, trazendo filhos ao mundo para submetê-los aos problemas que tivera de enfrentar. Chantal não se lembrava de ter ouvido os pais dizerem que a amavam, durante o tempo que morou com eles. Filha única, era encarada como um mal necessário. Naquela época, faziam-se filhos; não se tratava de uma questão de escolha. Nem sempre as pessoas se transformavam automaticamente em pais maravilhosos e atenciosos quando seus filhos nasciam. Sua mãe e seu pai trabalhavam muito, deixando-a sozinha, em casa, por longos períodos, em que ela era obrigada a se entreter por conta própria. Às vezes, estudava, outras vezes, bebia o Jack Daniel's que encontrava no bar e, depois, completava a garrafa com água. Durante o período escolar, Chantal esforçou-se para ser uma excelente aluna, esperando que sua atitude despertasse, um dia, a admiração e o amor dos pais. Não foi o que ocorreu. Apesar de só tirar dez, nunca foi elogiada. Além disso, também tinha talento musical, tal como se esperava dela. No entanto, desde que saiu de casa, nunca mais tocou piano.

Os pais continuavam vivos, mas participavam pouquíssimo de sua vida àquela altura. O contato se restringia às abomináveis ligações, motivadas por consciência pesada, e à troca de cartões de Natal e aniversário. Sem dúvida alguma, se se envolvessem mais em sua vida, ainda encontrariam algo que não aprovariam. Até mesmo Ted, com a boa aparência, o charme e o futuro promissor, não os impressionou, quando foi apresentado como pretendente. O que queriam para ela? Sua própria felicidade não contava? Imagine só que tipo de avós eles seriam, se mal se incomodavam com a própria filha! E para que ela haveria de ter um filho? Para passar suas neuroses, para que ele se sentisse inseguro e desprezado? Nunca fizera parte de seus planos, e Chantal sempre achou que o marido pensava como ela. Pelo visto, estava equivocada.

Nenhum dos dois pedia desculpas com facilidade, de maneira que aquele impasse poderia durar um bom tempo. Para se distrair, Chantal tinha enviado um e-mail para Jazz, pedindo para vê-lo naquela semana. Se o marido não a queria, não significava que não poderia se divertir naquele ínterim. Em sua opinião, era mais seguro divertir-se com Jazz que correr o risco de pegar outro cafajeste em um bar. Estava pensando nisso quando Ted entrou, com passadas largas, no quarto e jogou um pedaço de papel em seu colo. Era uma resposta ao e-mail que ela enviara ao garoto de programa; dizia simplesmente: *Quinta-feira à tarde estaria bem para você? Jazz.*

Ela fitou Ted, com a boca seca.

— Jazz? — perguntou ele.

Chantal deixou o papel cair, de forma negligente, no piso.

— É um cliente.

O semblante do marido estava sombrio, furioso.

— Não creio que seja, Chantal.

— Acredite no que quiser! — disse ela, friamente, embora tremesse por dentro. — Que diferença faz para você?

— Faz diferença quando também noto que faltam trinta mil libras na nossa conta bancária

Chantal sentiu o estômago contrair.

— Emprestei o dinheiro para uma amiga. Ela estava enfrentando dificuldades.

— Pode me dizer quem? — indagou Ted.

— Não, não posso.

— Falei com Lucian Barrington esta semana. Disse que Amy se encontrou com você no saguão do Hotel St. Crispen, na cidade. Contou que agia de modo estranho e que quis se livrar logo dela.

— Aquela mulher, além de chata, é fofoqueira. Teria sido mais estranho se eu tivesse resolvido tomar um drinque com ela e o Lucian, para fazer a vontade dela.

— Ela contou para Lucian que um jovem chamado Jazz perguntou por você na recepção do hotel e que foi até seu quarto.

Chantal olhou para a frente. Poderia continuar a negar tudo, tentar disfarçar, dizer para Ted que se tratava de um cliente, inventar uma desculpa convincente; no entanto, para quê? Talvez tivesse chegado a hora de abrir o jogo. Chantal comprimiu os lábios e respirou fundo.

— Sou culpada — admitiu ela, sem rodeios, virando-se para o marido. — Tenho estado com outros homens.

— Homens, no plural? — Os punhos de Ted estavam cerrados, brancos.

— Isso. — Ergueu o queixo de modo desafiador, embora por dentro desejasse atirar-se no chão e chorar. No fundo, ela sabia que esse dia chegaria, o dia do ajuste de contas, mas não tinha idéia de que seria tão doloroso.

— Então, acho que não há mais nada a ser dito.

— Ted... — começou ela.

— Suma daqui — ordenou ele. — Saia da minha frente!

Chantal levantou-se e caminhou na direção dele. Agora que revelara tudo, sentia-se mal, com ânsia de vômito. Queria que Ted a perdoasse, mas não sabia como pedir.

— Não quero que o nosso casamento acabe — disse ela, tocando seu braço com hesitação. Ted afastou-se dela. — Queria que a nossa relação voltasse a ser como antes. Temos que conversar sobre isso e sobre o que vamos fazer daqui em diante.

A expressão do marido era um misto de dor e ódio.

— A única conversa que vamos ter, Chantal, será por meio dos nossos advogados.

Capítulo Cinqüenta e Cinco

Enviei uma mensagem de texto para as minhas amigas, marcando um encontro no Paraíso do Chocolate para tomarmos um drinque e saborearmos nosso produto favorito no final do trabalho. Jacob ainda demoraria uma hora para chegar, tempo suficiente para nós conversarmos sobre o que ocorrera na sexta à noite, já que eu apagara antes que tivéssemos oportunidade de comemorar o feito. Queria também que as participantes do Clube das Chocólatras dessem uma olhada no meu novo namorado e vissem como eu conseguia atrair caras bonitões, que eram legais, e não babacas melindrosos.

Eu estava saboreando com agrado várias trufas de champanhe, confirmando a teoria de que menos nem sempre era mais, quando Chantal chegou. Ela se jogou no sofá ao meu lado e recostou a cabeça, dando um forte suspiro. Parecia mais desanimada que de costume. O semblante estava cansado e contraído. Ela pegou uma das minhas trufas, sem entusiasmo, e a comeu. Não deixou escapar a costumeira exclamação de prazer.

— Problemas?

— Com letra maiúscula.

Pensei que, por ter recuperado as jóias em grande estilo, ela ficaria feliz da vida por um bom tempo. Senti uma onda de pânico por dentro, o que anulou o efeito reconfortante das trufas.

— Não andou escutando nada sobre John Smith, o Amável Ladrão de Jóias, andou?

— Não. — Fez um gesto com as mãos, para ressaltar a negação. — Meus problemas estão em casa.

— Vou pedir uma bebida — sugeri. Pelo visto, ela precisava de uma dose dupla de conhaque. — Daí, você me conta o que houve.

— Chocolate quente, por favor — disse ela. E fui depressa pedi-lo a Clive.

Minutos depois, minha amiga segurava uma xícara com a bebida fumegante. Parecia estar melhor. O chocolate tinha mesmo o poder de curar. As mulheres de todas as partes do mundo sabiam disso. Minha amiga me fitou, quando sentiu o efeito mágico da bebida.

— Ted me expulsou de casa — disse ela, dando de ombros ao ver minha expressão chocada. — Percebeu que estava faltando dinheiro na conta e não acreditou na minha explicação.

— Nadia vai se sentir péssima!

— Não conte para ela — implorou Chantal. — Já tem muito com que se preocupar. Além do mais, isso não tem muito a ver com o dinheiro. Há outras questões mais... *importantes* também.

— Continuam a não dormir juntos?

Ela riu, parecendo ter perdido um pouco as estribeiras.

— Por incrível que pareça, tivemos uma noite ótima quando voltei, na sexta. Transamos apaixonadamente no sofá, pela primeira vez, depois de meses. — Deu outra risada histérica, ciente da ironia da situação. — Então, eu fiquei sabendo que Ted quer ter filhos. — Chantal lançou-me um olhar espantado. — Ele sabe muito bem qual é a minha opinião a esse respeito. Aliás, *todo mundo* sabe o que penso disso.

— Talvez ele acabe aceitando — disse eu, tentando consolá-la. — Ou, quem sabe, você não muda de idéia?

— Não quero ter filhos — insistiu minha amiga. — Nunca quis e nunca vou querer.

— E o Ted está determinado a ter?

— Está.

— Então, o casamento acabou?

Ela assentiu.

— Pelo visto, sim.

— O que você vai fazer? Aonde vai? Se eu não morasse num cubículo, poderia ficar comigo. Posso oferecer meu sofá até você achar um lugar.

— Eu fiz a mala de manhã. Daí, entrei em contato com algumas amigas, liguei para umas pessoas, até descobrir alguém que pudesse me alugar um apartamento por alguns meses. — Arriscou um sorriso. — Eu me mudei para um apartamento mobiliado, de dois quartos, em Islington, esta tarde.

— Uau! — Fiquei pasma com a rapidez que ocorrera.

— Se não consigo resolver de uma vez os problemas, fico doente! — admitiu ela, com uma expressão amarga.

Antes que eu pudesse fazer outro comentário, Autumn e Nadia entraram na chocolataria. Sentaram-se com alvoroço, enquanto tiravam os casacos e jogavam as bolsas num canto. Clive foi nos cumprimentar, com uma luva na mão.

— Como vão minhas amigas favoritas?

— Bem. — Achei que "mais ou menos" seria uma resposta mais apropriada, porém eu sabia que isso requereria longas explicações e precisávamos com urgência de chocolate. Nosso querido anfitrião anotou nossos pedidos e, em seguida, desapareceu, para providenciá-los. Nem Autumn nem Nadia pareciam estar animadas naquele dia.

— Podem desembuchar — pedi.

Nadia deu a largada:

— Descobri que Toby está jogando de novo. Vou deixá-lo.

Chantal e eu começamos a rir.

— O que foi? — perguntou Nadia. — O que é tão engraçado?

Lágrimas rolavam pelo meu rosto, sem que eu soubesse se eram de tristeza ou regozijo.

— Não é engraçado — disse eu, tentando controlar o ataque histérico. — Não é nada engraçado.

— É sim — discordou Chantal, abraçando-se. — Acabei de deixar Ted.

Então, Nadia sorriu também.

— Na hora certa! — exclamou ela, com um risinho cansado. — Que grupo infeliz nós formamos!

Quando consegui me controlar, perguntei-lhe:

— Aonde você vai? O que vai fazer? — Parecia inadequado naquele momento; porém, eu quis saber assim mesmo.

— Não sei ainda — admitiu ela.

— Venha morar comigo — sugeriu Chantal. — Acabei de alugar um ótimo apartamento, e tem um quarto sobrando.

Nadia meneou a cabeça.

— Não acho que meu parco orçamento esteja ao alcance dele, Chantal.

— Não tem problema. Pague o quanto puder — disse ela, com firmeza. — Prefiro compartilhá-lo com alguém que conheço a vagar por ele sozinha. Seremos livres, leves e soltas juntas!

— Não tão livre, no meu caso — corrigiu Nadia. — Está lembrada do Lewis?

Era óbvio que Chantal não considerara o garoto ao propor aquele acordo conveniente, mas recuperou a compostura de imediato.

— Não tem problema — disse ela, tentando parecer animada, embora sua voz tenha soado meio abafada.

— Tem certeza?

— Tenho. Vamos dar um jeito.

As duas se entreolharam com tristeza.

— Seria ótimo, Chantal — disse Nadia, com suavidade, apertando a mão da amiga. — Assim vou ter meu próprio espaço.

— Então, resolvido — concluiu Chantal. — Vou anotar o endereço para você. Leve suas coisas para lá assim que estiver pronta.

Clive chegou com uma bandeja cheia de doces, que colocou diante de nós.

— Parece que precisam disto hoje, queridas — disse ele. E era a mais pura verdade. Todas nos entregamos à volúpia.

— Também me deixaram — informou Autumn, em voz baixa. — O Richard foi embora. — Nenhuma de nós riu daquela vez, pois todas sabíamos o quanto Autumn se preocupava com o irmão. — Vândalos entraram no meu apartamento — prosseguiu ela, com a voz embargada — e meu querido irmão sumiu do mapa.

— Ah, Autumn!

— Não recebi uma notícia sequer dele desde então. — Nossa amiga deixou escapar um suspiro frustrado. — Pensei em ir até a delegacia para comunicar seu desaparecimento, mas o que ia dizer? Richard me mataria se soubesse que envolvi a polícia nisso. Não faço idéia do que fazer, exceto esperar.

Nenhuma de nós teve uma idéia brilhante.

— É melhor você dar boas notícias para nós, Lucy — pediu Nadia. — Seria ótimo saber que pelo menos uma de nós está passando por uma fase boa.

— Estou bem. Feliz da vida. Marcus está na dele, longe da minha vida, e tenho um namorado novo, muito legal. Tudo anda às mil maravilhas.

— Ainda bem! — exclamou Nadia, suspirando.

— Jacob vai chegar daqui a pouco — expliquei-lhes. — E quero que o conheçam. Não sei se ele é O Escolhido, mas gosto muito dele.

— Que bom, amiga! — disse Chantal. — Dou a maior força!

Dei um sorriso tímido.

— Espero mesmo que esta relação dê certo.

E, bem na hora, Jacob chegou ao Paraíso do Chocolate.

Capítulo Cinqüenta e Seis

Quando Jacob entrou na chocolataria, estava um gato. Usava um terno escuro, sensual, com os cabelos louros despenteados, no ponto ideal. Senti uma onda de orgulho. Aquele cara estava saindo comigo! Rá-rá-rá!

Assim que me viu, acenou de maneira casual e caminhou em minha direção. E, quando o fez, Chantal soltou uma exclamação. Daquela vez, não de alegria, como seria de esperar, mas de terror. Jacob interrompeu sua caminhada confiante por alguns instantes e seu sorriso radiante murchou ligeiramente; em seguida, continuou a vir em nossa direção. Chantal mordeu os lábios, nervosa, e sua linguagem corporal demonstrava extremo desconforto.

— O que foi? — perguntei. — O que está acontecendo?

Fez-se um silêncio pesado entre nós. Pelo visto, Autumn e Nadia estavam tão intrigadas quanto eu.

Jacob se juntou a nós.

— Oi — cumprimentou ele, com a voz animada demais.

— E aí? — respondi, com a voz hesitante e ansiosa, sem motivo aparente. Achei que deveria me levantar e beijá-lo, ou algo assim, mas não o fiz. Então, ele ficou ali, parecendo pouco à vontade, sem que eu me movesse. — Que bom ver você! Estas são minhas amigas. Autumn, Nadia e... Chantal. — Notei que meu amigo e ela trocaram um olhar ansioso. Uma luzinha acendeu num recôndito qualquer da minha mente confusa. — Mas acho que já se conhecem.

— Oi, Chantal — cumprimentou ele, com discrição. Em seguida, ajeitou, constrangido, o colarinho da camisa.

— Jazz — disse ela.

— Jazz? — fitei-a, buscando uma explicação, mas ela continuou calada; foi Jacob quem falou.

— Já conheci sua amiga — disse o rapaz. — Numa situação de negócios.

Entretanto, eu tive a sensação de que ele não era um dos entrevistados dela para a revista *Style USA*. Chame de intuição feminina ou de excessiva experiência em chifres por causa do Marcus, mas havia algo entre os dois — uma fagulha, uma química, uma história compartida. Não sabia exatamente o que era, mas ficaria sabendo.

— Como? Como se conheceram? Em que circunstâncias?

— Acho que Chantal deveria explicar para você — sugeriu Jacob. Sua atitude confiante desaparecera e, de uma hora para outra, ele parecia solitário e vulnerável.

Virando-me para Chantal, pedi:

— Dá para me explicar o que está acontecendo, por favor?

Minha amiga olhava fixamente para o próprio colo.

— Você provavelmente não vai querer ficar comigo depois disso, Lucy — disse Jacob, com tristeza. — Mas, se ainda quiser, eu gostaria muito que me ligasse. Gostei muito da sua companhia, durante o curto tempo que a gente passou junto. Você é muito legal. Eu pensei que... — Pigarreou, procurando as palavras. — Achei que a gente tinha algo especial.

Fiquei boquiaberta. Tão boquiaberta que não disse nada ao vê-lo dar a volta e se afastar.

Todas se remexeram, inquietas, enquanto eu permanecia ali, em estado de choque.

— E, então, vai me contar o seu segredinho? — perguntei, por fim, a Chantal.

Esforçando-se para me olhar, ela revelou:

— Seu namorado, o Jacob, Jazz, trabalha como acompanhante.

— Acompanhante? Como assim, acompanhante? — Tentei me lembrar se ultimamente Chantal havia ido a alguma festa glamourosa, na qual tivesse precisado levar alguém, que não fosse o marido.

— Lucy... — disse ela, com um tom exasperado, erguendo a sobrancelha.

Então eu me dei conta de que ela não tinha estado em nenhuma festa. Absorvi a informação durante alguns instantes.

— Tenho contratado os serviços dele.

— Serviços para quê?

As outras participantes do Clube das Chocólatras mudaram de posição, desconfortáveis.

O sangue subiu à minha cabeça e, de súbito, tudo ficou claro.

— Você tem *trepado* com o meu namorado? — A pergunta saiu terrivelmente alta, embora eu quase tivesse engasgado ao pronunciar aquelas palavras, e ouviu-se um burburinho quando os demais clientes do Paraíso do Chocolate se viraram para ver o que acontecia.

— Lucy — exclamou minha amiga, tentando explicar-se. — Eu não sabia que ele era seu namorado! Não fazia a menor idéia de que Jacob e Jazz eram a mesma pessoa. Como poderia ter adivinhado?

Eu mal conseguia respirar.

— Meu namorado é *um puto*?

— Não é bem assim — defendeu Chantal, aborrecida. — É um garoto de programa.

— A quem você paga para transar — retruquei.

Minha amiga fez a gentileza de enrubescer.

— Não é tão sórdido quanto você pensa. Ele é muito profissional.

— Maravilha! Ah, que bom então! Não queria que você pagasse por serviços de má qualidade.

— Sinto muito. Sinto muito mesmo. Sei que você gosta dele.

— *Gostava* — corrigi. — Como posso encará-lo agora? Como posso encará-lo sabendo o que ele faz, sabendo que você... que você *transou* com ele antes que eu mesma fizesse isso? — Queria apoiar a cabeça nas mãos e desatar a chorar. Jacob parecia ser tão legal, e tudo ia bem com a nossa amizade... relação... Nem sabia como denominar o que tínhamos... Mas, enfim, seja lá o que fosse, estava me ajudando a esquecer o Marcus. Eu nunca havia sido partidária do "todos os homens são canalhas"; entretanto, naquele momento, conseguia entender a força dessa teoria. Como pude ser enganada tão facilmente de novo? Como o infrator principal se mandara depressa (quem poderia culpá-lo?), dirigi toda minha raiva a Chantal. — Achei que você fosse mais amiga do que é. Não dá para acreditar que está saindo com o Jacob às escondidas.

— Não estive *saindo* com ele, Lucy — insistiu ela. — Eu o contratei, por hora.

— Quanto pagou pra ele? — quis saber.

— Lucy. Não faça isso consigo mesma.

— Eu quero saber!

— Duzentas libras por hora. — Autumn e Nadia respiraram fundo. Eu teria feito o mesmo, se pudesse respirar. Era muita grana para os padrões de qualquer pessoa.

— Ele é bom? — perguntei, petulante.

O semblante de Chantal estava frio quando respondeu:

— É. É muito bom.

— Eu *realmente* não quero saber — choraminguei. — Não quero saber *mesmo*.

Capítulo Cinqüenta e Sete

Chantal tentou entrar em contato comigo umas duzentas vezes, mas não retornei suas ligações. Eu estava bastante mal-humorada e, francamente, creio que tinha toda razão de ficar daquele jeito. Meu celular tocou de novo e, quando vi o número de telefone da minha amiga no visor, deixei-o tocar até a ligação cair na caixa postal. Em seguida, guardei-o no bolso.

— E aí, gata? — disse Paquera, surgindo atrás de mim. — Por que está com essa carinha tão triste?

Também não estava com saco de aturar aquilo, o tal estímulo à confraternização da equipe com a corrida de kart. Todo mundo agitado, cheio de energia, louco para que a largada fosse dada, e eu lá, sentindo-me a pior das criaturas, detestando cada minuto. Nós tínhamos ido até a zona portuária, pois a pista fora construída num terreno baldio próximo ao Millennium Dome. Ali, onde Judas perdera as botas, o vento soprava em quilômetros e mais quilômetros de asfalto plano. Por que não construíam um centro comercial com lojas atacadistas de estilistas naquele lugar? Na minha humilde opinião, o lugar seria muito mais bem aproveitado dessa forma.

Havíamos assistido a um DVD com instruções para pilotos num módulo, com painéis em cores vivas. As imagens fizeram a aventura parecer bastante aterradora. Naquele momento, nós nos encontrávamos à beira da pista, aguardando o início da imperdível corrida. Se, por um lado, a equipe de vendas mal podia conter a impaciência, por outro, eu sabia que não entraria nem morta naqueles carrinhos ridículos. Por que homens maduros, nas mais variadas faixas etárias, ainda sentiam necessidade de se divertir com brinquedinhos para provar a masculinidade? Era um aspecto psicológico complexo demais para a minha cabeça naquele momento. Desnecessário dizer que eu trajava um macacão vermelho nem um pouco lisonjeiro, apertado demais nas minhas nádegas grandes e arredondadas, e usava um capacete branco que, naquele momento, esmagava os cabelos que eu passara um tempão alisando na esperança de aumentar minha auto-estima destruída. Por que todos os eventos de confraternização requeriam vestimentas tão abomináveis? Por que não requeriam os pretinhos básicos de grife que deixavam a gente mais magra? Na próxima vez, eu escolheria o evento para estimular a nossa união e, com certeza, seria algo bem mais agradável. Ah! Uma semana no spa Chiva-Som, na Tailândia, cairia como uma luva, na minha opinião.

Fitei Paquera, com as palavras "se manda" na ponta da língua.

Ele apoiou o braço no meu ombro.

— Alguém roubou o seu estoque de chocolate?

— Não — respondi, com clareza. — Descobri que minha melhor amiga estava transando com o meu namorado.

— Oh! — O semblante de Paquera se fechou, preocupado. — Nada bom.

— Não.

— Isto vai animar você.

Claro que vai. Correr feito uma doida na pista, num brinquedo de aspecto patético de criança, sem motivo algum. Não sei o que mais poderia reconfortar meu coração ferido. Mas eu não tinha nada a perder e iria tentar, pois, até aquele momento, uma barra de Mars e outra de Bounty, um tablete de Turkish Delight, dois pacotes de Rolos, uma caixa de Continental, da Thornton, e três barras de chocolate de origem controlada, com pimenta-do-reino e cardamomo, não conseguiram me consolar.

Aiden Holby me deu um abraço amigável.

— Vou fazer o possível para que se divirta, gata — afirmou ele, sorrindo abertamente. — Vai levar uma surra nesse seu bumbum cor-de-pêssego nesta pista.

Humm. Quer dizer então que achava que minha bunda tinha essa cor? Sorri, apesar da dor.

— Quero ver você tentar.

— Aposto dez libras como vou vencer.

— Fechado. — Apertamos as mãos para selar a aposta.

— Adoro mulheres que não sabem que já perderam. — Apesar de estarmos, teoricamente, num ambiente de trabalho, com a equipe de vendas à nossa volta, ele me deu um beijo bastante prolongado na bochecha. E, em seguida, vi a vaca da Charlotte, da central de atendimento, caminhar rebolando até a largada. Paquera tirou o braço do meu ombro quando a viu e abriu um amplo sorriso. Voltei a ficar mal-humorada. Que história era aquela de beijinho para lá, beijinho para cá, "gata" para lá e "gata" para cá? Não era tão estúpida a ponto de não notar que ele me chutava para escanteio quando a namoradinha dava as caras. Daí, eu não era mais tão *gata* assim, não é mesmo? Ora essa! Ele não passava de um maldito machão que se achava no direito de brincar com meus sentimentos. Eu podia jurar que tinha fumaça saindo pelas minhas narinas. — Vejo você na pista — disse ele, saindo correndo atrás dela.

— Pode ter certeza disso! — comentei, entre dentes.

Minutos depois, já estava amarrada no kart, com o cinto de segurança duplo e a bunda perigosamente próxima ao asfalto. A coluna do volante estava presa entre minhas pernas, de um modo nada lisonjeiro. À minha frente, no quarto kart, encontrava-se Paquera — como era o chefe, tínhamos que deixá-lo ir na frente. Já dava para ouvir Charlotte gritando o nome dele dos boxes; tive vontade de avisar que nada acontecera ainda e que ele, na verdade, nem havia arredado o pé dali! Ela era uma imbecilizada mesmo! Se continuasse assim, ia me dar *seriamente* nos nervos. Naquele momento, eu me arrependi de ter contado a Paquera o motivo da minha grande depressão. Se ele abrisse a boca para a vaca da Charlotte, até o horário do almoço do dia seguinte todos estariam sabendo e eu teria que sair da Targa. De novo. A esse ritmo, o único emprego disponível para mim seria o de puta-de-bom-coração. Seria obrigada a entrar em contato com Jacob, Jazz ou seja lá qual fosse seu nome, para pegar dicas sobre como ingressar na profissão.

Abaixei o visor preto e, num piscar de olhos, o sinal passou de vermelho a verde, para que déssemos nossa volta classificatória. Fazia anos que eu não dirigia e, em questão de dias, eu me vi conduzindo uma megavan e, naquele momento, aquela máquina ensurdecedora. Tive a sensação de estar dirigindo um cortador de grama. Meu coração foi à boca, de tão nervosa que fiquei. Sei que nós, mulheres, passamos anos promovendo a nossa causa, lutando pela igualdade e tudo o mais, mas vou dizer uma coisa: dirigir aquele troço não era a nossa praia. Não restavam dúvidas de que gostávamos de pintar as unhas dos pés, de fazer os cabelos e as mãos. Não éramos nada chegadas a corridas de automóveis e, nesse termo genérico, eu incluía os karts. Não fazia parte da nossa estrutura genética.

Quando a primeira curva surgiu, um membro da equipe de vendas rodopiou e eu o ultrapassei a toda velocidade, louca para dar uma gargalhada. Em seguida, passei voando pelos outros dois karts, levando seus ocupantes a me fitarem, pasmos. Quando menos esperava, já estava atrás de Aiden Holby, com o pára-choque dele bem na minha frente. Paquera começou a aumentar a distância entre nós e eu meti o pé na tábua, pisando fundo no acelerador. Se aquele idiota arrogante achava que conseguiria se distanciar de *mim*, estava redondamente enganado! Continuamos a correr, com as curvas chegando cada vez mais rápido, o vento passando a toda por meu capacete. Algumas voltas depois, o sinal ficou vermelho e fomos para os boxes. Milagrosamente, eu ficaria na segunda posição, logo depois de Paquera.

Ficamos lá esperando, enquanto os outros membros da equipe concluíam as voltas classificatórias. A vaca da Charlotte aproveitou a oportunidade para se jogar em cima de Paquera, que não pareceu objetar. Tenho certeza de que ela lançava olhadelas mordazes na minha direção. Galinha! Eu estava farta daquilo. Quando eu já havia decidido tirar o capacete e voltar, pisando duro, para casa, recebemos autorização para ir até a largada. Dessa vez eu ficaria logo atrás do Paquera, nas primeiras marcações, e, podem ter certeza, eu não desgrudaria o olho dele. Meu chefe não iria levar vantagem!

Paquera virou-se e me soprou um beijo. Não sei bem o que aconteceu, mas minha visão ficou turva, meu coração disparou e pensamentos bastante sombrios assolaram minha mente. O sinal ficou verde e lá fomos nós de novo. Como uma atleta lutando pela posição inicial, grudei no kart de Paquera. Ele quase não conseguiu fazer a primeira curva na minha frente. Aceleramos para valer na pista reta. Se a vaca da Charlotte soltou gritinhos para encorajá-lo, não ouvi. Mas vou dizer uma coisa: ele bem que precisaria de estímulo. A ponta do meu kart estava a milímetros da traseira dele. Minha idéia era ultrapassá-lo e fazê-lo engolir poeira. Eu não fazia idéia da posição dos outros motoristas na pista, só sabia que estavam atrás de nós. Tratava-se de uma amarga competição entre mim e meu chefe. Ambos fizemos a curva seguinte a toda, com as rodas quase se tocando. Não chegamos a soltar fagulhas, mas eu bem que queria que isso acontecesse. Meus braços já doíam, enquanto eu lutava com o volante. Meu queixo também estava dolorido, já que cerrei com força os dentes. Então, chegamos a outra curva e, não sei bem o que aconteceu, mas creio que, sem querer, encostei na parte traseira do kart de Paquera, porque ele começou a rodopiar de forma frenética, rumo ao acostamento, onde, depois de girar mais na grama, chocou-se de frente com a pilha de pneus que atuava como barreira de segurança.

Dei um soco triunfante no ar e, em seguida, olhei por sobre o ombro e vi que todos corriam até o kart destruído de Paquera. Opa! Um homem sacudiu, exaltado, uma bandeira preta diante de mim e eu sabia, por causa das instruções que havíamos recebido, que teria de sair de imediato da pista, por mau comportamento. Encostei nos boxes e saí do kart. Para ser sincera, fiquei feliz por ter a desculpa de parar para ver como estava Paquera. Tirando o capacete, corri para o local em que ele se encontrava. Uma das rodas do kart se curvara por completo e a dianteira do carro ficara toda amassada. Uma pequena multidão se agrupara ao redor dele: gente do trabalho e, o que era mais preocupante, bombeiros da pista, com expressões sombrias no rosto.

— Aiden! Aiden! — Charlotte chorava, de modo bastante dramático.

Minha boca havia ficado seca, quando fui abrindo caminho até a frente, perguntando:

— Ele está bem?

Todos se viraram para mim e seus semblantes lúgubres fizeram meu coração como que parar de bater. Um caminho se abriu e eu me ajoelhei na lama remexida, ao lado do kart. O capacete de Paquera tinha caído e havia sangue esparramado num dos lados do seu rosto. Meus olhos se encheram de lágrimas. Era tudo minha culpa, era tudo minha culpa.

Fitando-me de cara feia, Charlotte me empurrou dali e agarrou a mão de Paquera, que não segurava mais o volante, estava caída, débil, sobre a grama. Ela a massageou com força.

— Aiden! — exclamou, com o tom de voz ansioso. — Aiden, acorde!

Mas, pelo que pude ver, não havia o menor sinal de vida.

Capítulo Cinqüenta e Oito

Chantal deu um chute na porta de seu apartamento para abri-la, equilibrando uma sacola de compras no quadril. Em seguida, entrou cambaleando na cozinha e colocou-a na mesa, inspecionando o ambiente com um sorriso de satisfação. O apartamento não era nada mal, sendo todo mobiliado com certo bom gosto. Tinha um aspecto moderno, embora os móveis fossem simples, e ela podia muito bem viver assim. Não lhe restava escolha.

Naquele dia, ela tentara, em vão, fazer as pazes com Lucy, depois de seu desentendimento por causa de Jazz. Além de telefonar para ela milhões de vezes, também tentou falar com o marido, para pedir desculpas a ele. Mas Ted não atendeu o celular, e sua assistente se recusou a transferir a ligação, alegando não poder interromper a reunião prolongada, que, na opinião de Chantal, era fictícia. Apesar de ter deixado inúmeros recados, nenhum dos dois retornara suas ligações.

Como os armários e a geladeira estavam vazios, ela comprara vários de seus extravagantes produtos favoritos — entre eles, uma garrafa de azeite de oliva condimentado com trufa, um pacote de queijo Camembert envelhecido, que Ted teria banido da casa, já que cheirava à meia suja, e uma embalagem grande da bebida especial de chocolate do Paraíso do Chocolate, preparada por Clive. Todos esses itens a reconfortariam quando ela necessitasse. E, sem dúvida alguma, ela precisaria deles. Seria estranho viver sozinha, depois de ter ficado tantos anos com Ted; Chantal conteve uma lágrima ao pensar nisso. Como boa parte do que estava acontecendo era culpa sua, não havia motivo para ficar se lamentando. Achava-se em melhores condições do que muitas mulheres em sua situação. Como seu trabalho pagava bem, tinha estabilidade financeira. Se os dois decidissem se separar, Chantal procuraria um advogado durão e ficaria com uma boa fatia da riqueza que ambos haviam acumulado. Ted teria de pensar duas vezes, se achava que se livraria dela com facilidade.

Ainda assim, ela esperava que a situação não chegasse a esse ponto. Não acreditava que tudo estivesse perdido. Devia haver uma forma de estimular a reconciliação entre os dois. Mas, naquele momento, ela não fazia a menor idéia de como fazer isso, já que ele se recusava a atender suas ligações.

Chantal serviu-se de uma quantidade generosa de Pinot Grigio, apesar de a garrafa não ter sido refrigerada. Em seguida, abriu a caixa de trufas de champanhe que comprara no Paraíso do Chocolate e levou tudo para a sala. Embora esta fosse bem menor que a de sua casa, era aconchegante e confortável, com seus tons de marfim e bege. Deixando-se cair no sofá, Chantal acomodou-se nas almofadas, cruzando os pés sob si. Brincou com as teclas do celular. Achou que deveria ligar para outra pessoa também e, antes que mudasse de idéia, discou o número. O celular só tocou duas vezes, antes que o atendessem.

— Alô.

— Jazz — disse ela, com um tom de voz inseguro. Respirou fundo. — Jacob, é a Chantal.

— Não achei que ouviria sua voz de novo — disse o rapaz, sem rodeios.

Ela suspirou.

— Não sei se deveria estar fazendo isso, mas quis ligar e dizer que lamento muito. Contei para Lucy que tínhamos um... — Como deveria chamá-lo? Optou por: — acordo.

Chantal ouviu Jacob suspirar também.

— Ela ainda está muito brava?

— Acho que não seria exagero dizer isso — admitiu.

— Então, ela não vai mais me procurar, certo?

— Duvido muito — disse Chantal. — Também não está falando comigo agora. Nunca imaginei que nossos caminhos se cruzariam dessa forma. Talvez tenha sido ingenuidade da minha parte.

— Nunca aconteceu antes.

— Então, acho que foi azar mesmo. Lamento ter estragado sua relação. Sei que ela gostava muito de você.

— E eu dela também. — Até pelo telefone dava para notar que ele estava arrasado. — Mas é um dos ossos do ofício. Assim que elas descobrem como ganho a vida, terminam comigo. Não tem muita mulher que agüenta isso. Daqui a pouco vou ter que mudar de profissão. — Ele deu uma risada amarga.

— Meu marido descobriu tudo sobre nós também — disse Chantal. — Ele me expulsou de casa.

— Sinto muito. Eu também não quis estragar o seu casamento.

— Ossos do ofício de cliente — disse ela, e os dois deram uma risada desanimada.

— Foi legal conhecer você, Chantal. É uma mulher e tanto. Quem dera todas as minhas clientes fossem tão...

Ela não o deixou terminar. Não queria, de forma alguma, saber como se comparava às demais clientes dele.

— Obrigada.

— Acho que você também não vai ligar mais para mim.

— Não como cliente. Meus dias de sexo ilícito já terminaram. Gostaria de me encontrar com você como amiga.

— Seria ótimo. — Fez uma pausa. — Sabe, não deixei marcarem nenhum encontro desde que... — Não terminou a frase. — Não sei se vou conseguir levar este trabalho adiante. Estou dando um tempo, para pensar na vida.

— Tenho muitos contatos — disse Chantal. — Se quiser mesmo mudar de profissão, posso ajudá-lo. Talvez consiga achar algo mais aceitável socialmente, só que, sem dúvida alguma, será bem menos lucrativo.

Ele riu. Era mesmo um bom rapaz e ela se perguntou por que teria se metido naquela vida. Quem sabe um dia não lhe contaria?

— Então, não vai trabalhar esta noite?

— Não. Se quer saber a verdade, estou aqui coçando o saco, sentindo pena de mim mesmo.

— Tenho uma garrafa de vinho branco aberta, um monte de refeições prontas, congeladas, e ótimos chocolates. Ficaria muito feliz se viesse para cá, como amigo.

— É para já, então — disse ele, sem hesitar.

Passou por sua mente que seria bom entretê-lo em outro âmbito, mas ela realmente fora sincera — não queria mais brincar com fogo. Amizade pura e simples daria certo também. Afinal de contas, amigos muitas vezes eram muito mais importantes que meros amantes. Ela deu a Jacob seu novo endereço e desligou. Não foi tão difícil assim, pensou Chantal, recostando-se de novo na maciez convidativa do sofá. Se ao menos pudesse fazer as pazes com Ted e Lucy com a mesma facilidade...

Capítulo Cinqüenta e Nove

Eu odeio hospitais. O cheiro penetrante de desinfetante estava me deixando cada vez mais enjoada. Aiden fora retirado às pressas da pista de kart, numa ambulância, acompanhado da vaca da Charlotte, e eu fui atrás, de metrô. Quando cheguei ao setor de emergência do hospital, ele já fora internado e não havia nada que eu pudesse fazer, a não ser aguardar até poder vê-lo. As cinco horas que tive de esperar para fazer isso levaram uma eternidade para passar. Se ao menos eu não tivesse agido de forma tão irresponsável, tão competitiva, tão enlouquecida... Ah, sei lá.

Por fim, depois das trinta e oito xicrinhas de chá de máquina e dos seis Kit-Kats da máquina de chocolate que ficava ao lado, uma enfermeira se aproximou de mim e informou:

— Já pode ir ver o sr. Holby agora.

— Obrigada. — Senti uma onda de alívio percorrer o corpo. — Ele está bem?

— Vai viver — disse ela, bruscamente.

Ao vaguear penosamente pelos corredores labirínticos, tentando encontrar o quarto de Paquera, minhas passadas eram tão pesadas quanto meu coração. Finalmente achei o corredor certo e, após me anunciar, entrei. O quarto estava na penumbra, já que era tarde — o horário de praxe de visitas passara havia muito tempo e eu me sentia grata por terem me deixado vê-lo. A cama de Paquera estava bem próximo à porta. Com a face pálida e os olhos cerrados, ele se achava deitado, prostrado, com uma das pernas erguida, numa espécie de tipóia, e a cabeça enfaixada, estilo múmia. A aparência do meu chefe preferido não poderia ser pior.

A vaca da Charlotte estava sentada ao seu lado, numa cadeira de plástico rígida. Quando me aproximei, ela me olhou. Aquela mulherzinha era especialista em olhares fulminantes, digo isso com conhecimento de causa.

— Como está ele? — sussurrei.

Mas, antes que ela pudesse responder, Paquera abriu os olhos e me fitou.

— Ah — disse ele, com voz rouca —, chegou a Demolidora.

Então, nada de "E aí, gata?" daquela vez. Sentei-me na única cadeira que restava, embora não tivesse sido convidada a fazê-lo.

— Estava morta de preocupação! — admiti.

— Desde quando seu espírito competitivo começou a ocupar toda a pista?

— Não sei! Não faço idéia do que houve, mas lamento muito mesmo.

— Olha só, deixe eu explicar o que aconteceu. Você simplesmente jogou o Aiden para fora da pista! — informou Charlotte, sem necessidade.

— Só dei uma encostadinha de brincadeira — protestei, envergonhada.

Paquera sorriu. Seus lábios estavam secos e, se eu estivesse ali na condição de namorada, umedeceria o tempo todo a boca dele. Tive que me esforçar para fazer a pergunta seguinte:

— Qual é o diagnóstico?

— Nunca mais vou poder tocar piano.

— E tocava antes?

— Não — admitiu ele, com um sorriso cansado. Retribuí o sorriso. Charlotte dirigiu o olhar fulminante para cima. — Tive uma leve contusão e quebrei a perna.

— Ah, droga! Sinto muito mesmo!

— Querem que eu passe a noite aqui, por precaução.

— Puxa, sinto muito mesmo! — repeti.

— Quer assinar o gesso? — perguntou ele, com a voz meio débil. — Acho que devia ser a primeira.

— Não sei o que dizer.

— Tchau poderia ser um bom começo — interveio Charlotte. — Aiden está muito cansado. Exausto!

Eu também estava esgotada. Dava para ver os cabelos de Paquera aparecendo debaixo da atadura e tive vontade de ajeitá-los. Se a vaca da Charlotte era sua namorada, por que não cuidava melhor dele?

— Talvez devêssemos fazer a nossa próxima confraternização num spa — sugeri, tentando amenizar um pouco o ambiente pesado. — Conheço um ótimo.

— Você na certa tentaria me afogar na banheira de hidromassagem.

— Se precisar de algo... — disse eu.

— *Eu* posso me encarregar perfeitamente das necessidades do Aiden — esclareceu Charlotte.

Como eu desprezava aquela fulaninha! Com todas as minhas forças.

— Chocolate — sugeriu ele. — Traga chocolate para mim. Você me deve uma.

— Vou trazer sim. Prometo.

Paquera fez uma expressão de dor.

— Não vou deixar que quebre a promessa!

O olhar indignado de Charlotte começou, claramente, a surtir efeito, pois, de súbito, passei a me sentir fraca.

— Bom, é melhor eu ir andando. Vou ligar amanhã para ver como está. — Levantei-me, com vontade de dar um beijo no rosto dele, mas achei que, se fizesse isso, Charlotte saltaria sobre a cama e faria picadinho de mim, a golpes de caratê. — Então, tchau.

— Tchau — despediu-se Paquera, baixinho.

— Tchau — disse a vaca da Charlotte, com excessivo entusiasmo, dando-me um adeusinho sarcástico.

Era difícil deixar meu chefe naquele estado. Mas eu me virei e fui até a porta. Quando cheguei lá, ele me chamou, com a voz fraca:

— Lucy — voltei-me para fitá-lo. — Eu teria ganhado! — Sorriu de novo, com o velho brilho maroto nos olhos.

— De jeito nenhum! — retruquei, antes de ir embora.

Capítulo Sessenta

Nadia ficou surpresa ao constatar que o corretor colocara a placa anunciando a venda da casa uma hora após sua ligação solicitando que a imobiliária se encarregasse disso. Como chegara à conclusão de que era a única forma de seguir adiante, não fazia sentido desperdiçar seu tempo acabando aos poucos com o casamento. Podia ser uma atitude drástica, mas, a seu ver, era a única forma de deter Toby, que parecia estar determinado a fazê-los mergulhar cada vez mais em dívidas com sua obsessão cega pelo jogo. O marido não poderia ter sido mais claro: as promessas vazias de riqueza e de vida excitante proporcionada pelo luxo importavam-lhe mais que o bem-estar da esposa e do filho. Assim sendo, se vendessem a casa rapidamente, talvez ela conseguisse recuperar alguma coisa antes que Toby torrasse tudo.

Ela contratara uma van, com dois homens fortões, para ajudá-la a fazer a mudança. Lucy iria lhe dar apoio moral e, mais uma vez, ela se sentia grata por contar com a dedicação das amigas do Clube das

Chocólatras. As últimas caixas estavam sendo colocadas na van e eles já se preparavam para sair. Lucy ligara para dizer que saíra do metrô e chegaria dali a cinco minutos. *Ainda bem!*, pensou Nadia. O que mais queria era dar o fora dali antes que Toby desse as caras. Decidira tirar suas coisas enquanto o marido trabalhava; achou que seria menos doloroso assim. Como poderia ter ido embora, se ele estivesse ali, observando-a tirar as pequenas caixas que simbolizavam a divisão de sua vida em conjunto? Tinha de ser feito, era melhor assim.

— Vamos, Lewis! — chamou ela. — A mamãe quer que você entre no carro.

— Aonde é que a gente vai?

— Lembra que a mamãe disse que a gente vai viver numa casa diferente da do papai, por algum tempo?

O menino assentiu, mas era óbvio que não entendera, já que mantinha o leve sorriso no rostinho.

— O papai vai também?

— Não. Só nós dois vamos. Será uma grande aventura.

Lewis não se deixou impressionar. Talvez um dia entendesse por que ela achava que tinha de tomar aquela atitude.

— O Seu Fedorento pode ir?

— Claro!

Ele levava o ursinho favorito debaixo do braço. O animal de pelúcia ganhara esse nome porque fedia, já que Lucy só conseguia arrancá-lo das mãos quase viciadas do garoto uma vez por ano, para pô-lo na máquina de lavar; ainda assim, subornando-o descaradamente com muito chocolate.

Um dos sujeitos corpulentos abriu a porta da frente, deixando à mostra apenas a cabeça.

— Tudo pronto. Quando a madame quiser, a gente pode ir.

— Já vou — disse ela. Daria uma última olhada na casa, para ver se não se esquecera de nada.

Foi difícil para Nadia fazer isso e ela percorreu com tristeza os quartos. Por mais que a casa estivesse deteriorada, ela a adorava; continuava a ser o seu lar, o lar de sua família. Agora, apesar de ainda contar com alguns objetos e móveis, parecia uma concha vazia. No criado-mudo, havia uma foto sua e de Toby no dia em que contraíram matrimônio. Ela pegou-a e colocou-a na bolsa. Não sabia por quê. Quem sabe o fizera em nome dos velhos tempos? Seus pais a excluíram de suas vidas porque ela se casara com Toby, rejeitando o homem escolhido por eles. Disseram que o casamento não duraria, que a união por conveniência seria melhor, que alianças baseadas só em amor nunca duravam. Pelo visto, tinham razão.

Pensou em deixar um bilhete para Toby, mas, sem encontrar palavras para expressar o que sentia, mudou de idéia. Quando finalmente terminou de checar toda a casa, pegou Lewis no colo e saiu. Fechou com firmeza a porta de entrada. Os rapazes já a esperavam dentro da van. Ela viu Lucy chegando, caminhando a passos largos pela rua, em sua direção. Acenou-lhe. Abriu a porta do carro e colocou o filho no chão, para que ele pudesse se sentar em sua cadeirinha. Em seguida, com as mãos trêmulas, pôs o cinto de segurança no menino.

Instantes depois, Lucy chegou, esbaforida, em virtude do esforço de subir a ladeira. Deu-lhe um beijo carinhoso.

— Tudo bem? — perguntou a amiga.

— Na medida do possível — respondeu Nadia. — Já estamos prontos. Não estou levando muita coisa; mais do que tudo, roupas e brinquedos para Lewis. Chantal disse que o apartamento que alugou já tem tudo.

— Não duvido nada, pois ela não ficaria sem suas comodidades básicas! — assegurou à amiga. — Não duvido que seu banheiro tenha hidromassagem e sauna.

Nadia esforçou-se para sorrir.

— Seria ótimo!

— Vai dar tudo certo! — exclamou Lucy, apertando seu braço. — *Você* vai ficar bem!

— Já expliquei para o motorista da van como chegar no apartamento — disse Nadia. — Ele vai seguir o meu carro.

— Quer que eu dirija?

— Quero sim. — Ela estava emocionada demais para se concentrar no trânsito. A amiga pegou as chaves e sentou-se no banco do motorista. Nadia acomodou-se ao seu lado. Remexia, nervosamente, os botões da saia. Lucy deu-lhe uns tapinhas carinhosos na mão.

— Está pronta para partir? — Nadia assentiu. Seus olhos estavam marejados de lágrimas. — Tem certeza de que pegou tudo?

Ela meneou a cabeça mais uma vez, em sinal afirmativo. Lucy já tinha passado a marcha quando ouviram o som de pneus cantando na rua. Olhando pelo retrovisor lateral, Nadia viu outra van frear bruscamente atrás delas, e não restavam dúvidas sobre quem era o motorista. O veículo mal parara, quando Toby saltou e correu para o lado em que se encontrava Nadia, abrindo a porta.

— Papai! — gritou Lewis, feliz, do banco de trás.

Toby começou a falar, quase sem fôlego.

— Um dos vizinhos ligou para avisar que você estava indo embora. Não faça isso, Nadia. Por favor, não faça isso!

Nadia se sentia angustiada.

— Tenho que ir, Toby. Eu fiz tudo o que pude.

— Vou mudar! — prometeu ele, agachando-se ao seu lado. — Estou implorando. Por favor, não vá! Não leve o meu filho embora! — *Devíamos estar discutindo isso a sós, sem obrigar Lewis e Lucy a testemunharem nossa conversa*, pensou Nadia, desolada. — Você colocou a casa à venda! — exclamou ele, pasmo, ao ver a placa fincada no jardim. — Quando fez isso?

— Hoje de manhã.

— Aonde vai? Como vou entrar em contato com você?

— Estou com o celular. Pode me ligar a qualquer hora, e vou manter contato. — Partir era bem mais difícil do que pensara.

— Quando vou ver o Lewis? — Seu semblante transmitia a agonia que sentia. — Como pode fazer isso comigo?

— Como você pôde fazer isso com *a gente*? — retrucou Nadia. — Não foi nada fácil tomar esta atitude, Toby. Eu ainda amo você, apesar de tudo.

— Então, volte! — Para seu terror, o marido começou a chorar. — Volte, a gente dá um jeito!

— Não posso!

— Já deixei de lado os sites de jogos, como você pediu. O que mais posso fazer para provar que me importo?

— Não deixou não, Toby — disse ela, com tristeza. — Achei o laptop que você escondeu. Sei que a nossa conexão foi restabelecida, que você conseguiu outro cartão de crédito e que está jogando de novo, às escondidas. Não posso deixar que leve a gente junto para o fundo do poço. Estou agindo assim não só para me proteger, mas para resguardar Lewis. — Ao ouvir isso, Toby pareceu se resignar. — Tenho que ir. Precisa me deixar partir.

O marido se endireitou, aos poucos. Em seguida, após hesitar um pouco, fechou a porta do carro e disse:

— Eu amo você.

— Vamos — pediu ela a Lucy.

Sem discutir, a amiga passou a marcha de novo e partiu, seguida da van. Parecia uma procissão fúnebre. Nadia não olhou para trás, mas sabia que o marido continuava na rua, observando-os ir embora.

Capítulo Sessenta e Um

— O pior já passou — disse eu a Nadia, embora não tivesse tanta certeza assim. Chavões caíam sempre bem nessas situações; melhor deixar a dura realidade para depois. — Trouxe chocolate para você e o Lewis. — O garoto brincava com o ursinho de pelúcia.

— Que bom! — Ela estremeceu ao suspirar.

— Estão na minha bolsa. Pode pegar.

Minha amiga pôs-se a buscá-los, de imediato.

Eu nunca havia ido à casa de Nadia antes, e creio que nem as demais participantes do Clube das Chocólatras. Por algum motivo, ao me deparar com aquela situação, vi como ela deve ter lutado para manter o teto sobre sua cabeça. À medida que fomos nos afastando, percebi como o bairro era pobre, o que não significava que o preço das propriedades fosse razoável, somente menos exorbitante que outros. O local para onde Nadia estava se mudando com Chantal era muito mais sofisticado, mas eu sabia que isso nem passava pela cabeça da minha amiga naquele momento.

Meus problemas eram insignificantes, comparados com os dela. Eu ainda estava superpreocupada com o Paquera, mas havia ligado para o hospital de manhã e a enfermeira da unidade informara que ele dormira bem, mas que eu não poderia me comunicar com ele, já que estava sendo examinado pelo médico. Eu tentaria mais tarde. Quando Nadia me pediu para ajudá-la a se mudar para o apartamento de Chantal, quis ser solidária e me prontifiquei a ajudá-la. Esperava que, ao dar uma mãozinha para minha amiga, acabasse ganhando alguns pontinhos com o Cara lá de cima e conseguisse manter um lugarzinho no paraíso, sem ter que queimar no inferno por jogar o meu chefe para fora da pista de kart de propósito.

O céu de um azul intenso e o dia lindo e ensolarado contrastavam com o que estava ocorrendo. A face de minha amiga estava tensa; pelo visto, ela passara várias noites em claro. E, para completar, era preciso levar em consideração que, às vezes, era mais fácil ser abandonada do que abandonar. Na verdade, eu deveria ter deixado o Marcus em várias ocasiões, quando namorávamos, mas nunca conseguia levar isso adiante. Parecia um labrador com uma bola de tênis velha — não a largava de jeito nenhum. Realmente admirava a força e a coragem de Nadia para fazer isso. Devia ser muito difícil para ela.

Lewis estava sentado, tranqüilo, na parte de trás do carro, agarrado ao ursinho; eu me perguntei no que estaria pensando naquele momento e no quanto entendia da situação. Nadia tirou da minha bolsa um sapo de chocolate que eu comprara para ele, abriu-o e entregou-o ao filho.

Ele o pegou com entusiasmo, usando ambas as mãos. Descobri que o chocolate atuava como consolo emocional em todas as faixas etárias.

— Chocolate! — exclamou ele, com os olhos brilhando de imediato.

— Como se diz? — perguntou a mãe.

— Obrigado — agradeceu ele, obedientemente, já com o bombom na boca.

— Você se lembra da tia Lucy? — indagou Nadia.

Já tínhamos visto o filho de Nadia antes, mas, para ser sincera, só nas raríssimas ocasiões em que ela não conseguia sair de casa sem ele. O Clube das Chocólatras sempre fora o refúgio de Nadia no que dizia respeito a todas as coisas domésticas — incluindo o filho.

— Oi. — Pelo retrovisor, pude vê-lo sorrindo para mim, com a boca toda melada de chocolate; será que Chantal agüentaria seu hóspede mais novo, já que, tal como ela mesma admitira, não era lá muito maternal? Tínhamos de limpar bem a boquinha do Lewis quando chegássemos.

Uma hora depois — o trânsito estava um inferno — estacionamos diante do apartamento de Chantal. Era um casarão antigo, cujo interior, pelo visto, fora reformado e transformado em apartamentos. Sua localização era excelente, próximo à Islington High Street. Para ser sincera, não me importaria de me mudar para lá; colocava no chão meu apê caindo aos pedaços, em cima do salão de beleza. Senti certo nervosismo diante da perspectiva de me encontrar com Chantal, já que não a via desde nossa "altercação" por causa de Jacob, Jazz ou seja lá qual fosse o nome do cara. Sentia menos animosidade em relação a ela, pois, no fim das contas, o que acontecera se devia mais ao meu mau gosto no campo masculino. Tinha consciência, naquele momento, de que ela *não* tivera culpa nenhuma.

Olhando para Nadia de soslaio, notei que estava bastante ansiosa. Apertei sua mão de novo.

— Poderia recomeçar a vida de um jeito bem pior. Tenho certeza de que Chantal vai cuidar bem de vocês dois.

— Ela tem sido tão boa comigo! — concordou Nadia. — O que fiz para merecer amigas tão maravilhosas?

— É mesmo. Somos ótimas, mas espere só até receber a conta! — Recorrer ao bom humor para conter uma cena potencialmente comovente era um dos meus passatempos prediletos. Deu certo e Nadia riu. Ainda estávamos dentro do carro, e a van estacionou atrás de nós. — Vamos. Precisamos tirar suas coisas.

Interfonamos para Chantal, que veio nos receber, beijando Nadia com carinho. Então, olhou-me e perguntou:

— Posso cumprimentar você também? — Dei de ombros e permiti que ela me abraçasse. — Sinto muito.

— Eu também.

— Jacob mandou um abraço para você.

— Essa não! — disse, desesperada, ao me afastar dela. — Não continuou a vê-lo, continuou? Caramba!

— Eu o vi sim, mas não dessa forma, só como amigo. É um bom companheiro e, por incrível que pareça, consegui resistir ao seu charme, mesmo como cliente. Também estou ajudando o rapaz a achar outro emprego. Ele está tentando mudar de vida, Lucy. É preciso reconhecer isso.

— Bom, acho que isso acontece muito. — Percebi que estava sem forças até para me zangar. Jacob, apesar dos defeitos, era um cara legal. — Tomara que ele consiga.

— Ele queria ver você de novo, Lucy. Gosta muito de você.

— Não me sinto tão magnânima assim — disse-lhe eu, rindo.

— Talvez um dia você mude de idéia.

Mas, antes que eu ponderasse sobre o assunto, uma vozinha atrás de nós disse:

— Oi.

Chantal ergueu a sobrancelha.

— Ah, oi.

Tínhamos nos esquecido de limpar a boca do Lewis, suja de chocolate, e notei que suas mãos ficaram todas meladas também. Eu torcia muito para que o sofá de Chantal não fosse bege, mas marrom bem escuro. Sorridente, Lewis entregou o ursinho a ela.

— Este aqui é o Seu Fedorento — explicou-lhe ele.

Chantal segurou o ursinho a distância.

— Deu para perceber por quê!

Nadia mordiscava os lábios, nervosamente. Pegou a mão do filho.

— Tem certeza que podemos seguir adiante com isso, Chantal? — perguntou ela.

Se Chantal tinha pensado duas vezes no convite feito aos inquilinos, Nadia e Lewis, não deixou transparecer nada. Seu sorriso manteve-se radiante, enquanto pegava a mão melada e grudenta do menino e o levava para dentro.

— Sei que vai dar tudo certo — respondeu ela.

Capítulo Sessenta e Dois

Naquela noite, eu precisava mais do que nunca da minha aula de ioga. Achava-me na postura da cobra — arqueando o máximo possível as costas e tentando aparentar tranqüilidade. Por dentro, estava superansiosa. Então, relaxei o corpo, ou seja, despenquei no colchonete, formando um montículo ofegante. Era nessas ocasiões que eu percebia que deveria ter ficado em casa, acompanhada de Keanu Reeves e chocolate. Teria sido a melhor atitude a tomar.

— Voltem devagar para o colchonete — ordenou minha professora. Persephone era uma moça miúda, que se movia como uma fada pela sala. — Assumam agora a postura fetal. — Curvei-me toda, formando uma bolinha, tentando relaxar a mente acelerada.

Tinha muito em que pensar. Paquera já saíra do hospital, mas não voltara a trabalhar. Sentia muita falta dele. O escritório parecia totalmente vazio sem a sua presença. A vaca da Charlotte me ignorava de forma deliberada, sempre que eu a vislumbrava nos corredores da

Targa. Por sorte, eu nunca tinha que pôr os pés na central de atendimento, então nosso contato era mínimo. Eu falara com Paquera algumas vezes pelo celular — sobre assuntos supostamente relacionados ao trabalho — e ele pareceu estar bem. Nossas conversas eram meio forçadas, mas isso porque eu insistia em pedir desculpas a cada cinco segundos. Implorei às velhas rabugentas do Departamento de Recursos Humanos que me dessem o endereço dele, explicando que eu tinha de enviar trabalho para ele, e, por fim, elas me deram, não sem antes proclamar todas as leis de proteção de informações para mim. Então, naquele dia, pela internet, encomendei uma enorme cesta com chocolates e mandei entregá-la na casa dele, para animá-lo. E acabei pedindo uma pequena para mim também, para *me* animar.

A outra coisa era que tínhamos um grande evento do escritório chegando: a Reunião Européia de Planejamento Inicial, após a qual sempre se realizava uma festa de arromba. Os chefões vinham de todas as partes do mundo, passavam o dia reclamando dos lucros cada vez menores da Targa e os desperdiçavam em seguida, oferecendo biritas de graça para todos os funcionários, à noite. Eu havia perdido a festa anterior, porque estava trabalhando noutro lugar, mas, naquele ano, não só fora encarregada de organizar partes dela — a montanha de papéis na minha mesa era alarmante —, como participaria depois. Era uma daquelas coisas esquisitas, ou seja, por um lado, eu preferiria que arrancassem todos os meus cílios com uma pinça a ir, e, por outro, não a perderia por nada neste mundo. Além disso, era praticamente uma obrigação comparecer; do contrário, todo mundo ia ficar falando de você.

— Agora, vamos passar para a postura da vela. — Persephone divagou sobre o que deveria ser feito para se chegar à perfeição nessa postura e me desliguei por completo. Eu fizera aquela postura um milhão de vezes e continuava péssima.

Meu dilema seguinte, naquele momento, foi: com quem iria à festa? Companheiros e amigos de funcionários também eram convidados e eu sabia que Paquera estaria lá, de muletas, com a vaca da Charlotte. E nem morta me depararia com eles sozinha! Poderia convidar uma das participantes do Clube das Chocólatras para ir comigo, mas eu sabia que, se fosse com uma amiga, antes mesmo de se terminar de pronunciar a palavra "sapatão", todo o escritório já estaria me chamando de lésbica. Considerando que meu status de funcionária razoável não estava muito arraigado, eu não queria correr o risco de receber outro rótulo. Chantal me encorajaria a levar Jacob, mas, podem me chamar de rancorosa e maluca, eu não teria grana para pagá-lo. Ele só ficaria o bastante para tomar meia taça de champanhe e, daí, sem poder contar com mais dinheiro, partiria para outra.

Eu me deitei no colchonete e, em seguida, tentei erguer todo o peso do meu corpo no ar, resmungando bastante.

— Ergam esses quadris! — ordenou a professora.

Os meus, na certa, eram de chumbo e chiaram à beça ao serem tratados daquela forma. Com os dentes cerrados, tentei colocar as partes do meu corpo no lugar correto. Mas meu bumbum se recusava terminantemente a deixar a terra firme. Após tomar impulso, lançar-me, empurrar o corpo e ofegar, cheguei lá. Fiz a postura da vela — embora de forma bastante desengonçada.

— Isso, Lucy! — exclamou Persephone, com um tom de voz muito sincero. — Muito bem! — Minha professora de ioga era uma mentirosa, mas tentava encorajar aqueles que tinham dificuldade de acompanhar os inexplicáveis mistérios do Oriente. Tessa, na minha frente, parecia uma bailarina, de cabeça para baixo. Seus pés estavam em ponta, sua barriga não mergulhara nos peitos e sua face não ficara roxa por causa do esforço. Como eu a odiava! Mas nada impedia que, um dia, com um pouco mais de força de vontade, não me tornasse tão boa quanto ela. Ah, tá, me engana que eu gosto!

Então, cometi a gafe-mor da aula de ioga. Meu celular tocou e, na pressa de atendê-lo, saí de uma vez da postura da vela, pondo em risco minha integridade física e meu pescoço. O clima da classe foi afetado.

— Sinto muito! — sussurrei, correndo em direção à porta, com o toque do celular, a música "I'm Every Woman", de Chaka Khan, ainda soando alto.

Vários alunos viraram-se para me olhar, enquanto eu saía, e o que li nos olhos de Persephone foi: "Essa aí nunca vai alcançar a iluminação espiritual." Mas isso eu mesma poderia ter lhe dito.

No corredor, encostei-me na parede, ofegando bastante, e atendi o celular:

— Alô.

— Oi, Lucy. — Houve uma pausa. — Você ligou para mim?

Tinha telefonado, sim, e já estava me perguntando se não cometera um grande erro. Meu coração batia acelerado no peito e eu sabia muito bem que não era apenas por causa dos meus excessos na postura da vela.

— Marcus. Você quer ir a uma festa comigo?

Capítulo Sessenta e Três

Autumn ouvia seu novo CD, com as flautas de Pã peruanas, comprado sobretudo porque uma libra esterlina de cada um deles seria usada para amenizar a situação miserável dos povos nativos da América do Sul. Não sabia ao certo se de fato gostava daquela flauta, mas que mal fazia mudar um pouco o gosto musical em prol de uma boa causa? Para desviar a mente do som suave e meio repetitivo, apoiou a caneca com seu chocolate quente favorito no peito e folheou as páginas de um guia útil sobre reciclagem, publicado pela assembléia local, que, como era de esperar, não prestara atenção na fonte e no papel grosso usados no folheto caro.

O lado bom daquela música foi que acabou distraindo-a, impedindo-a de pensar em como se sentia sozinha após a partida do irmão. Na verdade, preferia tê-lo ali, metendo o bedelho em sua vida e fazendo algazarra, a não ter a menor idéia de seu paradeiro. Fazia duas semanas que partira e, à medida que o tempo passava, ela ficava cada vez mais ansiosa. Não importava o que ele fizesse, continuaria sendo seu irmão caçula e ela sempre tentaria protegê-lo. O mais preocupante era não ter escutado nem uma palavra dele, nem recebido um telefonema. Agora, ela se perguntava o que andaria acontecendo com Richard: teria dinheiro, estaria sendo obrigado a ficar em algum lugar ou se encontraria jogado em um beco escuro, ignorado e desprezado? Se não aparecesse logo, ela acabaria tendo de ir à polícia. O irmão sempre fora irresponsável, mas nunca sumira de vista por tanto tempo antes, sem fazer o menor contato.

Autumn tentou, sem sucesso, prestar atenção na música andina e nos benefícios de se lavarem latas de lixo. Addison estivera no Instituto naquele dia, mas não fora conversar com ela na sala de artes. Ele se limitara a acenar alegremente, da porta. Embora estivesse acompanhado de um homem elegante, que trajava terno e parecia importante, normalmente teria encontrado um tempinho para bater um papo com ela. Talvez Autumn tivesse perdido sua oportunidade, mas não podia parar para pensar nisso naquele momento; já tinha muito com que se preocupar. Entretanto, era uma pena, pois ela achava que gostaria muito dele.

Antes de se deitar, Autumn tomou um longo banho de espuma na banheira, tentando não pensar nas pessoas de países atingidos pela seca, que nunca teriam a oportunidade de desfrutar daquele simples prazer. Quando sentiu estar prestes a deixar aquela espuma com aroma de alfazema, ouviu o ruído de uma chave na porta da frente. Seu coração foi à boca e ela se levantou de um salto na banheira, tateando em busca da toalha. Se não estivesse equivocada, ninguém tinha uma chave extra de seu apartamento. As dobradiças da porta rangeram quando ela se abriu.

Autumn enrolou-se na toalha e saiu sem fazer ruído da banheira, buscando algo que lhe servisse de arma, mas não encontrou nada. Não conseguiria dominar o invasor com uma esponja ou uma lâmina de barbear. Continuou a examinar o banheiro de modo frenético. A única coisa que lhe ocorreu foi pegar a escova do vaso sanitário. Retorcendo o nariz, ela optou por utilizá-la. Dava para ouvir passadas vacilantes na sala — talvez de mais de uma pessoa —, e torcia que não fossem os mesmos sujeitos que vandalizaram seu apartamento antes, já que tinham feito um ótimo trabalho e Autumn só conseguira arrumar tudo recentemente. Agora, desejava ter mudado a fechadura e colocado mais travas de segurança na porta — correntes, ferrolhos, talvez até um olho mágico e artefatos similares. De que adiantaria uma escova de sanitário contra aquele tipo de gente? Embora fosse prejudicial ao meio ambiente, ela bem que gostaria de ter uma daquelas metralhadoras naquele momento.

Autumn se dirigiu, em silêncio, à sala. Ali, ergueu a escova como se fosse um bastão de gladiador e, encostando todo o corpo na parede, arriscou-se a dar uma olhadela pela fresta da porta. Lá, jogado num canto do sofá, estava a figura familiar de seu irmão. Ela teve vontade de se jogar no chão, de tão aliviada que ficou. Richard massageava a testa com uma das mãos, mas parou quando a viu entrar.

— Oi, mana! — saudou ele, parecendo fatigado. — O que é que está planejando fazer com isso? Esfregar as minhas costas?

— É disso que você precisa? — retrucou Autumn, sentindo-se a um só tempo reconfortada e irritada.

A aparência do irmão estava péssima. A face apresentava um tom acinzentado e um suor doentio reluzia na testa. Ele perdera peso. Levava o casaco amarrado na cintura do corpo drogado. Os olhos, outrora brilhantes, estavam opacos e as olheiras lúgubres que os circundavam eram tão escuras quanto hematomas.

— Tentei entrar sem acordar você — explicou ele.

— Você desaparece durante semanas e, daí, tenta entrar sem que eu saiba? Eu mal dormi desde que foi embora! — Apesar de, pelo visto, ela não ter sido a única. — Eu nem sabia que você tinha a chave!

— Fiz uma cópia pra mim — admitiu o irmão.

— Mas podia ter me dito. Pensei que fosse um ladrão. Quase me matou de susto! Acho que já sabe que alguns dos seus companheiros de negócios decidiram reorganizar meu apartamento na minha ausência.

Richard inclinou a cabeça.

— Sinto muito. Não queria meter você nessa história.

— Então pára de traficar aqui.

— Não venha me dar lições de moral agora, mana. — Fitou-a. — Não vim para ficar.

Autumn sentou-se diante dele, deixando a escova cair no tapete, ao lado da cadeira.

— Continua metido em encrenca?

Ele assentiu.

— Das piores.

— Por onde andou?

— Nem queira saber!

— Esses caras mantiveram você em algum lugar, contra a sua vontade?

— De certa forma — disse Rich. — Digamos que vão levar algum tempo para se dar conta de que não estou desfrutando da hospitalidade deles.

Bem que Autumn suspeitara.

— Então, você conseguiu escapar?

Richard deu de ombros, exaurido, e ela considerou o gesto uma resposta afirmativa à sua pergunta.

— Aonde vai desta vez?

— Para o mais longe possível. Tenho que deixar o país o quanto antes. Vou amanhã.

— Tão rápido assim?

— Vou para uma clínica de reabilitação no Arizona. Estou na pior. Preciso tomar jeito, Autumn.

— Vai para o Claustro? — Era o lugar para onde iam todos os viciados famosos. O silêncio do irmão lhe disse que acertara em cheio. — Como é que vai fazer para pagar?

Richard a olhou, envergonhado.

— Fui visitar nossos pais antes de vir pra cá.

Como sempre, os pais não hesitariam em pagar por outro período de internação do filho. Autumn suspirou. Podia até ver o pai entregando o cartão de crédito ao irmão, enquanto ele fazia a reserva. Os pais sempre deram a eles tudo o que queriam, menos seu precioso tempo. Ela se perguntava como seria sua vida, e a do irmão, se não tivessem tido pais super-ricos, que nunca estavam por perto para cuidar deles.

— Ir para outro país vai impedir essa gente de perseguir você?

— Não sei. Devo uma grana preta, Autumn, e peguei uma parte da mercadoria deles.

— Está aqui? É por isso que vandalizaram o meu apartamento? Não tem problema eu continuar aqui?

— Fique fria. — Mas ela não gostou da forma como ele desviou o olhar. — Eles estavam procurando a mercadoria, mas já não estou com ela.

— Não pode dizer isso pra eles?

Seu tom de voz endureceu.

— Não se pode dialogar com essa gente.

— Então, cadê o dinheiro? Com toda a grana que nossos pais têm, não dá para acertar as contas com esses caras? — Não seria a primeira vez, nem a última, que eles livrariam a cara do filho, por um motivo ou por outro.

— Acho que nem mesmo eles me dariam tanto assim — reconheceu ele, suspirando.

— Não vale a pena tentar?

— É muito complicado — disse o irmão, continuando a evitar seu olhar.

— Deve ser mesmo, para você ter que sair do país. — Além do mais, apesar de desejar não pensar assim, Autumn sabia que a clínica era apenas uma desculpa para ele se afastar.

— Só vim pegar algumas coisas e me despedir. — Sua voz saiu trêmula.

Autumn foi se sentar ao lado do irmão e abraçou-o, com os olhos marejados.

— Queria poder proteger você.

— Já fez tudo o que podia por mim. E, por isso, sou muito grato, mana. Sei que sou um irmão imprestável, mas amo você.

— Vai conseguir voltar? — quis saber ela. — Não vai ficar muito tempo longe, vai?

— Não sei. Sabe-se lá quando a poeira vai assentar. É melhor eu tentar recomeçar a vida em outro lugar.

— Uma que não envolva drogas.

— Claro — concordou Richard e, por alguns instantes, ela achou que o irmão fora sincero.

— Então, é melhor a gente fazer sua mala — disse Autumn, dando um suspiro profundo, para se acalmar, e levantando-se, embora a última coisa no mundo que quisesse fosse ver o irmão se afastar dela.

Capítulo Sessenta e Quatro

Marcus acabou me convencendo de que deveríamos passar a tarde juntos. Disse que tínhamos que reservar algum tempo para nos conhecermos melhor, de novo, antes da festa da Targa, e, para ser sincera, quando ele sugeriu que fôssemos a Hampstead Heath, ao norte de Londres, no domingo, não vi motivo para negar. O único outro compromisso urgente que eu tinha era saltitar na sala com Davina McCall, que, por sinal, vinha sendo ignorada por completo nos últimos tempos. Minha explicação para aquela ausência de exercícios era que eu estava sendo solidária com Paquera, que, obviamente, fora obrigado a abdicar de todo e qualquer esforço físico por um tempo, já que teria de usar muletas durante algumas semanas. Secretamente, pergunto-me se ele ainda conseguia transar com a vaca da Charlotte, ou se ela estaria fora do cardápio também. Esse, sem dúvida alguma, seria um saldo positivo do meu jeito ousado de dirigir. Pelo menos, no que dizia respeito a mim.

Antes que eu tivesse tempo de refletir mais sobre o assunto, a campainha tocou, e, quando abri a porta, lá estava Marcus. Fazia séculos que não o via, mas ele ainda tinha o poder de fazer meus joelhos tremerem.

— Oi — disse ele, com um sorriso muito sensual.

— Tudo bom?

— Está pronta?

— Só tenho que pegar meu chapéu. — Não que eu corresse o risco de ter uma insolação; acontece que, pelo visto, o calor atípico naquela época do ano continuaria. Oba!

Fui com Marcus até o carro. Quando chegamos lá, ele, num gesto cortês incomum, abriu a porta para que eu entrasse. Peguei-o olhando para minhas pernas e puxei o vestido para cobrir os joelhos.

— Você está ótima! — elogiou ele, com sinceridade.

— Obrigada.

Com duas bicicletas presas na parte de trás do carro, percorremos Rosslyn Hill, rumo a Hampstead. Quando chegamos lá, o local estava cheio, como sempre. Sobretudo nas tardes dominicais, ficava abarrotado de gente. Devíamos ter estacionado mais longe e ido de bicicleta — o que na certa teria acabado comigo —, pois achar uma vaga parecia impossível. Entretanto, por sorte, conseguimos encontrar um lugar numa área boa e, de imediato, Marcus começou a tirar as bicicletas do carro, enquanto eu ficava por perto, tentando parecer útil.

Depois de ajeitar as bicicletas e apoiá-las no carro, ele tirou uma pipa do bagageiro. Era do tipo tradicional, grande e branca, em formato de losango, com a inscrição EU ❤ VOCÊ em enormes letras pretas, com coração vermelho e tudo. Sob ela, com um marcador, Marcus acrescentara LUCY e duas marcas de beijos. Ele me deu um sorrisinho hesitante e disse:

— Para você.

— Nem sei o que dizer. — E não fazia mesmo a menor idéia, já que eu não previra aquilo. Pensei que simplesmente ficaríamos amigos de novo; a possibilidade de um encontro romântico nem tinha passado pela minha cabeça! Sério!

— Então, não diga nada — aconselhou. — Vamos nos divertir juntos, hoje, como fazíamos antes.

Marcus pôs a pipa nas costas e nos preparamos para partir; tive que levantar a saia para poder subir na bicicleta. Seria ótimo se pudesse prendê-la na calcinha, mas o decoro me impediu de fazer isso. Como fazia anos que não andava de bicicleta, cambaleei um pouco quando saímos rumo a Hampstead Heath. Marcus segurou meu assento, para tentar me estabilizar mais, e pegamos uma trilha para chegar a um caminho espaçoso e relvado. Bastante ofegantes, fomos até o alto da montanha e, dando sonoras gargalhadas, descemos rápido, tremulando pela relva, com as pernas estiradas e os pedais girando livremente. Tive vontade de cantar "Raindrops Keep Falling On My Head", aquela música da trilha sonora do filme *Butch Cassidy*. No meio do caminho, quando eu não agüentava mais rir, percebi que estava prestes a perder o controle da bicicleta e me estatelar. Então, paramos para recuperar o fôlego, enquanto admirávamos a belíssima vista da cidade de Londres, espalhada à nossa frente. Uma brisa agradável nos refrescava e achei que a idéia de Marcus de levar a pipa foi ótima. Apoiamos as bicicletas no banco mais próximo e, então, ele começou a preparar a pipa, esticando a linha na grama. Em seguida, meu ex segurou minha mão e perguntou:

— Está pronta?

Assenti e, então, de mãos dadas, corremos feito loucos pela colina, com a pipa atrás.

— Mais rápido. Vamos!

Só que, como eu não estava acostumada a correr, mal consegui manter a velocidade. Imagine se conseguiria ir mais rápido! Além do mais, eu continuava a rir feito uma louca! Ainda assim, a pipa subiu e planou no céu sem nuvens, com a comprida rabiola de laços vermelhos agitando-se sob ela.

— Uau! — disse Marcus, contemplando-a com admiração.

— Você é um ótimo soltador de pipa! — elogiei.

Passando o braço por minha cintura, ele me puxou para perto.

— Tome.

— Nunca soltei pipa antes.

— Então, está na hora de reparar essa terrível falha da sua infância. Nunca é tarde para aprender a soltar pipa.

Ele me deu o carretel e abraçou-me por trás, para me mostrar como soltar a linha, a fim de empinar cada vez mais a pipa. Ela subiu tanto que mal se liam as palavras EU ❤ VOCÊ, LUCY. Senti a linha puxar, com força, e, com Marcus bem atrás de mim, senti uma puxada familiar ali também.

— Continue segurando firme — ordenou ele. — Tenho que dar um telefonema. — E se afastou de mim, enquanto falava em voz baixa ao celular. Perguntei-me para quem estaria ligando e, por mais que odiasse admitir isso, senti uma pontada de ciúme. Fosse lá o que me atraísse nele, parecia nunca esmaecer, embora eu tivesse concluído que não queria mais nada com ele.

Quando terminou, sorriu de modo presunçoso para mim.

— Tá com fome?

Minha barriga estava roncando. Nunca deixava de pensar em comida.

— Só um pouquinho — admiti.

— Ótimo — disse ele, virando-me para o outro lado. No alto da colina avistei três mordomos, de uniforme e botas, que caminhavam em fila na nossa direção. Trajando calças listradas e fraque, exatamente como Jeeves, o personagem de P. G. Wodehouse, eles traziam cesta de piquenique, toalha de mesa e garrafa de champanhe em balde.

— Ah, Marcus! — disse, sorrindo emocionada. Meu ex realmente gostava de fazer tudo com muita categoria.

— Achei que seria legal fazermos um piquenique.

Enquanto o trio de mordomos organizava tudo, Marcus enrolou a linha da pipa. Quando eles terminaram, fizeram uma leve reverência para nós e partiram, rumo à floresta.

Marcus jogou-se na toalha xadrez estendida na grama e, depois, ergueu a mão, convidando-me para sentar ao seu lado. Serviu o champanhe e brindou:

— A nós! — Em seguida, começou a desamarrar as tiras de couro que fechavam a cesta.

— Que idéia incrível! Muito obrigada.

Ele parou por alguns instantes e suspirou.

— Você merece! Queria que fosse assim o tempo todo.

— E até poderia. Sei que não é o momento de falar sobre isso, mas é você que sempre apronta.

— Estou determinado a acabar com isso — disse ele, com sinceridade. — Tem que confiar em mim. Já não sou mais o mesmo. O tempo que passei sozinho me fez refletir. — Fitou-me de modo intenso. — Eu nem ousei ligar para você, Lucy. Não imagina o quanto fiquei aliviado quando telefonou. Pode crer, não vou arruinar esta última oportunidade.

Não mencionei que, na verdade, não tinha a menor intenção de lhe dar outra chance. Tudo o que queria era alguém que fosse comigo à festa da Targa, para não fazer feio.

— O que eu quero é o seguinte: *você!* — prosseguiu ele.

Fiz menção de dizer algo, mas fiquei quieta.

Ele pôs o dedo nos meus lábios.

— Não diga nada agora. Vamos curtir o piquenique, aproveitar este dia. — E, então, começou a tirar pratos, talheres e guardanapos.

Seria de esperar que aquele cesto estivesse repleto de salmão defumado, diversos tipos de azeitona, ciabatta. Mas não. Marcus conhecia muito bem meu gosto mundano no que dizia respeito à comida. Ali havia torta de lombinho, pizza morna, embrulhada em papel-alumínio, vários pacotes de batatinhas-fritas, meus muffins favoritos do Paraíso do Chocolate e sorvete com pedaços de chocolate da Ben & Jerry, numa embalagem de isopor. Quando ele ergueu o pote, deixei escapar uma exclamação.

— Ah, Marcus!

Ele sorriu de modo confiante naquele momento, ciente de que eu estava na palma de sua mão. E percebi que não conseguiria resistir aos seus encantos. Não havia nada que eu pudesse fazer: aquele cara tinha um GPS, um Sistema de Posicionamento Global, que o levava direto para o meu coração.

Capítulo Sessenta e Cinco

— Se você começar a sair com o Marcus de novo, sabe que seremos obrigadas a matá-la — disse Nadia.

— Foi só um encontro — repeti, sorvendo o chocolate quente com a xícara diante do rosto, para disfarçar o desconforto. Esperava inutilmente que a fumaça tivesse algum efeito rejuvenescedor, já que aquela turbulência emocional afetara tanto minha pele quanto meu coração.

Uma reunião de emergência do Clube das Chocólatras fora requisitada. Era o horário do almoço e todas conseguiram ir, embora o pedido tivesse sido feito na última hora. Não que requerêssemos muita persuasão. Se ficássemos vários dias sem ir até o Paraíso do Chocolate, Clive e Tristan começariam a achar que tínhamos morrido em decorrência de uma terrível doença, causada pela abstinência de chocolate. Nunca seria esse o meu caso. Consumia grandes quantidades desse alimento enquanto ponderava sobre o encontro recente com

Marcus. Eu precisava de conselhos neutros, mas esquecera que as participantes do clube não eram nem um pouco imparciais no que dizia respeito ao meu ex. Na mesinha à nossa frente, havia uma bandeja com brownies de nozes e Nadia pegou um.

— Um encontro — repeti, mais para mim mesma. — Nada mais.

— Envolvendo um intrincado piquenique teatral e uma pipa com a inscrição "Eu amo você, Lucy"? — acrescentou Chantal.

— Tem razão. Foi um encontro bastante romântico. — Eu estava pouco à vontade diante daquele escrutínio. — E só.

— Então não está saindo com ele? — quis saber Nadia.

— Não — neguei, mas, em seguida, decidi abrir o jogo, antes que elas descobrissem a verdade. Sei muito bem o que pode acontecer quando a gente mente. — Não estou *saindo com ele* no sentido estrito da expressão. Vamos jantar hoje à noite, mas só para reforçar nossa amizade antes da festa da Targa. Depois disso, tchau e bênção.

— Podia ter convidado uma de nós — disse Autumn, dando a maior força, para não dizer o contrário. — Eu teria ido com prazer. Nunca tenho a chance de pôr uma roupa chique. — Será que agora faziam vestidos de noite com tecidos de algodão grosseiros? — Além disso, deixaria de pensar no meu querido irmão, que resolveu se mandar do país de uma hora para outra.

Autumn acabara de voltar do aeroporto, onde fora se despedir de Richard, sem saber quando teria a oportunidade de vê-lo de novo. Ainda que estivesse tentando disfarçar, seu semblante triste era evidente: os olhos estavam vermelhos de tanto chorar. Ela não deu detalhes sobre o que acontecera com o irmão e o que andara fazendo. Sabíamos que ele iria para uma clínica de reabilitação — o que era um bom sinal, não era? Autumn vinha se entupindo de brownies, sem nem sequer parar para pensar nas massas famintas, o que demonstrava que estava mesmo distraída.

— Não posso ir com outra mulher. Eles vão achar que sou lésbica. — Falei mais baixo, caso Clive e Tristan estivessem espreitando nossa conversa, pois, como sabíamos, eles eram gays. — Não que eu tenha nada contra. Mas, simplesmente, não é a minha praia. Acontece que estou numa idadezinha complicada. Se fico muito tempo sem namorado, já vão pensar que comecei a curtir cunilíngua.

Autumn ficou chocada.

— Como pode dizer isso?

Era exatamente por esse motivo que eu não podia levar uma amiga para a festa. Boatos sobre mim, com essa terminologia politicamente incorreta, iam se espalhar no escritório e eu nunca mais poderia dar as caras lá.

— Acha que valeria a pena passarmos a noite sendo encaradas como duas mulheres que têm uma intimidade especial?

— Não — admitiu Autumn.

— Eu também não.

— Você podia ter convidado Jacob — sugeriu Chantal.

Eu *sabia* que ela ia dizer isso!

— Não vamos enveredar por aí. — Meneei a cabeça com veemência. — Depois do que aconteceu, não estou mais a fim dele.

— Eu também não — disse Chantal, tentando amenizar a situação. — Bom, não muito. — Ela sorriu para mim, do outro lado da mesinha. — Ele mudou de profissão e continua a perguntar por você, Lucy.

— Bom, pode falar que desejo boa sorte. Tomara que o que ele esteja fazendo agora dê certo.

Ainda havia certa tensão entre nós duas, após a revelação dos nossos caminhos cruzados com Jacob, e eu não tinha o menor interesse em saber o que Chantal fazia ou deixava de fazer com ele; entretanto, tentei evitar que meus sentimentos afetassem nossa amizade. Não restava dúvida de que ela era uma ótima amiga. Ela e Nadia compartilhavam sem problemas o novo apartamento e pareciam estar se dando bem. Naquele dia, tinham levado Lewis, que estava sentado confortavelmente próximo a Chantal, no sofá. Quando Nadia e eu fomos até o balcão escolher os brownies, ela me contou que Chantal insistia em ler histórias de ninar todas as noites para Lewis e que passara quase todo o sábado com ele, ensinando-o a pintar com os dedos. Nada mal para quem afirmava odiar crianças. Sorri por dentro ao ver que Chantal e Lewis pareciam estar muito à vontade, juntos. Diante do menino, havia um pratinho de biscoitos com pedaços de chocolate, para mantê-lo entretido (era bom mesmo que estivéssemos criando a próxima geração de chocólatras). Ele estava folheando um livro, embora os olhos revirassem de cansaço.

— Tome cuidado — avisou Nadia, dando-me tapinhas no joelho. — Não queremos que caia nas garras do Marcus de novo. Quando menos esperar, vai estar dormindo com ele, no sentido estrito da expressão — disse, imitando-me. — Daí, toda aquela turbulência emocional vai recomeçar. Acredite, sei bem do que estou falando.

— Mas ele aparenta estar tão mudado — insisti, assumindo a defensiva. — Nunca foi tão atencioso.

— Lucy — aconselhou Chantal. — Vá com calma. Já era hora de você se dar bem, mas o Marcus não tem um bom currículo. Só vai machucá-la de novo, e ninguém merece ter o coração partido tantas vezes, ainda mais pelo mesmo cara.

— O que você acha, Autumn?

— Acho que temos que comer mais brownies — respondeu ela, evitando a pergunta. Em seguida, pegou a bandeja vazia para levá-la ao balcão.

Então, todas as minhas amigas votaram contra o reatamento. Eu sabia que deveria confiar nos seus instintos, pois, afinal, não podiam ser piores que o meu. Mas, se tivessem estado com Marcus na véspera e presenciado seu comportamento maravilhoso, quem sabe não pensassem, como eu, que, talvez, ele tenha mesmo mudado?

Capítulo Sessenta e Seis

Acabei comprando um vestido de mulher fatal, juntamente com sandálias de saltos fatais, para usar na festa do escritório. Eles eram mesmo de arrasar, pois estavam *me matando!* A noite mal começara e meus dedos já estavam retorcidos e inchados. O vestido era tão justo — para usar um eufemismo para apertadíssimo — que eu quase não conseguia respirar. Não sei a quem eu estava tentando impressionar com aquele traje, mas que eu queria estar deslumbrante, queria. E não era porque seria a primeira vez que Paquera apareceria na empresa desde o acidente, e eu estava, por algum motivo, nervosíssima diante da perspectiva de vê-lo. Nem porque ele levaria a vaca da Charlotte.

Nas últimas semanas, Marcus e eu tínhamos reatado. Ele vinha agindo como namorado ideal e, para ser franca, até me assustei com isso. Andava tão atencioso que quase se tornara um perseguidor obsessivo. Estávamos inseparáveis desde aquele dia maravilhoso em Hampstead Heath, e os seus galanteios — se é que não era uma palavra antiquada demais — não cessavam. Mais um pouco e correríamos o perigo de nos tornar Terry & June, o casalzinho feliz e satisfeito da comédia inglesa de título homônimo. Eu vinha desfrutando de mais jantares românticos que esquentando comida congelada. Até eu já estava me cansando da nossa troca de olhares lânguidos ao compartilhar uma musse de chocolate. Davina e eu teríamos que saltar na sala juntas, nos próximos cinco anos, para que eu conseguisse queimar todas as calorias consumidas em nome do amor. Talvez fosse por isso que meu vestidinho fatal estivesse me sufocando mais hoje do que quando o comprei.

Parecia estranho estar junto com Marcus de novo, depois de eu ter declarado com a mais absoluta veemência que jamais voltaria com ele. Mas será que era amor mesmo? Daquela vez, uma vozinha em minha consciência não me deixava relaxar por completo. Talvez minha confiança nele tivesse sido corroída demais ao longo dos anos, dando-me a sensação de estar reprimindo algo. Será que aquela "fase de lua-de-mel" duraria? Mas, depois daquela história do Jacob e de sua profissão "alternativa", em quem eu poderia *confiar*? Seria melhor ficar com o Marcus e ser condenada a viver no inferno? Ao menos, eu já conhecia os defeitos dele. E, sabe-se lá, talvez ele tivesse mudado mesmo. Resolvi desistir de analisar minhas relações, pois nunca dava certo; era melhor deixar a situação rolar.

A festa estava sendo realizada num enorme salão, próximo ao escritório. O local fora decorado com as cores da empresa, azul-marinho e prateado. Fiquei encarregada de organizar os balões, as flâmulas, os lança-confetes, os chapéus de festa e os tradicionais cilindros de papelão, com surpresas, nos tons do escritório. Eu passara o dia todo ali, supervisionando o enchimento dos balões e determinando onde as flâmulas deveriam ser penduradas. O salão ficou lindo. Helen, a chefe rabugenta do RH, contratou uma banda que homenageava os Blues Brothers e um DJ supostamente conhecido — embora eu nunca tenha ouvido falar dele — para entreter os funcionários. Marcus e eu nos encontrávamos num dos lados do salão, um pouco afastados da multidão. Eu estava ansiosa, torcendo para que tudo corresse bem, e ele segurava minha mão com força, para me tranqüilizar. Sorvíamos champanhe rosé com satisfação. Eu sabia por que estava bebendo feito uma esponja, como se a bebida fosse acabar, mas não entendia muito bem por que meu namorado o fazia.

— Já disse que amo você? — perguntou ele, apertando um pouco mais minha mão, com suavidade.

— Não nos últimos dez minutos — respondi, sorrindo.

— Bom, é o que eu sinto. Você está linda.

Continuei sem fôlego naquele vestido. Então, quando eu me preparava para respirar fundo, minha tentativa foi interrompida, pois Paquera entrou, saltitando com as muletas. Tomando um gole do champanhe, percebi que ele tinha se arrumado bastante naquela noite. Estava um gato de smoking, conseguindo até transmitir charme e elegância, apesar de estar de muletas e de uma das pernas da calça ter sido descosturada até o joelho, por causa do gesso. Não havia sinal da vaca da Charlotte. Paquera esquadrinhou o salão, como se estivesse procurando alguém — na certa, a tal fulaninha em pessoa. De imediato, foi rodeado por um grupo de funcionários atenciosos, que lhe deram tapinhas nas costas, como se ele tivesse acabado de cruzar sozinho o Atlântico, num barco a remo. Engasguei com o champanhe, soltando borbulhas pelas narinas. Marcus também me deu tapinhas nas costas, mas de outro jeito.

— Melhor eu ir cumprimentar o meu chefe, para ver como ele está — disse, quando parei de tossir.

— É o cara que você jogou para fora da pista de kart? — quis saber Marcus.

— Ele mesmo.

Meu namorado franziu o cenho.

— É bem mais jovem do que pensei. E mais bonito.

Não que eu tivesse descrito Paquera como se ele fosse um velho gordo, mas talvez nunca houvesse comentado com Marcus o quanto Aiden Holby era atraente.

— Venha conhecê-lo.

— Talvez mais tarde — disse ele, franzindo ainda mais a testa. — Pode ir. Vou esperar aqui.

— Está bom. Não vou demorar muito. — E, deixando Marcus próximo aos canapés, fui falar com Paquera. Àquela altura, quase todos os funcionários atenciosos haviam se dispersado e, quando os poucos que ficaram me viram me aproximar, deram o fora também, cientes de que eu era a responsável pelo atual estado de saúde delicado de Aiden. Aposto que pensaram que poderia haver uma cena.

Meu chefe deu um de seus sorrisos cativantes.

— Oi, gata.

— Tudo bom? Como está indo?

Ambos olhamos as muletas com desconforto.

— Sou especialista nelas agora; mas mal posso esperar para tirar o gesso — respondeu ele, suspirando. — Coça pra caramba.

— Sinto muito.

— Não comece de novo — avisou. — Isso já é coisa do passado. Um dia, vamos lembrar do que houve e rir. — Seus olhos brilhavam e eu sabia que ele não me culpava pelo incidente. — Obrigado pelo fornecimento constante de chocolate. Adorei. Minha convalescença foi muito gostosa.

— Era o mínimo que eu podia fazer. — Não havíamos tido a oportunidade de falar abertamente nas últimas semanas. Nossas conversas se restringiram a questões de trabalho, já que lhe enviei inúmeros documentos, além de chocolate, pelo correio. Mas isso foi tudo.

— Cadê a Charlotte? — perguntei, sem pensar duas vezes.

— Ela vem mais tarde. Com outro.

— Ah! — Fiquei rubra.

— Não agüentou ficar com um velho aleijado.

— O que demonstra como ela é fútil — disse, deixando claro meu ponto de vista.

— Assim que nossa incrível vida social ficou restringida, ela se mandou.

— Sinto muito...

— Pare de pedir desculpas, gata — solicitou ele, com firmeza. — Isso, com certeza, não foi culpa sua.

— Eu teria ficado com você — disse eu, enrubescendo mais ainda.

— Sei que teria. — Os olhos dele faiscaram de novo. — Talvez a gente possa dançar mais tarde, para você compensar o que fez. Mas vai ter que ser uma dança superlenta.

Dei uma risada nervosa.

— Na verdade, estou com o Marcus — expliquei, olhando por sobre o ombro para ele. Meu namorado ergueu a taça, saudando-nos. — Marcus, meu namorado.

— Ah — disse Paquera, parecendo ter ficado desapontado. — Quer dizer, então, que voltaram?

— Voltamos. Quer dizer, mais ou menos. Eu não tinha mais ninguém para trazer... — Não soube como explicar. Não pude dizer a Paquera que eu e o Marcus só tínhamos reatado porque eu não queria ficar lá sozinha, observando ele e Charlotte dançarem. Em vez disso, soltei um suspiro imperceptível e sussurrei: — E... estamos juntos, sim.

— Então, fica para a próxima.

— Ah... sim... claro — balbuciei, sem conseguir parar. — Vou até lá, ficar com o meu namorado.

— Melhor eu ir — disse ele, triste. — Divirta-se.

— Obrigada — agradeci rigidamente. — Você também.

Ele se inclinou e me deu um beijo no rosto, sussurrando:

— A propósito, você está linda! — Com um pulo desajeitado, ele se virou e se afastou, caminhando com dificuldade, deixando-me ali, tocando o local em que estiveram seus lábios.

Capítulo Sessenta e Sete

Eu estava incrivelmente bêbada, trêbada. Minhas sandálias de saltos fatais haviam sumido, e eu não fazia idéia do seu paradeiro; minha dor também havia desaparecido, eu já não estava toda dolorida. Se o sucesso de uma festa pode ser medido pelo grau de alcoolismo e boemia, eu diria que a do escritório foi *incrível*. Até as velhas rabugentas do Departamento de Recursos Humanos se divertiram.

A banda que homenageava os Blues Brothers estava cheia de gás, como eu. Marcus e eu nos encontrávamos na pista, dançando cheios de ginga a música "Mustang Sally". Em meio à dança, notei que Paquera estava sentado à extremidade da pista, com a perna quebrada apoiada numa cadeira. Nós nos entreolhamos, e li nos olhos dele amargura e pesar. O chefe parecia estar bem mais são do que a funcionária e, por alguns instantes, fiquei sóbria, embora estivesse pra lá de Bagdá. Durante um breve momento, pensei que seria ótimo estar ali sentada com Paquera, em vez de requebrar ao som da banda; sorri para ele. Quando meu chefe retribuiu o sorriso, Marcus agarrou meu braço e me fez rodopiar na pista. Naquela espécie de coreografia de dança de salão, eu continuava a girar, oscilante. De súbito, perdi o contato com o chão e me desequilibrei. Minhas pernas se enroscaram e, com mais entusiasmo que elegância, eu me vi rumando direto para meu chefe. Tropecei e me espatifei no colo dele, provocando um som surdo.

Apesar da limitação física, Paquera foi ágil e amortizou minha queda. Seus braços fortes circundaram minha cintura, puxando-me para perto e impedindo que eu me estatelasse no chão e passasse por um vexame ainda maior.

— Obrigada — consegui dizer.

— De nada, gata — disse ele, sorrindo. — A sua técnica de navegação melhorou. Desta vez vai levar nota dez no quesito interpretação artística. Está tentando quebrar a minha outra perna?

— Tenho que ir — balbuciei. Eu queria acariciar o rosto dele, embora estivesse ligeiramente fora de foco. Quem sabe até dar um beijo gostoso naquela boca sensual.

Então, senti os braços de Marcus me puxarem.

— Obrigado, cara — disse ele a Paquera, bruscamente.

Meu namorado me levou de novo para o meio da pista e recomeçamos a dançar, com mais discrição. Mas, quando a canção terminou, eu ainda sentia o olhar de Paquera.

Como todos pareciam exaustos após o esforço, a banda resolveu tocar algo mais calmo e os acordes suaves de "Have I Told You Lately That I Love You", de Van Morrison, começaram a soar.

— Esta é dedicada a você, Lucy Lombard — anunciou o cantor, de óculos escuros. O público aplaudiu e eu fiquei rubra.

Marcus puxou-me e abraçou-me com força, enquanto nos movíamos, cambaleando. Estávamos nos apoiando um no outro, pelo que pude constatar.

— Obrigada. É muito linda.

— Eu amo você — disse-me ele, com ardor. — Sou correspondido?

Não era o momento de revelar quaisquer dúvidas sobre a nossa relação ou tratar dos detalhes relacionados ao significado da palavra "amor" e Marcus vinha se comportando de forma impecável nos últimos tempos. Não restava dúvida de que estava lendo o manual *Como se Tornar um Excelente Namorado*. Então, respondi: — É — e ele me deu um abraço tão apertado que mal consegui respirar.

Sua voz soou embargada quando disse:

— Você não faz idéia do quanto desejei ouvir isso. — Eu escutava a letra da canção de Van Morrison enquanto dançávamos cambaleantes, dando voltinhas incertas; tentei não olhar muito para Paquera, a fim de ver se ainda me observava. Porém, toda vez que me virava em sua direção, ele me fitava. Quando a música acabou, Marcus apertou de leve meu braço e informou: — Já volto.

Deixou-me sozinha na pista, enquanto os outros casais retornavam aos seus lugares. Dei a volta para sair, pensando em ir falar com Paquera, mas, então, o cantor disse:

— Atenção, senhoras e senhores. — Contemplando o palco, vi que Marcus se encontrava ao lado dele. — Com vocês, Marcus Canning!

Para meu horror, ele pegou o microfone. Estava tudo indo tão bem; o que diabos Marcus ia aprontar agora? Não me avisou que faria isso! Na verdade, eu não tinha a menor idéia do seu próximo passo. Quis assobiar para meu namorado, com o intuito de pedir que descesse dali e não nos expusesse ao ridículo, só que ele estava longe demais. Então, Marcus disse:

— Esta também é para Lucy. — E começou a cantar. Eu não sabia que ele *tinha* esse talento, embora costumasse cantarolar no chuveiro.

Eu estava só, no meio da pista, pois os funcionários da Targa formaram um círculo ao meu redor. Inclinavam o corpo ao som da música enquanto Marcus interpretava surpreendentemente bem "Three

Times A Lady", do grupo Commodores. Ele devia estar assistindo demais aos programas de TV que buscavam talentos musicais. Mantive os olhos fixos em Marcus, sem ousar dar uma espiadela na direção de Paquera. O que ele estaria achando daquilo? Nem eu mesma sabia o que pensar!

Quando meu namorado terminou a canção, que pareceu durar uma eternidade, já que ele deve ter interpretado a versão mais longa, todos à minha volta aplaudiram com entusiasmo. Eu me uni a eles. Realmente, Marcus fizera uma bela apresentação. Entretanto, também aplaudi porque estava feliz por ele ter terminado. Meu namorado fez uma reverência e pediu silêncio, com um gesto. Quando todos ficaram quietos, ele disse:

— Lucy Lombard, você me daria a honra de se tornar minha esposa?

Mais aplausos, enquanto o impacto do que ele dissera me atingiu em cheio, levando-me a recuperar a sobriedade num instante. Eu podia jurar que meu queixo tinha caído, já que não consegui falar. Pelo visto, isso sempre acontecia quando estava com ele. Não podia acreditar que me pedira em casamento, e na frente daquela multidão! Ele continuava de pé no palco, esperançoso, e minha pobre mente alcoolizada não conseguia computar direito o que acabara de ouvir. Marcus, o galinha mentiroso, avesso a compromissos, tinha acabado de pedir a minha mão!

Ao meu redor, os aplausos espontâneos tornaram-se ritmados, e a multidão começou a entoar:

— Sim! Sim! Sim!

Marcus continuava a me olhar com expectativa. Meus colegas de trabalho, por fim, foram perdendo o entusiasmo. O barulho cessou de tal forma que se podia ouvir um alfinete caindo. Mas eu não conseguia sair do estado catatônico.

Meu namorado umedeceu os lábios, nervosamente.

— Lucy?

Então, por algum milagre, consegui balbuciar:

— Sim.

Todos os presentes comemoraram, felizes. Marcus saltou do palco e correu em minha direção, ajoelhando-se na minha frente. A algazarra aumentou. Em seguida, ele tirou do bolso uma aliança enorme e reluzente. Sério, dava a impressão de ser maior que a bola de discoteca, pendurada no alto. Havia uma deslumbrante esmeralda, com lapidação em degraus, incrustada no centro, circundada de diamantes. Marcus colocou-a no meu dedo. Estava meio apertada, mas, com um pouco mais de força, entrou.

— Espero que goste.

— É linda! — E era mesmo. Não se tratava do solitário com brilhante com o qual eu sempre sonhara, mas, sem dúvida alguma, era belíssima e devia ter custado uma fortuna. Minha boca estava seca quando eu disse: — Obrigada.

Ele me deu outro abraço forte. Não consegui me conter e olhei por sobre o ombro dele para Paquera, que ergueu as mãos e bateu palmas sem muito ritmo, com um sorriso triste.

— Amo você — sussurrou Marcus no meu ouvido.

Mal me dei conta do que acontecia. Mas sabia muito bem que minhas queridas amigas do Clube das Chocólatras me matariam quando soubessem disso. Eu deveria estar exultando de felicidade, mas talvez estivesse alta demais para sentir o que quer que fosse. Era o que eu queria, certo? O que eu sempre quis.

A banda começou a tocar um rock estridente e a pista de dança lotou, com os funcionários pulando feito loucos.

Marcus, feliz da vida, continuou a me fazer rodopiar. E, em meio a uma das giradas vertiginosas, notei que Paquera tinha saído.

Capítulo Sessenta e Oito

Depois que Marcus colocou a aliança no meu dedo, todo mundo quis dar uma olhada na minha jóia nova. Até mesmo as velhas rabugentas do RH ficaram impressionadas — embora estivessem tão verdes quanto minha esmeralda, quando nos felicitaram com os dentes cerrados. Paquera sumira de vista e supus que ele partira depois da apresentação inesperada e bastante impressionante de Marcus. Talvez tenha sido melhor ele ir embora.

Meu *noivo* — como soava estranho! —, então, tirou-me depressa do salão, levando-me para fora. Foi um evento do qual com certeza vou me lembrar por um longo tempo.

Do lado de fora, um motorista trajando um elegante terno branco, em vez do costumeiro jeans surrado e camiseta, já nos aguardava num riquixá decorado com balões brancos. Marcus me ajudou a entrar e partimos. Enquanto o motorista pedalava pelas ruas londrinas, tomávamos champanhe. Os carros que passavam buzinavam para nós, não para que saíssemos da frente, mas para nos felicitar. A noite estava agradável e uma brisa nos refrescava. Marcus me dera seu paletó, que coloquei nos ombros. Pelo visto, a ressaca chegaria cedo, pois minha cabeça latejava e eu estava meio enjoada. Meu namorado — *noivo* — puxou-me para perto, e me aninhei nele, apesar de ainda me sentir distante.

— Não sabia que você cantava tão bem — disse eu.

— Fiz algumas aulas.

— Só para mim?

Ele assentiu.

— Estou impressionada.

— Achei que você ficaria. — Marcus me abraçou. — Mas o meu repertório é superlimitado. Na verdade, só *canto* aquela música mesmo.

Ri.

— Muito legal você ter se dado ao trabalho de fazer isso.

Ele me fitou e acariciou meu rosto.

— Queria ter certeza de que você aceitaria. — E me perguntei se teria sido por isso que ele escolhera um lugar tão público para me pedir em casamento. Ou será que ele agira de modo típico? — Acho que a gente pode se casar o mais rápido possível. Não vejo motivo para esperar. Você vê?

E, para ser sincera, não via, apesar de a idéia fazer meu estômago embrulhar. *Eu vou me casar. Com o Marcus.* Talvez, se eu repetisse bastante as frases, acabasse acreditando nisso.

— Gosto da idéia de me casar no inverno — prosseguiu ele.

O inverno estava prestes a chegar.

— A primavera é uma época legal também.

— Pensei em fazer uma *megafesta* — disse meu *noivo*. (Não, ainda não me acostumei com a palavra.) — Sem economizar nada. Quero que todos os nossos amigos e parentes estejam lá para ver eu me declarar para você.

Pessoalmente, eu preferiria um casamento tranqüilo, numa praia de areia branca, em um lugar distante da costumeira confusão.

— A gente podia planejar uma cerimônia pequena e simples.

— De jeito nenhum! Agora que resolvi ir em frente, quero tudo em grande estilo!

Acho que deveria ligar para meus pais errantes e dar as boas-novas, mas não sentia vontade de fazer isso naquele momento. Além do mais, já estava tarde. Ligaria no dia seguinte. Eles só estiveram com Marcus algumas vezes, mas sei que gostaram muito dele. Também, pudera, nunca contei como ele partira meu coração inúmeras vezes ao longo dos anos. O que os olhos não vêem o coração não sente, certo? Não gosto de dar motivos para os meus pais se preocuparem comigo. Aquele não era o momento de ter pensamentos negativos, mas de curtir a felicidade. Seria bom ligar para as participantes do Clube das Chocólatras também, porém preferia contar tudo pessoalmente. Sabia que elas questionavam a sinceridade do Marcus, mas tinha certeza de que ficariam felizes por mim, quando lhes dissesse que era o que eu queria.

— Eu amo você — repetiu Marcus com delicadeza. — Quero lhe dizer isso todos os dias da minha vida.

Recostou o corpo no meu e me deu um beijo profundo. Um suspiro escapou dos meus lábios. Eu queria relaxar nos braços dele; no entanto, por algum motivo, uma onda de pânico começou a crescer dentro de mim. Eu vou me casar. *Eu vou me casar.* Quando cerrei os olhos, tentando me entregar ao abraço suave do meu noivo, não consegui tirar da cabeça a face triste de Paquera.

Capítulo Sessenta e Nove

As persianas de madeira haviam sido abaixadas e uma placa de *Fechado* fora colocada na porta do Paraíso do Chocolate. Era a tarde seguinte após a festa do escritório e eu continuava enfrentando as repercussões da noite anterior. Passara o dia todo mostrando a aliança na Targa e trabalhando pouquíssimo. Paquera não fora ao escritório nem retornara minhas ligações — que eram todas urgentes, relacionadas ao trabalho, claro —, mas, Helen, a chefe rabugenta do RH, contou-me que ele voltaria na segunda. Todas as participantes do Clube das Chocólatras estavam sentadas perto de mim, juntamente com Clive e Tristan.

— Bom, e aí? — perguntou Nadia. — Desembucha. Qual é o grande anúncio que tem a fazer, que a levou a reunir a gente aqui?

Respirei fundo.

— Vou me casar.

Todos ficaram mudos e estarrecidos, como era de esperar. Meus pais agiram da mesma forma. As pessoas se casavam o tempo todo, só que, pelo visto, minhas amigas mais íntimas e meus pais não achavam que eu contrairia matrimônio.

Por fim, Clive quebrou o gelo, juntando as mãos. Todas nos assustamos.

— Vou pegar champanhe — disse ele. Nós o fitamos sem expressão. — *Estamos* comemorando? — perguntou nosso amigo, hesitante.

Nadia me olhou.

— *Estamos* comemorando?

— Claro! — exclamei. — Eu vou me casar!

— Com Marcus — observou Chantal.

— Não é prova de que ele mudou? — Minhas amigas se entreolharam, consternadas, deixando claro que não estavam convencidas. — Foi incrível. Ele pediu minha mão na festa do escritório. Subiu no palco e cantou uma música.

— O Marcus? — Nadia estava pasma.

— E ainda contratou um riquixá para levar a gente para passear pela cidade. Foi muito romântico.

Autumn segurou minha mão.

— Parece que foi incrível mesmo, Lucy. Fico feliz por você. — Dito isso, ela olhou de esguelha para as outras. — *Nós todas* ficamos, não é mesmo?

— Muito legal — disse Nadia, mudando de tom repentinamente. Acho que alguém andou dando cutucadas debaixo da mesa. — Deixe a gente ver a aliança.

Mostrei-a.

— Uau! — exclamou Chantal. — Quem gasta esta grana toda deve estar falando sério. É linda. — Eu admirei o anel de novo; cada vez gostava mais dele. Minha amiga se aproximou e me abraçou. — Parabéns, Lucy. Não dê atenção a mim e a Nadia. Como acabamos de nos separar dos nossos maridos, viramos mulheres amargas.

— Ela tem razão — concordou Nadia. — Você e Marcus têm tanta chance de fazer o casamento dar certo quanto todo mundo nos dias de hoje.

Acho que foi um elogio.

— Vou pegar o champanhe — disse Clive, suspirando de alívio.

Tristan levantou-se também.

— Que pena que você não contou para a gente antes! Daí, teríamos preparado algo especial. Vai deixar a gente fazer o bolo de casamento, não é?

— Claro que sim — respondi, embora nem tivesse parado para pensar no assunto.

Tanto ele quanto Clive sumiram de vista, indo para os fundos da loja.

— Já marcou a data? — quis saber Autumn.

— Ainda não. Marcus quer se casar o mais rápido possível, mas não quero apressar nada. Prefiro que aconteça no momento certo.

Elas se entreolharam de novo. Desta vez, seu olhar me dizia que eu deveria levar o Marcus para a nave da igreja o quanto antes. Porém, para ser sincera, eu precisava de algum tempo para me acostumar com a idéia. Se, depois de todo aquele vaivém, eu finalmente ficara noiva, queria prosseguir devagar, curtindo tudo.

Clive voltou com o champanhe e as taças. Tristan veio atrás, com um bolo de chocolate. Eu não sabia qual dos dois itens me deixava mais animada. Na verdade, sabia. Ele colocou o bolo bem na minha frente.

— Ensaio! — disse Tristan, entregando-me uma faca grande. — Vamos, corte o bolo!

Fazendo o que me fora solicitado, cortei o bolo de modo teatral, enfiando a faca na cobertura cremosa e espessa. Todos bateram palmas. Senti meus olhos ficarem marejados. Podia me acostumar com toda aquela atenção. Tristan pegou o bolo e, com agilidade, cortou fatias caprichadas. Já nos conhecia bem o bastante para saber que não éramos do tipo que comia pedaços minúsculos. Então, ele distribuiu os pratinhos.

— Está uma delícia! — elogiei, após a primeira mordida. — Acho que esse é o sabor que vou querer na festa de casamento.

— Boa idéia — disse Nadia.

— Paquera estava na festa? — perguntou Chantal.

— Estava. — De repente, o bolo pareceu enjoativo.

— Ficou feliz por você?

— Não sei — sussurrei. — Não disse nada. — Meus olhos definitivamente ficaram marejados. Coloquei o prato na mesa. Como poderia lhes contar que eu não conseguia deixar de pensar no olhar triste quando eu disse sim? Como poderia lhes contar que a reação de Paquera me incomodava mais do que devia, naquelas circunstâncias? Só me restava enfrentar o fim de semana, para descobrir qual era a opinião dele quando voltasse ao trabalho na segunda. — Mas tenho certeza de que ele vai ficar feliz. — Menti. — Por que não haveria de ficar?

Eu mesma tinha de me fazer essa pergunta — por que não haveria de ficar? Eu não ficaria feliz por ele, se me contasse que se casaria com a vaca da Charlotte? *Não, de jeito nenhum.*

Capítulo Setenta

Estávamos no carro do Marcus, indo para o campo. A música "Songs About Jane", da banda Maroon 5, soava alto. Imagine amar tanto alguém, a ponto de compor todo um álbum de canções para essa pessoa, embora a relação tenha terminado mal? (Não é o que acontece com todas?) Talvez esse seja o próximo grande passo de Marcus. Em vez de se limitar a cantar baladas, passará a compô-las também. Tendo estabelecido um padrão tão alto nos nossos últimos encontros, eu me pergunto o que ele faria para manter nossa relação num patamar tão romântico. Será que o resto da minha vida se tornaria um grande anticlímax? Cortei de imediato essa linha de raciocínio.

— Este lugar é lindo — disse Marcus, no trajeto. — Você vai adorar. Sei que vai.

Estávamos indo para o local em que ele gostaria de realizar o casamento. O caminho me pareceu familiar, mas ele não quis revelar onde era, para me fazer uma surpresa. Tomara que fosse a única. Eu esperava que quando chegássemos lá não nos deparássemos com um salão cheio de balões, com a inscrição *Lucy e Marcus* e com mais de duzentos convidados aguardando para nos ver trocar nossos votos de casamento. Não dava para prever o que Marcus faria naqueles dias. Ele estava me deixando nervosa. Desejei ter lavado o cabelo e emagrecido uns quinze quilos. Para diminuir a ansiedade, comi um tablete de chocolate ao leite, extracremoso, de Clive. Coloquei um pedaço na boca de Marcus.

— Eu amo você. — Ele acariciou minha coxa. — Estamos quase chegando.

Dali a pouco, entramos numa viela estreita e, antes mesmo de ele passar pelos imponentes portões de ferro forjado e nos dirigirmos ao lago e à fonte de golfinhos, eu sabia exatamente onde estávamos.

Olhei fixamente a paisagem, horrorizada.

— É aqui? — perguntei, atônita.

— Lindo, não é? — perguntou Marcus, achando que eu estava emocionada.

Trington Manor era mesmo lindo à luz do dia, mas não poderia me casar ali, palco do nosso embaraçoso roubo de jóias. E se alguém me reconhecesse?

— Reservei uma mesa para o nosso almoço — informou meu noivo. — Mas achei que seria legal conhecer tudo antes.

Eu não queria conhecer nada. Aquele lugar já era por demais familiar!

— Eles têm uma capela aqui — disse-me ele, ao estacionar diante da bela edificação. Tenho que admitir que não descobrira isso quando fizera a pesquisa para o assalto. — É pequena, mas dá para colocar umas cem pessoas lá.

— Cem! — Eu me dei conta de que continuaria a ficar pasma por um bom tempo.

— Querida — disse ele, com um sorriso complacente —, eu fiz o esboço de uma lista e precisaríamos ter, no mínimo, cem pessoas lá. Ainda assim, algumas teriam que vir só para a recepção.

Eu não sabia que tinha cem amigos. Já me daria por satisfeita com três: Chantal, Nadia e Autumn. Não fazia questão que meus pais viessem. Então, noventa e sete convidados eram da lista de Marcus. Ele saltou do carro, todo animado.

— Venha, Lucy, vamos dar uma volta.

Saí mais do que apreensiva do carro. Por que nada é simples na vida? Na *minha* vida?

Meu noivo segurou minha mão, levando-me a subir as escadas e entrar na recepção do hotel. Dei graças a Deus pelo dia ensolarado e por meus óculos escuros. A única coisa que faltava era o Mercedes de John Smith, que, àquela altura, já devia ter sido retirado do lago. Infelizmente, eu tinha certeza de que a recepcionista era a mesma que estava trabalhando durante nossa aventura. Torcia para que ela não me reconhecesse. Fiquei mais afastada, mantendo os óculos e tentando jogar os cabelos no rosto, enquanto Marcus lhe informava que tínhamos hora marcada com a organizadora de eventos.

E se John Smith estivesse por ali, sabe-se lá com qual carro novo? Era só o que faltava! Passei os olhos pelo bar, nervosa. Por que não usamos perucas durante o assalto? Ou bigodes falsos? Foi uma grande falha do meu plano. Também, pudera, não imaginei que voltaria ali em breve para visitar o hotel e, talvez, para me casar.

Michelle, a organizadora, chegou. Levou-nos até o jardim, para mostrar a capela. O dia estava lindo, ensolarado e tudo o mais, e sentimos a fragrância de todo tipo de flores silvestres nativas, cujos nomes eu desconhecia. A vista englobava o que havia de melhor nos campos britânicos; os convidados podiam apreciá-la do belo terraço de pedra lavrada. Atravessamos o gramado rumo à capela, com Michelle falando sem parar sobre uma série de pacotes, o tipo de comida disponível e as acomodações do hotel para os incontáveis convidados que Marcus planejava chamar.

— Nos casamentos, nós colocamos um lindo caramanchão, que vai até a entrada da capela — disse Michelle, mas não prestei muita atenção. Eu não iria me casar naquele lugar de jeito nenhum, embora fosse, sem dúvida alguma, encantador. A capela, construída com pedras rústicas, datava do século catorze. Seu interior idílico me tirou o fôlego. O sol passava pelos vitrais, refletindo um arco-íris no piso de pedra. Até mesmo com meus óculos escuros, a visão me pareceu incrível. Arrisquei dar uma espiada no alto deles. A capela ficaria linda, decorada com flores brancas. Podia me ver caminhando lentamente pela nave, com um vestido simples, de cetim branco. Cem pessoas ali tornariam o ambiente aconchegante... só que, como eu não iria me casar naquele lugar, não fazia diferença.

Marcus apertou minha mão e perguntou:

— Gostou?

— Gostei, mas...

Michelle nos tirou rapidamente da capela, levando-nos para o hotel.

— Quero mostrar para vocês o salão de festas. Está arrumado para um jantar que faremos hoje. Ali cabem duzentas pessoas.

— Ótimo — disse Marcus.

Duzentas? A gente teria de alugar convidados para chegar a essa quantidade.

A organizadora abriu as portas do salão e quase perdi o fôlego de novo. As janelas em arco, de cantaria, e as luminárias de parede com caixilhos de chumbo tornavam o ambiente claro e arejado. Havia inúmeras mesas com toalhas de linho branco, sobre as quais tinham sido colocados a louça, os talheres de prata e as taças de cristal reluzentes. Por toda parte viam-se arranjos de rosas de tom rosa-claro e lírios perfumados: nas mesas, nos peitoris das janelas e nos longos pedestais de ferro. O salão estava perfeito.

— Pensei que podíamos planejar algo exatamente assim — disse Marcus.

— É, mas...

— Vamos almoçar. — Meu noivo me puxou, exultante, até a porta. — Então, podemos conversar mais sobre isso.

Nós nos despedimos de Michelle e fomos até o bar.

— O que está a fim de tomar? — perguntou-me ele, enquanto aguardávamos o barman.

— Vinho — disse, de modo categórico. — É do que estou precisando, de muito vinho.

Meu noivo sorriu, satisfeito, para mim. Então, o barman chegou.

— Tudo bom? — cumprimentou ele, dirigindo-se a mim.

Tanto esforço para manter o incrível disfarce dos óculos escuros! Tirei-os de imediato e guardei-os na bolsa.

— Oi. — Dei-lhe um sorriso apreensivo e passei a me concentrar na paisagem, para que o sujeito não puxasse mais conversa.

— Uma taça de vinho branco seco e um suco de laranja, por favor — pediu Marcus e, quando ele foi cuidar do pedido, meu noivo se virou para mim. — Você já esteve aqui antes?

— Nunca — disse eu, esperando não estar muito vermelha. — Ele deve ter me confundido com alguém. — Como poderia revelar a Marcus que, na última vez que estivera ali, eu e minhas amigas participamos de um assalto? Embora se tratasse de um furto de objetos que, tecnicamente, pertenciam a uma de nós. Não sei bem o que a lei, ou meu noivo, pensaria disso. Talvez eu e Marcus ríssemos da história, mas talvez, também, ele não achasse graça nenhuma. — Será que eu tenho uma irmã gêmea?

— Nem pensar!

O barman serviu nossas bebidas e, graças a Deus, afastou-se. Marcus fez um brinde e bebemos ao mesmo tempo. Quer dizer, ele tomou um gole, eu quase entornei a taça.

— Este lugar é deslumbrante, não é mesmo? — disse Marcus.

— Lindo. — Era mesmo. Seria um ótimo lugar para um casamento. Em outras circunstâncias. — Mas a gente não pode se casar aqui.

Marcus ficou intrigado.

— Por que não?

— Ahn... Ahn... — Aquele teria sido um bom momento para contar a verdade. Mas não foi o que fiz. Em vez disso, comentei: — É caro demais. Meus pais não têm grana para isso, e eu não teria coragem de pedir para eles. Eu também não tenho dinheiro sobrando para bancar este salão. — Era tudo verdade.

Marcus segurou minha mão. Com os dedos, brincou com a minha aliança de noivado. Os diamantes reluziram.

— Não quero que você se preocupe com nada — disse ele, sorrindo com carinho. — Eu tenho dinheiro suficiente. Vou arcar com tudo.

— Marcus...

— Você gosta daqui?

— Gosto, mas...

— Que bom! — exclamou ele, continuando a sorrir, satisfeito. — Porque eu já contratei os serviços deles.

Capítulo Setenta e Um

Ted, por fim, atendeu a uma das ligações de Chantal e, o que foi mais surpreendente, concordou em se encontrar com a esposa. Como insistiu com ela para que escolhesse o local, Chantal marcou um encontro no Paraíso do Chocolate, pois era o lugar em que se sentia mais à vontade. Como teria de lidar com o marido em circunstâncias difíceis, então era melhor fazê-lo cercada de seu alimento favorito.

Chantal sentou-se em um dos lugares à janela, e Clive lhe trouxe uma fatia de torta de chocolate e um cappuccino, enquanto ela aguardava, ansiosa, o marido.

Clive deu-lhe uns tapinhas na mão, de modo paternal.

— Anime-se! Você está linda, queridinha — disse, ostentosamente. — Ele não vai conseguir resistir aos seus encantos!

— Tomara que tenha razão! — exclamou Chantal e, naquele momento, a porta se abriu e Ted entrou. Deu um meio sorriso quando a viu e caminhou até ela. Chantal levantou-se, mas, antes que tivesse a chance de abraçá-lo, ele se sentou na cadeira diante dela. O rosto do marido parecia cansado e triste. Talvez tivesse perdido peso também.

— O que gostaria de tomar, Ted? — perguntou Clive, e o marido de Chantal demonstrou surpresa ao ser chamado pelo nome. — Sinto muito, deveria ter dito sr. Hamilton, mas é que tenho a sensação de conhecê-lo há anos. Chantal fala muito de você.

A expressão de Ted indicava que ficara ainda mais perplexo com aquela revelação.

— Não tem problema — disse ele. Chantal torcia para que o papo informal e aberto de Clive surtisse efeito. — Também quero isso — pediu, apontando para o pedido da esposa.

— Ótima escolha. — Clive piscou para ela, por trás de Ted, e, antes de sair, disse: — Que gato!

Apesar da tensão, ela sorriu e sentou-se de novo.

— Bom ver você, Ted.

O marido relaxou visivelmente e tirou a jaqueta, pendurando-a no encosto da cadeira. Ao menos planejava ficar ali por algum tempo.

— Estranho a gente se encontrar dessa forma — admitiu ele.

— É verdade — concordou ela, fitando o café para não enfrentar o olhar intenso do marido. — Mas estou feliz por você ter vindo.

— Eu também. — Ele se recostou e contemplou a chocolataria. — Então é aqui que passa horas com as amigas? — Chantal assentiu e sorveu o cappuccino. — É bem aconchegante — elogiou ele, no momento em que Clive trazia o pedido.

— Nossa, obrigado, Ted! — Clive estava agindo de modo cada vez mais afetado, e Chantal teve a impressão de que flertava com seu marido.

Quando ele se retirou, ela riu e comentou:

— Acho que Clive se apaixonou por você.

— Ele é o único? — indagou Ted, falando sério, de repente.

— Não. Eu ainda o amo muito.

Ele olhou fixamente para a janela. Naquele momento, foi a vez de Ted evitar seu olhar.

— Senti sua falta — ressaltou. Ela chegara à conclusão de que queria salvar o casamento e fora até lá com a intenção de fazer as pazes e não de falar do passado e discutir quem tinha feito o que ou iniciado a briga. Se quisessem ficar juntos de novo, teriam de enterrar o passado.

Ted virou-se para ela de novo.

— Tenho saído com outras mulheres, desde que você foi embora.

— Ah. — Não lhe ocorrera que, enquanto estava longe dele, Ted tomaria essa atitude. — Alguma relação séria?

— Não. — Ele meneou a cabeça. Em seguida, deu um suspiro profundo e Chantal sentiu o estômago embrulhar. — Não quero ficar solteiro de novo. A situação está terrível por aí. Estou velho demais para voltar a namorar. As mulheres... bom, elas mudaram, são tão... *complicadas!* — Deu uma risadinha. — Acho que não me dei conta de quanta sorte eu tive. — *Era um bom sinal,* pensou Chantal. *Ótimo!* — Mas isso não quer dizer que eu queira continuar casado com você — admitiu ele, e a esposa, que começara a se animar, voltou a ficar triste. — Tenho consciência de que você não é a única culpada pelo nosso rompimento. Sei que tenho minha parcela de culpa. Nós acabamos nos afastando, e admito que errei também. Mas, para mim, está sendo difícil lidar com a sua solução para o problema.

Ainda bem que Ted não descobrira que ela, na verdade, pagara para ter relações sexuais com Jacob. Chantal tinha certeza de que ele não perdoaria isso. Era um segredo que teria de levar para a sepultura. Se o marido descobrisse o que andara aprontando, ela acabaria indo para aquele túmulo mais cedo do que esperava.

O marido se distraiu ao pegar um pedaço da torta de chocolate.

— Está uma delícia — elogiou.

— É a melhor. — Chantal teve vontade de acrescentar: como nossa relação foi um dia.

— Dormi com uma mulher com quem estive saindo. Achei que ajudaria.

— E ajudou?

— Não. Só me fez ver que é com você que quero ficar. — *Tinha que ser um bom sinal,* pensou Chantal. — Porém, não me sinto preparado para reatar. Preciso de mais tempo sozinho, para organizar os pensamentos.

— Podemos seguir as suas condições, Ted — disse ela, ciente de que parecia desesperada. — Vamos resolver tudo à sua maneira.

— É muito doloroso, não é mesmo? — Seu tom de voz era emocionado.

— Muito. — Ela queria tocá-lo, mostrar que se importava, mas não ousou tentar. E se ele a afastasse, como fizera tantas vezes recentemente?

— Onde está morando?

— Aluguei um apartamento em Islington. Não é exatamente um lar, mas dá para quebrar o galho. A Nadia, aquela amiga minha, está morando comigo, junto com o filho, Lewis, de quatro anos.

— Quer dizer que o menino está lá também?

— Está.

Ted arqueou a sobrancelha.

— Você compartilha o apartamento, de livre e espontânea vontade, com uma criança?

— Lewis é um amor — disse ela, sorrindo. — Ele está me ensinando muita coisa. Já assisti a todos os desenhos animados da Disney. Decorei a trilha sonora de *A pequena sereia, O rei leão* e *Mary Poppins.* Aprendi a pintar com os dedos. Sei de cor mais canções de ninar do que eu podia imaginar. E agora consigo, com bastante esforço, tocar o nariz com o dedão do pé.

Esses fatos levaram Ted a dar um largo sorriso.

— Impressionante!

— Nunca pensei que as crianças fossem tão divertidas — disse ela, apesar de saber que estava tocando em um assunto delicado. — Acho que toda vez que tínhamos contato com os filhos de nossos amigos eles acabavam tumultuando a nossa vida. Com Lewis lá em casa o tempo todo, eu me acostumei a ter um menino por perto. Não é tão complicado, quando se estabelece uma rotina.

— Então agora está dando uma de mãe?

— Só estou dizendo que já não acho a idéia de ter filhos tão abominável quanto antes. — Chantal não contou para Ted que passava uma hora, na maior parte dos fins de semana, circulando pelo apartamento com uma lata de tinta, para pintar as marcas de lápis de cera e as diminutas impressões digitais de chocolate que surgiam do nada nas paredes. Era difícil deixar de ser exigente sob certos aspectos. — Por que você nunca me disse como se sentia?

— E os homens falam sobre isso?

— Talvez não, mas deveriam — argumentou ela.

— Acho que precisamos ir com calma. Tem uma distância muito grande entre nós, e não sei se vamos conseguir diminuí-la.

— Temos que tentar.

Ted comeu o último bocado de sua torta e tomou o restinho do cappuccino.

— Vamos sair para jantar, no final da semana — convidou ele.

— Seria ótimo.

Ele apertou rapidamente a sua mão.

— Ligo para você amanhã.

Chantal teve vontade de chorar. Talvez, se começasse a sair com o marido de novo, ele voltasse a descobrir o que amara nela, um dia.

Capítulo Setenta e Dois

Marcus marcou o casamento para o Dia dos Namorados na Grã-Bretanha: assim sendo, 14 de fevereiro seria o dia D. Para mim, D de desânimo. Aquela data não deveria estar me entristecendo, mas estava. Como as coisas mudam! Antigamente, a única coisa que me abalava era a possibilidade de ser dispensada por ele.

Naquele momento, eu estava olhando pela janela, tentando fazer minha mente se concentrar no tipo de flor que eu usaria no buquê, quando Paquera chegou ao escritório. A equipe de vendas se levantou e bateu palmas para ele, que retribuiu com um aceno animado. Eu me encurvei mais à minha mesa, fingindo estar concentrada no trabalho. As previsões de vendas nunca foram tão interessantes; meu coração batia acelerado só de ler aquilo. O que estava acontecendo comigo? Então, um par de muletas surgiu à minha frente, ao lado de Aiden.

— E aí, *senhora* Gata?

Meu coração disparou. O olhar de Paquera se dirigiu à aliança de noivado. Tirei as mãos da mesa e me sentei nelas.

— Oi.

— Como estamos hoje?

— Bem — respondi. Ainda tentando encontrar uma desculpa para não me casar em Trington Manor, embora Marcus já tivesse feito o vultoso depósito; só que Aiden Holby não precisava saber desse detalhe. — Mas o importante agora é: como você está?

— Prestes a voltar a ser o velho Aiden de sempre — assegurou-me.

— Mal posso esperar — brinquei.

— Senti sua falta. — Ele baixou a voz. — É bom voltar, e nunca imaginei que diria isso sobre esta empresa.

— O escritório ficou supertranqüilo sem você.

— E isso é bom ou ruim?

— Péssimo!

Trocamos sorrisos.

— Obrigado pelo sortimento diário de chocolate. Gostei muito.

— De nada. Espero que tenha feito você se sentir melhor. — Então, sem refletir, acrescentei: — Se precisar de algo mais, é só dizer.

— Então pode pegar meus cafezinhos. De hora em hora, traga um. Não dá para saltar e carregar xícaras ao mesmo tempo. Desde o acidente, tomo tudo em pé, perto da chaleira, na cozinha.

— Lamento muito ouvir isso. O mínimo que posso fazer é me tornar sua escrava de máquina de café até você se recuperar totalmente.

— Humm. Ótima idéia. Você aceitaria se submeter ao meu comando em alguma outra área?

— Não amole! — Eu não sabia ao certo se teria saco de agüentar aquelas brincadeirinhas, agora que tinha ficado noiva. Aquele tipo de comportamento era mesmo aceitável no ambiente de trabalho moderno? Eu não deveria desencorajar as cantadas do meu chefe, agora que o noivado fora oficializado? Se fizesse isso, o trabalho na Targa com certeza se tornaria bem mais tedioso. Eu não via possibilidade de as piadinhas se transformarem em outra coisa. Já estava ali fazia um tempão e Paquera nunca passara dos limites. Exceto por um beijinho. Por que ele haveria de mudar agora?

Talvez fosse mais seguro pedir demissão e procurar outro emprego, para não cair em tentação. Mas, na verdade, não poderia fazer isso. Depois das recentes experiências, ambas breves e desastrosas, só mesmo a Targa se disporia a me contratar e a agüentar minha ética de trabalho duvidosa. Além do mais, eu não gostaria de ir para um lugar longe do Paraíso do Chocolate. Afora o salário ínfimo e o trabalho maçante, aquele era um emprego legal. E eu tinha certeza de que toda aquela história relacionada ao "Paquera" fora obra da minha imaginação entediada, por falta do que fazer ali. Assim que eu começasse a organizar o casamento, meu chefe sairia da minha cabeça. Afinal, Aiden Holby nem era tão bonito assim. Não mesmo.

Paquera fez menção de se dirigir à própria sala, mas, então, virou-se para mim e disse:

— Acho que deveria felicitá-la pelo casamento em breve.

Fitei-o.

— Obrigada.

— Marcus deu um show e tanto!

— Não foi incrível? — Tentei, sem sucesso, sorrir.

Paquera permaneceu imóvel. Em seguida, pigarreou.

— É o que você quer?

— É — disse eu. Empinei o queixo, involuntariamente. Por que ninguém acreditava que eu ia me casar? Será que não me viam como uma mulher responsável e caseira? Ou, quem sabe, fosse Marcus que as pessoas não conseguiam ver desempenhando esse papel? — Por que não haveria de querer?

— Então, espero que sejam muito felizes juntos.

— Tenho certeza de que seremos.

Ele se virou e caminhou, mancando, quase até sua sala; então, mudou de idéia e voltou para minha mesa.

— Só gostaria de dizer uma coisa. — Ficou de pé, na minha frente, endireitando uma mecha de seu cabelo, distraidamente. — Lamento não ter convidado você para sair quando tive a oportunidade. Teria diminuído bastante minha expectativa de vida, mas acho que eu e você íamos nos divertir muito juntos, Lucy Lombard.

Em seguida, retirou-se, sem mais nem menos, deixando-me totalmente confusa, em busca da barra de chocolate Mars mais próxima.

Capítulo Setenta e Três

O único problema com a zona rural era o cheiro forte. Nadia torceu o nariz de desgosto quando Toby estacionou o carro na Fazenda Medley.

Lewis, ainda sentado em sua cadeirinha, começou a se agitar, feliz.

— A gente chegou?

— Chegamos, querido, é aqui.

Em vez de Toby levar Lewis no seu domingo de visita, eles decidiram passear juntos. A última coisa que Nadia queria era ver o ex-marido se tornar um pai que só levava o filho para lanchonetes, embora tivesse certeza de que o filho não hesitaria em consumir refeições ligeiras o tempo todo. Ele não estivera com eles no aniversário do filho, o que deixara Nadia chateada; ela esperava que aquela viagem compensasse o que ocorrera. Conforme combinado, ela pegou Toby um pouco antes das dez, em sua casa, e, uma hora depois, já se achavam no interior de Bedfordshire, na região campestre, cercados de campos, de colinas e do odor fresco da natureza, ou seja, de estrume.

A atmosfera no carro fora relaxada, levando Nadia a se lembrar dos velhos tempos. Não restava dúvida de que ela ainda amava o marido, que repetira diversas vezes, ao longo das últimas semanas, que *a* amava. Tudo o que ele tinha a fazer era provar-lhe, por meio de suas ações. Nadia tirou o sorridente Lewis do carro, que saiu correndo até a entrada da fazenda de crianças, exultante. Apesar de o lugar ficar distante de Londres, os preços continuavam astronômicos. Era uma diversão que, a bem da verdade, estava acima de suas possibilidades, mas, se ajudasse o filho a sentir que a família não se destruíra por completo, o sacrifício valeria a pena. Além disso, havia o aspecto educativo. Apesar das horas que Chantal passava estimulando Lewis, ele continuava a não identificar bem os animais domésticos. Toby pagou a entrada e todos receberam o carimbo de porquinho nas mãos, além de um saquinho de ração para alimentar os animais.

A primeira parada da família foi no celeiro. Um rebanho de cabras pigméias, num cercado grande, começou a berrar, esperançosamente, tão logo viram um novo grupo de alimentadores felizes chegar. Nadia e Toby se agacharam e colocaram a ração nas mãos de Lewis, enquanto as cabras se empurravam para pegar, com delicadeza, a comida. O menino mal podia conter a felicidade.

— Que legal — disse Toby, com tranqüilidade. — A gente devia ter feito isso mais vezes.

Nadia concordou com ele. Era ótimo sair da cidade nos fins de semana.

Quando toda a ração foi consumida pelas cabras, eles foram para a parte em que os animais podiam ser tocados. Havia fardos de palha espalhados, para que as crianças se sentassem, e Toby colocou Lewis num deles, junto com outros meninos. O garoto ficou encantado ao ver coelhos e porquinhos-da-índia comportadíssimos saltitarem e moverem-se próximo às suas pernas. De vez em quando, um dos coelhinhos tranqüilos ficava um pouco mais por ali, querendo subir no colo de Lewis ou mordiscar suas galochas. O menino estava no paraíso, e Nadia perguntou-se, de novo, por que tinham decidido viver em Londres. Quais eram os benefícios, nos dias atuais, a menos que se gostasse de construções pichadas e de sujeira? Não seria melhor eles se mudarem para um lugar como aquele? Provavelmente teriam que continuar a viver numa casa geminada, de três quartos, mas talvez conseguissem poupar mais dinheiro, investindo numa região mais econômica. O que será que Toby acharia da idéia? Então, Nadia se deu conta de que ainda pensava neles como família, esquecendo-se de que, na verdade, sua casa já fora até colocada à venda.

Quando o filho se distraiu, acariciando um coelhinho branco bem peludo, de focinho achatado, ela perguntou:

— Alguma novidade com relação à casa?

Toby arrastou o pé no chão de terra, exatamente da mesma forma que Lewis fazia quando estava pouco à vontade.

— Teve bastante gente interessada. Algumas pessoas foram ver a casa, mas ainda não recebi nenhuma oferta.

Nadia deu de ombros.

— Ainda está cedo.

— Nadia, eu nem queria fazer isso — disse ele, com toda a franqueza. — Não tem necessidade. Eu vou largar este hábito de uma vez por todas. Dei o laptop para um amigo, para ficar longe dele, e cancelei a conexão de internet. Não entro naqueles sites de jogos desde que você foi embora.

— Que bom — disse ela, também sendo sincera.

— O que eu tenho é uma doença — informou-lhe ele. — Foi o que disseram lá no Não à Jogatina.

— Pode ser uma doença, mas não é como um resfriado ou catapora. Não é algo que a pessoa pega, mas *escolhe* pegar. Só que ela também pode optar por lutar contra essa praga.

— Eu vou conseguir, juro.

Nadia passou o braço pelo dele e apertou-o.

— Tomara que sim.

— Quando vejo Lewis assim, sinto que não quero que a gente se separe.

— Eu também não, mas, até ter certeza absoluta de que eu e o seu filho somos mais importantes para você do que sua paixão pelo jogo, vamos continuar assim.

Além do mais, eles precisavam resolver as dificuldades logo. Nadia considerava Chantal uma ótima amiga, mas não podia viver de caridade para sempre. Vinha acompanhando, com satisfação, a reconciliação gradual da amiga e de Ted, embora ciente de que, se Chantal voltasse para casa, ela e Lewis estariam em maus lençóis, pois ela não teria condições de arcar com o custo daquele apartamento em Islington sozinha.

Quando Lewis começou a perder o interesse nos coelhinhos, os pais o levaram para ver os porquinhos recém-nascidos, que chiavam e ziguezagueavam no cercado. Toby passou o braço pelo ombro de Nadia, quando se inclinaram na cerca de metal, e não o tirou mais. Depois, os três usaram mamadeiras com bicos enormes para dar leite quente aos cordeiros, que sugaram com avidez e entusiasmo.

Na hora do almoço, fizeram um piquenique, saboreando os sanduíches de presunto e os brownies que Nadia preparara de manhã. Os bolinhos não eram tão deliciosos quanto os do Paraíso do Chocolate, mas os dois clientes pessoais de Nadia gostaram muito deles. Ela e Toby relaxaram sob os exíguos raios de sol, enquanto Lewis subia no forte de madeira e jogava areia nas botas de borracha, com um balde de plástico vermelho. O sol foi aquecendo o corpo de Nadia, tirando a tensão de seu pescoço e suavizando dores que nem mesmo ela sabia existirem. Talvez fosse o ar campestre, mas não se lembrava de ter se sentido tão bem ou de ter visto o filho tão feliz.

— Ainda vamos andar de jumento e pegar ovos no galinheiro de tarde. E, se quiserem, podemos ordenhar vacas! — Nadia sorriu. —

Espero que depois de toda essa diversão na fazenda nosso filho consiga diferenciar cordeiro de vaca.

— Quando formos ordenhar, espero que *eu* consiga diferenciar a vaca do touro.

Ela deu uma risada.

Toby acariciou os seus cabelos. Estava com a testa franzida, preocupado.

— Não quero que este dia acabe — disse ele, hesitante.

— Eu também não — concordou Nadia.

Capítulo Setenta e Quatro

Autumn estava inserindo com cuidado a moldura de chumbo no penduricalho de cristal em que Fraser estava trabalhando. Teoricamente, ela só deveria dar uma ajuda, mas, na verdade, vinha fazendo todo o enfeite para o rapaz, enquanto ele se apoiava no balcão e lançava olhares lânguidos para Tasmin, no outro lado da sala. A jovem fingia não perceber que era observada enquanto trabalhava.

— Está prestando atenção, Fraser?

— Não, fessora. — Pelo menos, era sincero. — Não dá para a gente se concentrar quando está apaixonado.

— É mesmo? — indagou Autumn, com uma pontada de amargura na voz. Fez um gesto em direção a Tasmin e sussurrou: — Você é correspondido pelo objeto do seu amor?

— Ainda não — respondeu Fraser, com a costumeira presunção. — Ainda não.

Ah, nada como ser jovem e otimista!, pensou Autumn. Sempre admirava os adolescentes que mantinham a esperança, apesar das situações adversas em que se encontravam. Talvez ela aprendesse algo com Fraser, se seguisse seu exemplo, para variar. Lembrou-se da noite da *Operação Resgatar Jóias de Chantal* — não seria a primeira vez que a experiência dele viria a calhar.

Embora estivesse triste com a partida de Richard para os Estados Unidos, no fundo sentia uma paz enorme. A atual tranqüilidade só demonstrou como os últimos meses haviam sido caóticos. Autumn amava Richard — ele era seu irmão, que outra escolha tinha? —, porém, sem dúvida alguma, seu nível de estresse sempre aumentava vertiginosamente quando ele estava por perto. Não havia chá de camomila, cântico ou chocolate que tornasse sua relação menos complicada. Ela vinha recebendo notícias de Richard, por e-mail, desde que ele se internara na clínica de reabilitação; no entanto, as mensagens eram vagas. Ele afirmava estar bem, e não dava para ler nada nas entrelinhas. Autumn não sabia se tudo estava dando certo lá, além do fato de ele ter conseguido escapar do perigo iminente. Com toda aquela distância, só lhe restava torcer para que o irmão criasse juízo e desse um jeito em sua vida.

Naquele dia, os raios do sol passavam pela janela, levando um raro calor à sala de aula decadente e afugentando a atmosfera lúgubre. Autumn se sentia egoísta por pensar assim, mas era ótimo ir para casa tranqüila, sem se preocupar mais com o que encontraria lá, quando chegasse. Por precaução, mudara a fechadura do apartamento e colocara ferrolhos de segurança na porta. Esperava que, com a partida do irmão, não ocorressem mais arrombamentos. Ainda assim, o reforço na entrada a ajudara a relaxar mais, à noite, evitando que prestasse atenção em cada ruído ao se deitar.

A porta da sala de aula se abriu e, quando Autumn ergueu o olhar, viu Addison Deacon sob o vão. Sorriu ao vê-lo. Ele não tinha ido muito ao instituto ultimamente e ela sentira sua falta. Nada a deixava mais feliz que a presença de Addison em sua sala. Como sempre, ele sorria, bem-humorado.

— Trouxe chocolates e flores — disse o amigo, entregando-lhe uma caixinha de bombons finos e um buquê de rosas brancas. — Reservei uma mesa naquele restaurante no final da rua. Já sei que eles servem bastante tiramisu. Também deixei uma garrafa de vinho tinto arejando. Mal posso esperar para ouvir você aceitar o convite.

Autumn enrubesceu e observou os alunos, antes de aceitar os presentes de Addison.

— Adorei. — Ela sentiu o aroma delicado das rosas, embora, na verdade, já estivesse de olho nos chocolates.

— Convite melhor do que esse, impossível, fessora — disse Fraser, apesar de não ter sido consultado. Se até os alunos percebiam que, no que dizia respeito à sua vida amorosa, Autumn estava matando cachorro a grito, ela precisava mesmo tomar uma atitude. A maioria deles só se preocupava com a próxima vez em que se drogariam. — O Addison é um cara legal.

Sorrindo para o pretendente, Autumn disse:

— Já viu referência melhor do que essa?

— Então, aceita?

— Ah! — Ela levou a mão à testa. — Eu tenho que ir a uma reunião de professores hoje, que deve começar daqui a quinze minutos. — Então, franziu o cenho. — Aliás, não foi você que a marcou?

— Foi sim — admitiu Addison. — Mas só nós dois vamos nos reunir.

— Então, como posso recusar, se se trata apenas de negócios? — brincou ela.

— Eu queria ter certeza de que você avisaria a seu irmão que chegaria tarde hoje.

— O Richard foi embora. Vai morar nos Estados Unidos por um tempo. Não tenho que dar satisfação a ninguém, agora.

— Então, não tem mais desculpas.

— Não preciso de desculpas. Eu adoraria jantar com você.

— Ótimo.

— É isso aí — acrescentou Fraser, assentindo, satisfeito.

— Só preciso terminar isto. — Autumn olhou para o penduricalho de cristal. Fraser tomou de sua mão o ferro de soldar.

— Tem coisas mais importantes na vida que vitral, fessora. Pode deixar que eu termino isso aqui. Depois, dou um jeito na sala.

— Mais uma oferta irrecusável — disse ela, sorrindo, agradecida.

— Vou pedir para a Tasmin me ajudar — disse ele, dando a piscadela mais maliciosa que ela já vira.

Que Deus ajude a pobre moça!, pensou Autumn. Tasmin não teria escapatória quando Fraser jogasse todo o seu considerável charme em cima dela.

Ostentando um largo sorriso no rosto, Addison abriu a porta para que Autumn passasse. Ela relaxaria e aproveitaria aquela noite, decidiu. O amor, pelo visto, estava no ar.

Capítulo Setenta e Cinco

Marcus me devolvera a chave do apartamento. Disse que não havia motivo para esperarmos até o casamento para que eu fosse morar com ele e pediu que eu me mudasse o mais rápido possível. Então, eu já havia contratado um sujeito com uma van para levar todas as minhas posses mundanas para o apartamento do Marcus, no sábado. O dele era muito mais agradável que o meu. Ainda mais agora que ele se livrara dos pitus estragados — algo que eu sei que se tornará uma das nossas histórias engraçadas no futuro, quando recebermos convidados. Um dia, no entanto, procuraremos um lugar maior. Quando resolvermos ter filhos, uma casa com jardim será mais adequada.

Peguei a chave no criado-mudo e fiquei brincando com ela. Embora ainda nem fossem 5h30 da matina, eu já tinha acordado, por incrível que pareça. Dava para ouvir o barulho do tráfego na Camden Road, e a trepidação das minhas janelas, em virtude da passagem dos caminhões pesados. Eu me revirara na cama durante quase toda a noite. Naquele momento, milhares de pensamentos me vinham à mente, impedindo-me de voltar a dormir, apesar de eu ainda poder contar com uma hora de sono antes de ter que me levantar para ir ao trabalho. Eu poderia aproveitar para saltitar na sala com a minha velha amiga Davina ou para dar o ar da minha graça na academia, mas a idéia de gastar tanta energia naquela hora do dia me desanimou. Outra possibilidade seria ir correr ao longo do Canal Grand Union, porém era bem provável que me assaltassem para levar o iPod — a última moda naquela cidade. Por mim, eu continuaria a ficar deitada, pastando; no entanto, para ser sincera, estava pensando demais em Paquera e não era nada relacionado ao trabalho. Eu tinha umas sensações estranhas em lugares impróprios, considerando que se tratava do meu chefe. Não era um bom sinal, era? Aquela história de casamento vinha deixando meus nervos à flor da pele — como se só recentemente eu tivesse me dado conta da complexidade do compromisso. A bem da verdade, sempre soube que o casamento era um grande passo, mas parece que só naquele momento a ficha caiu. Saí da cama e, enquanto tomava uma ducha quente e relaxante, decidi dar um pulo no apartamento do Marcus para ver se me sentia melhor, antes de ir para o trabalho.

Coloquei a chave no bolso, caminhei até a estação e peguei o metrô para ir até o outro lado da cidade. Nós não tínhamos nos encontrado na noite anterior, já que ele trabalhara até tarde, e eu estava empacotando minhas coisas; entretanto, ele ligara à meia-noite, para dizer que me amava. Isso deveria bastar para mim, mas... bom, eu só queria vê-lo naquela manhã. Já eram quase 6h30 e ele se levantaria em breve para ir correr, de qualquer forma. Quem sabe eu não me deitaria com meu noivo, se ele ainda não tivesse levantado, para convencê-lo a fazer outro tipo de ginástica para aquecer e suar... Andei rápido pela rua, com o intuito de encontrá-lo em casa. Quando cheguei, abri a porta em silêncio e entrei.

Marcus já estava de pé, tomando café. Difícil é descrever em que *pé* estava a situação. Ele tomava iogurte com frutas vermelhas amassadas e um toque de granola. Mas, em vez de usar a costumeira tigela, ele se achava na mesa, montado em cima da mesma mulher com quem estivera na última vez em que eu o pegara no flagra — cena que, por mais humilhante que fosse, não era tão explícita quanto aquela. Joanne, de braços e pernas abertos, gemia de prazer. Marcus lambia o iogurte dos peitos incrivelmente eretos dela; as frutas haviam sido espalhadas na barriguinha sarada da moça e, para ser franca, eu não fazia a menor questão de saber onde tinham colocado a granola. Digamos que eu não imaginava que as pessoas, fora do universo dos filmes pornôs, comiam totalmente peladas.

Fiquei assistindo à cena por alguns instantes, numa espécie de horror paralisante, enquanto o traseiro do meu noivo subia e descia. Minhas amigas do Clube das Chocólatras tinham toda razão: Marcus nunca mudaria. Se eu me casasse com ele, teria que enfrentar aquele tipo de situação pelo resto da vida. Enquanto pensava no que fazer, notei que a gemedeira tinha cessado. Ele e Joanne me fitavam e não sei dizer quem estava com os olhos mais arregalados.

— Vim tomar café-da-manhã com você — disse eu, com firmeza. — Mas, pelo visto, você começou sem mim.

Quando Marcus se ergueu, ouviu-se um "*ploct*". Notei que seu pênis cada vez mais murcho estava coberto de iogurte, e a idéia de que assim, pelo menos, não teria que se preocupar com fungos cruzou a minha mente. Normalmente, meu noivo só comia torrada de manhã. Fiquei imaginando quem teria ido comprar todos os ingredientes; então, caí em mim: só mulheres compravam granola.

Fitei a mulher e fiquei me perguntando o que acontecera com o conceito de irmandade. Se as mulheres parassem de fazer isso umas com as outras, haveria bem menos dor no mundo. Os homens, tenho que admitir, são uma causa perdida, mas bem que nós poderíamos deixar de trair outras mulheres com seus maridos, namorados e noivos. Joanne ergueu um pouco o corpo, apoiando-se nos cotovelos, e me lançou um olhar tão desafiante que eu quis arrancá-lo da cara dela, de preferência com um taco de beisebol.

— Quem diria que veria você de novo, e tão rápido!

O prato do café-da-manhã de Marcus pareceu estar desconcertado.

— Eu posso explicar — disse ele, tentando descer da mesa com certa dignidade. Tarefa complicada.

— Sou toda ouvidos.

— Esta foi a última vez — disse ele, com seriedade. Havia pedaços de framboesa nos joelhos dele. — A última mesmo. Estava tendo um caso antes de me acomodar. Assim que você viesse morar aqui, eu seria totalmente fiel.

Pelo visto, Joanne não estava por dentro daquela parte do acordo, e olhou-o furiosa. Talvez, depois, ela arrombasse o apartamento e colocasse restos de comida nos sapatos e nas roupas dele, e ainda deixasse pitus fedorentos nos móveis sofisticados. Porque eu, com certeza, não me daria a esse trabalho de novo.

— Você ligou para dizer que me amava com *ela* aqui?

Era evidente que a mulher também não ficara sabendo desse detalhe. Marcus mordeu os lábios.

Fitei-o como se o estivesse vendo pela primeira vez. Parecia ridículo: iogurte no pênis, pedaços de frutas espalhados pelo peito e pelas pernas, cereal nos cabelos. De repente, comecei a dar gargalhadas. Ele também, de nervosismo.

— Ah, Marcus — disse eu, abraçando-me. — Não dá para acreditar que você fez isso de novo. — Dobrei o corpo de tanto rir.

— Eu amo você — declarou-se ele, desolado. E continuou a rir junto comigo, embora de modo forçado.

Quando, por fim, consegui me controlar de novo, disse, com suavidade:

— Não estou morrendo de rir com você, mas *de* você, Marcus. — Tirei a aliança de noivado do dedo e coloquei-a com delicadeza no pote de iogurte próximo ao pé de Joanne. Em seguida, peguei o pote e virei-o em cima da cabeça de Marcus. O iogurte foi caindo aos poucos no rosto dele. Ele lambeu a bebida dos lábios. Talvez Joanne fizesse isso para ele, quando eu fosse embora. — Esta é, sem sombra de dúvida, a última vez que você faz isso comigo, Marcus.

Então, saí do apartamento, fechando a porta com suavidade. Peguei a chave, que acabara de recuperar, e joguei-a na caixa de correio.

Da rua, ouvi os gritos do meu ex-noivo, que tentava atrair minha atenção; no entanto, suas súplicas se perderam na brisa. A caminho do metrô, tive outro acesso de riso. Lágrimas começaram a rolar por minha face, enquanto eu gargalhava histericamente pela rua. Quando cheguei à estação, não consegui fazer minhas pernas se moverem mais e caí sentada no chão, perto das máquinas de venda de bilhetes. Eu me abracei e me encolhi toda num canto. Continuei a rir, enquanto os passageiros passavam por mim para comprar seus bilhetes, indiferentes aos problemas da mulher atordoada aos seus pés. Ria sem parar. Ria do ridículo da situação. Ria da estupidez de ter acreditado que Marcus tinha mudado. Ria ao lembrar do pênis coberto de iogurte, naquela que foi uma das cenas mais idiotas que eu já vi na vida. Ria por estar sozinha de novo, sem saber o que fazer. Ria porque já não precisaria mais encontrar uma desculpa para não me casar em Trington Manor. Ria tanto que chorava, sem parar.

Capítulo Setenta e Seis

Quando cheguei ao escritório, meu estado de ânimo se tornara melancólico. Não tinha mais acessos de riso e já consumira três tabletes de Crunchie, chocolate com recheio de caramelo aerado, na esperança de aumentar meu nível de açúcar e me sentir melhor. Marcus me ligara trinta e seis vezes até aquele momento; ignorei todas as mensagens, que, francamente, não eram nada originais: *Eu amo você, posso explicar, ela não significa nada para mim* e assim por diante. Por que os homens sempre achavam que deviam desmerecer a mulher com quem eram pegos, dizendo "ela não significa nada para mim"? Seria para nos fazer sentir melhor? Se alguém resolvia colocar em risco uma relação, que ao menos o fizesse com uma pessoa significativa. *Não vejo motivo para esse pequeno contratempo atrapalhar nossos planos de casamento* foi a outra mensagem enviada, que quase me fez gargalhar histericamente de novo.

Paquera já tinha chegado quando entrei na sala, então fui até a máquina de café e me arrisquei a lidar com a complicada tecnologia, para pegar um café com leite e dois saquinhos de açúcar. Então, levei-o para ele, juntamente com o Twix que lhe comprara.

Aiden Holby estava recostado na cadeira, com o pé da perna engessada apoiado na mesa. Coloquei o café com leite e o chocolate na frente dele.

— Caiu do céu — disse ele, esfregando as mãos. Quando começou a abrir o Twix, perguntou: — Tudo bem com você hoje, sra. Gata?

— Srta. Gata — corrigi, esticando a mão para mostrar o dedo sem aliança.

— Nossa! — observou Paquera. — Tão rápido?

— Diamantes são para sempre. As esmeraldas, pelo visto, têm vida curta.

— Quer falar sobre o que houve?

— Na verdade, não.

— Olhos vermelhos e maçãs do rosto manchadas nunca são bons sinais numa mulher. Você pegou o cara transando com outra?

— Peguei.

— Quando?

Olhei para o relógio.

— Faz quase uma hora. Mas eu *já* estou bem. — Senti uma pontada no coração. Nunca mais ia tomar iogurte de novo, nem comer frutas vermelhas, nem granola. Ainda bem que Marcus não tinha espalhado chocolate naquela galinha.

— Vou levar você para almoçar — disse Paquera, de forma decisiva. — Escolheremos um lugar especial e fingiremos que estamos falando de trabalho. Você vai incluir nos gastos e eu vou aprovar. Certo? — Assenti. — Tenho uma notícia para contar.

— É boa? — Não achava que agüentaria receber outra má notícia naquele dia.

Paquera moveu os dedos na extremidade do gesso e estudou-os atentamente.

— Depende do ponto de vista.

Parecia se tratar de algo que eu não queria escutar, mas, como envolvia boca-livre, não vi motivo para deixar de ir.

— Bom, melhor eu ir trabalhar um pouco — disse eu. Ou, ao menos, fingir que estava fazendo alguma coisa. Meu nível de produtividade não seria muito bom naquela manhã.

— Fico feliz em saber que não vai se casar, por motivos totalmente egoístas.

— E quais seriam eles?

Ele formou um triângulo com as mãos e me fitou, sobre elas.

— Se alguém vai se casar com você, serei eu.

— Não achei nada engraçado! — exclamei, batendo a porta da sala ao sair.

Capítulo Setenta e Sete

A hora do almoço levaria uma eternidade para chegar. Enquanto isso, eu me distraí registrando as cifras de vendas no computador; no entanto, acabei perdendo as informações. Como a minha meia-calça rasgou por causa de uma lasca debaixo da mesa, fui me queixar das precárias condições de trabalho da empresa com Helen, a chefe rabugenta do RH. Ela revidou afirmando que, como meu contrato temporário talvez não fosse renovado no final do mês, não faria a menor diferença para mim.

Para completar os eventos matinais, ignorei outras quarenta e três ligações de Marcus. Cheguei a desligar o som do celular, deixando o aparelho no vibracall, de modo que, embora eu ainda tivesse de vê-lo se mover loucamente em cima da minha bolsa, não precisava mais escutá-lo tocar. Tomara que meu ex tivesse uma lesão por esforço repetitivo no dedo, de tanto teclar. Tomara que as teclas do celular dele emperrassem.

Por fim, quando estava prestes a apoiar a cabeça na minha mesa e chorar, já convencida de que Paquera se esquecera por completo do convite para almoçar, ele foi até a minha sala e perguntou:

— Está pronta, gata?

Pegando o casaco, eu o segui até o elevador, percebendo que, nas últimas semanas, meu chefe vinha se locomovendo cada vez melhor com as muletas. Senti uma enorme compaixão por ele e, quando ficamos sozinhos no elevador, sorri afetuosamente.

— O que foi? — perguntou Paquera, franzindo o cenho.

— Só estou sorrindo para você, com simpatia.

Ele deu um assobio e meneou a cabeça como um servente de obras tarado.

— Não sei se posso agüentar isso, gata.

Eu o golpeei com a bolsa, de brincadeira. Talvez tenha usado força *demais*, pois acabei tirando a muleta de sua mão, fazendo-o perder o equilíbrio.

— Ah, droga! — exclamei, dando um salto para ajudá-lo.

— Assim está bem melhor! — disse ele, com um sorriso satisfeito ao se levantar de novo, limpando o terno. — Essa é a Lucy que eu conheço e adoro.

— Melhor se comportar ou vou prender sua perna na porta do táxi! — avisei-lhe.

Quando conseguimos chamar um, tomei todo o cuidado para ajudar Paquera a entrar primeiro e *não* prender a perna dele na porta. Afinal, toda brincadeira tem um fundo de verdade.

O taxista nos levou rapidamente ao The Tower, um dos restaurantes mais badalados da cidade. Ficava num armazém reformado, ou algo assim, situado na margem sul do Tâmisa. Com vista para o rio, era administrado por um daqueles famosos chefs da TV, não o que falava palavrão pra caramba, o outro. Era o tipo de lugar em que eu faria o possível para não deixar ervilhas — ou o *mélange de petits pois* —

caírem na mesa ou no chão, evitando pagar mico. Nós pegamos um elevador até o quarto andar e nos sentamos a uma mesa perto da janela. Paquera colocou as muletas no chão, perto de nós.

— Que lugar lindo — disse eu, perguntando-me se ele já teria levado a vaca da Charlotte e Donna, do processamento de dados, ali. Barcos lotados de turistas iam e vinham nas águas acinzentadas do Tâmisa. Naquele dia, o sol brilhava, fazendo o rio cintilar como prata. Apesar de morar em Londres há anos, eu nunca tinha ido aos lugares turísticos; talvez devesse visitá-los no verão seguinte. Com certeza teria muito tempo livre dali para a frente.

O cardápio era incrível, mas no meu não constavam os custos dos pratos. Seria por causa do movimento em prol da igualdade? Porém, eu não tinha dúvidas de que ali não se consumia nada por menos de cinco libras, nem mesmo um copo d'água. Mas a conta ficaria a cargo da Targa, que só me pagava uma miséria. Fizemos nossos pedidos e, então, Paquera sugeriu:

— Vamos tomar champanhe. Estou precisando beber, e acho que você também está. — O garçom nos trouxe uma garrafa de uma marca caríssima, que borbulhou nas nossas taças. Meu chefe fez um brinde: — Isto está parecendo um encontro pessoal, gata. — E, então, deu uma risada nervosa.

Eu fiz o mesmo e comentei:

— Tem razão, está parecendo sim. — Em seguida, virei a taça, agradecida. — Posso fazer uma pergunta? — Resolvi fazê-la de qualquer forma, antes que eu mudasse de idéia. — Você começou a me chamar de gata porque não se lembrava do meu nome?

— Não, simplesmente porque você é uma gata.

— Ah. — Ele me fitou esperançosamente. — Bom, então, tudo bem — acrescentei, como se o estivesse perdoando.

Ele riu de novo e, para minha surpresa, segurou a minha mão, sobre a mesa. Meu coração começou a bater acelerado.

— Hora da verdade. Fui eu que mandei aquele buquê de rosas, que custou uma fortuna, para o escritório.

— *Você?*

Ele assentiu.

— E eu que achei que tinha sido o Marcus!

— É. Eu fiquei puto da vida com isso. Fiquei horas pensando numa mensagem enigmática adequada, e aí o Derek Sujo vai e perde o cartão. Acabou me fazendo perder a garota também.

— Não *de todo* — corrigi.

— Fazia séculos que queria chamar você para sair — confessou ele, com uma expressão amarga, entrelaçando os dedos nos meus. — Não sei por que não chamei.

— Talvez por ser um misógino avesso a compromisso?

— Ou simplesmente por ser tímido e inseguro. — Ambos demos risadas. — E nós dois estávamos envolvidos em outras relações.

— Bastante desastrosas — lembrei-lhe.

— Um brinde a isso, gata — disse ele, erguendo a taça.

— Bom, estou disponível agora — avisei, sem dar uma de recatada. Era evidente que já sentia o efeito do champanhe. — É melhor você me pegar logo, antes que eu me torne freira. Ou lésbica. Ou ambas.

— De repente, vou esperar para ver — brincou ele. — Acho que vai ser divertido.

Soltei um suspiro e recorri à minha melhor voz sensual.

— Não acha que a gente já esperou demais?

— Eu tinha planejado trazer você aqui hoje para tentar convencê-la a deixar o Marcus — admitiu Paquera, enrubescendo um pouco. — Ainda bem que ele facilitou as coisas para mim. — Comecei a rir, mas nada que se assemelhasse ao ataque histérico que tivera de manhã. — Agora, só preciso convencê-la a ficar comigo.

— Acho que não vai precisar se esforçar muito. — Teoricamente, eu deveria ficar algum tempo sozinha para me refazer do coração partido, mas, como já agira assim tantas vezes antes, sabia que não dava certo. Na minha opinião, era melhor mesmo mergulhar de cabeça numa relação e mandar tudo para o inferno.

Paquera fez um biquinho.

— Só que tem um pequeno porém.

Por que eu não estava surpresa?

— Eu fui promovido.

— Que legal! Parabéns! — Tocamos as taças de novo e sorvemos a bebida. O mundo começou a girar um pouco mais rápido do que deveria. — Mas não é uma boa notícia?

— Vou ser diretor do Departamento de Vendas Internacionais.

— Uau! Acho que deveria tirar o chapéu para você.

— Dou a maior força. Pode tirar. — Ri, enquanto tomava mais champanhe. — Minha primeira missão será criar um novo setor de marketing...

— Você vai fazer um ótimo trabalho.

— ... Na Austrália.

O mundo parou.

— *Austrália?*

— Não é tão longe assim — acrescentou ele, depressa. — Não mesmo.

Ficava a léguas dali. A léguas e mais léguas. E mais léguas ainda... Até mesmo nos dias atuais, em que se viaja com tanta facilidade, em que o mundo ficou pequeno e virou uma aldeia global, a Austrália ficava longe à beça. Quando não se pode ir até o país com uma passagem de dez pratas comprada naquela companhia aérea supereconômica, significa que o lugar fica mesmo no fim do mundo.

— É só por seis meses, nada mais. E daí, eu volto para cá.

Seis meses. Sabe-se lá o que poderia acontecer nesse ínterim. Quais eram as chances de ele evitar as atrações locais durante vinte e seis semanas? Já podia até vê-lo, correndo na praia de Bondi, em câmera lenta, ao lado de uma louraça peituda, que nem a do seriado *S.O.S. Malibu* com pranchas de surfe debaixo dos braços, os corpos bronzeados torrando sob o sol forte. Não era um cenário agradável.

— Acontece que... — começou Paquera, e tentei apagar aquela visão deprimente da minha mente. — Acontece que... eu queria que você fosse comigo, gata.

Então, entrei em estado de alerta.

— Eu? Com você? Na Austrália? — Minha voz soou mais alta do que deveria naquele restaurante chique, ou, a bem da verdade, em qualquer lugar. — Eu? Com você? Na Austrália? — repeti, incrédula. Por isso, nunca tinha sido uma das melhores alunas no colégio. Minha mente trabalhava superdevagar nos momentos de crise. Sofria à beça na hora das provas.

— Hoje de manhã, não pensei em outra coisa. Seria ótimo. — Ele apertou minha mão, encorajando-me. — O momento não poderia ser melhor, de certa forma. O que a prende aqui? Você e o Marcus terminaram. Seu trabalho é uma droga, sem perspectiva. Não tem compromissos.

Não sei se gostei do jeito humilhante como Aiden Holby descreveu minha vida. Parecia real demais.

— Será uma forma de nós dois começarmos do zero. A gente pode deixar a nossa relação se firmar longe de toda essa confusão. — Fez um gesto amplo. — O que temos a perder? Nós nos conhecemos bem o bastante para saber que pode dar certo, não acha?

Comecei a rir de novo, dessa vez com certo toque de histeria, talvez ressaltado pelo consumo excessivo de álcool.

— Acho — concordei, sem fôlego. Assim que exprimi isso em voz alta, pensei: a gente pode fazer isso, pode sim. Como ele mesmo tinha dito, o que me prendia ali? As únicas pessoas de quem eu realmente sentiria falta seriam as minhas amigas do Clube das Chocólatras. Sem dúvida, haveria um grande vazio na minha vida sem elas. E havia alguém mais com quem eu não pudesse deixar de viver? Nem uma só alma. Além do mais, na Austrália tem chocolate, não tem? Claro que sim. Ou, então, o Clive poderia me enviar caixas deles pelo correio. De repente, eu até abriria uma filial australiana do Clube das Chocólatras.

— Quer dizer que aceita? — Ele parecia estar ansioso. — Você vai comigo?

— Vou — disse eu, rindo. — Vou sim.

Acomodando melhor a perna, Paquera inclinou-se sobre a mesa e me puxou para perto.

— Não sabe como fico feliz em ouvir isso!

Então, sua boca foi ao encontro da minha e ele me beijou, no meio daquele restaurante grã-fino, com todo mundo olhando. Ouviu-se um bater de talheres. Tive a impressão de que acabei jogando ervilhas no chão, mas nem liguei. Os lábios dele eram quentes, macios e tinham gosto de champanhe. Um tremor de excitação percorreu todo o meu corpo, indo até a ponta dos pés, parando em lugares estratégicos no caminho. E eu sabia que também estava feliz por ter aceitado ir.

Capítulo Setenta e Oito

Pedimos outra garrafa de champanhe e começamos a tomá-lo rápido demais. A bebida subiu direto para minha cabeça, provocando certa vertigem. Mas eu não estava só tonta em virtude da bebida, mas da felicidade que sentia.

— Quando você acha que vai? — perguntei, sonhadora.

— Quando *nós* vamos, gata — corrigiu Paquera, e senti outra onda percorrer lugares estratégicos. — Assim que eu tirar isto. — Olhou para o gesso. — Acho que não se pode viajar com a perna engessada. Mas, pelo que sei, vão tirar o gesso na semana que vem. Então, eu vou na outra.

Só faltavam duas semanas!

— Preciso alugar o meu apartamento. — Também precisaria de shorts, camisetas, protetor solar fator quinhentos e repelente de mosquitos com potência industrial.

— Vou pagar a passagem para você.

— Nem pensar! — exclamei, com mais ousadia do que meu saldo bancário permitia. — Você, na certa, vai gastar muito dinheiro agora. Posso dar um jeito. — Pagaria com o cartão de crédito, usando todo o limite. Será que minhas dívidas teriam que ser pagas, do outro lado do mundo? Acho que sim.

— A gente vai ficar em Sydney — explicou Paquera. Ele estava começando a tropeçar um pouco nas palavras e achei que deveríamos beber mais devagar; entretanto, pelo visto, a garrafa já fora esvaziada. Como é que o champanhe acabou tão depressa? — Não conheço, mas dizem que é ótima. A Targa vai pagar o aluguel do meu apartamento.

— Do *nosso* — corrigi, e demos risadinhas infantis. — Nossa, o que é que vão dizer lá no escritório?

— Que diferença faz? — indagou Paquera, acariciando minha mão.

— Acho que vão se surpreender. Eu *estou* surpresa. — Esperem só até a vaca da Charlotte ficar sabendo! Rá-rá-rá. Quem diria! Mulherona esquelética e linda? Não. Chocólatra cheinha? Sim.

— Eu vou poder trabalhar lá?

— Não sei — reconheceu Aiden. — Talvez a Targa consiga dar um jeito.

— Vou falar com as velhas rabugentas do RH. — Acho que adorariam encontrar algo para mim na Austrália, se soubessem que se livrariam de mim por algum tempo.

Conseguimos ficar sóbrios o bastante para pedir sobremesa. Uma imensa taça foi colocada entre nós e eu tentei colocar a última porção de musse de chocolate branco na boca de Paquera, só que errei o alvo e acertei a ponta do nariz dele. Demos risadinhas abafadas enquanto ele se limpava com o guardanapo.

— Tem certeza mesmo de que quer fazer isso? — perguntei, tentando parecer o mais sóbria possível.

— Dividir a sobremesa?

— Não, seu bobo. Me levar para a Austrália. — Continuamos a ter pequenos ataques de riso.

— Tenho certeza. E você?

Fiquei emocionada ao responder:

— Eu também.

Com o polegar, ele enxugou a lágrima que rolou pelo meu rosto.

— Quero cuidar de você. — Contemplou-me com olhar sonhador. — Com muito carinho e amor.

— Eu também quero fazer isso — disse eu, sem fôlego. Peguei a mão dele e a mantive na minha face. — Não vamos voltar para o escritório — sugeri. Para ser franca, eu queria que o carinho e a paixão começassem logo. — Ninguém vai sentir nossa falta. Vamos para o meu apartamento.

— É uma ótima idéia, gata.

De alguma forma, conseguimos pagar a conta e levantar. Paquera oscilava enquanto saltitava, tentando colocar as muletas numa posição confortável.

— Você está bem?

Ele deixou escapar um suspiro forte, tentando se equilibrar e parecer sóbrio.

— Estou, estou sim.

Tentei guiá-lo enquanto saíamos do restaurante, tirando cadeiras do caminho para abrir passagem, embora eu mesma estivesse cambaleando. A segunda garrafa de champanhe não tinha sido uma boa idéia; não mesmo.

Assim que saímos do restaurante e chegamos a um corredor tranqüilo, Paquera me puxou para si. Eu encostei o corpo na parede, e ele pressionou o dele contra o meu, beijando-me com ardor. Suas mãos passearam pelo meu corpo e eu desejei que minhas roupas fossem mais finas e sedosas, e que não estivessem ali. Fervendo por dentro, eu o abracei, notando que, antes, não fazia a menor idéia do que era um verdadeiro amasso. O pouco bom senso que me restava foi embora, num piscar de olhos. Mal podia esperar para levá-lo ao meu apartamento.

— Será que perdemos a cabeça, agindo assim? — sussurrou Paquera, no meu ouvido.

— Perdemos sim — respondi, ofegante. — Estamos sendo totalmente imprudentes, o que eu acho maravilhoso.

— Eu também.

Era evidente que Paquera me queria tanto quanto eu o desejava. Por que os restaurantes não alugavam quartos para os clientes? Prestariam um excelente serviço se fizessem isso. Devia haver outros casais que ficavam daquele jeito, depois de um ótimo almoço e muita birita. Casais! Paquera e eu estávamos juntos! Éramos um *casal*!

Antes que explodíssemos, nós nos separamos com esforço, ajeitamos as roupas e trocamos olhares ligeiramente tortos de desejo para, só então, tentarmos sair do restaurante. Tudo ia muito bem até chegarmos ao elevador. Tinham pendurado uma placa com a inscrição COM DEFEITO na porta.

— Droga, ele quebrou. E agora?

— Posso descer de escada — disse ele, corajoso.

— Mas a gente está no quarto andar.

Um olhar de incerteza cruzou seu semblante.

— Tenho certeza de que consigo.

— Já tentou fazer isso de muletas?

— Não — admitiu ele.

— Vamos ver se tem um elevador de serviço. Mesmo que a gente desça junto com as verduras, será melhor que usar a escada.

— Eu consigo, sem o menor problema — disse Paquera, já se dirigindo para a escada e se pondo a saltar com cuidado os degraus. Meu coração foi à boca, pois ele estava sem equilíbrio. Eu também cambaleava bastante e nem tinha que lidar com um complicado par de muletas. Não conseguia nem olhar para ele.

Mal tínhamos descido meia dúzia de degraus e Paquera oscilou perigosamente; entretanto, equilibrou-se a tempo. Deu uma risadinha ao recuperar o fôlego.

— Esta foi por pouco! — comentou.

— É melhor eu ir na sua frente. Vou tentar firmar mais as muletas.

— Não é necessário.

— Pode crer, é necessário sim.

Então, recomeçamos o processo, desta vez comigo na frente, descendo de costas, virada para ele.

Paquera saltou na minha direção. Acho que estava um pouco mais firme.

— Vamos. Isso. Cuidado!

— Estou bem, Lucy, sério! Melhor você prestar atenção na escada.

Eu estava com os braços abertos, para segurá-lo caso ele tropeçasse.

— Assim. Devagar.

— A escada está estreitando atrás de você — avisou Paquera.

— O quê? — Quando me virei para olhar, não sei bem o que aconteceu, mas torci o tornozelo, perdi o equilíbrio e cambaleei. Por instinto, Paquera largou as muletas e inclinou-se, tentando me segurar, mas escorregou e não conseguiu. Então comecei a cair. E fui caindo, caindo, caindo no ar.

Capítulo Setenta e Nove

Davina saltava feito uma louca, ao contrário de mim. Eu estava deitada no sofá, saboreando uma caixa de chocolate Gorgeous, da Bendicks, equilibrada na minha barriga. Fingia que, pelo simples fato de assistir a um DVD de exercícios, estaria perdendo calorias por osmose. Minha perna quebrada, com o gesso rosa-shocking, encontrava-se apoiada num monte de almofadas. Parecia que milhares de formigas andavam lá dentro, enlouquecendo-me. Era inacreditável que Paquera tivesse enfrentado aquilo sem reclamar. Já eu tomava analgésicos sem parar e me queixava da vida para qualquer um estúpido o bastante para me ouvir. Cheguei até a ligar para minha mãe todos os dias, para me lamentar; então, dá para ter uma idéia do ponto a que cheguei. Por algum motivo, senti que o gesso era um pequeno preço a pagar após ter despencado espetacularmente na escada do The Tower.

Ouviu-se uma batidinha alegre à porta e Aiden entrou. Por ironia do destino, ele, ao contrário de mim, já não tinha que suportar o peso do gesso, embora usasse uma bengala, que lhe dava um ar sofisticado. Meu namorado foi me dar um beijo.

— Como está se sentindo esta manhã, gata?

— Mal-humorada — avisei, afastando a caixa de chocolates, não antes de ele pegar um.

— Anime-se! — disse ele, dando-me outro beijo.

Fazia uma semana que Paquera tirara o gesso e, obviamente, ele tinha que ir para a Austrália como diretor do Departamento de Vendas Internacionais, para criar a nova divisão de marketing da Targa. Partiria naquele dia. Sozinho.

— Está com um bom estoque de chocolate? — perguntou Aiden.

A geladeira estava entupida de guloseimas. Eu estava entupida delas. Apesar de ter um namorado supersexy, era minha única fonte de consolo. Por causa da minha deficiência temporária, Paquera e eu ainda não tínhamos consumado a relação — o que era mais do que frustrante. Claro que a gente tinha dado uns tremendos amassos, à moda antiga, mas, às vezes, não basta, não é? Ainda mais considerando que ele estava prestes a sumir de vista no outro lado do mundo, por seis meses.

— Trouxe mais para você. — Paquera colocou diversas barras e caixas de chocolate na mesinha de centro. — Caso você estivesse a perigo.

Eu me tornaria uma baleia de cem quilos, cheia de espinhas, quando começasse a andar. Mas, por incrível que pareça, apesar de todos os percalços daquele momento da minha vida, eu estava mais satisfeita do que nunca. Já não metia a cabeça na privada por causa dos excessos, o que era uma ótima notícia, certo? Estava com a auto-estima em alta, mais satisfeita comigo mesma, chegando até a melhorar a autoconfiança debilitada. Embora ínfima, uma sementinha de felicidade ameaçava crescer e florescer dentro de mim. Eu atribuía tudo isso ao término irrevogável do namoro com Marcus, o Maldito Namorado do Quinto dos Infernos, e sua substituição pelo sereno Paquera, que vinha sendo absolutamente incrível nas últimas semanas. Como eu conseguira viver sem ele todo aquele tempo? Como conseguiria viver sem ele quando partisse? Acesso de pânico. Pegar chocolate. Comer chocolate. Suspirar aliviada. Vou ter que agüentar as pontas enquanto ele estiver do outro lado do planeta.

Todas as amigas do Clube das Chocólatras tinham ido me visitar naquela semana, levando inúmeros chocolates, de diversos tamanhos e formas, além de muita comiseração. Deram-me também alguns dos livros sobre meu alimento favorito, que podiam ser encontrados na pequena livraria do Paraíso do Chocolate, para que eu me distraísse, juntamente com os DVDs *Chocolate* e *A Fantástica Fábrica de Chocolate*, ambos com o inigualável Johnny Depp. Será que ele também era louco por esse confeito? Eu o idolatraria mais ainda se fosse. Naquele momento, eu me dedicava à leitura do livro "Amigos, Amantes e Chocolate", de Alexander McCall Smith. Preferi deixar Johnny Depp para depois, quando eu estivesse no fundo do poço. Minhas amigas iriam me visitar mais tarde, para me animar.

— Que flores lindas! — exclamou Aiden.

Havia um imenso buquê de flores holandesas no aparador.

— Entregaram esta manhã. — Daquela vez, eram *mesmo* do Marcus. Mas que tremenda cara-de-pau! Não sei como descobriu que eu tinha quebrado a perna; na certa, algum amigo em comum deve ter contado para ele. O cartão, com suas palavras piegas, foi direto para o lixo: *Eu ainda a amo muito. Beijinhos. Sinto muito!* Balela! Já tinha visto aquele filme, Marcus; aquela história não colava mais. Estava com um namorado fabuloso no seu lugar. Rã! Ainda assim, gostei tanto das flores que fiquei com pena de jogá-las fora. Teria sido um desperdício.

— Um velho amigo mandou! — disse para Paquera, sem querer nem mesmo pronunciar o nome de Marcus, quanto menos dar a ele crédito pelo bom gosto em flores.

Se meu novo namorado suspeitou da procedência das flores, não disse nada.

— Não quero deixar você — revelou ele, acariciando meus cabelos e prendendo uma mecha atrás da minha orelha.

— Vou ficar bem — disse-lhe, começando a chorar.

Ele me abraçou.

— Não vai demorar muito. Assim que você tirar o gesso, pode ir também. — Ainda levaria algumas semanas; eu sabia, por experiência própria. Ele enxugou as lágrimas com a ponta da minha camisa. — Vou deixar tudo pronto para a gente. Talvez seja melhor assim. — Então, deu-se conta da idiotice que falara e ambos rimos. — Está bom, talvez *não* seja melhor assim, mas você entendeu o que eu quis dizer.

Eu me recostei de novo nas almofadas. O acordo parecia um pouco ilusório para mim, naquele momento. Ainda achava que, assim que Paquera chegasse ao outro lado do mundo, iria se esquecer de mim. O filme com a loura peituda na praia continuava passando na minha cabeça.

— Não posso ficar muito — disse ele, cortando a tempo meu filmezinho, que estava prestes a se tornar meio pornô. — Chamei um táxi para me pegar daqui a pouco, pois tenho que empacotar um monte de coisa.

— Espero que dê tudo certo por lá. Vou sentir muitas saudades suas.

— Eu também, gata. — Ele se ajoelhou na minha frente e pôs as mãos no meu quadril. Instantes depois, estávamos nos agarrando. Então, aos poucos, ele começou a desabotoar minha camisa, de baixo para cima, dando beijos quentes em toda a minha barriga à medida que o fazia. — Quero me lembrar de você exatamente assim.

— O quê? Gorda, desarrumada, triste, debilitada e totalmente frustrada?

— Não. Linda como sempre.

— A gente podia transar pelo menos uma vez — sugeri, esperançosa. — Aqui. Agora. Rapidinho.

— Não quero apressar as coisas. — Aiden franziu o cenho. — Já esperamos tanto para ficar juntos que quero fazer tudo direito.

— Eu me daria por satisfeita com *tudo errado*.

— A gente pode esperar.

Talvez ele pudesse, mas *eu* não tinha tanta certeza assim.

— Venha deitar aqui, pertinho de mim. — Eu troquei de posição e Paquera se deitou ao meu lado. — Só me abraça.

E, obviamente, em questão de segundos, estávamos indo muito além de um simples abraço. Com lábios febris, buscávamos mais. Nossas mãos se moviam com uma agilidade impressionante. A camisa de Paquera estava aberta e, a minha, já havia sido atirada em algum canto; o sutiã, em breve, também seria arrancado. A tensão aumentava. Meus mamilos — e outras coisas — estavam bastante eretos. Todos os lugares que deveriam ser beijados foram, até mesmo os que, talvez, não devessem. Tudo ia às mil maravilhas, como mandava o figurino. Suspirei de prazer.

— Ah, Lucy — sussurrou Aiden, no meu ouvido.

Aquilo era um sonho. Cada célula nervosa do meu corpo adquiriu vida própria, provocando incríveis sensações. Aiden abriu o zíper da minha saia. Com muita dificuldade, ele a passou pelos meus quadris, deixando-a na altura do gesso. Por mais que eu estivesse entrevada por causa da perna quebrada, meu poder de deusa do amor não diminuíra — de jeito nenhum! Naquele momento, só a minha calcinha fina e sensual se entrepunha entre mim e o êxtase; ainda bem que eu colocara uma roupa íntima legal naquela manhã. Não que achasse que aquilo iria acontecer... Imagine! Paquera pôs os polegares na minha calcinha e, dando por encerrada, de uma vez por todas, minha antiga ameaça de que ele nunca colocaria as mãos nela e no meu bumbum, começou a tirá-la.

— Espere! Espere! — pedi. — É melhor eu virar para este lado, para facilitar as coisas. — Mais fácil falar do que fazer. Eu joguei a perna sobre Paquera e, não sei bem o que aconteceu, mas acabei girando demais.

— Ai, Lucy! — Não foi um grito de felicidade.

Ele me soltou, e eu caí do sofá, despencando toda desengonçada no piso. Darren acharia que eu estava fazendo exercícios com Davina de novo.

— Você está bem? — quis saber Paquera. Ele me olhava de esguelha, esforçando-se para conter o riso.

— Não quebrei a outra perna, se é o que quer saber.

Paquera me ajudou a levantar, ajeitando a minha saia, que continuava a circundar meus joelhos. Já não havia mais clima. Às vezes, a gente simplesmente sente que o momento passou.

— Melhor esperar você tirar isso — sugeriu meu namorado. Obviamente, ele se referia ao gesso, e não ao resto da roupa. — Não quero que se machuque mais.

A única coisa ferida ali era, mais uma vez, meu orgulho. Paquera abotoou a camisa.

— Tenho que ir, gata.

— Bem que eu podia ir até o aeroporto...

— Preferiria que você ficasse em casa e não fosse a nenhum lugar até retirar esse troço. — Apontou para o gesso. — Se já se mete em confusão quando está bem, não quero nem pensar no que pode causar com um par de muletas.

— Você não teve problemas.

— É porque os homens são seres superiores no que diz respeito a... bom, tudo.

Bati nele com uma das minhas almofadas.

— Quer refrescar minha memória e me dizer por que eu amo você?

— Porque assim que você estiver bem vou levá-la para uma vida melhor, como todo bom paladino de armadura brilhante.

Meus olhos ficaram marejados de lágrimas de novo. Chegara a hora de Paquera partir. Mordi os lábios, tentando não chorar.

— Eu amo você.

— Também a amo, gata.

— Não vai se esquecer de mim, vai?

Ele segurou minha face e me deu um sonoro beijo.

— Como poderia?

Capítulo Oitenta

— Minha vida amorosa não passa de um mar de lágrimas, pelo qual navego com dificuldade — disse eu, suspirando profundamente, como uma heroína romântica.

— Em breve sua vida amorosa será um campo primaveril, repleto de flores silvestres, pelo qual você serpenteará feliz — ressaltou Chantal.

— Isso depois que tirarem o gesso da minha perna, não é?

— Claro.

— Tem campos com flores de primavera na Austrália? — indaguei.

— Pare de reclamar, Lucy — pediu Nadia. — Coma mais chocolate.

Ficaria feliz em obedecer, mas eu não conseguia alcançar a bandeja de biscoitos com pedaços de chocolate, já que estava com a perna engessada apoiada numa cadeira. Para fazê-lo, teria que recorrer a uma das minhas posições mais radicais de ioga, o que eu não estava nem um pouco a fim de fazer naquele momento. Autumn pôs um fim à minha tormenta, pois, assim que acabou de assinar o gesso com um marcador preto, passou um biscoito para mim. Eu estava recostada num monte de almofadas, no Paraíso do Chocolate.

— Este é só um contratempo temporário — lembrou Chantal. — Quando menos esperar, já estará a caminho da Austrália.

— Será mesmo? — Do jeito que as coisas iam na minha vida, um final feliz nunca era uma certeza.

— Paquera envia mensagens de texto e telefona dez vezes por dia — disse Autumn.

Sorri, satisfeita. Graças à tecnologia moderna, nós nos comunicávamos com facilidade, apesar de morarmos em lugares com fusos horários diferentes. Abracei com carinho uma das almofadas de Clive.

— É verdade.

— Então, quando chegar lá, ele estará babando por você.

Considerando as mensagens picantes que vínhamos trocando, acho que já estava. Nossa tentativa frustrada de transar no sofá lá de casa não tinha desestimulado meu namorado.

— Alguma notícia do canalha do Marcus? — perguntou Chantal.

Meneei a cabeça. — Não.

— Ótimo. Vamos torcer para que nunca mais a procure.

— É exatamente o que eu desejo.

— É bem possível que ele venha buscar mais informações quando souber que você está indo para a Austrália. Não baixe a guarda! — avisou Nadia, à semelhança de um cartão-postal dos tempos de guerra.

— Não posso acreditar que vai nos deixar — disse Autumn. — O que vamos fazer sem você?

Para ser franca, eu também não acreditava que estava indo. O que eu faria sem minhas melhores amigas? A quem recorreria nos momentos de crise? Eu não tinha dúvidas de que, embora estivesse me mudando para o outro lado do mundo, as crises me perseguiriam como uma matilha faminta. Nós tínhamos passado por tantas coisas juntas nos últimos meses. O que eu faria sem os encontros freqüentes com as participantes do Clube das Chocólatras?

— Você vai manter contato? — prosseguiu Autumn, com os olhos marejados.

— Caramba! Eu não vou amanhã. Levarei semanas para conseguir organizar tudo. — Olhei com desdém, mais uma vez, para o gesso. — Ainda terão que me agüentar por um bom tempo. Vão ter que dar um jeito na vida de vocês antes que eu parta. Então, vou querer receber notícias o tempo todo, na Austrália. — Acenei para Autumn. — Não se esqueça de mandar para mim o convite do casamento, se tudo der certo entre você e Addison. Posso voltar a qualquer momento.

Autumn enrubesceu.

— Lucy!

— Sei de um bom salão que tem vaga no Dia dos Namorados. Não tem lugar mais romântico! — sugeri.

— Bom, eu continuo tentando dar um jeito na minha vida — informou Nadia. — Já faz mais de um mês que o Toby não joga. E, desta vez, acredito nele quando diz que abandonou de vez o vício. Só quero ter certeza antes de voltar correndo para ele, com o Lewis. Se Chantal continuar a agüentar a gente... — Fitou a amiga.

— Pode acreditar — disse Chantal —, é um prazer. Quando chego do trabalho, encontro um jantar incrível me esperando, com uma taça de vinho. Talvez devesse me separar do Ted e me casar com você, Nadia. É uma ótima companheira! — Todas rimos, embora os casamentos gays fossem agora permitidos por lei no Reino Unido e, tecnicamente, elas pudessem fazer isso. — Além disso, estou acostumada a ter seu filhinho por perto. Se você reatar com Toby, vou ter que começar a comprar aqueles pacotes imensos de chocolate só para mim!

— Como vão as coisas com Ted?

— Estamos saindo juntos — informou-nos ela, dando de ombros. — Uma ou duas vezes por semana. Vamos assistir a filmes ou jantar fora em restaurantes legais; daqui a pouco vou virar uma baleia. — Chantal puxou a cintura da calça. Talvez estivesse mais apertada do que de costume. Então, suspirou. — Mas ainda acho que estamos evitando o cerne da questão.

— Não seria melhor dar tempo ao tempo? — sugeri.

— Acho que sim, até porque não estou com pressa. Não se preocupem, eu vou continuar assim até ele se cansar. Mas eu só queria dizer que não sei como teria enfrentado tudo sem vocês. Todas têm sido ótimas. São grandes amigas.

E, como ela ainda era americana, de coração, nós reforçamos o que ela disse, segurando as mãos em torno da mesa.

— Ao Clube das Chocólatras — disse eu. — Que dure muito tempo!

A bem da verdade, os homens das nossas vidas podiam ir e vir, podiam nos deixar tristes ou nos fazer felizes, que, seja lá o que acontecesse, contávamos umas com as outras e com chocolate. Ninguém tiraria isso de nós.

No balcão, havia um executivo alto, de terno elegante, pedindo diversos chocolates para Clive. O sujeito nos deu uma olhadela e sorriu.

— Uau! — exclamou Chantal. — Que gato! — Todas nós a olhamos de cara feia. Ela ergueu as mãos e disse, depressa: — Só estava admirando!

— Autumn. — Dei-lhe uma cotovelada. — Ele é o seu tipo?

— Na certa vota no Partido Conservador, não no Verde — observou ela, fazendo uma careta. — Vocês acham que é o tipo de pessoa que lava as latas usadas para reciclá-las?

— Não — respondemos em uníssono.

— Então, vou ficar com o Addison — informou Autumn, com um sorriso de satisfação. — Não aparenta ser tão machão.

— É melhor mesmo. Pouquíssimos caras por aí preencherão seus requisitos exigentes.

O homem sorriu para nós e, depois, acenou animadamente, antes de sair. Nós retribuímos a saudação e, em seguida, começamos a rir.

Clive foi falar conosco, todo alvoroçado.

— Pelo visto, vocês têm um admirador, senhoras. — Nosso fornecedor carregava uma bandeja com seus melhores chocolates. — Ele me pediu para presentear estes a vocês.

Eles foram entregues para Lucy.

— Para mim ou para todas?

— Para todas. Mas ele quis saber quem você era, Lucy.

— Eu, especificamente?

— Se quer os mínimos detalhes, ele perguntou: quem é aquela loura bonita, de gesso?

— Sei. Mas será que fez a pergunta por sentir pena da minha pessoa ou por ter gostado de mim?

— E eu lá sei? — Clive fez um gesto exasperado. — Sou homem e gay. Descubra por si mesma.

Ele foi embora, deixando o presente ali. Olhamos com admiração a bandeja de chocolates.

— Humm! — disse eu. — Seja quem for, tem bom gosto.

Passei a bandeja e cada uma pegou seu favorito. Nadia, o Gengibre Picante, em cujo recheio Clive colocara essa iguaria, ralada; era o chocolate ideal para ser consumido nas manhãs de inverno, com café. Autumn demorou um pouco, mas escolheu o Rosa Inglesa, preparado com primor por nosso amigo; de sabor delicado, era recheado com um creme de chocolate e nata, condimentado com uma infusão de pétalas de rosas destilada. Chantal pegou o Chá Preto, com seu toque inconfundível de bergamota, cujo sabor perdurava por um longo tempo, dando a sensação de que se consumiram dois bombons, não um só. Então, chegou a minha vez. O que escolheria? Como sempre, havia muitas opções. Minha mão pairou sobre os confeitos, todos apreciados e desejados. Limão e tomilho? Pimenta de Sichuan? Acabei pegando uma das especialidades da casa: Caramelo com Sal Marinho.

Eu me reacomodei nas almofadas de Clive e esperei um pouco, apreciando a expectativa. Em seguida, mordi o bombom e saboreei o chocolate ao leite cremoso e o caramelo de consistência perfeita, sentindo o toque de mestre acrescentado por Clive: sal marinho não-refinado, da Bretanha. O recheio foi derretendo aos poucos na minha boca. Naquele momento, eu realmente estava no Paraíso do Chocolate; suspirei de prazer.

Que diamantes que nada! Vocês vão acabar descobrindo que o melhor amigo das mulheres é o chocolate!

FIM

Impresso no Brasil pelo
Sistema Cameron da Divisão Gráfica da
DISTRIBUIDORA RECORD DE SERVIÇOS DE IMPRENSA S.A.
Rua Argentina 171 – Rio de Janeiro, RJ – 20921-380 – Tel.: 2585-2000